魅丽文化

同归

TONG GUI

语笑阑珊 著

广东旅游出版社
GUANGDONG TRAVEL & TOURISM PRESS
悦读书 · 悦旅行 · 悦享人生

中国 · 广州

图书在版编目（ＣＩＰ）数据

同归 / 语笑阑珊著 . —广州 ：广东旅游出版社，2021.6
ISBN 978-7-5570-2106-1

Ⅰ．①同… Ⅱ．①语… Ⅲ．①侠义小说－中国－当代 Ⅳ．① I247.5

中国版本图书馆 CIP 数据核字 (2021) 第 081101 号

同归
TONG GUI

出版人：刘志松
责任编辑：梅哲坤

广东旅游出版社出版发行
地址：广州市荔湾区沙面北街 71 号首、二层
邮编：510130
电话：020-87347732
印刷：湖南凌宇纸品有限公司
（地址：湖南省长沙县黄花镇工业区凌宇纸品　电话：0731-86300881）
开本：880 毫米 ×1230 毫米　　1/32
字数：385 千
印张：12
版次：2021 年 6 月第 1 版
印次：2021 年 6 月第 1 次印刷
定价：46.80 元

第一章

洄霜城旧宅

王城里最好的酒楼，名叫山海居。

一取山珍海味在盘中，二取山南海北客盈门，寓意好，掌柜的更好。

陆掌柜二十出头的年纪，白衣玉扇，温润儒雅，还生得一副好相貌，桃花眼里时时刻刻都带笑。

如此一人坐在柜台后，哪里还愁没生意？莫说平时，即便是三伏天的正午，堂子里也依旧人声鼎沸。除了食客，还有七八个专程坐轿来的媒婆，穿红戴绿，眉飞色舞。毕竟这城里想嫁进山海居的姑娘不少，陆掌柜却只有一个，被别人抢了先可不成。

"我家二掌柜出远门了。"小二赔着笑，"不在店里。"

媒婆自然是不信的，回回都是这个理由，听多了耳根子都要长茧。于是，媒婆一甩帕子，笑出满脸褶："快去告诉陆掌柜，画像我都带来了，这回的姑娘赛天仙！"

这话一出，其余媒婆也争着往前挤，生怕落后会吃亏。

她们手中的画轴胡乱搅在一起，险些戳瞎小二的眼睛。

"诸位、诸位！"小二赶紧躲开，扯着嗓子喊，"大家先不要吵，静一静，我家二掌柜是真不在啊！"

"不在家，那是去了哪里？"媒婆问。

小二老老实实道："去收账了，津水城。"

话音刚落，屋门便"砰"的一声被大力推开，一人跌跌撞撞走了进来。虽是酷暑，他身上却裹着一件厚重的毛皮斗篷，几缕黑发被汗水浸湿后贴在耳边，更显脸色苍白。

"二掌柜！"小二被吓了一跳，赶紧冲上去扶住他。

"哎哟！"媒婆也受惊不浅，"掌柜的这是怎么了？"

掌心传来一阵湿热，小二一愣，抬头刚欲开口，胳膊却被轻轻捏了一下。

"无妨。"陆追勉强笑笑，道，"路上染了风寒，有些发冷，睡一觉就没事了。"

人都这样了，再说媒也不合适，一众媒婆只好眼睁睁看着小二将人扶走，忍不住又感慨，到底还是得娶个媳妇啊，否则出门连个叮嘱要加衣的人都没有，可不得今天发烧、明天打摆？

陆追脚下如同踩了棉花，全靠旁人搀扶，方才勉强回到卧房。

刚一进门，小二便带着哭腔道："我这就去找大夫！"

"不必了。"陆追坐在椅子上，嗓子干哑，"替我拿些绷带与金疮药过来。"

"可……"小二看着自己满手的血，"那我去请大掌柜回来。"

"也别告诉大哥。"陆追将披风丢在一旁，一身白衣已被染红大半，左臂一道狰狞伤口皮肉外翻，看得人心里发毛。

小二急得直跺脚，转身跑出去替他寻药。

陆追嘴里咬着布巾，一点点剪开衣袖，不多时便已满头冷汗。他苦笑着摇头，看来这两年还真是养尊处优惯了，竟会连这点小伤都受不了。

将伤口处理好后，陆追又让小二去后院烧了脏衣，将地来回擦了整整三遍，直到房中再无一丝血腥气才罢休。

"可二掌柜吊着胳膊，大掌柜看到了如何能不问。"小二小心翼翼地提醒。

"上山摔了，被马车撞了，理由总是有的。况且这几日宫里头的事情多，大哥未必会来山海居。"陆追随手丢给他一锭银子，"今日辛苦了。"

"二掌柜这是哪里话。"小二道，"那您先歇着，我去干活了。"

陆追往身后塞了个软垫，继续想此番遇袭的事。前几日自己正好端端走在路上，突然就冲出来一伙陌生人，口口声声说要夺回圣女，紧接着就朝他举刀乱砍，简直莫名其妙。

从投奔朝暮崖开始，算起来自己已远离江湖数年，这回只不过骑着驴去收个账，至于什么圣姑圣女，他根本就连见都没见过。

无妄之灾啊，陆追揉揉脑门，现在的武林中人怎么都不讲道理？

然而，更不讲道理的事情还在后头。

此后数月，山海居三不五时就会收到战帖——问他讨还先祖灵位、镇教宝物的，说他欠了银子的，说他偷了一口锅的，甚至还有个门派的掌门丢了侍妾，也怒气冲冲写来一封信，十几页，惩长。

陆追："……"

小二："……"

陆追看着桌上那摞信函，头隐隐作痛。虽说这些人碍于大哥与温大人的面子并未上酒楼闹事，但隔着纸也能看出其中愤怒，这么下去总不是长久之计。更重要的是，自己这些年一直安安分分地待在山海居，如何会跑去一个西北门派偷人家的炒菜大锅？

"大掌柜来了。"小二压低嗓音，从鼻子里往外挤字。

陆追回神，迅速将那些信丢进抽屉中。

山海居的大掌柜名叫赵越，数年前陆追在江南遇袭，亏得有他出手相救才保住一条命，两人平日里以兄弟相称。

"大哥。"陆追笑着站起来，"今日怎么有空来山海居？"

赵越将一封信放在桌上。

陆追："……"

赵越开口便问："你偷了衡山派掌门的老娘？"

陆追："……"

陆追："我没有。"

"到底是怎么回事？"赵越拉了张椅子坐在他对面。

眼看瞒不过，陆追只好将事情大致讲了一遍。

"胡闹，怎么不早些跟我说？"赵越不悦。

"我已经派人去查了，只是尚无回信，想着有几分眉目之时再告诉大哥也不晚。"

"明摆着是有人冒充你在外头惹是生非。"赵越猜测，"会不会是你当年那个仇家？"

陆追苦笑："十有八九。"

"搬回家住吧。"赵越道，"这酒楼里人来人往，不安全。"

陆追却道："若真是他，多年前的恩怨总要做个了结。此事大哥就莫再插手了，我自己解决。"

赵越看了他片刻，道："也好，不过若有需要帮忙的地方，你尽管开口。朝暮崖的人，由不得外人欺负。"

陆追笑笑："多谢。"

三日后，黄昏。

身上沉疴未愈，陆追经常会药浴疗伤，房间里飘散着浅淡香味，阳光暖融融照在肩上，街上的叫卖声与谈笑声飘进窗棂，世俗而又安宁。

屋门处传来细小声响，陆追双手陡然握紧，却又很快就松开。

突然，一把冰凉的匕首抵住咽喉，不速之客轻笑道："别来无恙，明玉公子。"

陆追缓缓睁开眼睛。

来人身材高大，黑发被随意束在脑后，眼底透着阴冷，甚至有些血腥的杀戮意味。

陆追也道："别来无恙。"

萧澜猛然俯身凑近，鼻尖几乎与他抵在一起，手中刀刃一转，陆追白皙的脖颈处顷刻便留下一道血痕。

温热的液体沿着赤裸的前胸缓缓下滑，落了了冒着热气的浴水中，陆追并未反抗。

"你还真是不怕死。"萧澜单手卡住他的脖子，"不更名不换姓，就这么堂而皇之地来了王城开酒楼，生怕我找不到？"

刀伤加上那几乎要捏断骨头的力度令陆追眼前有些发黑，半天才吃力道："总不能躲一辈子。"

"看来你是吃准了我此时不会杀你。"萧澜松开手，将他重重推回浴桶中。

陆追捂着脖子喘气。

"不过有一件事你怕是想错了，我不杀你，不光是因为红莲盏。"萧澜冷笑，"陈年恩怨若能一刀了结，如何对得起我伏魂岭数十条冤魂。"

陆追提议："在杀我之前，不如先做笔交易。"

萧澜问："你又想耍什么花样？"

"我的确不知红莲盏在何处。"陆追道，"不过十日前，我在王城遇到了一个人，像是当年的陶夫人。"

萧澜神情僵了一瞬。

"只是容貌有些相像罢了。"陆追道，"既然大家都在王城，你不妨去看看，若是则皆大欢喜，若不是，也不会有什么损失。那地方是城北的大收米油铺，距离这里不算远，现在应当还没关门。"

萧澜转身大步走向门口。

陆追却又叫住他："你最好跳窗。"

萧澜皱眉。

陆追耐着性子解释："外头有人，你走不掉的。"

萧澜伸手拉开屋门。莫说是这小小的山海居，即便是天王老子的大殿，他也从未放在眼中过。

然而，走廊上果真满满当当，都是人。

十几个穿着绸缎的媒婆挤在一起，体态丰腴，笑容满面，嘴唇红得像是刚吃完人，齐齐伸手齐齐挥舞团扇与绣帕："这位公子，可是陆掌柜的亲戚啊？"

阵阵脂粉香气迎面扑来，像是要将人淹没。

萧澜果断退回陆追房中，"哐当"一声锁上了门。

陆追坐在浴桶中，眼睁睁看着萧澜面无表情地从门口一路走到窗口，纵身跃了出去。

从天而降一个人，街上小贩被吓了一跳，可见他凶神恶煞的，也不敢多问，只用余光瞥见他像是去了北边，脚步匆匆。

大收米油铺是个小小的作坊，前头开铺子，后头就是油坊，常年弥漫着一股芝麻油香。此时天色已晚，店里的老伙计正在一块一块上门板，左腿看着有些瘸。

萧澜道："且慢。"

老伙计转头看了他一眼，问："小哥是要买油？"

萧澜犹豫一瞬，道："是。"

"等着啊。"老伙计侧身挤进去，不多时便拿了一罐香油出来，"最后一点了，便宜些给你吧。"

"老人家是这铺子的掌柜吗？"

"我？我可不是掌柜，前天掌柜与夫人一起出城了，我是他们雇来看店的。"

"去了哪里？"

"泅霜城。"

萧澜面色微微变了变："泅霜城？"

"是啊。"老伙计将最后一块门板上好，劝道，"小哥还是快回去吧，看天色像是要落雨。"

萧澜思绪万千，站在原地久久未动，直到天边传来一阵惊雷，他才回神。

"哎哟，这不是陆掌柜的亲戚吗？"街边立着一顶飘香软轿，一个媒婆探出头冲他笑，"怎么还在这里站着？陆掌柜置办了一桌子菜，正等着你回去吃饭哪。"

萧澜："……"

陆追站在镜前，摸了摸自己脖颈上的绷带，又将衣领拉高了些。

萧澜如鬼魅一般，悄无声息地出现在他身后。

陆追问："见到了吗？"

"她去了泅霜城。"

"泅霜城啊。"陆追叹气，"那就是了。"

"与她成亲的人是谁？"萧澜问。

"城里的人都叫他李老瘸。"陆追道，"也是个外乡人，比陶夫人要早来几年王城。"

萧澜脸色一变："瘸子？"

陆追迟疑地问："有问题吗？"

"我方才见到他了。"萧澜咬牙，"他却说自己只是伙计，还说铺子的掌柜与夫人已经去了泅霜城。"

陆追有些讶异："他认得你？"

萧澜眼底仿佛被墨染成一片黑。

等萧澜再度折返米油铺，小院早已大门紧闭，厨房灶膛里的灰烬尚有余温，案板上摆着切了一半的菜与肉，却找不到半个人影。

萧澜一掌劈开屋门，一股花香迎面袭来，带着熟悉的甜腻味，顷刻间便能夺走人所有意识。

李老瘸从暗处闪出，接住他瘫软的身体。

"放到床上吧。"一名妇人缓缓自阴影处走出，穿着牡丹锦缎罗裙，佩着缠丝金钗玉镯，凤目红唇，风华不减，哪里还有半分平日里老板娘的朴素模样。

李老瘸将萧澜扶进卧房，见妇人依旧坐在床边不动，不得不出言提醒："陶夫人，这迷香的作用持续不了多久。"

陶玉儿轻轻抚了抚萧澜的侧脸："都长这么大了啊。"

李老瘸道："我们该走了。"

陶玉儿起身走到门边，又回头看了一眼。

李老瘸道："若陶夫人实在不舍——"

"罢了。"陶玉儿打断他的话，"这么多年，何来什么舍与不舍，走吧。"

李老瘸冒雨将马车从后院牵来，扶着她上了车。

陆追撑起一把油纸伞，在暗处一路看着马车驶远，猜测他们应当已经出了城门，才推门进了小院。

卧房中花香已经散去大半，萧澜依旧躺在床上昏迷不醒。

陆追从怀中取出一个白瓷瓶，打开后凑近他鼻尖。

一股清凉直蹿脑顶，萧澜睁开眼睛，脑中昏沉又生疼，如同吃了一闷棍。

陆追问："要喝水吗？"

萧澜勉强撑着坐起来。

"李老瘸已经带着陶夫人出城了。"陆追问，"可要追过去？"

想起方才发生的事，萧澜道："按照我娘的手段，你觉得我追得上她？"

陆追倒了杯热茶，自己捧着慢慢喝："至少陶夫人是想过要与你见面的。"

萧澜不屑："你倒是什么都知道。"

"是真的。"陆追道，"这米油铺子很小，陶夫人平时也穿着朴素，可方才我在暗处见她上马车，一身锦缎金钗，极为美丽华贵，同当年一模一样。若非想要见你，她为何要如此打扮？"

萧澜久久未语。

外头风雨已停，陆追起身回了山海居。

见着他进门，小二总算松了口气，小声道："二掌柜放心，大掌柜没来。"

陆追笑笑："多谢。"

小二替他上了一盏热茶，便又去招呼客人，只是心中难免纳闷，不知他这回出门是去做什么，居然连大掌柜都要瞒着。

夜半三更。

神出鬼没的萧澜道："你，随我一道去洄霜城。"

陆追从床上坐起来。

萧澜在黑暗中与他对视。

"好。"

翌日清晨，一众媒婆准时上门，说说笑笑嗑着瓜子准备堵截陆掌柜，却直到中午也没见着人。

小二道："我家掌柜出远门了，不在家。"

就知道每回都是这一句，媒婆们听了也只当没听到。

小二心里很苦，这回是当真不在。

"赵掌柜来了啊。"堂子里有人打招呼。

小二赶忙擦擦手，从柜台里取出一封书信递过去。

"人去哪儿了？"赵越问。

小二道："二掌柜没说过。"

信上只有寥寥几行字，写的是草书，字又小，媒婆们恨不得将脖子伸到一尺长，可即便如此，也看不清究竟写了什么。不过，有一件事能肯定——陆掌柜去的必然不是什么好地方，否则大掌柜看完信不会是这张要吃人的脸。

到了下午，城里传开消息，说卖豆腐的寡妇像是也不见了。媒婆们纷纷倒吸一口冷气，难不成陆掌柜是同那张西施私奔了不成？然而，过了一阵，又有人说寡妇还在，她走夜路时不小心掉进了坑里，晕了，直到下午才被人发现。

············

小二一边收拾桌子，一边听食客七嘴八舌地聊天，有些哭笑不得，却也有些担心。二掌柜这回遇到的麻烦像是不小，也不知能不能顺利解决。

洄霜城在江南，距离王城千里迢迢，去那里最快的方式是走水路。

月余后，萧澜与陆追一起出现在津水城，打算由此乘坐商船，经运河前往江南。

陆追在酒楼中叫了满满一大桌菜。

萧澜问："你要请客？"

陆追答："落在你手中，想来我也活不过太久，自然不能亏待自己。"

萧澜道："你倒是有自知之明。"

"我这人优点不多。"陆追一样一样吃菜，"有自知之明勉强算一个。"

萧澜斟满酒杯，仰头一饮而尽。

水路繁华，南来北往的商船虽说不少，客人却更多，得排队。

码头上，船老板检查登记簿："可真不巧，我这船上只剩下了最后一间客房，不如二位再等三天？等下一艘——"

"不必了。"萧澜打断他的话，"一间就一间。"

老板看了一眼陆追，见他似乎也没意见，便笑道："也好，那给您二位算便宜些，这边请。"

这艘商船很大，老板带着两人找到客房，给了钥匙就去忙别的事了。

船身微微摇晃，已开始下水缓缓前行，陆追打开客房门道："先休息一会儿吧。"

客房光线昏暗，看着狭小空间中那张只能容纳一人的硬板小床，萧澜面色僵硬。

陆追主动道："我睡地上。"

萧澜："好。"

陆追稍稍一顿："我只是客套一下……"

"你既然活不了多久，睡在哪里又有什么区别。"萧澜将包袱放在桌上。

陆追站起来往外走，萧澜一把拉住他的胳膊。

"船已经开了，你还怕我会跳河自尽不成？"陆追抽回手，"我去问问老板，看能否多挤出一处客房。"

甲板上人不算少，陆追寻了一圈也没找到老板在何处，反而被不知谁家的小姐往怀中塞了条手帕，香喷喷的。

萧澜："……"

陆追又道："走吧，去后头看看。"

"等等。"

"怎么了？"陆追顺着他的目光看过去，就见人群中站着两名斗笠客，一高胖，一矮瘦，站在一起对比分外明显。

萧澜带着他迅速隐到暗处。

陆追问："你认识？"

萧澜点头："是鹰爪帮的人。"

"他们怎么会来中原？"

"这船是开去泂霜城的。"

"可泂霜城已沉寂多年，现在去又能找到什么？"陆追不解。

萧澜看他一眼，道："若真是什么都找不到，我娘为何要去那里？"

陆追想了想，笑道："也对，是我糊涂了。"

鹰爪帮原是琼岛一个小教派，虽算不得歪门邪道，偷鸡摸狗的事情却没少做，这一任掌门裴鹏更是不务正业，除了唱戏就是绣花。

消息传入中原武林，众人只当笑话看，不过也有人议论，说裴鹏已被邪灵附体，半人半鬼，武功高强，如今这副疯癫模样不过是为了掩人耳目。

在如此风评下，原本就极少出现在中原的鹰爪帮弟子更是消失得无影无踪，甚至连琼岛的总坛也从兰城迁入了幽深山林中。

陆追问："你为何要躲着他们？"

萧澜答："多一事不如少一事。"

陆追又问："可鹰爪帮只是听起来丢人了些，并非魔教，更不会无事生非，何来多一事？"

萧澜道："你的废话很多。"

陆追："……"

萧澜转身回了船舱。

陆追自然也要跟过去，或者说不是跟，而是被萧澜生生扯了回去。

地上已经铺好被褥，船老板或许是为了补偿两人，干燥柔软的褥子垫了足足有四层，又在最底下铺了防潮的油布，在这寒冷的夜里，看着竟也有几分温暖与舒适。

陆追自觉地躺在了褥子上，扯高被子盖住头，满足地出了口气。

萧澜："……"

这是被挑剩下的最后一间客房，条件自然好不到哪里去，床板稀烂，被褥抖开后也散发着一股潮气。

萧澜和衣躺上去，睡意全无，脑海中想些陈年旧事，时间倒也过得快，像是没多久，外头已是一片天光。

陆追伸了个懒腰，从被卷里钻出来，衣衫凌乱。

萧澜坐在床边道："明日你来睡床。"

陆追受宠若惊："我觉得这地铺挺好，暖和。"

萧澜道："休得废话。"

陆追带着三分狐疑，目光在那破烂发灰的床褥上来回扫，而后道："也行。"

早饭只有馒头与稀粥，陆追坐在甲板上慢条斯理地吃完，擦擦嘴便去找船老板。

"还要被褥？"船老板为难，"这回是真没有了，这船上人多，剩下的被褥铺盖已经都送给公子了。"

萧澜嘴角一弯，有些恶劣地看着陆追。

"这样啊。"陆追道，"也行。"

"你要去哪里？"萧澜问。

陆追站在甲板上，手里捏了本不知从哪里弄来的破书。温润公子儒雅端方，海风吹起白色发带，他肩头沐满朝阳，不多时便有大婶上前搭讪。不远处还站着一个富家小姐，被仆役簇拥着，手里捏着帕子，正在偷偷往这头看。

"公子没床睡？"婶子道，"真是造孽，等着，我这就去回禀我家小姐。"

陆追问："你家小姐有多余的褥子？"

"莫说是褥子，空着的船舱也有七八处，都被我家老爷包下来了。"

陆追笑得如春风拂面："那就多谢了。"

待到婶子走后，萧澜道："看不出来，你还有这本事。"

陆追："过奖。"

萧澜问："为何不干脆要两处大的船舱？"

"人太贪心，不好。"陆追趴在栏杆上，"欠别人的多了，要还的也就多了。"

一床被褥,我顶多当面去道个谢,两处船舱,想来这一路可就要日日同桌而餐了。"

萧澜轻嘁:"你的心还不算贪?"

"我贪是贪在别处。"陆追往回走,"算计别人家小姑娘的事情,我不做。"

为了讨他欢喜,婶子几乎将所有闲置床褥都带了过来,甚至连床板也拆了换新的,生生将那原先破破烂烂的卧榻垫成了棉花窝,连枕头上也绣着老虎。

萧澜:"……"

陆追跟着婶子去道谢,片刻之后回来,推门就见萧澜正坐在床边。

陆追道:"别告诉我你又想反悔。"

萧澜挑眉,不置可否。

陆追讲条件:"不如……我用一个消息和你换这张床。"

萧澜问:"好消息还是坏消息?"

陆追答:"不怎么好,可也不怎么坏,以后这几十天里,我们怕是要尽量少出门。"

萧澜嗤笑:"那富家小姐要抓你去洞房?"

陆追道:"这船上到处都是鹰爪帮的人。"

"到处都是?"

"方才我回来的时候,恰好碰到昨日那两个人在闲聊,只听到一句,说这船上有七八十名兄弟,即便是真闹起事来也不用担心。"

萧澜起身出了船舱。

陆追趁机脱鞋上床——若是今晚床铺又被抢走,那他至少白天能睡上一觉。

外头天气很好,甲板上与围栏旁都是客,一起说说笑笑晒太阳,顺便看看远处的天与海,若有飞鱼上来,便都惊呼着伸长脖子,又热闹又世俗。

萧澜戴着斗笠,从船头走到船尾。

"这位公子。"方才那婶子笑容满面地拉住他,"你那弟弟呢?"

"我弟弟?"萧澜随口道,"在船舱里,同他媳妇一道睡了。"

婶子如五雷轰顶:"啊?"

萧澜信口胡扯:"他十八岁就成亲了。"

这……婶子一跺脚,急急跑回去禀告自家小姐,可不能再想了,那人都有媳妇了，就说好看的男人都靠不住！

萧澜又查看一圈，才转身返回船舱。

见他进来，陆追果断扯高被子盖住头。

萧澜抱着手臂靠在门上："不如我用两个消息同你换这张床。"

陆追瓮声瓮气道："不换。"

萧澜强行将被子扯走，坐在床边居高临下地看着他。

陆追："……"

陆追道："你说。"

"第一个消息，我已经替你将那富家小姐打发走了。"

"多谢。"

"第二个消息，那七八十名鹰爪帮弟子算少的，我们上了艘黑船。"

陆追瞬间惊坐起来："黑船？"

萧澜道："除了鹰爪帮，还有其余几个小教派，看起来像是已经结盟，有两处船舱中堆满了刀剑。约莫这船上的客商中，普通百姓只占一小半。"

陆追皱眉道："他们该不会是想劫船吧？"

"难说。"萧澜自己倒了杯水喝，"又或者与这船无关，他们只是想去洄霜城。"

陆追盘着腿道："如你方才所言，我们以后还是少出去为妙，免得多出事端。"

萧澜坐在桌边擦拭暗器。

陆追好奇地问："这就是传闻中的噬魂钉？"

萧澜抬头看他，反问："你想试试？"

陆追干笑道："还是不了。"

过了一阵，陆追又问："你会水吗？"

"不会。"

"这么巧，我也不会。"

萧澜没有接话，事实上他并不是很想陪此人絮絮叨叨。

陆追又躺回床上："所以我们以后便少出门，多睡觉。否则万一真闹出事来，即使跳海也活不了。"

萧澜放下暗器，大步走到床边，扯高被子，将他的头严严实实地捂住，甚至想往他嘴里塞一团抹布。

此后几天里，两人果真很少出门。船舱里头光线昏暗，无书可看，无事可做，陆追有一大半时间都在窝在床上，睡醒了就吃，吃饱了再睡。

萧澜："……"

陆追打了个哈欠，将身上的被子推开，问："是不是该吃晚饭了？"

萧澜讥讽道："你倒是醒得及时。"

陆追谦虚道："哪里哪里。"

饭堂里没有几个人，问过伙计才知道，船只马上就要停靠岸边补给，前方是定海城码头，大家都在等着上岸吃顿好的。

"已经到了定海？"陆追惊讶，"这么快。"

"是啊，再过二十来天便能到洄霜城了。"伙计笑着说，"二位也别吃冷馒头了，定海城里馆子多，要省着肚子。"

待他走后，陆追问："今晚要上岸去看看吗？"

萧澜点头："好。"

陆追："……"

萧澜看着他，问："怎么，又不想去了？"

陆追如实回答："你答应得这么爽快，我反而心里没底。"

萧澜继续吃冷馒头，不接话了。

运河一开，定海城便成了重镇，来往商船大多要在此停泊补给，码头上很热闹。

人在海上漂久了，此刻即便踩上土地，也总觉得地还在晃。虽已深夜，岸边小饭馆的生意却不差，到处都是大红的灯笼与喧闹的人群，两人寻了一大圈才在一个面摊找到空位。

陆追道："你挡着我些。"

萧澜不悦地问："我为何要挡着你？"

陆追答："因为前头有个胖子一直在看我。"

萧澜用余光瞥过去，果然见一个金环大汉正坐在鱼丸摊子旁，双目直勾勾地往这边看。

那目光太过灼灼，陆追索性转身背对大汉。

萧澜问："你认识？"

陆追摇头："不认识。"

萧澜道："可他看上去快要将眼珠子都瞪出来了。"

陆追端起盘子，打算换个地方吃。

见他要离开，金环大汉索性丢下碗，举刀走了过来。

陆追依旧背对着摊子，小声问："他还在看我吗？"

萧澜嘴角一扬："你猜。"

陆追试探道："八成还在看？"

萧澜往旁侧身一闪。

一柄金丝大环刀带着雷霆万钧的气势从背后呼啸砍来，亏得陆追多年习武，才及时闪开，却也险些被削中耳朵。

"轰隆"一声，木桌被从中间砍成两截。周围食客大惊失色，这地方黑灯瞎火的，也没搞清楚出了什么事，就见有人扛着一把大刀在到处砍，众人顿时乱作一团，哭爹喊娘地往船上跑。

陆追被人流挤得踉跄着后退两步，还未来得及站稳，又不知被谁一把扯住胳膊，像扛米袋一样甩着扛上肩头，掉头就跑。

萧澜面色一变："站住！"

那金环壮汉怒吼一声，举着大刀拦在他面前，不由分说一通砍，嘴里也不知在喊些什么。

萧澜无暇与他纠缠，回身避过刀锋，手中暗光一闪，乌金铁鞭如同毒蛇一般缠上对方脖颈，眼底带着杀意，道："胆子不小，敢在我手里抢人。"

码头此时已空空荡荡，食客没了，陆追也早不见踪迹，只有几个残破的灯笼滚落在沙滩上，燃起一簇又一簇短暂的火焰。

"我……喀喀。"那金环壮汉双腿乱蹬，像是快要被勒断气，好不容易才憋出一句话，"我、爹……"

萧澜将手稍微放松了些。

金环壮汉滚落在地上，脸色煞白，狠狠吸了几口气才缓过来。

"你爹什么？"萧澜问。

金环壮汉气若游丝地道："我是来找我爹的，他人呢？"

萧澜皱眉。

周围一片漆黑寂静，只有漫天月与星。

片刻之后，金环壮汉悲愤道："你将那姓陆的藏在了哪里？！"

萧澜问："陆追是你爹？"

金环壮汉继续吼："那是你爹！"

萧澜："……"

金环壮汉往地上狠狠呸了一口："从今天开始，我就跟着你了。"

萧澜与他对视，问："你为何要跟着我？"

"别想跑。"金环壮汉不知从何处摸出来一条粗红绳，一头捆在自己手腕上，另一头试图套住萧澜，嘴里念念有词，"你与那姓陆的是一伙的，我拿你去同他换我爹。"

萧澜后退两步，觉得此人或许是个疯子。

"快来！"金环壮汉抖动了一下手中红绳，殷殷唤他。

身后船工正在喊客，说船马上就要开了，请客人快些回来，否则便不等了。萧澜也无心与这莽汉多纠缠，打算先去定海城中找人。

金环壮汉踩着小步子跟在他后头，像是铁了心要与他黏在一起。

"你叫什么名字？"萧澜问。

金环壮汉道："羽流觞。"

萧澜被这个斯文的名字震了一下。

金环壮汉将刀扛在肩上，与他套近乎："我打不过你，不如你同那姓陆的说说，将我爹还回来呗。大家往日无冤近日无仇，我爹生得不甚美貌，卖进窑子也不值钱。"

萧澜嘴角一抽："你还真是个孝顺儿子。"

金环壮汉"嘿嘿"笑道："过奖过奖。"

"他何时抢了你爹？"萧澜继续问。

"就几个月前。"金环壮汉道，"我爹出门沽酒，莫名其妙就不见了。我在江湖上打听过，那阵子有不少门派丢东西，还有丢媳妇和老娘的，所以我爹定然也是那姓陆的偷的。"

萧澜沉默。前段时间他为了给陆追找麻烦，的确派人做过不少偷鸡摸狗之事，却不记得当中还有此人的爹。

金环壮汉喋喋不休，萧澜脑袋直疼，加快脚步将他甩在了后头。

定海城一处小院里，陆追正端着一碗饭，一边吃一边到处溜达。他旁边站着一个二十来岁的年轻人，是山海居里打杂的伙计，也是先前朝暮崖的下属，名叫林威，轻功极好。

"多谢。"陆追吃完饭又沏了一壶茶。

"二掌柜客气了。"林威替他放好茶杯。

"你还是像先前在朝暮崖那样叫我二当家吧。"陆追笑道，"出了山海居，哪来的酒楼掌柜？想来你也叫得别扭。"

林威道："大当家接到消息，就派我等在此地守着了，马匹也已备好，随时都能回王城。"

陆追却摇头："告诉大哥，我暂时不能回去。"

"不回去？"林威不解，"那二当家要去哪里？"

"涧霜城。"

林威皱眉："可……"

"我会多加小心。"陆追拍拍他的肩膀，"此行辛苦大家了。"

林威道："大当家还吩咐过，若是二当家不肯回去，那我们也不必回去，多个人还能多个照应。"

陆追叹气："这是我的私事，何苦要连累你们。"

"上了朝暮崖，便都是兄弟，何来连累。"林威道，"二当家打算何时出发？"

"阿六呢？"陆追问。

他话音刚落，一个人便从墙头轰然跳下来，林威赶紧躲开。

金环壮汉伸开双臂，兴高采烈地直冲陆追而来。

陆追拔剑出鞘，抵住他的胸口。

阿六笑容僵在脸上，哀怨道："爹。"

陆追道："坐下。"

阿六道："那姓萧的住在城中的文涛客栈，距离这里三条街。"

陆追夸奖他："做得不错。"

"你居然能从他手中脱身。"林威递过来一杯热茶，"长本事了。"

"我就按照咱爹在信里教的，"阿六兴高采烈道，"先是——"

"打住打住！"林威牙疼，"你爹，不是咱爹。"

陆追慢条斯理地喝茶。

"你同我一样，反正也没爹，认一个又怎么了？"阿六亲热地帮陆追沏茶，"对吧，爹。"

林威："……"

这金环壮汉先前是苍茫山中的土匪，后来不知死活想抢朝暮崖做山寨，被陆追挡在山门口。对方一看居然来了个白面书生，难免口出狂言："若你挡得了爷爷，爷爷便认你当亲爹！"

然后，过了一炷香的时间，他便当真多了个爹。

羽流觞是个好名字，然而看着这新儿子胡子拉碴的大脸，陆追实在叫不出如此斯文的三个字，于是一直叫他阿六。

"迷药根本就没有用到。"阿六将金环大刀放在桌上，道，"我是被那姓萧的赶跑的。"

林威插嘴："你现在知道自己平日里有多烦人了吧？"

阿六闻言怒而告状："爹！你看他！"

陆追揉揉太阳穴："接着说。"

"我就按照爹信里教的，"阿六道，"一直缠着他说我要找爹，乱七八糟鬼扯了一大堆，他就将我赶走了。"

"一路可有人跟着？"陆追问。

"没。"阿六道，"我在文涛客栈门口蹲了半天，又去后门蹲了一会儿，还在城里翻了十几户人家假意找人，身后都无人尾随，然后我才过来的。"

林威道："不错，这回倒是机灵。"

"我们下一步要去哪里？"阿六问。

陆追道："洄霜城。"

阿六干脆道："那是哪里？不知道。"

陆追笑笑，替他添了一杯热茶："是座江南小城，不过你不能同我们一道去。"

阿六纳闷："那我要同谁一起去？"

陆追冲他勾勾手指。

阿六兴致勃勃地凑近。

·············

翌日清晨，文涛客栈。

萧澜刚一出门，便见对门台阶上正坐着一个人，怀抱一把金丝大环刀，双目如铜铃。

阿六道："我要我爹！"

萧澜视若无睹，面无表情地离开。

阿六紧随其后。他知道此人功夫好，自己不是对手，便很识趣地让出约莫一丈距离，也不再絮叨，只跟着此人，像是铁了心要找爹。

萧澜无心与他纠缠，他在这定海城人生地不熟，百姓又乱又杂，每日里都有商船离港入港，想找一个人着实不容易，只能碰运气。

而事实证明，这回他的运气并不算好。

三日后的傍晚，萧澜坐在海边小摊上，独自喝酒。

阿六恍然道："原来你当真没有将那姓陆的藏起来。"

萧澜瞥他一眼："这都能被你看出来，佩服。"

阿六谦虚道："过奖。"

萧澜问："你还打算找你爹吗？"

阿六道："当然。"

"他是在哪里丢的，你就去哪里找吧。"萧澜斟满酒杯，仰头一饮而尽，"别再跟着我，也别再找那姓陆的了，他与你爹的失踪无关。"

"我为何要信你？"阿六嘀咕。

萧澜放下银子，起身登上了一艘快要开的客船。

阿六赶紧跟了上去。

萧澜："……"

"两位客人。"船上的伙计为难道，"可不巧，我们只有一处船舱了。"

萧澜道："我不认识他。"

阿六赶紧纠正："认识的。"

萧澜从伙计手中接过钥匙，率先进了舱里。

阿六道："我可以打地铺。"

萧澜"哐当"一声甩上门。

阿六摸了摸险些被砸扁的鼻子，转身问伙计："这船是开向哪里的？"

伙计答："泂霜城。"

阿六粗声粗气地问："还有客房吗？"

伙计看着他凶神恶煞的脸，以及他手里明晃晃的金丝大环刀，忙道："有有有，上房！"

船上有个郎州来的土财主，名叫牛大顶，这回是去泂霜城给亲娘舅做寿。旅途烦闷，他特意雇了个说书先生，一路跟着说故事。他听着故事里的刀光剑影、血雨腥风，越听越对武林心生期盼，也就越渴望能结识几个江湖人士。

"牛老爷。"船伙计脸上堆着笑，"有位大侠上船晚了，没有客房住，不知道你这里还能不能——"

"能！"牛大顶一听到"大侠"二字，连眼珠子都在放光，穿上鞋便往外走，"不知那位大侠人在何处？"

船伙计赶紧伸手指给他看。

牛大顶顺着船伙计指的方向看过去，只见一人正扛着金丝大环刀站在船头，身高七尺，威风凛凛，身后霞光万丈，宛若天降奇兵。牛大顶顿时喜极而泣，来了如此一尊大神，莫说是一处上房，即便是十处八处，那也是有的。

于是，还没等阿六搞清楚到底发生了什么事，他便已被一群人笑容满面地请进一间上房。桌上摆着八宝珍果，床上堆满锦绣绸缎，还挂着纱幔，一闻一股香味。

"大侠可还满意？"牛大顶充满期盼地问。

阿六坐在豪华大床上，伸手一拍他的肩膀："这位兄台，你很仗义嘛！"

牛大顶"嘿嘿"干笑，觉得自己仿佛也成了江湖的一部分，连脊背都更加挺直了几分。

舱底，萧澜躺在硬板床上，闭目养神。

屋门被推开一半，有脚步声轻轻传来，却看不到人影。萧澜将视线往下挪几分，才对上了一双眼睛——一双和瘦小身形极不相符的透着沧桑与诡异的眼

同归

020

睛，来人是个侏儒。

"你怎么来了？"萧澜语调波澜不惊。

侏儒道："姑姑让我来保护少主人。"

"保护我？"萧澜轻嗤一声。

侏儒又问："少主人要抓的那人呢？"

"跑了。"

"跑了？"

"无妨。"萧澜闭上眼睛，"等到了洄霜城再找也不迟。"

侏儒迟疑道："可少主人何以断定，他一定会去洄霜城？"

萧澜没有再回答。

见他心情不悦，侏儒也未再多问，又溜了出去。

直到轻微的脚步声逐渐消失，萧澜才松开一直紧握着的拳头，眉宇间一片暗沉。

一个月后，洄霜城。

"二当家。"林威从外头回来，手中拎着酒与肉，还有一个小竹篮装着糕饼，酥皮上点着红艳艳的寿桃。他说城中有个富户过寿，只要是路过的百姓，家丁都会送一篮寿饼。

陆追问："有没有阿六的下落？"

"城中并无他留下的记号。"林威道，"许是他还没到。"

陆追伸了个懒腰，从软榻上爬起来，打算洗手吃糕饼。

"可也有些奇怪。"林威又道，"阿六是走水路，按理来说应当要比我们快才是，为何到现在都没消息？"

陆追问："你担心萧澜会对他不利？"

"是。"

陆追随手拿起一块糕饼，又问："这么多年，你可曾想过要将阿六丢下朝暮崖？"

林威想都不用想就道："经常。"

阿六平日里闹腾起来那叫一个烦啊，让人脑仁直疼。林威不单想过要丢，甚至还想过要将他先堵住嘴再丢，否则他将来变成了鬼，还要站在自己床头继续念叨，那谁受得了。

陆追笑道："可这么多年你也没丢不是？反而被他使唤来使唤去。所以，有些人天生就是命好，嫉妒不来。"

洄霜城中要做寿的老爷姓李，有个在郎州的外甥，叫牛大顶，据说家有良田千顷，很富贵。然而，眼瞅着再过三天就是寿宴了，这门富贵亲戚却连人影都不见一个。李老爷派出家丁日日在城门口伸长脖子等，也不见有马车驶来，于是难免担忧，千万别是路上出了岔子。

李老夫人唉声叹气，早就叮嘱过外甥一路莫招摇，要低调。他若是穿着绫罗绸缎，腆个大肚子，随行再带十几个黄灿灿的金丝楠木箱，劫匪不抢他抢谁？

"阿嚏！"牛大顶被念叨得打了个喷嚏，笑容满面地对阿六道："贤弟你看，这就是洄霜城。"

阿六肩上扛着大刀，叉开双腿站在城门前，周围拥着一圈家丁，气派非凡，威风凛凛。

萧澜："……"

"走！"阿六单手搂住他的肩膀，豪爽道，"我们进城！"

萧澜被他拖得踉踉跄跄，也是不能理解，为何一趟船坐下来，此人不仅能混到住上房，居然还能混到一个土财主做大哥。

阿六大摇大摆进了城，觉得爹对自己当真是好，安排的这趟差事不仅顿顿有酒有肉，还有绸缎衣裳穿。到了李府，他更是眼花缭乱，看到客房的鎏金摆件都想偷，摸了能有大半天，最后还是恋恋不舍地放了回去，内心充满遗憾。

后半夜，城里下了一场细细的雨雪。

阿六跳下院墙，在门边喜气洋洋地压低嗓音喊道："爹！"

林威拉开门，打着哈欠道："儿啊，你爹在对面。"

"……"阿六不满，"为何居然是你住主房？！"

"因为这边更安静。"陆追出门披着衣服走下台阶，问他，"怎么这么晚才进城？"

"来来来，进屋说。"阿六推着他的肩膀往屋里走，"外头冷。"

"看你这眉飞色舞的模样，八成是有好事？"林威也跟了过去。

阿六抱着热茶，扬扬自得，将途中的经历大致说了一遍。

牛大顶这回是从延河码头下的船，若换作平常，他定然会走官道，但这回既然有了武林大侠随行，他自然怎么嚣张就怎么来。所以，他不但走山路，走的还是偏僻的小道，深山野岭，枯树烂草，不出土匪都对不起那破破烂烂的山寨与坟堆。

"所以这一路都是你在替他打山贼？"陆追问。

阿六道："可不是，山贼跟韭菜似的一茬接一茬，所以我们才会耽搁到现在进城。"

"你能做出这种事，不稀奇。"林威拍拍他的肩膀，"可你有没有想过，为何萧澜会愿意一直跟着你们？这可不像他的性子。"

"这就不知道了。"阿六挠挠头，"我自己也在纳闷。"

"派人去查查城中李员外的底。"陆追吩咐林威，"不要打草惊蛇。"

"是。"

"至于你……"陆追看着阿六，吩咐道，"你继续跟着萧澜，若这几日有人找他，哪怕只是在街上问个路，也要告诉我。"

"放心。"阿六拍胸脯，"包在我身上！"

"明天李员外过寿，李府里头应当很乱。"林威问，"可要我溜进去看看？"

陆追说："好。"

翌日清晨，天还没大亮，满城已经响起鞭炮声，足足过了小半个时辰才停。

李府人山人海，前厅里人挤得几乎要迈不动步子。

李老爷收到的贺礼塞满了整整三处仓库，外头还在源源不断地往里送。

阿六蹲在房顶上，两眼放光："乖乖，这么多银子啊。"

"怎么，想抢？"萧澜问。

"你才想抢。"阿六咽了口唾沫，"我爹说了，要当个好人。"

萧澜道："你这爹听起来还真是不错。"

阿六立刻警觉道："不错也不能给你。"——那是我爹。

萧澜："……"

"你打算去哪里找姓陆的？"阿六又问。

萧澜摇头："我早就说了，你爹的失踪与那姓陆的无关，找到他也没用。"

"那我也要当面问了才知，否则不安心。"

萧澜向后一倒躺在屋顶上，看着流云出神。

"说啊，你打算去哪里找姓陆的？"阿六又问了一遍，像是不听到回答不罢休。

萧澜却道："我找他作甚？"

阿六纳闷："啊？"

萧澜闭上眼睛："若是再说一句话，我就宰了你。"

"不是。"阿六强行将他摇起来，怒道，"你这人将我一路骗来洄霜城，却不帮我去找爹？"

萧澜面无表情地飞起一拳，将他从屋顶打飞。

阿六奄奄一息趴在墙角，险些吐出一口血。

君子报仇十年不晚，自己打不过没关系，将来找爹报仇也是一样的。

另一头，林威悄无声息地落在屋顶，看着不远处的李家大宅。

李府人来人往，来客像是三教九流都有，很难发现究竟哪里有异常。可若只是普通的老爷过寿，又解释不了为何萧澜会愿意一路跟着牛大顶而来，住进这宅子里。

正午过后，街上起了风，百姓裹紧棉袍急匆匆往家赶。一个小孩猫着腰一路跑到李府背墙处，四下看看，见无人注意，竟平地跃起，飞身落到了院内。

见状，林威也跟了上去。

晚些时候，林威回去将发现禀报陆追，陆追问："侏儒？"

"是。"林威道，"从背墙进了李府，像是和萧澜挺熟。不过我担心离得太近会被发现，所以并未听到他们在聊什么。"

"侏儒啊……"陆追叹气，"看来我当真离开江湖太久了。"

"有问题？"

"你可知那侏儒是谁？"

林威想了想，道："江湖上似乎并没有这么一号人。"

"侏儒在江湖上没有名号，是因为他们平日里不会出墓。现在这个在外活动的，也不知是鬼姑姑放出来监视萧澜的，还是萧澜主动带出来的，不过我猜八成是前者。"

"一群？"林威惊讶。

"伏魂岭，冥月墓。"陆追道，"教主是个上了年岁的妇人，以轻纱遮面，住在暗无天日的陵墓里，无人见过她的真实样貌，也不知道她的名字与来历，提起她时，都叫鬼姑姑。"

"她为何要收养这么多侏儒？"

"墓道狭窄，许多地方只有孩童才能穿过。"陆追道，"也有人说那些人不是天生侏儒，而是在幼时就被灌了药，所以长不大。"

林威后背发麻："若真如此，那可真是丧尽天良了。"

"善恶有报，时候未到。"陆追像是在说给自己听，"冥月墓里已经脏透了，迟早会有一场天火将那里烧个干净。"

城中李府。

阿六从床上爬起来，迷迷糊糊到墙角小解，往回走时却觉得屋顶似乎有人，抬头正好看到萧澜。

阿六爬着梯子上房，一屁股坐在他身边，问："你在看什么？"

萧澜答："月亮。"

阿六抬头看了一眼，疑惑道："天上有月亮吗？"

萧澜面无表情地道："方才有，你一来，便没了。"

阿六："哦。"

那真是对不住了。

"你爹是一个什么样的人？"萧澜问。

"我爹斯斯文文，功夫还好。"

"你娘呢？"

"我没有娘。"阿六盘着腿，"不过等我爹将来成亲了，我就有娘了。"

萧澜："……"

"你呢？"阿六用胳膊杵杵他，问，"你的爹娘在哪儿？"

"都死了。"

阿六又问："被人杀了？"

萧澜仰面躺在屋顶上，眼底映出墨蓝天幕，无星也无风。

阿六觉得自己似乎问了不该问的问题，于是小心翼翼地站起来，想要挪下房顶。毕竟此人功夫颇高又不讲道理，万一他再被揍一次，就很不值当了。

"帮我一个忙。"萧澜突然说。

"我？"阿六顿住脚步。

"是，你。"

"有好处吗？"

"没有。"

"那你要帮我找爹。"

萧澜道："城北郊外有片废弃的屋宅，你去那里看看有没有什么异常。"

"去鬼宅啊？"阿六嫌弃。

萧澜瞥他一眼："你还想不想找你爹了？"

"也行。"阿六勉强答应，"不过说好了，若我今晚真遇见了鬼，那你不单要帮我找爹，还要给我爹找个娘。"

萧澜："……"

"不是，呸呸。"阿六道，"给我爹找个媳妇，给我找个娘。"

萧澜道："听起来，你这一家人下半辈子的指望像是都挂在了我身上。"

阿六坚持道："你答不答应？"

萧澜说："好。"

"驷马难追啊！"阿六又叮嘱了一句，才紧紧裤腰带，扛着刀风风火火出了李府。

阿六在大街上转了三四圈，却没有去城北，而是偷偷溜进城中一处小院，一进门就喊："爹！"

林威道："你爹不在。"

"他去哪儿了？"

"城北。"

"不会是那处闹鬼的宅子吧？"阿六瞪大眼睛。

"闹鬼的宅子？"林威迟疑了一下，说，"二当家只说让我不必跟着，他想去城北旧地看看，却没说具体要去哪里。"

"八成就是了。"阿六往外跑，"我也去看看。"

"喂喂，先回来。"林威拉住他，"先说清楚，你怎么知道城北有宅子闹鬼？"

"那姓萧的说的。"阿六道，"他让我去城北鬼宅看看，有异常就告诉他。"

"萧澜？"林威一听，有些不放心陆追，便道，"我随你一道去。"

洄霜城不大，出了北城门就是荒郊地，野草丛生，萧瑟荒凉。而在山脚下，则是一大片废旧宅院，破墙烂瓦，柱子上的红漆也脱落了大半，大门与窗户都吊着，被风一吹就"咯吱咯吱"直晃，叫人心里发麻。

林威道："看着也是大户人家。"

"像是几十年前的宅子。"阿六捏碎一片木瓦，"还没被虫蠹空。"

"走吧。"林威道，"进去看看。"

"带桃木剑了吗？"阿六一边走一边问。

"有你在，还要什么桃木剑。"

"敢情在你心里我还能辟邪？"

"你想多了。"林威扫开面前的蜘蛛网，"我的意思是，若当真有鬼，有你挡在前头，我还能抓紧时间跑。"

阿六突然道："啊！"

林威被吓了一跳。

阿六抬起脚，看着地上那被踩成粉末的白骨，心有余悸，道："阿弥陀佛，这位……大哥还是大姐，你千万别怪我。"

林威微微皱眉，借着惨淡月光一看，两人所处的这处回廊上到处都是人骨。

"怪不得那姓萧的不肯自己来。"阿六直道晦气，转身想要换个地方，却被林威一把拖住。

"哥，咱换个地方站成不？"阿六叫苦。

林威道："有人。"

"是我爹吗？"阿六压低声音。

林威拉着他，闪身隐到旁边一处空屋里。

不多时，远处果然传来窸窸窣窣的脚步声，两人顺着门窗缝隙看过去，就见一团红色幽火时隐时现，远远飘来。

一双小绣鞋踩过院中枯叶，伴着低低泣诉，来人走近后他们才发现，原来是个八九岁的小姑娘。她穿着锦绣裙装，梳着两个圆圆的发髻，手中捧着一盏红莲灯，脸色苍白如雪，只有嘴唇是艳红色的。小姑娘是好看的模样，却不会让人心生欢喜，只会叫人心底发麻。

阿六与林威对视一眼，真的闹鬼啊？

那小姑娘并未多做停留，顺着回廊一路摇着腕上的铃铛，很快就消失在了黑夜里。

阿六向后靠坐在地上，黑天半夜，还挺吓人。

林威道："起来。"

阿六答："腿麻，起不来。"

林威道："有尸虫。"

阿六一个激灵坐起来："哪儿呢？"

林威抬起脚，脚下一摊乌黑血液。

"墓里头才有的东西，怎么会在这里冒出来？"阿六赶紧在身上拍了两下，"不该啊。"

"是不该。"林威道，"这废宅虽也算大墓，可并不像地底那般阴湿，理应生不出这些脏东西。"

"还是走吧。"阿六道，"邪门得紧。"

"不找你爹了？"

"我爹也未必就在这里啊。"阿六道，"这偌大一片都算是城北，我爹想去凉亭里散散心也是有可能的。"他为何偏偏要往这闹鬼的凶宅里跑？

"走。"林威道，"去后院看看。"

"还去？"阿六不甘不愿，小步跟在他后头。

天已经逐渐亮了起来，周遭事物也更加清楚了。焦黑的木梁与窗棂经过风雨洗礼，已经脆得如同沙饼，一捏就变成了黑黄粉末。

"你倒没说错，这里是没白骨。"阿六扛着刀，死活不愿意再往里走，"都是被烧过的，还不如白骨。"

"后院放火，前院杀人，如此一场惨案，江湖上居然没多少人知道。"林威道，"怪不得二当家一提起泂霜城便神情异常。"

"你说说，这不可能是我爹的祖宅吧？"

林威道："你爹祖上是江南飞柳城，距离此处还有几百里。"

阿六松了口气："那就好。"否则也太惨了。

"走吧，回去。"林威站起来，"天该亮了。"

两人回到洄霜城，天刚蒙蒙亮，陆追正坐在小院中喝茶。

"二当家。"林威关上门。

"你们两个怎么在一起？"陆追纳闷道，"去哪儿了？"

"我们去了城北郊外那处荒废的宅子。"阿六道。

陆追并不意外："萧澜让你去的？"

"他让我去看看，那宅子里有没有什么异常。"

"所以你们就去那里守了一夜？"陆追问，"可有发现什么？"

阿六道："看见鬼了。"

陆追手下一顿，看了一眼林威。

林威迟疑道："说不准，是个七八岁的小姑娘，一身红衣，手里抱着一盏红色莲花灯，像是在招魂，走路飘飘忽忽，很快就不见了。"

"红莲灯？"陆追脸色一变。

"是。"

"除此之外呢？"陆追问，"还有什么异常？"

林威举起一个纱袋，里头装了一只八足黑虫，正在到处乱爬。

阿六震惊道："你居然装了这鬼玩意儿一路？"

"尸虫？"陆追接到手中。

"按理来说，尸虫只有潮湿的墓穴中才会有。"林威道，"可我却在那处荒废的宅子里看到了，所以带来给二当家看看。"

"爹。"阿六问，"昨晚你去哪儿了？"

陆追道："也是那处废宅，可我却没见到红衣小姑娘，更没见到尸虫。"

"那里头白骨累累，还闹鬼，爹你以后别去了，添晦气。"阿六道，"想找什么？尽管让我去！"

陆追问："什么白骨？"

他此言一出，林威与阿六都愣了一下，什么白骨？满宅子都是白骨啊，这也没看见？

"怎么了？"见他二人神情有异，陆追隐约觉察到了什么。

"我与阿六去那座荒宅时，推门便见满院尸骨，像是在多年之前曾经有过一场杀戮。后院的屋宅被火烧过，已经风化大半。"林威道，"二当家去时，见到的不是这样？"

陆追道："我去时见到的只是一个空落落的废宅，不见尸骨，亦不见被火烧过的痕迹。"

阿六觉得有些毛骨悚然。

"城北青苍山脚下那片废宅，我们去的应当是同一个地方。"林威道，"可为何竟会看到不一样的景象？"

"就说是因为闹鬼啊。"阿六在旁似是气若游丝，打算天亮后就去庙里求个辟邪物件。

"倒也未必。"陆追道，"同一处宅子，不同的人却看到了不同的景象，与其说有鬼神作祟，倒不如说是障眼法。"

"所以，二当家的意思是有人在那废宅里布下了机关？"

陆追点头。

阿六松了口气，只要不是鬼，什么都好说。

"那我们之中，究竟谁看到的才是真相？"林威又问。

陆追道："你们。"

阿六搔搔头，道："我也觉得是。"否则若只是一处空宅，又何必要布下阵法掩人耳目。

"阿六，回去吧，时间已经不早了。"陆追道，"若被问起来，就说你什么异常都没见到。"

"好。"阿六满口答应，转身离开了小院。

阿六回到李府时，萧澜果然正在等他。

"为何现在才回来？"

"去街上吃了碗打卤面。"阿六打着哈欠坐在对面，"我在那宅子里守到天亮才走。"

"见到什么了？"

"就是一处破破烂烂的屋宅，什么都没有，到处都是灰。"阿六抱怨，"看样子少说也荒废了十几年，里头的值钱货想来早已被搬空了。"

萧澜仰头饮下一杯酒。

"那处宅子和你有什么关系？"阿六随口问道。

他原本没想过要得到什么答案，萧澜却道："那是萧家的祖宅。"

"……"阿六记起了那满地的白骨。

过了好一阵子，他才又小心翼翼地道："既然是你自家的宅子，那你为何不回去看看？"

"空无一人，去看了又能如何？"萧澜站起来往外走，"昨晚，多谢了。"

"谢倒是不用。"阿六在他身后提醒，"那个，我爹的事呢？"

"我说了，你爹的失踪与那姓陆的无关。"萧澜转身看着他，"你还是去别处寻吧。"

"不是。"阿六瞪大眼睛，"你昨日分明答应过，我替你看荒宅，你帮忙找我爹，你这就食言了？"

"城中过两天会出乱子。"萧澜道，"到时候李府也要乱，你本与这场恩怨无关，何必待在此处白白送死。"

阿六嫌弃道："不帮就不帮吧，你可别唬我。"

"走的时候带上你那义兄吧。"萧澜道，"无辜人的性命，多留一条是一条。"

义兄？阿六想了半天，才想起来他或许是在说牛大顶。

洄霜城要出乱子啊……

阿六打着哈欠回去睡觉，直到天黑透了才起床，怀里揣了两个点心，熟门熟路地去找陆追。

小院中空空荡荡，一个人都没有。

他爹莫不是又去城北废宅了？阿六扛着刀，也出城去寻。

林威手中举着火把，看着面前的九曲回廊，道："这……"

"昨夜你与阿六看到的情形并非这样，对不对？"陆追站在他身边。

"昨夜这里都是白骨。"林威用手掌试了试地面，坚固而又结实，相较而言，先前那诡异的场景倒更像是幻境。

"数年前，萧家也算城中大户。"陆追道，"后来不知为何，在一夜之间，宅子里的所有人都消失无踪，连带着洄霜城也起了一场大火，烧光了半座城。"

"有人用幻象掩盖住了真相。"林威道，"萧家的人根本没有消失，而是被杀戮一空，早已化为白骨。"

"这么多年，你与阿六或许是唯一见到真相的人。"

"二当家这次来洄霜城，就是为了萧家？"

"比起萧家，我更想知道红莲盏的下落。"陆追道，"昨晚你看到的那个小姑娘，若我没有猜错，应该是翡灵。"

"不会真是鬼吧？"想起那白脸血唇，林威依旧后背发麻。

"翡灵是鬼姑姑的女儿。"陆追道，"仔细算起来，她今年应当三十来岁了。她之所以会容颜不改，是因为服下了冥月墓中用来制造侏儒的药物，再加上易容术，才能将她自己永远维持成少女的模样。"

"所以这么多年来，翡灵一直都生活在这幻境之下的白骨废宅中，夜夜捧着红莲盏替亡人招魂？"

陆追叹气："鬼姑姑寻了二十余年，却不知她原来一直就没离开过萧宅。"

"可她为何要如此？"

"执念多了，容易入魔。"陆追道，"走吧，看来今晚也发现不了什么。"

林威随他一道出了萧宅。

阿六扛着大刀，与他们几乎同时跨过门槛。他一声"爹"还没叫出来，便又听到铃铛声远远传来，红色光晕幽幽跳动，显然是昨夜那个红衣小姑娘又出现了。于是，他赶忙躲到门后。

一具骷髅用黑洞洞的眼窝子与他对视，阿六满脸嫌弃，拼命贴紧墙，想要离这玩意远一些。无奈他身体魁梧，非但没躲开，反而将门板挤得"嘎吱"一声响。

翡灵停下脚步，漆黑的眼睛看过来。

阿六："……"

院中一片寂静，只有绣鞋踩过枯叶的细碎声响，越来越近。

"是你回来了吗？"翡灵声音尖细，又高又飘，像是压抑了太多感情。

阿六心里暗暗叫苦。

"云涛。"翡灵又叫。

管他是人是鬼，这回都只有得罪了啊！阿六握紧刀柄，全神贯注，保命要紧。

翡灵紧走几步，将红莲盏放到台阶上，拎着裙摆一路小跑过来，伸手握住门板。

借着惨淡月光，阿六低头看了一眼那手，几乎惊叫出声。那手干枯而又遍布褶皱，颜色漆黑，如同刚从坟里挖出来的。

许是翡灵力气有些大，门板"哐啷"一声砸在了地上。

阿六："……"

见着后头躲着的人，翡灵脸上的期盼与欣喜瞬间僵硬，她狰狞地尖叫起来："你是什么人？"

阿六哆哆嗦嗦，深情款款道："我是你转世后的云涛啊。"

翡灵："……"

"来，姑娘你先冷静一下。"阿六试图缓和气氛。

翡灵一个耳光重重打在他脸上："敢冒充他！我杀了你！"

"我没冒充啊！"阿六捂着脑袋满院子跑。

翡灵打了个呼哨，院中顿时亮了起来，细看亮的却并非灯盏，而是无数闪着幽光的萤火虫。四周传来窸窸窣窣的声音，黑甲尸虫从房檐下、废宅中、草丛里源源不断地爬出来，向着阿六爬去，大片大片绵延不绝，像是移动的黑色锦布。

"爹啊！"阿六差点吓得魂飞魄散。

"这种时候，你爹怕是救不了你。"一阵"咯咯咯"的笑声传来，从院外进来一个人，穿着锦绣华服，戴着玉佩金簪，雍容华贵，十指纤纤。

"你！"看清来人的面容后，翡灵声音又拔高了三分，"陶玉儿！"

"我知道自己叫什么名字，不用你这半人半鬼的妖精来提醒。"陶玉儿站在院中，裙摆拂过处，那些尸虫如同见了毒药，纷纷蜷缩毙命。

"女侠救命！"阿六赶紧躲到她身后。

"红莲盏。"陶玉儿并未理会阿六，而是继续饶有兴致地看着翡灵，"看来你对我那命苦的夫君仍旧情真意切。"

翡灵冲上前，用干枯的双手抓住她的衣襟，几乎是在咆哮："你这蛇蝎妇人，将我困在这废宅里将近二十年——"

"我困住你？"陶玉儿挥手扫开她，"我现在打开阵门，你敢出去吗？"

翡灵目光呆滞，像是被戳中了心事。

陶玉儿嗤笑一声，拿起红莲盏，转身向外走去。

"还给我！"翡灵回神，冲上来想要抢夺，却被陶玉儿当胸一掌拍飞，重重撞在了木柱上，一身红衣翻飞如同脆弱蝶翼，接着，她口中吐出黑色的血液。

阿六心里发毛，连忙跟紧陶玉儿，总算离开了这诡异的白骨宅。

旷野上，夜风吹来。

"夫人。"李老瘸正赶着马车候在外头。

陶玉儿将红莲盏递给他，转身对阿六道："上来。"

"我啊？"阿六指着自己问。

"是。"

阿六心道：不大好吧，我还要去找爹。

"再犹豫一刻，我就将你重新关进那宅子里。"陶玉儿丢下一句话，自己上了马车。

李老瘸拿着马鞭站在一旁，面色凶狠地瞪着他。

阿六不甘不愿，挪着小碎步上了车，心里很苦。

李老瘸一甩马鞭，带着两人驶向山道，青苍九曲十八弯，马车不多时便消失在了月色里。

天色渐明，阿六蹲在马车一角，看着另一边的陶玉儿，觉得自己甚是倒霉。自己这般离奇失踪，萧澜八成是不会在意的，毕竟他巴不得自己快些消失，而爹和林威以为自己仍在李府，估摸也不会觉察异常。阿六孤立无援，指望不上别人，就只有靠自己往外跑。

但自己跑也不甚容易，想起方才陶玉儿山呼海啸那一掌，阿六不由得缩了缩脖子，心想千万别跑路不成反被拍个半死，那就很不值当了。

如此七想八想，他越想越沮丧，最后索性头一歪睡了过去，四仰八叉，鼾声震天。

陶玉儿："……"

洄霜城中，李府。

"这位少侠。"牛大顶笑容满面，揣着手看屋顶，"可有见着在下的义弟？"

萧澜面无表情地道："没有。"

"这……到底是去了何处啊。"牛大顶闻言顿时愁苦起来，前厅里一群商会的朋友还在等着见他，他怎么说消失就消失。

萧澜问："你为何不去城中找找看？"

"找过了，没找着啊。"牛大顶跺脚，"去街上问了一大圈，只有一个看守城门的老差役说昨晚半夜的确有一人扛着大刀出了城，听着像我那义弟。可半夜三更的，你说他出城去做什么？"

萧澜坐起来，又问："出城？"

"是啊。"牛大顶道，"北边那一片荒郊野岭，还闹鬼，千万别是出了事。"

萧澜大步走出了李府。

另一处，林威也道："阿六似乎失踪了。"

"失踪？"。

林威点头："李府派了人在四处找，听说他昨天半夜出了北城门，就再也没回去。"

"他去了那萧家荒宅？"陆追拿起桌上的清风剑，"走吧，过去看看。"

或许是由于多年前萧家那场失踪案太过诡异，因此洄霜城的百姓一直将城北视为不祥之地，即便是正午时分，周围也见不到半个人影。陆追与林威在宅子里寻了一圈，并无任何收获，一切都与前夜并无二致，不像有人来过。

"会不会……"林威迟疑。

"什么？"

"阿六会不会被困在了这幻象下的白骨废宅里？"

"这是最坏的一种可能。"陆追蹲下，用手敲了敲地面，"找不到布阵的人，你我想闯进去救他也难。"

二人说话间，远处却传来马嘶声，他们便暂且退出萧宅，隐蔽在了暗处。

一匹黑色骏马踏风而来，行至近处，萧澜勒紧马缰，翻身落地。与他一道来此的，还有那日那个侏儒。

"等等！"侏儒拦住萧澜。

萧澜冷冷地看了他一眼。

侏儒提醒："少主人息怒，只是姑姑当日吩咐过，这萧家旧宅，最好不要轻易踏入。"

"那你便回去告诉她好了。"萧澜将人扫到一旁，言语中有几分不耐烦，自己几步跨上台阶，伸手推开那扇"吱呀"作响的破门。

院中一切如旧，安静得像是能听见叶落声。

萧澜关于这处老宅的记忆很少，少到几乎可以忽略不计。但即便如此，他还是觉察到了一丝异样——一丝说不清理由的异样。

"少主人？"见他站在院中久久不动，侏儒不得不小声唤了一句。

萧澜闭上眼睛想要定神，却听到了一声若有似无的呻吟，像是很远又像是很近。莫名熟悉的感觉涌上心头，萧澜脑中的景象飞速变化，最终定格在八岁那年，自己与母亲一道在槐花树下时，她一句一句教给自己的那段口诀与心法。

"少主人醒醒！"见他状态似乎不对，侏儒面色一变，拉住胳膊便想将人拖回去，却反而被大力推开，站立不稳地滚出了大门。

陆追远远看着这一切，也有些摸不准究竟出了什么事。

院中枯树晃动，像是有什么东西隐隐要冲出来。萧澜从腰间甩出乌金鞭，当空呼啸甩过，铁鞭如毒蛇一般死缠住树干，咬出道道如血红痕。他手下一发力，竟将那百余年的大树连根拔起。

一时之间，地动山摇，连日光也黯淡了几分。

大树重重砸倒在地，扬起一片尘土，而在这片黄色雾霾中，那座陈旧废宅正在片片剥落，化为齑粉。

"少主人。"侏儒连滚带爬躲到萧澜身边，惊魂未定。

陆追与林威初时也有些诧异，不过仔细想想，既然是萧家祖宅，那萧澜能破这机关迷阵也不意外。

灰尘模糊了视线，耳边也传来沉闷声响，而待这一切都平静下来时，一处与先前的废宅有几分相似但又截然不同的屋宅赫然出现在众人面前。

屋宅墙壁斑驳，如同刚自地底升腾，蛛网遍布，散发着郁郁沉沉的腐败之气，青苔横生，像是从未见过阳光。无数白骨交叠在院中，木柱早已分辨不出原本的颜色，只有院中枯树倒地时根须带出的泥土尚且有几分新鲜与潮湿。

侏儒喃喃道："这……"

萧澜握紧右手，一步一步走向那白骨宅。

"少主人。"侏儒一瘸一拐地追上前，"别进去了。"

"怕什么，这是我家。"萧澜道。

"可都这么多年了……"侏儒心悸，"还是回去吧。"

萧澜独自走到院中，俯身想将那些白骨收归一处。他虽不知其中有没有自己的父亲，但总归都是萧家人。

侏儒跟在他身后，也不知该说些什么。一片寂静时，屋中却又传来一声呻吟，像是有人在忍受极大的痛楚。

"谁？"侏儒拔出匕首，有些惊恐地怒斥了一声。

萧澜也站起来，盯着一处破旧屋宅。

沙沙声传来，像是有人在地上爬行，而后便是一双漆黑干枯的双手骤然伸出，死死握住了门槛。

饶是在墓穴中长大，见到这一幕，侏儒还是吓得险些叫出来。

萧澜握紧鞭柄。

一个娇小的身影费劲地爬了出来，嘴角挂着暗色血液，眼底写满不甘与恨意，以及模糊到几乎看不清的凄婉，红衣在灰尘里拖出一道厚重血痕。

"姑娘！"看清她的面容后，侏儒倒吸一口冷气，赶忙上前将人扶起来，"怎么会是你？"

萧澜问："你认识？"

暗处，陆追与林威对视，都从对方眼中看出同一个疑问——按照阿六的功夫，应当不至于将翡灵打成重伤，所以在昨夜，应当不止一个人闯入了白骨宅。

"她是翡灵姑娘啊。"侏儒急急道。

"翡灵？"萧澜蹲在她身边，问，"是姑姑失踪多年的女儿？"

"是她。"侏儒想要将人先背出去，却被萧澜一把按住，"骨头都碎了，别折腾了。"

"你是云涛。"翡灵一把拉住他的衣襟，像是用尽了全身所有的力气。

"萧云涛？"萧澜道，"他是家父。"

"原来云涛是你爹。"翡灵眼中的光华黯淡下去，痴痴盯着他看了一阵子，却又像是想起来什么事情，一层黑霾瞬间浸染双瞳，"你是陶玉儿的儿子！"

萧澜躲开她干枯的双手，道："你冷静些，我带你去找姑姑。"

"我不回冥月墓！"翡灵疯了一般想要扑上来，"我要杀了你！杀了你那蛇蝎心肠的娘！"

"姑娘、姑娘！"侏儒赶忙抱住她。

两人挣扎间，翡灵原本就被震碎的骨头剧烈移位，重重穿透五脏六腑。暗色血液不断涌出，很快便将她身下土地染透，最后一丝生机也消散无踪。她墨黑的瞳仁盯着天空，渐渐散开，像是在不甘这满是遗憾的一生。

侏儒深深叹了口气，将她瘫软的身体放在地上。

"要带回去吗？"萧澜问，"姑姑找了她这么多年。"

"这种结果，还不如一直找下去。"

"你想瞒着姑姑？"

听他这么问，侏儒赶忙低头道："属下不敢。"

"说说看。"萧澜从翡灵手中抽出一方手帕，遮住那涣散的双眼，问，"她是个什么样的人？"

"翡灵姑娘是姑姑唯一的女儿，极少出墓，十八岁时溜出去玩，就再也没回去过。"侏儒道，"姑姑派人四处去找，几年之后总算有了下落，可姑姑非但不高兴，反而勃然大怒。后来才传出消息，说姑娘为了一个男人，用墓中药物将她自己生生变回了九岁的模样。"

萧澜猜测："为了我爹？"

侏儒默认。

萧澜道："怪不得她那么恨我娘。"

"现在要怎么办？"侏儒站起来问。

"烧了吧，连同这宅子一起。"萧澜道，"至于姑姑那头，我自会向她交代。"

侏儒将院中枯树归拢到一起。

"喂！"林威在远处急道，"别点火啊，万一阿六还在里面呢？"

"待会儿记得去找人。"陆追拍他一把，自己用面巾蒙住脸，三尺青锋凌空出鞘，铮鸣不绝。

"谁？"侏儒大惊。

陆追一语不发，身姿飘逸，轻灵如同一尾鱼，剑锋直指萧澜心口。

侏儒拔出匕首扑上前，却不出三招便被打退。萧澜手中铁鞭倒齿缠住剑锋，带出串串火花。

陆追且战且退，一路有意带他前往密林。那侏儒从地上爬起来，想要追过去，后脑勺却又重重挨了一下，摇摇晃晃重新倒在地上。

"得罪了。"林威将手中石块丢在一边，冲进屋宅寻人。

密林中的两人愈战愈烈，数百招后，萧澜单手卡住陆追的脖颈，将人倒推到河边，咬牙道："真当我看不出来你是谁？"

陆追道："原来你对我的容貌如此烂熟于心。"

萧澜抬手将他丢进河里。

陆追："……"

下一刻，一条铁鞭又当空飞来，绕圈缠住他的肩膀，将人带出河面抛到了一旁的泥地上。

陆追捂着胸口咳嗽两声，气喘吁吁地靠坐在树下，伤口隐隐渗出鲜血。

"为什么要跑？"萧澜右手捏起他的下巴。

陆追勉强含糊道："我以为是因为你的疏忽，才会让人抢走我。"

萧澜冷笑："那日你几乎抱着那人不舍得撒手，当我瞎？"

陆追："……"

陆追道："可我自己也来了洄霜城。"

萧澜拉着他的衣领，想将人拽起来，却不慎撕开一大片布料，露出大半胸膛。

"喂，你做什么？"林威刚一找来，便见陆追坐在树下，浑身湿漉漉的，一人正在撕扯他的衣裳。林威顿时被吓了一跳，赶紧拔刀跑过来。

陆追遮住胸口，也用疑惑的目光看着萧澜："你脱我衣服做什么？"

萧澜："……"

登徒子啊这是！林威或许是在山海居中做伙计做久了，总觉得谁都在觊觎二当家，于是赶忙脱下外袍将他裹严实，以免被人看了去。

"扶我起来。"陆追拍拍他。

林威将人搀起来，带着他想要往外走，却被萧澜拦住："都到这里了，你还想跑？"

林威拔刀出鞘："闪开！"

陆追示意他没事，又看着萧澜道："既然撞上了，那正好将话说清楚，你我此行的目的一大半都是为了红莲盏，所以既然我们都来了洄霜城，也不必担心谁会先走。而我之所以会在定海城先离开，是因为知道鬼姑姑定会派人跟着你，做事不方便，我一个人行动反而更利索些。"

"你住在哪里？"萧澜问。

"城西三福街小院，门口有一棵大柳树。"

"方才为何要冲出来？"萧澜又问。

陆追坦白："为了找人。"

"阿六？"萧澜猜出答案，"你本事不小，这都能见缝插针找人盯着我。"

"宅子里没找到。"林威小声道。

"你可知他去了何处？"陆追问。

萧澜道："我来这城北，也是为了找他。"

"看来除了红莲盏，我们又多了一个相同的目的。"陆追叹气，"在你派阿六前往城北的第一夜，阿六其实就已经冲破幻境，踏入了真实的白骨废宅，这次失踪恐也与此有关。我会派人出城去寻，若你有什么消息，也劳烦告知我一声。"

萧澜道："既然是你的人，那我就不寻了。"

"找到他，还能用来威胁我。"陆追被林威扶着，慢慢往林子外走，"这种好事不常有，毕竟在这世间，我看重的人与事不算多，他算是其一。"

萧澜盯着他的背影，倒也没有再追上去，直到四周重新寂静下来，才回到萧家废宅前，点起了一把冲天大火。

木材燃烧的"噼啪"声中，那侏儒终于醒了过来，爬起来晃晃脑袋，想起遇袭的事情，急道："方才——"

"跑了。"萧澜打断他的话。

"是何人？"

"不知。"

侏儒还欲再言，但见他面色阴沉，宅子里又在火化亲人尸骨，也不敢再开口。

火光逐渐减弱，最后连青烟也被吹散，萧澜跪地磕了三个头，然后才策马回了泂霜城，一路再未转身多看一眼。

翌日下午，有砍柴人发现这座被焚毁的屋宅，将消息传回城里。于是百姓闲聊时便会提起，都说那废宅空了这么多年，这阵总算是被老天收了回去，怕是主人家的冤屈已经洗清，否则也不会烧得那般干净。

萧澜独坐院中，仰头饮下一杯酒。

牛大顶又探头进来，见依旧只有他一人，难免遗憾："我那义弟还未回来吗？"

萧澜说："他或许已经独自远行。"

"去了何处？"

"江湖。"

此番对话，当真与说书先生的话本一模一样。牛大顶觉得这或许会是自己此生唯一一回离江湖这么近，一时之间有些心酸，又有些不舍。

萧澜问："你要走了吗？"

牛大顶说："舅舅的寿辰已经过完了，我也该回去了。"

"何时出发？"

"五日后。"

萧澜却说："你今晚就走。"

牛大顶莫名其妙："为何？"

萧澜道："你那义弟在临走前说过，今天是个好日子。江湖中人出远门，都要挑个吉利的好日子。"

"当真？"牛大顶闻言心动，搓着大腿一拍，"那我就听义弟的，今晚走！"

是夜，牛大顶果然收拾车马行李出了城。

第二章
求子寺的秘密

　　天边星辉黯淡，萧澜离开李府，独自一人去了城西。

　　在一处小宅院前，果然有一棵歪脖子老柳树，长得很繁茂，开春应当能冒满嫩芽飘满絮，但城中百姓不怎么不喜欢。因为，据说在几十年前，曾有书生踩着树去同宅子里的小姐夜夜幽会，颇辱门风。

　　萧澜踩着树越过院墙。

　　房中，林威正在给陆追换药。萧澜的铁鞭上遍布乌金倒刺，人被缠住后如同被利齿啃咬。受过一鞭后，陆追肩头满是深浅不一的血洞，看着有些瘆人。

　　林威将药粉小心翼翼地吹上去。

　　陆追额头满是冷汗："就你这手法，居然还想过要去做大夫？"

　　"我这不是没做成吗？"林威哄他，"好好好，我再慢点。"

　　"你还是快些吧。"陆追头疼，"否则疼是一码事，八成还要染风寒。"

　　林威狠下心，将药粉糊了上去。

　　陆追惨叫出声。

　　萧澜靠在门口，问："你这是要生了？"

　　"看什么看！"陆追还未出声，林威先怒斥，"转过去！"没见二当家没穿衣裳？

　　"又不是大姑娘，还怕人看。"萧澜从怀中掏出一瓶药丢过去，"用这个吧。"

　　林威接到手里，又给他丢了回去。

　　陆追："……"

　　——你等会儿，受伤的人是我。

萧澜倒没再说话，一直等陆追换好药才道："你有没有想过，或许是我娘掳走了阿六？"

"陶夫人？"陆追疑惑，"可她并不认识阿六。"

"你应当知道翡灵。"萧澜道。

陆追点头。

"她所中那一掌，是我娘的夺魂掌。"萧澜道，"所以至少在那晚，我娘是去过白骨宅的，而阿六当时若在场，会被她带走也不奇怪。"

"被陶夫人带走，算好事。"陆追站起来活动了一下筋骨，"至少不会有性命之虞。"

萧澜挑眉："这可难说。"

"我的人已经出城去寻了。"陆追道，"还有另一件事，你应当也会想听，与红莲盏有关。"

"说。"

"阿六闯入白骨宅的第一夜，曾见过翡灵。"陆追道，"当时她手中捧着的正是红莲盏。"

"不可能。"萧澜道，"翡灵已经消失了二十余年，可红莲盏失踪，距今无非短短五六年。"

"我骗你作甚。"陆追倒了盏茶，"或许是她曾经踏出过幻境，又或许是因为别的什么，将来总会找到一个答案。而陶夫人既然去过白骨宅，你有机会不妨也问问看，说不定会有收获。"

萧澜不置可否，也看不出是信还是不信。

陆追问："你今夜找我，应当也有事吧？"

萧澜道："明日随我一道去镇风寺。"

陆追问："做什么？"

萧澜答："扮兄妹。"

"喀喀！"林威一口茶全部喷到地上，觉得自己或许要聋，"兄什么？"

陆追也意外："兄妹？"

"镇风寺是出了名的送子寺。"萧澜道，"成亲多年却无子嗣的妇人，只要在寺里住上十天半个月，回去就大多能怀孕，甚至还有外乡客慕名将娘子送来。这么一座寺庙，我若独自前去，难免引人注目。"

"可为何要去这送子寺？"陆追仍旧不解。

"镇风寺的方丈住持名叫戒恶。旁人不知，我却打探到消息，他很有可能是十余年前跟在翡灵身边的大恶人，常九死。"

"这什么爹娘，取个名里头还带'死'字。"林威很是嫌弃。

"不是爹娘取的名字，而是他行走江湖的诨号。"陆追若有所思，"常九死，我也听过此人的名字，据说他一直跟在翡灵姑娘身边，对她一片痴心。在翡灵消失后，常九死便也销声匿迹。武林中人大多猜他已经殉了情，却没想到他竟是到镇风寺做了方丈。"

"只是猜测而已，未必准。"萧澜道，"萧家人是怎么死的，翡灵又为何会被困在萧家老宅这么多年，总得弄清楚缘由。常九死既对翡灵痴心一片，想来也不会对当年的事全然无知。"

"就算你想弄清当年的真相，可那是你萧家的事，是冥月墓的事，又不是朝暮崖与山海居的事。"林威觉得莫名其妙，"我们为何要帮你？"

三更半夜翻墙而入，还要去什么求子的寺庙，这人能不能行了？

陆追却道："我去。"

林威："……"不然再考虑一下？

林威又道："即便要见方丈住持，也能光明正大地上门，为何非要假扮兄妹？"

萧澜道："因为除了上门求子的香客，戒恶平日里不会见人，甚至连面都不会露。现在尚不确定究竟是不是他，我们不方便硬闯，以免打草惊蛇。"

陆追问："明日何时动身？"

"傍晚。"萧澜道，"我易容成村夫，你扮妹妹。"

林威怒曰："凭什么？"

陆追难得纠结，也道："为何？"

萧澜答："因为你比较矮。"

陆二当家觉得自己无法反驳。

"那就这么说定了。"萧澜离开屋宅，照旧踏着歪脖子柳树落在街上，回了李府。

林威问："当真要去啊？"

陆追瞥他一眼，道："你若是敢将这件事告诉大哥——"

"我一定不说。"林威举手保证，同时为了化解此时屋中不知从何而起的尴尬，又主动转移话题，"先前还真没听过这个大恶人的名号。"

"你是说常九死？"陆追自己倒了盏茶，他向来将日子过得精致，即便是在这风声鹤唳之时，也特意买了粉白镶蝶小瓷盏，好用来泡龙井。

"是。"

"他虽自称大恶人，却没做过杀人满门的大恶事，只是跟在翡灵身后助长她的嚣张气焰。"陆追道，"他算是无名小卒一个，即便凭空消失，也不会在江湖上掀起大波澜，众人茶余饭后说一阵子，也就过去了。"

"怪不得。"林威道，"可一个大恶人如今却做了送子寺的方丈，还有求必应，怎么想怎么邪门。"

"明日去看看便知。"陆追道，"当年的谜团尚未解开，萧澜应当不会拿我怎么样，你不必担心。"

这都扮兄妹去求子了，还不会怎么样！

林威深沉地叹了口气。

第二天下午，萧澜准时登门——自然又是翻墙而入，毕竟快，还不容易被人发现。

林威眼中写满嫌弃。

萧澜取出面具，很快就将自己易容成朴实村夫。至于陆追，虽说身形不如他高大，但也要比寻常女子高上不少，走起路来又器宇轩昂，哪怕面容再清秀白净，也不怎么像妇人。

萧澜不知从哪里弄出一项挂纱的斗笠，扣在他头上，道："你少在人前走路，实在不行就装断腿，我扶着你，出发吧。"

林威："……"

他脑袋疼。

镇风寺位于洄霜城北，香火极旺。门口的小和尚一听是外乡客来求子，二话不说就带着他们进了前殿，先是让他们捐香火钱，后又带他们到后院客房，说是吃完素斋后，男人就能走了。

"要我妹妹一人留在此处过夜？"萧澜问。

陆追隔着轻纱垂下头，看着颇为娇弱。

小和尚道："这是住持定下的规矩。"

萧澜犹豫片刻，道："也行。"

"那二位先歇一阵吧。"小和尚又送来素斋，青菜、豆腐、稀米汤，几块腐乳也是半黑半红，全无卖相。

萧澜刚拿起筷子，陆追便取过包袱，从里头拎出两包素卤味，一块普洱小饼。

萧澜："……"

陆追打发他："去将茶壶烫一烫。"

萧澜置若罔闻。

陆追道："没有普洱喝，我就不吃饭，不吃饭心情就不好，心情不好，那晚上就有可能会乱说话。"

"你最好考虑清楚。"萧澜吃了一口青菜，道，"在这镇风寺里你再嚣张，出去后我也会十倍讨回来。"

陆追道："可要不是你让我装断腿，这茶壶我就自己去烫了。"

萧澜丢下馒头，抄着茶壶起身出门，面色铁青。

陆追将筷子擦了擦，气定神闲地拈起一块卤豆腐。

一顿饭吃完，天色也逐渐暗沉下来，萧澜赶着马车离开镇风寺，不多时便暗中折返，隐在客院屋顶，轻轻揭开半片房瓦。

陆追靠在床上，手里正拿着一本书翻看，桌上红烛跳动，更显四周寂静。

子时过后，院门"吱呀"一声响，一个光头和尚披着袈裟摸进来，大腹便便，看不太清容貌。走上台阶，那大和尚也未敲门，而是如同回自己家一般，熟门熟路地推门而入。

陆追将手中书册丢在地上，假模假样地叫了一嗓子，以表示自己有些受惊。

萧澜："……"

大和尚笑道："小娘子莫要怕，是我。"

萧澜心里摇头，搞了半天，敢情是个欺男霸女的花和尚？

"你是谁？"陆追问。

他声音本就不粗，此时再捏起嗓子，加上几分惊慌失措，倒也不大能分辨出男女。

大和尚透过一层轻纱，见帐中人似是楚楚可怜，更是喜不自禁："你来这寺中，不就是为了求子吗？我是给你送子来了。"

陆追问："你是菩萨？"

"小娘子可真会说笑。"大和尚解开腰带，"菩萨可不能给你这等销魂滋味，尝过便知。"

陆追道："救命啊！"

"这院中哪里还有旁人？叫什么救命，煞风景。"大和尚坐在床边，"成亲这么多年也没怀上，想来是你那男人中看不中用。"

萧澜："……"

陆追往后缩了缩："哎呀，这大师也能知道？"

大和尚搓手："你在我这镇风寺中住上十天半个月，莫说是怀个儿子，怀个龙凤胎也是有可能的。"

陆追为难："可在你这儿怀上了，也不是我男人的啊。"

"你不说我不说，菩萨不说，此事还有谁能知道？"大和尚瞥见那伸出被褥的半只玉足，险些流出口水，不管三七二十一，扑上前便欲行快乐事。结果，他人还未靠近，便被一道掌风拍了出去。

"你这是看上瘾了？"陆追掩住衣襟，下床不满地看着屋顶，半天不见人下来。

萧澜落在地上，调侃："我当你演上瘾了。"

"你们——"大和尚心知不妙，刚想开口呼救，便被萧澜卡住脖子一拧，顿时连气都快要喘不过来。

"是他吗？"陆追穿好衣服，问。

萧澜道："常九死。"

大和尚眼底划过一丝惊恐。

"看来真是你。"萧澜道，"人人都说你已为翡灵殉情，原来是更名换姓，在这里做此等丧尽天良之事。"

"你们想做什么？"大和尚问。

萧澜道："当年翡灵失踪之事，你知道多少？萧家的事你又知道多少？"

"我什么都不知道。"

萧澜又问："那你可知我从何而来？"

大和尚并未接话。

"萧云涛是我爹。"萧澜道，"而鬼姑姑自幼抚养我长大，不管站在哪边，我这回都没有理由放过你。"

大和尚额头霎时便冒出一层冷汗。

"天快亮了。"陆追在旁提醒，"先带回去再说。"

大和尚惊恐道："我不去冥月墓！"

萧澜一记手刀，将他干脆利落地劈晕过去。

陆追见状紧走两步，出门跃过墙头，宛若一阵疾风，生怕晚了会被此人拉住背和尚。

萧澜弯腰捡起他落在屋里的一只鞋。

——你还能跑得更快些。

天色将明，林威正在小院中等。

见到陆追翻墙而入，并没有与萧澜在寺庙中过夜，他不禁深深舒了口气，赶忙站起来迎上前："事情怎么样？"

陆追向后一指，单脚跳进屋里穿鞋。

萧澜紧随而至，将大和尚丢到地上，砸起一地尘土。

陆追刚出屋门便吃了一嘴灰，于是默默离远了些。

林威问："他就是常九死？"

陆追道："此人在寺中不知欺辱了多少妇女，死数百次也不嫌多。"

"原来是这般送子方式。"林威从井中取了一瓢水兜头泼过去，将人泼醒。

"喀喀。"看清周遭后，常九死坐在地上抖若筛糠——他在刺骨寒风中被浇了个透心凉，再加上恐惧，很难不抖。

"说吧。"萧澜道，"当年萧家的事情，翡灵的事情，若是遗漏一件，我便活剐了你。"

"我……我不知道，我当真什么都不知道。"

"嘴还挺硬。"林威道，"那假扮方丈为非作歹的事情，总能知道了吧？"

"数年前，我因伤病躲进寺中休养，后来就心生歹念。"常九死对此倒是没有隐瞒，"原先的方丈圆寂后，我便取而代之，恐吓那些小和尚不许将事情说出去，霸占了镇风寺。后来见无人认出我，我就又得寸进尺，在外头散布了求子的流言，引诱年轻女子前来烧香。"

陆追摇头，若消息传出去，当初那些从镇风寺中求得的孩子只怕会被遗弃大半，当真是造孽。

"单凭这个，你便活不了。"萧澜蹲在他面前，"如此都不肯说出萧家与翡灵的事，看来你是真怕会被我剐了。"

"我说了，萧家的事情我不知——啊！"常九死一句话还未说完，臂上血肉便生生少了一块，痛楚突如其来，令他整张脸都变得扭曲。

萧澜将滴血的匕首插入地下，道："你不说，我照样剐了你。"

林威提议："不如我帮你抬进山里，再慢慢剐。"

他们二当家又白净又文雅，对这血糊糊的玩意并无多大兴趣，还是莫要看到才好。

"你们将我送官吧。"常九死挣扎。

陆追说："想得美。"

常九死索性闭上眼睛装死。

陆追右手握上他的肩头，一拉一按，掌下便传来了清晰的骨头碎裂声。

常九死痛呼，在地上滚作一团。

林威心里讶然，若他没看错，方才那应该是冥月墓中的裂魄手。

"送官也是死，不如给我练练手。"陆追一扬嘴角，"你猜你将你这一身骨头都捏碎，要花多久？"

萧澜靠在一边的树上看他。

林威觉得自己对二当家的印象或许要更改些许。

常九死自知此番难活，与其白白受折磨，不如自我了断痛快些。因此，他找了个机会，闭着眼睛撞向大树。

萧澜一脚将他踢了回去。

常九死眼冒金星，蜷在树下咳嗽。

"你说你这是何必。"林威拉着他坐起来，"越不肯说，吃的亏就越多，既然你一心求死，为何不能乖乖配合？将当年的事情说出来，就算你想活，我们也不会答应。"

常九死嚣张半生，从未受过这种折磨，粗喘了半天气才开口："我不知道翡灵在哪里，我也一直在找她。"

萧澜问："翡灵失踪的时候，你不在她身边？"

常九死终于肯松口，将当年的事情慢慢说了出来。

翡灵溜出冥月墓那年刚满十八岁，娇俏可人，刁蛮任性。当时的常九死还是个土匪头子，原想抢了她做压寨夫人，结果反而被她一把火烧了老窝，心中自是不忿。他扛着刀从北一路追到南，孰料最终却对翡灵心生爱慕，心甘情愿跟在了她身后。

"翡灵性格嚣张跋扈，我便自称大恶人，好让更多人都怕她敬她。"常九死道，"我自知面貌丑陋，也从未想过要娶她，甚至还主动帮她去勾引萧家的主人，想着只要她快活，那我也就快活。"

当时萧云涛尚未成婚，却有个心上人，是无念崖的大弟子，名叫陶玉儿。

"我爹喜欢她吗？"萧澜问。

常九死摇头："萧家的主人心里只有陶姑娘，没多久两人便成亲了。"

"那翡灵呢？"萧澜又问。

"她当时悲痛欲绝，去大漠待了数月，依旧意难平，于是昼夜兼程折返洄霜城，原想去萧家大闹，却反被无念崖的人识破计谋，将我与她堵在了青苍山中。"常九死道，"她眼看就要掉下悬崖，幸好陶玉儿策马赶到，将她救了下来，甚至还带她回了萧宅。"

陆追暗想，这可不像是陶夫人的脾气。

当时萧云涛在外行商，陶玉儿替翡灵安置了住处，两人关系好时，甚至以姐妹相称。翡灵原是想独占萧云涛的，后来也松动了，说若是萧云涛肯娶她进门，那她就愿意与陶玉儿平起平坐，共侍一夫。

"我哪能比得过妹妹。"陶玉儿用指尖挑起她的下巴，嘴角一勾，"长得这般像小姑娘，可是合了我那相公的胃口。"

"那他为何不肯娶我？"翡灵问。

"因为……你当初太凶。"陶玉儿在她耳边低声道，"不过若换成八九岁的小姑娘，即便再凶，他也是喜欢的。"

翡灵不解。

"云涛就喜欢年纪小的，年纪越小，他越喜欢。"陶玉儿松开手指，"只可惜我已过了那豆蔻年华，不比妹妹这张脸，嫩到能掐出水。"

"而后翡灵便如同中了蛊，为能独占萧家主人，不惜服下冥月墓中的药物，将她自己的容貌与身形永远维持在了九岁。"常九死道，"等我知道时，一切都晚了。"

"我爹……"萧澜皱眉。

"后来萧家的主人回来了，翡灵便满心欢喜地去见他。"常九死道，"可谁知一切都是假的，萧家主人根本就不喜欢什么年幼的小姑娘，听闻面前之人便是当初的翡灵，因服了墓中药物才会变回九岁后，更是惊慌失措，勃然大怒，将她当成了妖孽。"

当时陶玉儿已有身孕，萧云涛一个普普通通的商人，本就不喜欢江湖门派，更何况这翡灵还是坟堆中的妖女，他担心她会伤了自家妻儿。他将翡灵赶出去后，又花重金聘请了护院，将屋宅团团围住，以防再出乱子。

"后来怎么样了？"陆追问。

"翡灵因此大受打击，却不肯回冥月墓。"常九死道，"她在城中行尸走肉般过了大半年，直到萧家小公子出生那日，眼底才重新有了情绪。"

"恨意？"萧澜问。

"是。"常九死说，"而在那时，恰好又有一人寻上门，两人约定一起行事。他说只要萧家的财，不会动萧家的人，待到事成，翡灵自可带着萧家主人远走高飞，将其囚禁在墓中也好，带去海岛也罢，总能双宿双飞过一辈子。"

"那人是谁？"陆追问。

常九死道："李银。"

这名字有些耳熟，正是前几日过寿的洄霜城首富，也是牛大顶的舅舅。

"怪不得。"陆追道，"萧家没落之后，这李银没多久就搬来城中，几乎是一夜之间起势，成了富甲一方的员外大户。"

"那日陶夫人带着儿子去大金寺烧香，夜晚未归，我们便趁机行动。"常九死道，"李银不知从何处雇来帮手，功夫极高，几乎杀光了萧家所有的人，又放火烧了屋宅，谁知因为风势太大，大火绵延焚毁了大半座城。"

三更半夜，百姓都忙着灭火，自然无人注意到萧家的异常。而在天色将明未明之际，陶玉儿带着襁褓中的孩子赶回来，一眼看到的便是满地的尸骸与疯疯癫癫、坐在灰烬中的翡灵。

"萧家的主人……"陆追看了一眼萧澜，迟疑着没有说出来。

"萧家的主人死了。"常九死道，"李银并没有遵守承诺留下他的性命。"

萧澜握紧拳头。

"而后我便逃了。"常九死道，"无念崖的人太多，我救不出翡灵，她也不想让我救，一直抱着萧家主人的尸骨，像疯了一般，嘴里念叨着红莲盏。"

"又是红莲盏？"陆追问。

"我也不知道那是什么，只听翡灵说，陶夫人嫁给萧家主人，只是为了拿到红莲盏。"

"后来呢，你为何又会回到涸霜城？"

"我当时牵挂着翡灵，并没有逃远。"常九死道，"过了半个月，我就又溜回来打探消息，谁知满城都在说萧家的人离奇失踪，无人提到灭门惨案。我心中生疑，趁着天黑去了一趟萧府，可那里莫说是尸首，就连被焚毁的痕迹也找不到，先前那场杀戮就像是发生在梦里。我觉得邪门，便仓皇逃走了。"

"李银搬来涸霜城后，你没有去找过他？"陆追又问。

"找过了。"常九死道，"我原想问翡灵的事，可他说不知，明里给了我一大笔银子当封口费，暗中却派人杀我灭口，那夜我受了伤，便趁乱躲进了镇风寺。后来的事情，你们就都知道了。"

"这么多年，你就一直待在镇风寺中，没想过要走？"

"我想弄清楚翡灵究竟去了何处，想着萧家主人若葬在这里，她迟早会回来，总比去别处碰到的机会要多些，可也未能如愿。"

陆追看了萧澜一眼，问他："你打算怎么办？"

萧澜并未言语。他此番出墓，鬼姑姑只说让他从陆追手中夺回红莲盏，替数年前枉死的弟子讨命，却没想过红莲盏竟然与萧家有关，更没想过原来他的双亲与翡灵之间还有一段如此惨烈的纠葛。

"我知道的都说了，你们杀了我吧。"常九死胸口剧烈起伏。

萧澜袖中飞出三枚夺魂钉，穿透他的颅骨，堪堪钉在树上。

常九死直直向后躺去。

萧澜大步出了宅子，也不知要去向何处。

林威看着院中的和尚，愁苦道："现在要怎么办？"

"将他带去交给官府，至于萧家与翡灵的事，暂且别提。"陆追道，"用温大人给的令牌多抽调些人手，最近若有孩子被遗弃，便暂时将其收养起来，再想办法让这城内的闲话少些。"

温大人名曰温柳年，是朝中一品宰相，皇上面前的红人，也是陆追的好友。

林威弄了辆废旧马车，载着常九死的尸首去了府衙。

陆追烧了几壶热水，回屋泡药浴。雾气氤氲，散出药香，令他纷乱的大脑也终于平静些许。当初阿六说曾在白骨宅中见过翡灵手捧红莲盏，现在她既已身亡，想来红莲盏也已被一并拿走，许是落在了陶夫人手中。

可红莲盏为何会出现在萧家？陆追眉头微皱，翡灵被困二十余年，红莲盏若一直在她手里，那八年前冥月墓中的红莲盏又是怎么回事，总不该是……有两个？

思绪纷飞，浴水也渐渐冷却，陆追随手拿过一边的布巾，站起来刚想跨出浴桶，萧澜却冷不丁从他身后破窗而入。

陆追又淡定地坐了回去。

萧澜问："你为何一天到晚都在泡澡？"

陆追道："算上山海居那次，这是我第二回药浴。"而萧澜回回都撞个正着。

萧澜道："这城中小鱼小虾的教派如今是越聚越多了。"

"我猜八成与那个首富李员外有关。"陆追道，"这么多年他一直留在洄霜城，定然有别的目的。否则按照一般人的想法，作案之后巴不得逃到天边去，谁会像他那样，反而在原处买房买地，开始心安理得地做大户。"

"萧家有红莲盏，你先前可听说过？"

陆追摇头："萧家的红莲盏我不知，不过既然你说起了，我就再多提一句，当年冥月墓的人不是我杀的，红莲盏也不是我拿的。"

"不是你，那是谁？"

"这我如何猜得出。"

"找不出旁人，这罪名你怕是一时半刻洗不清。"萧澜拉过一把椅子，坐在他对面。

陆追提醒："你这是打算看着我出浴？"

萧澜答："你可以一直泡在里头，直到我将话说完。"

陆追打了个喷嚏。

萧澜道："你可知我此行为何要住在李府？"

陆追接二连三地打喷嚏，看上去完全没有要停下的意思。

萧澜："……"

陆追提议："你等我擦干头发穿上衣服，并不会花太多时间。"

萧澜盯着他看了一阵子。

陆追鼻头通红。

萧澜道："穿吧。"

陆追道："我以为你要出去。"

萧澜道："外面冷。"

陆追很想接一句"水里更冷"。

萧澜皱眉，又有些不耐烦："你又不是大姑娘，还怕人看不成？况且我又不是没见过，你一直磨磨唧唧，是又想耍什么花样？"

陆追纳闷："你何时见过我沐浴？"

萧澜答："多年前，冥月墓中，你半死不活，是我将你带去涌泉疗的伤。"

陆追更疑惑了："可我苏醒之后，在我床边守着的是秃头老王，他说是他救了我，还讹走了我十两银子。"

萧澜说："你爱信不信。"

陆追想了想，觉得面前此人还是比老王更可靠些，信一信也成。

萧澜依旧没有要走的意思，但浴水已经彻底冷了，陆追便伸手扯过一边的布巾，围在腰间站起来。他白皙的脊背上有几道明显的伤痕，像是已经有了些年份。

萧澜道："看来你的确得罪了不少人。"

陆追随口应一句，在屏风后换好衣服，又煮了一壶热茶。

萧澜问："方才我说到哪儿了？"

"说到你为何会甘愿陪着阿六一道在李府中住那么久。"

"是姑姑让我住在那里的。"

"鬼姑姑？莫非她也知道当年的事？"

"这么多年，姑姑一直在到处找翡灵。可她也只打探过常九死的下落，并未提过李银，不像知情。"

"这件事暂且放到一边，倒是有另一件事，我能问吗？"

"你想问我为何会被母亲送到冥月墓？"

陆追点头。

萧澜道：“我的记忆是从五岁开始的，那时我和母亲住在无念崖，处处受人排挤，日子过得并不好。”

“萧家突遭横祸，陶夫人孤身一人带着你，的确只有无念崖可去。”陆追道，“可按照常九死所说，陶夫人既是无念崖的大弟子，教主又调拨了人手随她长住涸霜城，那她应当在教中极有地位，为何会受人排挤？”

“先前我也想不通，问过母亲，母亲说因为她的关系，死了许多同门师姐妹。现在想想，应当就是指那夜李银率人攻入萧家老宅的事情了。”萧澜顿了顿，又道，“或许还与红莲盏有关。”

他未将话说明，陆追却也猜出九分。常九死没必要说谎，那按照翡灵在崩溃边缘的指控，陶玉儿之所以与萧云涛成亲，很有可能是为了得到萧家的红莲盏。而当时能在背后指挥这一切的，自然只有无念崖的教主陶心。

若真相如此，那陶玉儿任务失败，又连累同门枉死，会处处受冷遇并不意外。

“我六岁那年，陶心姥姥寿终正寝，母亲自知新教主继任后，无念崖绝不会再有我们母子的容身之地，便带我下了山。”萧澜道，“我们一路上都在被新教主追杀。”

陆追道：“怪不得当年陶夫人初到冥月墓时，满身都是伤。”

“那时我与母亲身陷绝境，恰好被出来寻女儿的鬼姑姑所救。”萧澜道，“后来便进了冥月墓。”

陆追若有所思。

翡灵既为萧云涛入魔，那鬼姑姑想将萧澜留在身边也能说通，毕竟那是当时唯一与萧家有关的人。不管翡灵对萧澜是爱是恨，总归多一线希望。

“我当时年岁小，不知道翡灵与萧家的纠葛，只知她为一个男人入魔，直到长大后出墓行走江湖，才隐约听到一些当年的事。”

“那陶夫人呢，她是何时离开的冥月墓？”

“一年多后，母亲就走了。”

陆追递给他一杯茶。

萧澜看着杯中茶梗上下沉浮，像是在想心事。

“你身边那个侏儒呢？”陆追又问。

“回去了。”

"回冥月墓？"

"既然知道了翡灵的下落，自然要告诉姑姑。"

"可翡灵这么多年都是被关在萧家老宅。"陆追道，"若鬼姑姑知道此事，八成会猜出真相，那时你又要如何自处？"

"什么真相？"

"困住翡灵的人是陶夫人。"

"此事尚无证据。"

陆追叹气："你应当比我更了解鬼姑姑，她做事从来不要证据，更何况此事与她亲生女儿有关。你现在再回冥月墓，怕是会有危险。"

"我暂时不会回去，况且从洄霜城到冥月墓，还要走上一段时间。"萧澜道，"现在我唯一想做的，就是利用这段时间查清李银的底。我要查出当年他为何会突然找到翡灵，又是谁在暗中帮他，好替萧家报仇。"

陆追道："也成。"

杯中茶水已凉，萧澜仰头一饮而尽。

陆追问："为何鬼姑姑会让你住在李府？"

"她说从李府下手，或许会找到红莲盏的下落。"萧澜道，"城中那些七七八八的邪门教派，只怕也是为此而来。"

"怪不得。"陆追靠回椅背，"那鬼姑姑可对你说过红莲盏的用途？"

萧澜挑眉看向他："你想套我的话？"

陆追反驳："我问得这般光明正大，如何能叫'套话'？"

萧澜道："我不知道。"

陆追："哦。"——不知道你就追着我满江湖跑。

过了一阵，萧澜又问："可有阿六的下落？"

"没有。"陆追派出去的人不少，却一点消息都探听不到，千万别说又被陶夫人另造了一个迷阵关进去，那得猴年马月才能出来？想一想就脑袋疼。

青苍山一处小院中，阿六在厨房里洗完碗，又在盘子里摆好酥皮点心交给李老瘸，然后才揣着手蹲在院中一角，吸溜鼻子。

冷，非常冷的那种冷。

他还当那人绑架自己是要做什么，原来是做杂役。

阿六往手心哈了一口热气。别人行走江湖被俘，通常都是为了惊天秘密，唯有自己，居然是为了洗碗。将来他若能出去，连牛皮都没法吹，越想心里越苦。

李老瘸道："夫人叫你进去。"

阿六小心翼翼地问："要打我吗？"

李老瘸斜眼瞥他："你若实在想挨打，我倒能满足你这个愿望。"

那还是不要了，阿六"嘿嘿"干笑，搓着手小跑进屋。

陶玉儿正在缝衣裳。

阿六虚伪地称赞："真是巧夺天工。"

陶玉儿未抬头，只是问："你与萧澜是何关系？"

阿六答："他答应帮我找爹。"

"答应帮你找爹？"陶玉儿纳闷，"这关他什么事？"

阿六道："说来话长。"

陶玉儿不悦："那就挑重点说。"

阿六想了想，道："重点就是他要帮我找爹。"

陶玉儿："……"

阿六："……"

按照陶玉儿往日的脾气，若遇上这么一个人，话说不清，吃饭积极，还又高又壮又黑，怎么看怎么讨嫌，估摸早就一掌将其拍飞了求清静。但她又想着，这么多天以来，此人一直与萧澜在李家同吃同住，万一是朋友——不过话说回来，为何自己的儿子居然会交到这样二愣子的朋友？

陶玉儿伸手揉揉太阳穴，耐下性子问："澜儿认识你爹？"

"嗯。"

"你爹叫什么名字？"

"我爹是在乡下开店的，不是江湖中人。"

陶玉儿闻言更头疼了，为何听起来这般多管闲事？一个二愣子丢了一个乡下来的爹，与萧澜何干，这也要帮忙找？

阿六问："夫人认识萧公子？"

陶玉儿道："他是我儿子。"

阿六有些震惊。毕竟先前与萧澜闲聊时，萧澜曾说过他父母双亡，此时突然冒出来一个娘，穿着金闪闪的大裙子，珍珠玛瑙戴一头，指甲锋利如刀，又能在幻境与现实中来去自如，武功高，嘴唇血红，凶起来吓人至极，越想……越不像……人……

陶玉儿问："你哆嗦什么？"

阿六牙齿打战："我没有啊。"

"澜儿是不是同你提过我？"

"没有没有。"阿六赶忙否认，傻子才会在这当口提"你儿子曾经说你已经死了"，那他一定会被暴打。

陶玉儿眼中带着疑惑。

阿六转移话题："夫人打算什么时候去见萧公子？"

陶玉儿反问："我见他做什么？"

阿六不解："娘亲与儿子，见面还要什么理由？"

陶玉儿闻言怔了怔，又低头随意缝了一针："你爹丢了，你娘呢？"

阿六沮丧道："我没有娘，不过等我爹成亲了，我就有娘了。"

陶玉儿一笑："你那乡下开杂货铺子的爹，若是家底丰厚，应当能给你讨一个憨厚朴实、能生能养能种地的娘。"

阿六兴高采烈道："我也这么想。"

泂霜城内，萧澜冷不丁打了个喷嚏，陆追也跟着他打了个喷嚏。

林威坐在一旁，疑惑道："你们为何会同时染上风寒？"

陆追答："因为我方才在沐浴。"

萧澜觉得自己并不是很想回答这个问题。

幸好陆追及时转移话题："这泂霜城内目前有多少江湖人？"

"城中客栈已经差不多住满了。"林威道，"城外也有一些，加起来少说也有数百人。除了琼岛来的鹰爪帮，还有其余十几个小门派，天南海北各地皆有。不过，这些门派也有一个共同点，在江湖上名声都不大好。"

"烧杀掳掠？"

"那倒不至于，不过偷鸡摸狗的事平日里没少做。"

"彼此间有联系吗？"

"怪就怪在此处，按理说这些人先前并不认识，可现在看上去却关系极好，在酒楼里遇见了，也会拼桌聊两句，也不知是何时搭上的关系。"

萧澜插话："这些门派里，可有谁与李府有关？"

林威揣起手："我是朝暮崖的人。"

所以，萧澜问话，他是可以不答的，更何况萧澜还曾经绑架过二当家，让二当家睡地不给床，简直就是虐待。现在阿六八成也是被萧澜他娘掳走了，一桩一桩加起来，账都要算上大半天。

萧澜："……"

陆追只好又重复了一遍："都有谁？"

林威立刻回答："只有鹰爪帮。"

陆追看向萧澜："你还有什么要问？"

萧澜心情复杂。

那个先前跟他出来的侏儒名叫黑蜘蛛，在墓中也颇有地位，平日里直接听命于鬼姑姑，并不会受自己差遣。而翡灵既出现在萧家老宅中，自己的母亲又精通迷魂阵法，估摸早已猜出真相，现在留在涸霜城内的冥月墓弟子虽数量不少，不过在得了黑蜘蛛的指令后，怕也没人会继续将自己当成所谓的"少主人"，莫说听命服从，不监视已是万幸。

他孤身一人，有些事的确不好做，需要帮手。

屋中寂静无声，林威在他面前晃手："喂。"

亏得对面是他们二当家，若换成一个黄花大闺女，想来鞋底子早就已经糊到了萧澜脸上，是没见过好看的人还是怎的？

陆追主动提议："不如我们先合作？至少先将李府的事查清楚，若运气好，或许还能得到红莲盏的线索。"

萧澜答应："好。"

陆追又道："不过我有条件。"

萧澜问："什么条件？"

陆追道："我这人沐浴之时，不喜被人打扰。"

林威觉得自己应当理一理思绪，因为似乎有哪里不太对。

萧澜站起来道："明晚子时，我在李府后巷等你。"

陆追说："好。"

萧澜出门，似乎只是一眨眼就消失在了院墙外。

林威后知后觉，惊怒道："他居然在二当家沐浴时擅闯？"

陆追拍拍他的肩膀，回了内室。

林威觉得自己甚是失职，在王城里防不住媒婆就罢了，在洄霜城又防不住无赖，真是要来何用！简直对不起月钱。

翌日，陆追蒙头睡了一下午，直到入夜才起来，泡好一壶浓茶等子时。

林威含蓄地提醒："二当家就穿这个去？"

陆追问："不好看？"

林威道："呃……好看。"

林威又道："但二当家或许先前没有夜探过，我们一般都穿黑衣。"黑衣俗称夜行服。

陆追道："我没有。"

林威欣慰道："没有正好，不如我替二当家走这一趟？"

陆追想了想，道："也行。"

月上中天，小巷里一片寂静。

萧澜抱着手臂，正靠在树上出神。

远处一人轻灵掠过墙头，身形如同鬼魅。

萧澜："……"

黑影稳稳落地，林威抱拳道："久等了。"

萧澜不满："为何是你？"

林威答："夜探这种事，得找一个轻功好的人去做。况且二当家昨日沐浴时不慎染了风寒，起不来。"

萧澜面无表情，纵身跃过院墙。

林威戴上蒙面巾，跟了过去。

寿宴结束后，李府内便静了一大半。不过李银的主院护卫倒是不减反增，明晃晃的火把几乎照亮半边天。

林威嘁道："李老爷也不知做了多少亏心事，睡个觉也能搞出此等阵仗。"

萧澜微微皱眉，即便两人都是轻功高手，想在这么多人眼皮子底下悄无声息地混进去也绝非易事。

林威问："现在要怎么办？"

萧澜道："先去书房。"

林威与他一道绕过主院，去了西边的书房。

书房门没落锁，两人很容易便溜了进去，借着银白月光，只见案几上堆着厚厚一摞账簿，粗略翻看，并无异常。

林威道："这里防守松懈，不像藏有秘密。"

萧澜问："那你觉得他会将秘密藏在何处？"

林威答："若我藏东西，必会贴身携带，哪怕是在床头设个暗格，也好过藏在书房。"

萧澜道："走吧，看来今晚不会有收获了。"

林威暗想，幸好没有让二当家来，看这一无线索二无准备，哪里是要夜探，分明就是居心不良。

萧澜突然拉住他的胳膊。

林威一愣："怎么？"

萧澜带着他纵身跃起，两人如壁虎一般贴在房梁上。片刻之后，外头果然传来窸窸窣窣的脚步声，而后便见两个黑影一前一后从木窗翻了进来。

来人一高胖，一矮瘦，正是萧澜与陆追在前往洄霜城的商船上遇到的那两名鹰爪帮弟子。两人进屋之后，熟门熟路地按下墙角机关，竟有一处暗格缓缓打开。

萧澜与林威对视一眼，待那两人进入暗道，机关重新合上之时，才跳到地上，悄悄潜出李府。

天边月华如洗，陆追一身白衣独立树下，看着分外秀气俊朗，手里正抱着茶壶，一边暖手一边喝。

萧澜："……"

林威问："二当家怎么来了？"

陆追道："白日睡多了，在家待着也没事，查出什么了？"

林威将方才所见大致说了一遍。

"也算是不小的收获了。"陆追道，"鹰爪帮的那两人住在风雅客栈，你亲自去盯着，看他们何时回去，何时离开，离开后去了哪里，又与哪些人接触过。"

"是。"林威领命，想了想，又道，"不如我先送二当家回去？"

陆追摆摆手："我又不是十六七岁的姑娘，回家还要人送，快些去办事。"

林威只好领命，走得十分不甘不愿。

萧澜也道："告辞。"

"等等！"陆追叫住他。

萧澜问："还有何事？"

陆追反问："你吃饭了吗？"

萧澜："……"

陆追道："现在酒楼虽已关门，不过街上总还能寻到一两处面摊。我们不如一同去吃点东西，顺便再说说阿六的事。"

"阿六是你的人，同我有何关系？"

"可抓走他的人极有可能是陶夫人。"

陆追在前头慢悠悠地走，冬夜天寒，景衬着人，都是一样的干净清冽。

萧澜跟在他身后。

两人一路无话，绕过大半座城，总算找到一处小摊，老板是西北人，做出来的肉饼比脸还大。

陆追看了半天，还是只要了一碗银耳粥。

萧澜坐在一旁，一口气吃了三个肉饼，又喝了碗酸辣汤。

陆追问："李府只给房子不管饭？"

萧澜放下筷子道："牛大顶走了，如今我在下人眼中就是一个不务正业混吃混喝的骗子。"

"如此倒也好。"

"我也这么想，既能光明正大出入李府，又不引人注目，办事就会方便许多。"

"可你姓萧。"陆追提醒，"多年前的事情，李银不可能已经放下，还是小心为妙。"

"这江湖中认识我的人不多。"萧澜又叫了一壶茶，清胃。

陆追问："我这里有上好的铁观音，要试试吗？"

萧澜看了一眼那已经被他喝到发亮的茶壶嘴，无言。

陆追介绍："这可是宜兴紫砂镇千金难求的名壶。"

萧澜端起摊上的茶杯，粗犷地一饮而尽。

陆追抱着茶壶，又叹道："阿六向来命好。"

萧澜想起了在来泂霜城的路上，那挂着红纱的飘香大床。

陆追问："你想明白了吗，陶夫人为何要引你来这泂霜城？"

"不知道。我从来就猜不透她的心事，小时候猜不透，现在更猜不透。"

陆追无言。

"我对这里没有任何记忆，母亲与姑姑都没说过多少关于萧宅与泂霜城的事。"萧澜道，"这回怕是不能帮你找阿六了。"

"其实我并不担心阿六的安危。"陆追放下茶壶，也倒了一盏粗茶来饮。

"因为他运气好？"萧澜问。

陆追却道："因为陶夫人必然不会舍得伤他。"

"不舍得？"萧澜有些好笑。

陆追解释："不舍不是因为阿六有多好，而是因为他曾与你在李府同吃同住，任何一个人看了，都会以为你们是知交好友。"

萧澜不信："她连我都不想见，抓我的知交好友作甚？"

陆追让老板往自己的茶壶中添了热水，抱着暖手："倒也不是故意要抓，不过阿六能闯入白骨宅，又曾亲眼见过翡灵，陶夫人定然不会让他独自流落在外。可抓归抓，看在你的面子上，陶夫人想来也不会故意为难他，所以我才不算太担心。"

"走吧。"萧澜道，"天快亮了。"

陆追说："我想再坐一阵子，这里挺清静。"

萧澜放下银子，独自起身出了小巷。

老板见陆追一个人坐着，便又送来了烫好的鱼片，白白嫩嫩一小碟，简单加了酱油与青葱，又热了一壶米酒，笑着说先前那位少侠给的银子有多的，这些算是送的。

陆追也未客气，一边吃一边与老板闲聊，随口说些城里的事。

"最近还真见了不少江湖中的人。"老板一边揉面一道，"不过像公子这般斯文的不多，大多霸道鲁莽，来吃东西也时常不给银子，凶神恶煞的，也不知何时才会走。"

"应当快走了吧。"陆追道。

"借公子吉言。"老板乐呵呵的，转身继续忙活。

陆追离开小巷，却未回小院，而是去了城中客栈。

"二当家。"林威正隐在暗处。

"怎么样？"

"不久前刚进去。"林威道，"只有鹰爪帮那两名弟子，大摇大摆地，未见有他人尾随。"

陆追在他身边寻了处位置隐藏。

林威劝道："二当家还是回去吧，天寒地冻的，这里有我们守着便是。"

陆追道："孤身一人，在这树上睡或者回卧房睡，两者并无太大区别。"

林威觉得这话似乎也有几分道理，就提议："那此番回王城，二当家或许可以考虑应一门亲事。"

陆追将茶壶塞给他，打发他去添热水，以求耳根清净。

天逐渐亮了起来，直到日上三竿，才见鹰爪帮的那两人出了客栈，陆追一路跟上，对方却也只做些吃早饭、听小曲的事情，并未与谁接头。到了巳时，他们便折返客栈蒙头大睡，陆追在窗下听了一阵，直到屋内鼾声四起，才悄无声息地离开。

"如何？"林威问。

"他们这阵睡觉，可能晚上又要去李府。"陆追吩咐，"差人轮番盯着，不能有片刻松懈。"

"是！"

"你也悠着点，别太累。"陆追打了个哈欠，回住处补觉。虽说一夜未眠，可他心情却挺好，甚至还做了个颇为旖旎的梦。

当夜，鹰爪帮的那两人果然又溜出客栈，去了李府暗道。

林威与萧澜都在暗中盯着，足足过了一个时辰，那两人才再度出现，回了客栈。

如此三天，夜夜都是一样。

第四天下午，暖洋洋的冬日难得出现。陆追泡在浴桶中，舒服得不想睁开眼睛。

突然造访的萧澜："……"

陆追道："无妨，习惯了。"

萧澜并未理会他这茬，而是道："给你看样东西。"

陆追问："看什么？"

萧澜从怀中掏出一个黑色瓷罐丢过去。

陆追接在手中，面色微微一僵："活物？"

"尸虫。"

"那我还是不打开了！"

"这是冥月墓中的尸虫，不同于别处的。"萧澜道，"这一罐都是蛰伏中的母虫，一旦钻到人身上便会苏醒，吸血产卵，子孙后辈没有上千只也有七八百只。"

陆追将罐子丢回给他，一刻也不想多拿，问："你想将此物撒到暗道中？"

萧澜点头："否则看鹰爪帮的人日日往暗道中钻，也不知在做些什么，若他们一直如此，我们岂不是要等到猴年马月？"

"也成。"陆追又问，"要我帮忙吗？"

"知会你的人一声便是。"萧澜道，"我今晚行动。"

"好。"

萧澜起身想要出门，却见他锁骨处有一片红痕，甚是醒目，于是不自觉地多看了两眼。

陆追用手抚了抚，道："昨晚去了趟红袖阁。"

虽然先前没听过，但只凭这三个字，萧澜也能猜出是什么地方，他转身出了房门。

陆追靠坐在浴桶里，继续惬意地闭上眼睛。

沉睡的母尸虫已被烈酒唤醒，在罐子里频繁爬动，急于吸血产卵。萧澜潜伏在暗处，静待时机到来，只是偏偏这夜子时却无任何动静，直到天色发亮也没见到人影。

萧澜心中生疑，起身去了小院。

陆追道："我刚打算去找你。"

"出事了？"

"昨天傍晚，李府的管家李大财曾去过客栈，想来是说了什么。"

"李大财去找过鹰爪帮的人，那就说明李银知情？"

"也有可能是李大财背着李银与这些小门派有勾结，现在还不好说。"

"好不容易有了条线索。"萧澜头疼，"下回也不知要等到何时。"

"我还有一个办法。"

"什么？"

陆追提出："若能得陶夫人相助，那么整件事都会变得简单许多。"陶玉儿既然能在白骨宅上制造幻象，那在李府中照猫画虎制造出一个幻境，好方便那两人进入暗道查探，应当也不算太难。

"说得容易。"萧澜道，"她若不想主动出现，这世间怕是无人能找到，你的人城里城外寻了这么些天，可有线索？"

"没有。"陆追答完又补充，"不过那是因为你未出现。"

萧澜不置可否。

"天下哪有娘亲不想见儿子的。"陆追道，"当日在王城时，陶夫人就想见你，现在定然也一样想见你，或许还会比先前更想见你。"

萧澜不屑："你倒是什么都清楚。"

"萧家老宅的真相已破，你既放过了黑蜘蛛，任他回去报信，那鬼姑姑很快就会知道这一切。"陆追道，"按照陶夫人的手段，想来所有事都逃不过她的眼睛。而一旦知道你有危险，做娘亲的又岂能坐视不管？"

"所以？"

"所以陶夫人必然不会走远，八成还在青苍山中，我的人之所以找不到，无非是因为迷阵罢了。从明日起，我便随你一道去山中找寻，看看陶夫人是否愿意现身。"

"你我一道？"

"阿六是我的人。"

萧澜还未说话，陆追又继续道："这是目前唯一的办法，况且你也曾破解过萧家的迷阵。"比起旁人，萧澜还是更有经验些的。

萧澜道："也好。"

陆追嘴角一扬："一言为定！"

青苍山说大不大，说小也不小。

陆追跟着萧澜天明进山，走走停停也无目的地，漫山遍野见到哪里景致好了，就过去坐一阵子，再继续走。若他们手中握的是折扇而非佩剑，那还真有几分文人结伴冬日沐阳，吟诗游山的派头。

正午，陆追坐在石头上，一边晒太阳一边吃饭。他吃的是城中周福记的花式点心，还有一小包卤味，水囊里装的是兑了水的米酒，不会上头却又有淡淡的甜味，口齿生香。

萧澜坐在一边烤干饼。

陆追将水囊递过去，问他："试试？"

萧澜不是很明白，为何这人总是要将他喝过的、用过的、吃过的东西硬塞给自己。

见他并无动作，陆追又淡定地收了回去，继续斯斯文文地吃。

与此同时，山间小院中，阿六正在满头大汗地煮饭做菜，火红的辣椒一过油，李老瘸只想将他也塞进锅里。

"开饭开饭！"小半个时辰后，阿六高高兴兴地端了一大盆鱼出来，又红又烫。

陶玉儿接过筷子，说："你爹将你教得不错。"

阿六"嘿嘿"笑道："可不是，萧公子也这么说。"

"别以为你提几句澜儿，我就会放了你。"陶玉儿道，"在你未说出自己为何能闯入迷阵前，休想出去。"

"我当真不知道啊。"提及此事，阿六苦道，"萧公子只说让我替他去看看故居，我就去了，然后就遇到了那红衣妖女，进门时也没觉得哪里有异常。"

陶玉儿道："你可知这世间能进入迷阵的，除了我，就只有你？"

阿六也不知自己是该受宠若惊还是该号啕大哭，坦白讲，他并不是很想掺和这件事——即便非要掺和，那也要有爹陪在身边。

"夫人。"李老瘸急匆匆从外头进来。

"出了何事？"陶玉儿问。

李老瘸在她耳边低声道："少爷来了青苍山，已经在这周围走了三四圈，随他一道来的还有那位山海居的二当家，陆追。"

阿六竖起耳朵，很是激动，那是他爹啊！

李老瘸道："少爷八成是来找夫人的。"

陶玉儿端起茶盏："他跟无头苍蝇似的在城内晃了将近一个月，现在才想起来找我这个娘亲？"

李老瘸赔笑："夫人并未在城里留下线索，或许少爷是今日才想起，可以来这青苍山中一寻。"

他这话原是要缓和气氛，陶玉儿听后却道："蠢成这样，果真是在坟堆里长大的。"

李老瘸接连两次都讨个没趣，便讪讪收声，不再多言，只向阿六使了个眼色。

阿六一头雾水，这是做什么？

陶玉儿仍在喝茶。

李老瘸不断用眼神催促。

阿六如芒在背，酝酿了三四回，也没酝酿出到底要说些什么。

李老瘸："……"

阿六无辜地与他对视，他都不知道要说什么，那自己更不熟，开口八成会被打。

陶玉儿放下茶盏，凉凉道："你们两个还要眉来眼去多久？"

李老瘸额头冒汗："属下去厨房看看。"

阿六立刻道："我也去！"

陶玉儿柳眉一竖："你给我坐下！"

阿六有些哆嗦，好端端的，为何说吼就吼？

陶玉儿又问："你与澜儿关系很好？"

这问题先前已提过一回，阿六的回答也与上次一样："是。"

陶玉儿道："那你为何称他为萧公子？这可不像是好友之间的称呼。"

阿六这回反应倒是快："在夫人面前，我自然该尊敬些，平日里都是称他为……萧兄。"

陶玉儿目光颇为嫌弃。

阿六道："娘与儿子之间哪里会有大怨恨，既然萧兄都已经找来了，夫人不如出去见见他？"

陶玉儿说："我不见。"

阿六试探："那不如我替夫人去见？"

"你想跑？"陶玉儿瞥他一眼。

阿六随意道："都是一家人，哪里来的跑与不跑。"

陶玉儿道："你倒是会攀亲。"

见她并未反对，阿六又说："那我就出去了啊？"

陶玉儿只当没听见。

阿六带着一丝小雀跃，缓缓朝门口挪去。他进出幻境依旧自如，没有片刻犹豫，双脚便踏上了外头结实的土地。

陶玉儿头隐隐作痛。她行走江湖这些年，心里也清楚，自己这迷魂阵法迟早有一日会被人破解，却没料到对方竟会是这么一个愣头莽汉。

眼前的云雾散去，阿六这才看清，这木屋竟是建于悬崖边的，顿时吓了一大跳，赶忙后退几步。

陶玉儿从屋中端出竹筐，一边缝衣裳，一边看着他跑下山。

冬日雨水少，山间小溪也几乎干涸，好不容易寻到一处水洼，陆追蹲下洗了洗手，四处打量想要找个歇脚的地方。

萧澜问："要回去吗？"

陆追道："时间还早。"

"再不出山，怕是今晚就要在山中露宿了。"

"也行。"

"我娘不会出现的。"

"你为何如此笃定？"

"无念崖的人，原本就不该有感情。"萧澜道，"当年若不是因为我，她做事便不会瞻前顾后，说不定早已将掌门之位夺了回来。"

"当掌门有那么好吗？"陆追叹气，"在那悬崖峭壁上孤独一生，哪怕有滔天的权力又能如何？况且生而为人，自该有血有肉有感情，无念崖的教规冷酷，什么断情绝爱，听着便疯癫魔障，能从中脱身也是幸事一件。"

萧澜道："你不懂我娘。"

陆追道："我以后可以试着懂。"

萧澜有些奇怪地看了他一眼，问："你为何要试着懂我娘？"

陆追淡定地道："我就是随口一说。"

"你当真打算露宿山中？"萧澜抬头看了一眼天色，"阴沉沉的，只怕又会刮寒风，待一夜够呛。"

陆追开辟新思路："说不定你染上风寒，陶夫人便会心疼你，继而出现。"

萧澜道："你这苦肉计倒是使得溜。"

陆追直率地说："反正也不是苦我。"

萧澜笑着摇摇头，刚打算去寻一处山洞，山道上却突然跑来一个人。那人身形高壮，脚步沉稳，身后扛着一把金丝大环刀，不是阿六还能是谁？

"你看吧。"陆追道，"我就说陶夫人舍不下你。"

萧澜不自觉地握了握拳头。

第三章

母子重逢

远远看到陆追，阿六几乎要喜极而泣，但看到他爹身旁的萧澜，他还是及时想起自己先前未完成的任务，于是反手拔刀，大吼一声："姓陆的，你快将我爹还来！"

萧澜："……"

陆追头疼道："行了行了，不用演了。"

阿六还在"哇哇"大叫，闻言手中大刀止在半空，一脸疑惑。

陆追道："我与萧兄已暂时结下盟约，共同对付李府与鹰爪帮。"

早说啊，阿六高高兴兴地将刀插进地下，喊道："爹！"

萧澜受惊，问："你说什么？"

"我在叫我爹。"阿六亲热地搂住陆追，又抱怨，"这几天可急死我了。"

萧澜："……"

"山里怎么样？"陆追问。

阿六答道："这几天我一直与陶夫人在一起，她是萧公子的娘，就住在悬崖上的小院里。"

萧澜抬头往上看了一眼，云雾缭绕。

"陶夫人当天为何要抓你走，又为何会在今日放了你？"陆追继续问。

"这可就说来话长了。"阿六将当日之事大致说了一遍，又道，"我当时既怕翡灵，又怕陶夫人将我困在老宅里，便乖乖跟她进了山，这些天一直在做饭洗碗，倒也没吃亏。"

陆追笑道："没吃亏就好。"

"今日李老瘫对陶夫人说萧公子在山中，我见她表情似有松动，便主动说要来见见萧兄。"阿六又道。

陆追纳闷："萧兄？"

"我骗陶夫人，说我与萧公子关系极好，平日里都是以兄弟相称。"阿六道，"我还说萧兄答应替我找爹，对了，在陶夫人心里，我爹是个乡下开铺子的，等会儿若是见了，爹你可别说漏嘴。"

萧澜不满："为何你叫他爹，到我这儿就成了'兄'？"

阿六道："随便说说，当时来不及想太多。"毕竟陶夫人太凶，他害怕。

陆追催促："还要在意这些？快些上山去见陶夫人才是正经事。"

"你儿子在外乱认兄弟，横竖都是你占便宜。"萧澜向后靠在树上，"我不去见她。"

"还真是亲母子。"阿六感慨，"说起来，语气与内容都一模一样。"

陆追劝说："走吧，母子总要有一人先服软，你勉强认输一次，下次再找场子。"

萧澜依旧站着不动。

陆追索性拉住他的手，一路上了山。

这山虽说方才看着挺高，真走起来却也没花多少时间，估计又是因为迷阵。

陆追道："陶夫人真是玄门奇才。"

萧澜并未说话。

木屋周围的迷阵已被撤去，一座小院正寂寂而立，周围有些山岚，很安静。

陆追轻轻叩动门环，来开门的人是李老瘸。

"李掌柜。"陆追笑道，"同是王城生意人，这回也算他乡遇故知。"

"都到了此地，还说什么掌柜与生意人。"李老瘸摆摆手，虽是在同陆追说话，眼睛看的却是后头的萧澜，"当日在王城不得已骗了少爷，还请勿要怪罪。"

"老伯言重了。"萧澜语气淡然，却也掩饰不了心中一丝慌乱。

陆追代他开口，问："陶夫人在吗？"

李老瘸侧身让开一条路："少爷请。"

萧澜跨进院门。

陶玉儿身着金灿灿的锦绣裙装，头上插满珠翠，正坐在石凳上，看着极为雍容华贵。

萧澜与她对视，一时间像是有许多话涌上心头，又像是什么都不想说。

院中静得有些可怕。

阿六突然大着嗓门，没头没尾地道："咦，夫人还特意换了身新衣裳。"

陶玉儿："……"

萧澜："……"

陆追眼中划过一丝笑意，连李老瘸也险些笑出声。

为了见儿子，陶玉儿还特意打扮过，专门寻了新衣来穿。这事放在普通母子之间自是再平常不过，可偏偏陶玉儿是个极好面子的人，又与萧澜一样脾气倔，母子二人自冥月墓一别后，便冷漠疏离了十几年，此番突然被人如此直接地拆穿假面，将心中那些期盼与牵挂全部暴露在外，她竟有些手足无措起来。

萧澜终于先开口："娘。"

只是一个字，陶玉儿却险些落下泪来。

陆追拎着阿六的衣领，将人扯出小院。李老瘸也识趣地退出去，把院门轻轻关好，给这母子二人留出一方小天地。

阿六在外头扛了一块石磨过来，用袖子擦干净，又垫上自己的外袍，才让陆追来坐。然后，他又在怀里摸了半天，掏出来一小包蜜饯让陆追吃。

李老瘸不知这二人间的关系，但粗粗一观，也觉得很有几分父慈子孝的意味——除了这个"子"太过高壮，看着不甚协调。

阿六盘腿坐在陆追身边，心满意足。里头母子相逢，外头自己又找到了爹，如此喜上加喜，今晚真是应当围坐一桌，大家好好喝一杯。

李老瘸道："多谢陆二当家。"

陆追笑问："谢我做什么？"

"夫人这些年来，其实经常想念少爷。"李老瘸道，"只是连她自己都没注意到罢了。"

"别人的家事我不知。"陆追道，"不过年少时，我也曾在冥月墓中见过陶夫人，当时她正坐在院中缝衣裳，眉间原有些愁思，却在萧公子进院时一展笑颜。那时我便觉得，她一定是个不错的娘亲。"

阿六抱着膝盖蹲在一旁，听得很是羡慕。他自幼父母双亡，从来就没穿过娘亲手做的衣裳，不知将来等爹成亲后，他会不会也沾光穿上娘缝的一身新衣。

小院内，萧澜问："娘亲为何要来这泗霜城？"

陶玉儿叹气，伸手替他整了整衣服，道："我当你要问我为何这么多年来都对你不管不问。"

萧澜沉默片刻，问："娘亲愿意说吗？"

"当初带你入冥月墓，是无奈之举。"陶玉儿坐在椅子上，握住他的一只手，"比起死，还是中毒要更好些，是不是？"

"中什么毒？"

"翡灵因你爹入魔，鬼姑姑心里如何不恨？"陶玉儿道，"只是那时她寻女不得，便将你我母子二人当成唯一的指望。我顺势编了个谎，说或许你爹已带着翡灵远走高飞，去了南边荒岛，又假意哭闹，让她女儿还我夫君。如此这般，我演戏将她骗了过去，才入得冥月墓。"

"娘亲中毒了？"萧澜问。

"不是我，是你。"陶玉儿拍拍他的手，"鬼姑姑既被我骗了过去，便认定你爹已对我无情，下毒给我还有何用？可你却不同，父子血脉相连，岂是说舍就能舍的？所以当时她认定只要将你留在墓中，你爹便会回去，而你爹回去了，翡灵自然也会一道跟随。为了将我们母子二人困住，在进入墓坑的第一天，她便喂你服下了枯骨丹。"

"那是什么？"

"在冥月墓中这么多年，你竟一次都没听过？"陶玉儿道，"一旦中了枯骨丹的毒，便要隔三岔五前去冥月墓的瘴池练功，否则便会早衰而亡，化为一堆枯骨。"

萧澜迟疑："可我从未——"

"那是因为在你第一次毒发时，我便喂你吃了五毒珠。"陶玉儿道。

萧澜道："这听着可不像是解药的名字。"

陶玉儿道："这自然不是解药，而是另一味毒药。那晚你吐了许多血，疼得在地上打滚，后来脑子迷糊了，也就不记得了。"

毒药？萧澜更不解了。

"我看着你，再心疼却也只能咬牙熬着。"陶玉儿道，"后来等你快不行了，我才抱着你去求鬼姑姑，说你年幼身子弱，受不了枯骨丹的毒，也等不到去瘴池，求她给你一条生路。"

当时萧澜满身是血，奄奄一息，鬼姑姑见状也大惊失色，情急之下来不及细查便给了他枯骨丹的解药。

"回房后，我又偷偷喂了你五毒珠的解药。"陶玉儿道，"那样才算是将你的命捡了回来，却让你因此病了整整一年。"

萧澜这才明白过来，为何原本健康的自己进入冥月墓后，先是莫名其妙高烧昏迷，而后又躺过了一整个春夏秋冬，浑浑噩噩，记不住任何事情。

"也是有好处的，至少让鬼姑姑知道你身子屡弱，受不得毒物侵蚀。"陶玉儿道，"只是我万万没想到，在墓穴里待久了，你竟会与她关系越来越亲近。"

"难道不是娘亲教我的？"萧澜道，"要讨好姑姑，才能换来安身之所。"

"我让你虚伪逢迎，你却恨不得将她当成亲娘！"提及此事，陶玉儿依旧有些怒意。

萧澜道："当时我年幼，母亲又从未说过我们与冥月墓的渊源，除去下毒这件事，姑姑对我如同对待亲生儿子，况且我那时也并不知什么枯骨丹与五毒珠。"

所以，他会与鬼姑姑亲近，也在情理之中。

陶玉儿揉揉眉心，回想起那些年的事，也不知心头究竟是何滋味。她当年为保住儿子的性命，先是在无念崖上受尽冷眼，而后满身是伤进了冥月墓，狠下心喂儿子毒药，又抱着他守了无数个黑夜，才总算盼得了一线生机。可她万万没料到，萧澜竟会越来越亲近鬼姑姑，经常一天到晚待在墓穴最深处，回回出来都兴高采烈。

"娘亲当年对我失望吗？"萧澜问。

"不知道。"陶玉儿有些倦意，"我先是盼着你与她亲近，越亲近你就越安全，可后头却只剩下了妒忌。翡灵勾结匪徒毁了整个萧家，杀了我的夫君，她的母亲竟又来夺我的儿子。更可恨的是，我却连将你夺回来的能力都没有。"

萧澜道："娘亲若不想说这些陈年旧事，就别说了。"

"等你长大一些，冥月墓中的人开始叫你少主人，我就知道，我该离开了。"陶玉儿道，"若继续留在冥月墓中，我怕我会妒忌到发疯，我怕我会想要杀了鬼姑姑，最终却毁了你。"

萧澜问："娘亲为何不带我一起走？"

"我在墓中过了几年，不见天日，也与外头断了联系，更不知无念崖的杀手有没有忘了我。"陶玉儿道，"我自保尚且无力，又如何敢带你。"

萧澜没再说话。

"你恨我吗？"陶玉儿问。

萧澜道："当初恨过，我不知自己做错了什么，会被你独自一人丢在冥月墓中，鬼姑姑与所有人都说，你不要我了。"

"我告诉鬼姑姑要去找你爹。"陶玉儿道，"她那阵子与你极亲近，也正好嫌有个亲娘杵在中间多事又碍眼，巴不得我赶紧走。"

出墓之后，陶玉儿先是回了泗霜城，老宅幻境如常。然后，她又在城中遇到了无念崖曾经的扫地老仆李老瘸，便与他一道易容，隐姓埋名，扮成夫妻，想要查清当年李银背后的主谋。

"有结果吗？"萧澜问。

"没有。其实想杀李银轻而易举，可他只是一枚棋子，想要真正替你爹报仇，至少要找出当年那些杀手的来历。"

只是李银为人谨慎，陶玉儿与李老瘸在城里住了一年，也未查出任何线索，反而被对方觉察出异样。为免打草惊蛇，两人不得不离开泗霜城，远走到王城开了个小油坊，想着另寻他法，从长计议。

萧澜道："原来如此。"

"我虽进不了冥月墓，却也一直在暗中留意伏魂岭的动静。"陶玉儿道，"这回听到她将你派往王城，我便知道，时机已经差不多了。"

"什么时机？"

"将这些陈年旧怨付之一炬的时机。"

"翡灵已死，该是娘亲所为？"萧澜道，"还有她手中的红莲盏与冥月墓中的红莲盏有何关联，娘亲知道吗？"

"红莲盏能招魂，只是外界传闻。"陶玉儿道，"听听就好。"

萧澜道："娘亲并未回答我的问题。"

"红莲盏是浑水，你不必将自己陷进来。"陶玉儿道，"若你实在想知道，待到替萧家报了仇，娘亲再告诉你这红莲盏的用途也不迟。"

萧澜道："姑姑此番派我出来，只为两件事，一是杀了陆追，二便是寻回红莲盏。"

"陆追？"陶玉儿道，"山海居的陆掌柜，是海碧与陆无名的儿子。这些年我一直纳闷，为何他就那般大摇大摆、不改姓名地在王城开酒楼，居然也没有当年的旧人上门惹事。"

"据说山海居的大当家赵越背景颇深，朝廷与武林都敬他三分，江湖人也是懂眼色的。"

"你还知道要懂眼色？旁人都不敢，唯有你闯了去，你就那般听那恶婆子的话？"

"也不全是因为姑姑。当年伏魂岭一战，我死了不少兄弟，总要为他们讨回公道。"

"可我听说你这回是与陆追一起进的山。你与他手牵手肩并肩的，不像是有深仇大恨。"

"那是因为，原本应当被他抢走的红莲盏却在二十年前就出现在了萧家的老宅里。所以我在想，我先前以为的真相，或许并不是真相。"

"陆家是江南大户，陆明玉是翩翩君子，温润风雅，的确要比鬼姑姑更加可靠些。"陶玉儿道，"好了，让外头的人都进来吧，否则要起风了。"

萧澜打开木门。

陆追身上裹着阿六的外袍，正靠着树打盹。

"少爷。"李老瘸站起来。

"进来吧。"萧澜道，"天要黑了。"

李老瘸见他面色如常，似是母子二人相处融洽，一颗心便也放回肚子里，笑呵呵一瘸一拐地进了门。

阿六喊道："爹，爹你醒醒。"

"嗯？"陆追打了个哈欠，睁眼就见萧澜正抱着胳膊，居高临下看着自己。

"谈完了？"陆追问。

萧澜点头。

"如何？"陆追撑着树干站起来。

萧澜侧身："先进院再说吧。"

陆追将那黑漆漆的外袍丢回给阿六，又整了整自己的衣裳，问："我头发乱了吗？"

萧澜道："没有。"

陆追又问："我脸上有土吗？"

萧澜盯着那白白净净的脸看了一会儿，道："也没有。"

陆追继续问："我好看吗？"

萧澜答："不怎么好看。"

陆追扭头看向阿六。

阿六赶忙道："好看好看，一表人才，玉树临风，倜傥潇洒。"

陆追用手背拍拍他的胸口，抬脚跨进院门。

待到陆追进门后，阿六对萧澜道："我爹分明就是这世间难寻的美男子，你这人简直不懂欣赏。"

萧澜瞥他一眼："先前没看出来，你竟还是一把演戏的好手。"

"演戏怎么了？"阿六说得理直气壮，"要不是你先绑架我爹，我才不会下朝暮崖。"

他心道：我在那里有酒有肉有兄弟，不晓得多快活，你当我想来演？

院内，陆追恭恭敬敬地道："晚辈见过陶夫人。"

"与澜儿一样，都长大了。"陶夫人笑着招呼他，"不必多礼，快过来坐。"

"多谢陶夫人。"陆追自己寻了张椅子坐下，身穿一身白衣，手持一把玉扇，看着颇为清隽儒雅。

"当年在冥月墓中第一次见你，你还是个小孩子。"陶夫人感慨，"你走到哪里都捧着书，当时我还在想，你将来怕是要考个状元回来。"

"当官没什么意思。"陆追道，"在江湖中反而更自在。"

"倒也是。"陶玉儿又问，"这些年来，可有你爹娘的消息？"

陆追神情有些黯然。

"无妨。"陶玉儿拍拍他的手，"说不定他们正在这世间哪个角落里，过着神仙眷侣的日子，再顺便盯着你。等你哪天要成亲了，他们就该出现了。"

陆追笑笑："但愿如此吧，多谢陶夫人。"

"可有喜欢的姑娘？"陶玉儿继续问。

萧澜刚一进院门就听到这么一句，于是整个人都僵了片刻，不懂为何这世间所有人似乎都极为关心陆追的婚事，竟然连自己的娘亲也不例外。

陆追答："没有。"

萧澜在旁清了清嗓子。

陶玉儿不悦道："又没问你，在那儿瞎咳什么？"

萧澜："……"

陆追道："陶夫人还是像小时候那般叫我吧，陆公子陆公子，听着生疏。"

陶玉儿道："小明玉。"

陆追道："已经不小了。"

陶玉儿道："明玉。"

陆追笑："诶！"

萧澜看着二人有说有笑，也不知自己该是何心情。

"你为何会来这洄霜城？"陶玉儿继续问。

陆追道："是萧公子将我绑来的。"

萧澜心道：你告状的速度还能更快些。

陶玉儿猜："为了红莲盏？"

陆追叹气："这事当真是误会，当年我的确去过暗室，在那里独自待了一段时间，却从未见过红莲盏，更没杀过人。"

"罢了，先不说这些。"陶玉儿拍拍他的手，"既然来了洄霜城，自然要将当年的事情都查清楚，不急于这一时半刻。"

"是啊。"阿六在旁插嘴，"还有一顿饭没吃。"

陆追问："这山中小屋怕是没厨子吧？"

"那没事。"阿六拍拍胸脯，"我——"

"我来。"陆追打断他的话。

阿六一愣："啊？"

"我煮饭给陶夫人吃。"陆追站起来，将袖口挽上去。

陶玉儿意外道："你还会煮饭？"

陆追看了阿六一眼。

阿六难得机智一回，立刻滔滔不绝道："琴棋书画，诗花酒茶，刀剑银枪，煮饭制衣，我……二当家，样样精通。"他险些将"爹"叫出来，很危险。

萧澜："……"

陆追笑问："夫人喜欢吃什么？清淡些的，还是辣的酸的？"

陶夫人叹道："谁若是嫁了你，可当真是有福气。"

陆追点头："嗯。"

阿六也跟着陆追进了厨房，帮着烧火洗锅，见院内众人都进屋了，他才轻手轻脚地关上木门，问："爹当真要同那姓萧的结盟？"

"怎么？不行？"陆追在洗菜。

"倒也不是，我就问问。"阿六道，"江湖里的事情弯弯绕绕太多，爹说什么，我只管照做便是。"

陆追笑笑，将菜刀递给他："那你剁肉。"

厨房中"叮叮哐哐"响成一片。

屋内，萧澜道："娘亲像是对他印象颇佳。"

"所有那恶婆子要杀的人，我偏都要护着。"陶玉儿吹去杯中茶沫，"你在冥月墓中待了这么些年，可有听人说起过陆无名与海碧的下落？"

萧澜道："没有，连姑姑也很少提及。"

"江湖中都传说陆氏夫妇早已殒命，我却觉得未必。"陶玉儿道，"陆明玉是他二人在这世间唯一的牵挂，那恶婆子竟舍得派你去杀。她就不怕若这世间没了明玉公子，冥月墓的秘密便会被永远掩埋在尘土下？"

"娘亲也对冥月墓有兴趣？"

"江湖中没有人会对冥月墓没有兴趣。"陶玉儿道，"否则区区一个红莲盏，如何会引来如此多的门派齐聚泅霜城。"

萧澜道："可城中那些都是不入流的小门派。"

"正因为不入流，才能光明正大地进城。"陶玉儿道，"所谓的正派拉不下脸，却不代表他们对红莲盏与冥月墓没兴趣，你猜这城里城外，究竟暗中藏了多少江湖人？"

萧澜未语。

"说说看，"陶玉儿道，"这些年你在冥月墓中都听到了些什么？"

"与娘亲离开时一样，冥月墓中一直很安静。"萧澜道，"的确有不少江湖人想擅入，寻找所谓的墓葬，却无一人能闯过镜花阵。"

"墓葬？"陶玉儿冷笑。

"娘亲不会也想要吧？"萧澜试探。

陶玉儿问："当真有？"

萧澜道："不知。"

"不知正好。你现在只管专心将李银的事查清楚，别的就别管了。"

"是。"

"还有，对陆明玉好一些。"陶玉儿道，"否则你将来怕是要后悔。"

"为何？"萧澜不解。

"没有为何。为娘说的话，大是大非你有异议倒也罢了，对一个人好些，总还是能做到吧？"

萧澜没有回答。

"别再想你那红莲盏与伏魂岭的人命了。"陶玉儿不悦，"你是我儿子，不是那恶婆子用来寻仇的杀手。"

萧澜道："我原本就已经答应与陆追结盟，共同对付李银。"

"这不挺好？"陶玉儿道，"山海居颇有背景，有了他在身边，你将来行走江湖会多许多便利。"

萧澜还未说话，陶玉儿又道："陆家家训一向清正，想来这儿子也差不到哪里去，你在坟堆里待久了，也该出来见见世面，结交几个有身份地位的朋友。"

萧澜："……"

"更何况他这一来就煮茶做饭的。"陶玉儿站起来，"将来你若与他结伴同游江湖，遇到那没有人烟的荒山野岭，也不至于衣裳脏乱，食不果腹。"

萧澜："……"

"明玉啊。"陶玉儿笑着跨进厨房，"给我看看，都在忙些什么？"

陆追吮吮手指让开位置，让她站在灶台边一起掀锅盖。

阿六也挤上前，笑得很是灿烂。

萧澜坐在院中，看着厨房里忙成一团的三个人，觉得有些……难以言语。

能与母亲重逢，他自然是高兴的。只是，冥月墓、红莲盏、姑姑、翡灵，以及洄霜城内的李银与各江湖门派，都像是梗在他心间的刺。在刺真正拔除之前，只怕即便是母子，也无法彻底敞开心扉。

陆追虽是江南人，但他这两年长住山海居，耳濡目染多了，各地菜式都能做出一两样，不多时便摆了满满一桌。

"就是没有酒。"陶玉儿道，"否则还能好好喝一杯。"

"将来再补也不迟。"陆追替她拉开椅子，"夫人请坐。"

陶玉儿叹气："可惜我没有女儿。"

陆追接话："有个儿子也挺好。"

萧澜："……"

"我是说若有女儿，便能先替她占着。"陶玉儿笑道，"免得这好夫婿白白落入别人家。"

陆追道："哦。"

"都坐。"陶玉儿道，"难得团聚吃顿饭，看天色也暗了，今晚便别再出山了，就歇在这小院内吧。"

陆追应道："好。"

"我就喜欢你这样的性子。"陶玉儿替他夹了一筷子菜，"爽快。"

阿六也抬了把椅子过来，硬卡在陆追身边，将萧澜与李老瘸挤到了另一边，怼远。

天边月升星稀，院中两串红灯笼染出一片晕黄，虽说冬夜天寒，不过有火盆在脚下，倒也不觉得冷。

一顿饭吃完，阿六在厨房洗碗，陆追去他的住处看了一眼，就见只有一张单人硬板小床，两个人是必然挤不下的。

于是，陆追敲开隔壁的房门，问："你的床大吗？"

萧澜："……"

萧澜侧身。

陆追道："多谢。"

萧澜的房间说小不小，说大，却也大不了多少，连被子也只有一床。

陆追倒不嫌弃，洗漱之后还主动提议："聊会儿天？"

"聊什么？"萧澜心不在焉。

"聊鬼姑姑派你出墓时，除了让你取红莲盏与我的命，还说过些什么话？"

"我为何要告诉你？"

陆追半撑起身子，盯着他看了半天。

萧澜问："你又要做什么？"

陆追道："当真不说？"

萧澜闭上眼睛。

陆追踩着软鞋下床，一路出了门。

一股冷风灌进来，还没等萧澜弄清楚状况，他便已经敲开了对面的房门。

"怎么了？"陶玉儿问。

"夫人。"陆追打了个喷嚏，反手一指，"萧兄打我。"

萧澜："……"

陶玉儿不悦道："好端端的，你打小明玉做什么？"

陆追纠正："不小了。"

陶玉儿道："明玉。"

萧澜觉得，自己此时无论说话还是不说话，说真话还是说假话，都显得有些蠢。

"好了，快些回去睡吧，别着凉了。"陶玉儿拍拍陆追的肩膀，又埋怨自家儿子，"又不是七八岁的时候，睡觉就好好睡觉，打什么架啊。"

萧澜转身进了内室。

片刻之后，陆追也跟了进去。

萧澜靠在床上，问："你究竟想做什么？"

陆追道："这一路分明都是你在胁迫我，却反而问我想做什么。"

萧澜在黑暗中与他对视。

陆追很淡定。

片刻后，萧澜道："姑姑说你心思狡诈，要多加提防。"

"姑姑当真要你杀我？"

萧澜并未答话。

"还是……你要杀我？"

"有区别吗？"

"自然有。"陆追道，"我这人爱记仇，谁要杀我，这笔账便要记到谁头上，乱不得。"

"若当年伏魂岭一事与你无关，我自然不会滥杀无辜。"

"那若与我有关呢？"

萧澜看着他。

站在地上有些冷，陆追钻回床上，用被子捂住大半张脸，只露出一双眼睛在外面，说："我只说人非我所杀，红莲盏非我所拿，可却从未说过那件事与我无关。"

萧澜道："你肯说出真相了？"

"我也不知道那天究竟发生了什么事。"陆追道，"待我去往墓穴的时候，那里已是血流成河，红莲盏也不知所终。"

"你去禁地做什么？"萧澜问。

陆追道："我想入墓。"

萧澜眉头一皱。

"你不好奇吗？"陆追侧首看他，"那墓穴中到藏了些什么？为何要有人专门守着，历任掌门提起那墓穴都讳莫若深，就这么过了一代又一代？"

"你非冥月墓的弟子，墓穴中藏了什么秘密，与你又有何关系？"

陆追像是被他问住，想了一会儿，打了个哈欠，道："也是。"

萧澜："……"

"那睡吧。"陆追侧身背对他，将被子卷走大半。

萧澜倒也未说什么，头枕着手臂，一直看着床顶出神。

这一夜，陆追睡得香甜，第二天起来时，身侧之人已经离开。

院中很安静，只有厨房里传来细碎的锅碗撞击声，想来该是阿六在煮饭。

陆追将脸埋进被子里。

萧澜推门进来，一眼便见他衣衫不整地趴在床上，一动不动，于是问："你是打算将自己闷死？"

陆追道："早。"

"起来吧。"萧澜道，"吃过早饭后，再去同娘亲说李府之事。"

"我的人一直在盯着他们。"陆追坐起来，随手扯过一边的衣裳穿，露出胸前一抹红痕。

萧澜停下脚步。

陆追顺着他的目光，也低头看了一眼，故作惊奇："咦？谁亲我？"

萧澜大步上前。

陆追试图掩住衣襟，结果反而被他一把握住手腕。

陆追气定神闲地道："看够了吗？"

萧澜问："你何时中的毒？"

陆追随意道："忘了。"

萧澜松开手。

"否则你当我为何要三不五时药浴？"陆追穿衣洗漱，"不过无妨，我这人命长，至少现在还死不了。"

萧澜又问："与冥月墓有关吗？"

陆追未再说话，径直出了卧房。

陶玉儿正在院中缝衣裳，见着他后笑道："看你这神清气爽的，澜儿昨晚没再打你吧？"

萧澜觉得自己有些胸闷。

陆追伸了个懒腰，随手拉了把椅子坐下，道："今天天气可真好。"

萧澜抬头看了看一片混沌的天，这也叫好？

"不是天气好，而是你的心情好。"陶玉儿道，"这叫水月幻象。"

"阵法吗？"陆追问。

陶玉儿道："看澜儿一张脸乌漆墨黑，想来他此时的心情不会很好，而幻境中的人若是心中烦躁杂乱，看到的便是过境乌云。你若觉得天气好，心里八成也是高兴的。"

"嗯。"陆追点了点头，又道，"夫人真厉害。"

"想学吗？"陶玉儿问。

陆追意外："我也能学？"

陶玉儿道："不是能不能，而是有没有天分。澜儿就不行，我曾悉心教了他几年，他却只能略知皮毛。"

陆追道："好。"

"不过现在可不成。"陶玉儿道，"待将来一切都消停了，我再慢慢教给你。"

陆追笑笑："多谢夫人。"

"吃饭了。"阿六端着一盘馒头出了厨房门，抬头惊道，"嚯，好大的太阳！"

院中所有人都在看他，心想，这心情是得有多好？

吃过早饭后，萧澜将夜探李府所看到的事情大致说了一遍，又道："我想去暗道内看看。"

"不大容易办到。"陶玉儿道，"遮目之法六分靠人，三分靠天，还有一分靠地形，并非处处都能布阵。"

"那就不是不行了？"萧澜问。

"旁人或许不行，不过你娘除外。"陶玉儿道，"先去将那书房的方位布局画来给我，再说其他也不迟。"

陆追主动道："我去。"

萧澜："多谢。"

陆追咳嗽两声，这回似乎应承得快了些，没过脑子，但还是可以补救的。

于是，陆追又道："我与萧兄一道去。"

萧澜似笑非笑："方才你可没这么说。"

陆追："陶夫人！"

陶玉儿道："好好好，澜儿与你一道去。"

萧澜感到莫名其妙。

陆追挑挑眉毛，看似势在必得。

当夜，两人便下了山。

陶玉儿看着二人的背影消失，将阿六叫到身边，问："你与小明玉关系很好？"

阿六赶忙称是。

陶玉儿又道："那为何不让他去帮你寻爹，却要找澜儿帮忙？"

阿六朴实道："都一样、都一样。"

陶玉儿不解："哪里一样了？"

阿六急中生智："因为五湖四海皆兄弟，大家都是一家人。"

陶玉儿被他噎得脑仁疼，伸手揉揉眉心，道："你还是别说话了。"

李府依旧戒备森严，陆追找了块高地，展开一卷白锦，用炭头大致画出了书房方位。

萧澜坐在一边，夜风轻拂，偶尔会吹起身侧人的一缕头发，贴在脸上软软痒痒的。

陆追往手心哈了口热气："真冷。"

萧澜道：“冷就快些。”

陆追手下一顿，扭头看他。

萧澜眼底有一丝调侃：“下回夜探，知道该穿什么了？”

陆追裹紧身上单薄的白衣，继续低头画地形图，耳朵、鼻尖与露在外头的大半截手指都冻得通红。

萧澜解下披风裹在他身上，陆追嘴角一扬。

萧澜抱着膝盖，继续看远处的星河。

陆追问：“你不冷吗？”

萧澜反问：“若我冷，你肯还我吗？”

“不肯。”披风很暖，暖到像是能驱走所有寒意，陆追将白锦小心翼翼地卷起来，“好了。”

“走吧，回去。”萧澜跃到地上。

陆追建议：“不如去吃个消夜？”

萧澜道：“好。”

“今天怎么答应得如此痛快。”陆追也跳下树。

萧澜道：“我若不肯，想来你是又要去告黑状的。”

所以，不如一同吃碗热粥，一来暖身子，二来求清静。

陆追没否认：“嗯。”

萧澜哭笑不得，转身出了小巷。

夜晚天寒，消夜摊子收得早，两人一路走到夜市，才找到一个卖红豆粥的小店。

萧澜喝了一勺，甜到发腻。

陆追倒是不嫌弃，慢条斯理地吃完后又擦擦嘴，道：“真暖和。”

“现在能回去了？”

“再等等。”

“又怎么了？”

“我看到了朝暮崖的人。”陆追说，“他们这些天一直盯着李府，突然出现在此处，必定是发现了什么。”

“要跟上去吗？”

"不知根底，还是不要贸然行动了，免得打草惊蛇。"

萧澜问："那现在要如何？"

陆追答："再吃碗米线吧。"

萧澜："……"

"既然要等，总要做些事情。"陆追说得理直气壮，"否则干巴巴地坐在这里，岂非告诉别人有鬼？"

米线摊的生意不好，陆追原以为是因为刀疤老板长得太赶客，吃了一筷子才反应过来，和老板的长相没关系，有关系的是老板娘的手艺。

萧澜问："吃得这般艰难，米线有毒？"

陆追将碗推过去："你吃。"

萧澜不悦："你这人是不是有将吃过的东西强塞给别人的癖好？"

陆追回答："可能吧。"

萧澜不再理会，自己倒了一杯热茶喝。

陆追愁眉苦脸，吃得颇为纠结，心道为何这种水平也敢出来摆摊？也就仗着老板长得像屠夫，无人敢砸店。

林威突然坐在两人对面。

陆追一边吃一边问："出了什么事？"

林威看了一眼萧澜，道："有人绑了李银的儿子。"

"绑了李银的儿子？"陆追问，"谁做的？"

"暂时不知道，现在消息还未传开。"林威道，"丢的是李银的老来子，小名阿喜，今年刚满三岁，据说是在傍晚被人偷偷抱走的。"

"消息还未传开，就是说李银还没开始找人？"

"李府内一切如旧。李银收到了一封书信，看完后也只派了一名亲信出府，我们的人方才就是在跟他。"

"看来他知道是谁绑了自己的儿子。"陆追道，"洄霜城里外都是江湖人，大家都按兵不动，坐观风向，若是此事传出去，你猜他们会不会觉得是有同行按捺不住先动了手？"

"若真如此，那可就热闹了。"萧澜道，"都千里迢迢来了，定然是想在洄霜城里讨些好处，只是自己还没动手，却被旁人抢了先，他们八成是咽不下这口气的。"

"那我们现在要怎么办？"林威问。

"先跟着吧，看看背后究竟是谁。"陆追吩咐，"李府那头也不要松懈，看紧一些，还有鹰爪帮的那两个人，也一并盯了。"

"是。"林威起身离开之前，不忘再深深看一眼旁边坐着的萧大公子。

他心道：都这么晚了，你居然还和我家二当家坐在一起，还吃米线。

萧澜并不是很懂为何这人每次见了自己都是一副防贼的表情。

陆追站起来，道："走吧，先回青苍山。"

"不去李府看看？"萧澜问。

"出了这种事，李银身边的戒备只会更加森严，去也没用。"陆追道，"先去将事情告诉陶夫人。"

萧澜随他一道出了城。

萧澜与陆追回去时已近天明，小院中的人却都没睡，正在等两人回来。

"画个地图，怎么去这么久？"陶玉儿道，"我险些以为又出了乱子，刚还在想要不要让老李去看看，你们可算回来了。"

陆追蹲在火盆边边取暖边说："做完事情后，我们又去吃了碗红豆粥。"

"红豆粥？"陶玉儿笑道，"那看样子这趟是还算顺利了，否则也不会有心情去吃消夜，好吃吗？"

"好吃。"陆追将地图拿出来交给她，又道，"下回我请夫人去吃。"

"看来你也是学过一些八卦阵法的。"陶玉儿翻看地图，"知道什么该标注，什么不该标注。"

"夫人也说过，我小时候不管走到哪里都抱着一本书。"陆追将热乎乎的手贴在脸上取暖，"看了这么些年，总该从中学些东西才不亏。"

眼见他整个人快要钻进火盆里，萧澜实在看不过，拎着他的领子往后挪了挪，顺便踩灭自己外袍上的半点火星。

陆追："……"

陆追道："下山之后，我赔你一件新的。"

萧澜将火盆里的炭块拨开，好让火烧得更旺一些。

陆追打了个喷嚏。

陶玉儿放下地图，握住他的手腕诊脉，然后摇头道："你得多吃些东西，太瘦了。"

阿六惊讶道:"诊脉还能诊出胖瘦?"

"瘦了便会体虚,自然能诊出来。"陶玉儿道,"明玉在王城里开了个酒楼,怎么也没能将自己喂胖些?"

阿六在旁插话:"成亲之后有了会做饭的媳妇,就能胖了。"就好比朝暮崖上的老王老李老赵老孙,都很胖。

陶玉儿"扑哧"一声笑了。

陆追裹紧身上的外袍,往阿六身边靠了靠,觉得挺暖和。

片刻之后,陶玉儿放下地图。

萧澜问:"如何?"

"我倒是能让你神不知鬼不觉地进那暗道。"陶玉儿道,"不过进去之后,便要一切靠自己了。迷魂阵并非隐身法,又是在那黑漆漆的暗道中,应当用不了太久。"

"好。"萧澜点头。

陆追问:"我能一道去吗?"

"自然。"陶玉儿道,"事不宜迟,就明日吧。"

"还有件事。"陆追道,"有人绑架了李银的小儿子。"

"哦?"陶玉儿问,"谁做的?"

"不知。"陆追将山下的事情大致说了一遍,又道,"城门口都有朝暮崖的人,对方一时半会儿应当不会出城。"

"你怎么看?"陶玉儿问萧澜。

"看李银不紧不慢的架势,应该是知道幕后人的底细,清楚对方不会伤害自己的儿子,只是想谈条件。"萧澜道,"洄霜城内这几个月聚集了不少江湖门派,平头百姓尚在议论,李银不可能毫无察觉。可他却并没有加强阿喜身边的护卫,任由这个儿子满屋宅乱跑,说明他并不觉得这些江湖人的目标是自己。或者说,绑架阿喜的根本就不是城里的这些人。"

陆追感慨:"自己的卧房里三层外三层守得水泄不通,儿子却反而没人管,这爹当得也是可以。"

萧澜闻言一顿。

陆追单手撑着脑袋道:"我就是随口一说。"

"你这脑袋，什么时候才能学会多转几个弯？"陶玉儿戳了戳萧澜，"多向小明玉学学。"说完她才想起来，又道，"是明玉，已经不小了。"

陆追一边烤火一边道："嗯。"

萧澜道："你的意思是，李银是故意露出破绽，让对方绑走自己的儿子？"

"这都能猜到。"陆追道，"哎呀，真聪明。"

萧澜："……"

"只是一个猜测罢了，否则事情解释不通。"陆追继续道，"老来得子，谁都会将其当成心头肉，哪怕觉得自己的屋宅已经固若金汤，多派十几二十个人护着儿子也不难办到，何至于让儿子身边连一个丫鬟、老妈子都没有？"

"所以呢？"陶玉儿继续问。

"若按我猜的，李银八成知道自己会有危险，所以忍痛将最小的儿子送出去，一来向对方表忠心，二来也好谈条件。"陆追道，"他可不是什么正人君子，这种事未必做不出来。"

陶玉儿点头。

"不过，不管是谁，我的人已经跟了过去。"陆追道，"先看看对方的身份，再决定下一步棋怎么走也不迟。"

"也好。"陶玉儿道，"不差这一天两天。"

陆追打了个哈欠。

"累了整整一夜，快回去歇着吧。"陶玉儿道，"事情要查，却也不能将自己累垮。"

"多谢夫人。"陆追站起来，使劲伸了个懒腰，熟门熟路地进了萧澜的卧房。

其余人也各自回去休息，陶玉儿走到门口又顿住，喊道："澜儿，你过来。"

"娘。"萧澜问，"有事？"

"明玉中毒了？"陶玉儿道，"方才我替他诊脉时，似乎有些异常。"

萧澜道："他身上有许多红痕，经常要药浴，我曾问过是什么毒，他不肯说。"

"他体寒了些，你多替他暖暖。"

"暖？"

"替他疗伤，将寒气引到你身上。"

"……"

"这样对你好，对他也好。这半分寒气会伤他的身，可你不同。冥月墓的功夫本就阴狠，你若能再多几分刺骨凉寒，便可事半功倍。"

"儿子明白。"

"去吧。"陶玉儿挥挥手，"今晚别再打人了。"

萧澜道："我没有……"

陶玉儿："行了行了，快些回去。"

萧澜沉默着回房。

陆追问："陶夫人同你说了什么？"

萧澜道："让我多替你疗伤。"

陆追立马邀请："那快来。"

萧澜："……"

陆追坐得端端正正。

萧澜哭笑不得："你还真是不客气。"

陆追答："毕竟有便宜占。"

"娘亲说你的毒阴寒，不过若能将寒气过到我身上，便对你我二人都有益处。"萧澜道，"要我替你疗伤吗？"

陆追纳闷道："双方都得利，又不是双方都吃亏，为何不要？"

萧澜脱了外袍随手丢到一边，陆追又说："等等！"

萧澜问："怎么了？"

陆追道："先去洗漱，否则不准上床。"

萧澜提醒他："这是我的床。"

陆追理直气壮地道："现在我也有一半。"

陆追又道："快些。"

知道此人嘴皮子利索，萧澜也没争辩，洗漱之后上了床，握过他细细的手腕试了试脉。

陆追贫嘴道："有喜了？"

萧澜将他的手丢回去："有，估摸下个月就会生。"

"我也不知这究竟是什么毒。"陆追愁眉苦脸，"三不五时的，只要我心口发悸，便会出喜脉之相。"

萧澜有些想笑。

陆追转身背对他，头发被挽起来，露出半截白皙的脖颈，以及一片淡淡的红色瘀痕。

萧澜抬掌按上他的肩胛，又寸寸挪至脊背。

一股热流走遍全身，陆追整个人都放松下来，觉得还挺舒服。

院中风吹枯叶，发出"沙沙"声，房间里很暖也很香。

小半个时辰后，萧澜抬掌撤去内力，就见先前那片红痕已消散了不少。

陆追活动了一下筋骨，道："多谢。"

萧澜又试了试他的脉象。

陆追问："这回呢？"

萧澜枕着手臂向后靠在床头，道："龙凤胎。"

陆追笑笑，也靠在枕上，看着床顶出神。

屋内光晕昏黄，桌上的红烛只剩短短不到一寸，烛泪落了一层又一层，堆积凝结，透过纱幔朦胧看去，就像是一朵红色的花。

一朵开在冥月墓中的花，小小的，没有任何香气，花茎看似柔弱，却有强悍惊人的生命力。只要有一片土、一滴水、一束光，它就能旺盛蔓延，也不分季节，便能开得到处都是。

"在想什么？"陆追问萧澜。

萧澜摇头，像是要将一些纷乱碎片从脑海中甩出去："睡吧。"

陆追说："好。"

两人离得很近，近到有些……说不上的奇怪，而当他们视线交错时，似乎又有什么画面在萧澜脑海中一闪而逝，那情那景，既陌生，又分外熟悉。

萧澜猛然坐起来，后背沁出薄汗。

陆追带着几分不解看他。

萧澜翻身下床，径直离开卧房。冷风迎面吹来，他全身彻骨寒凉，却再也无法完全平静。心底无端被掀起波澜，有些事，有些人，他已分不清到底是梦境还是现实。

屋内，陆追将自己整个人都裹进被子里，深深叹了口气。

萧澜在院中一坐就是一夜。

第二天，东方露出一线白，陶玉儿推开屋门，看到他后问："怎么一大早就在院子里，这是没睡还是醒了？"

萧澜道："没睡。"

陶玉儿打趣："睡觉不老实，被明玉赶出来了？"

萧澜道："我有事情想问娘亲。"

陶玉儿问："何事？"

萧澜进屋关上门，道："以前的事。"

陶玉儿微微一愣。

"我是不是忘了一些事？"萧澜问。

陶玉儿坐在桌边，掩饰般道："为何突然会这么想？"

"那就是有了？"

"自己猜的？"陶玉儿倒了一盏茶，"明玉应当不会自己说。"

"那究竟是什么事？"萧澜追问。

"小时候的事，与他之间的事。"陶玉儿道，"你还记得些什么？"

"记得他也曾在冥月墓中，记得姑姑对他也很好，后来他却不知为何突然消失了。"

"没了？"

"没了。"

"没了是好事。"陶玉儿道，"明玉都不提，你又何苦纠结？你现在对他好些，比什么都强。"

萧澜坚持："我要将事情弄清楚。"

"那也要先报了你爹的仇。"陶玉儿道，"现在执念于此，反而于事无益。"

片刻之后，萧澜又问："那我要对他多好？"

陶玉儿道："能有多好，便要有多好。哪怕他当真杀了你那些伏魂岭的师兄弟，你也要对他好，懂吗？"

萧澜往窗外看了一眼。

陆追已经起床，正在厨房门口与阿六说话，手里端着满满一盆热水，应当还没洗漱。

陶玉儿道："去吧。"

萧澜推门走出陶玉儿卧房。

陆追跟他打招呼："早。"

萧澜从他手中接过木盆，端进了卧房。

阿六站在锅边，敢怒不敢吼，小声抱怨："连盆热水都要抢，想来晚上也是霸道得很，爹你当真不要来我屋中睡？我可以打地铺。"

陆追笑笑，又取了一盆热水，道："无妨的。"

"爹！"阿六还是很不甘愿。

陆追解释："他在替我疗伤。"

疗伤啊，阿六想了想，又惊道："你怎么受伤了？"

"陈年旧疾。"陆追道，"原本无妨，但有人愿意为我疗伤，我也算占便宜。"

"那倒是。"阿六将粥盛出来，"吃饭吧。"

陆追帮他摆碗筷，又帮着将馒头拣出来。

那两人在厨房忙来忙去，萧澜一人在房中等了半天，直到水凉透了也不见人，出门却见其余人已经坐在了饭厅里，正在说说笑笑吃着早饭。

萧澜："……"

"澜儿。"陶玉儿招呼他，"怎么在房中待这么久？快些过来。"

陆追手里拿着一个馒头，撕成小条往嘴里塞，看起来心情很好。

萧澜盯着他看，想确定此人是不是故意的。

阿六心里充满疑惑：你不吃饭，盯着我爹看什么？我爹虽然好看，但是也不能随便给你看。

陆追放下馒头，试着擦了一把自己的脸，问："有渣？"

"澜儿！"陶玉儿不解，"你盯着明玉做什么？"

萧澜语气干硬道："没事。"

看他这表情，没事就怪了。其余人咳嗽两声，纷纷端起碗喝稀饭，想将这尴尬而又诡异的气氛驱逐一些。

萧澜拉开椅子坐下，觉得自己还是不要照顾人了，非但不讨好，还很尴尬。

吃罢早饭，陆追打发阿六下山去找林威，自己则是蹲在院中，手中拿着一根小树枝，也不知在做什么。

萧澜站在他身后。

陆追沉思许久，又在自己画出的那交错的纵横线上画了一个圈。

萧澜问："自己和自己下棋？"

陆追答："闲着没事儿。"

萧澜坐在院中的凳子上。

陆追问："要一起吗？"

萧澜道："小孩子玩的把戏。"

陆追继续研究棋盘："小孩子玩的把戏才有意思，你不懂。"

萧澜看着他，许久之后，还是开口问道："我究竟忘了些什么？"

"没什么。"陆追说得云淡风轻，"有些事情记住了横竖添堵，忘了反而畅快。"

萧澜蹲在他身边。

陆追递给他一根小树枝，又在地上画了个叉。

萧澜握住他的手腕："告诉我！"

陶玉儿突然出现，厉声道："澜儿！"

陆追用力挣开萧澜的手。

萧澜眉头紧锁。

"你把为娘的话当作什么？"陶玉儿颇为不悦。

"没事的。"陆追劝道，"夫人不必动怒。"

"待到涸霜城的事情解决后，你即便不想知道前尘往事，我也会告诉你。"陶玉儿道，"一件一件，一桩一桩，我会告诉你那冥月墓中发生的所有事。"

萧澜低头应道："是。"

陶玉儿转身回了卧房。

院中很安静，过了一阵子，陆追打了个喷嚏。

萧澜解下披风裹住他，转身离开小院，也不知要去何处。

陆追丢掉手里的木棍，犹豫再三，还是去敲了敲陶玉儿的门："夫人。"

"澜儿下山了？"陶玉儿问。

"不知道。"陆追回身关上房门，"他看起来心情不大好。"

"坐吧。"陶玉儿递给他一杯热茶，"他像是想起了一些先前的事。"

"看他今早的表情，我便猜到了。"陆追道，"看来鬼姑姑的毒蛊也不大顶用。"

陶玉儿叹气："是他对不住你。"

"都是小时候的事，当时心智未开，况且他与我一样，都是鬼姑姑手中的棋子，说不上对得住与对不住。"陆追用茶杯暖了暖冰冷的脸颊，"忘了更好，能想起来也成，随缘吧。"

山脚下，阿六正与林威说着事，还没说完呢，突然就见山上又下来了一个人，黑衣黑发，面色也黑。

"咦。"阿六奇道，"今日姓萧的怎么一个人下山了？"

"那不然呢？"林威警觉道，"难道他在山上时时刻刻都与二当家待在一起？"

"可不是。"阿六抱怨，"我想同我爹多说几句话都不成。"

"只是待在一起？"林威引导，"他有没有欺负二当家？"

"也就抢抢热水吧，其他的倒没什么"

那就好，林威咳嗽两声，站起来道："萧公子。"

"事情怎么样了？"萧澜问。

"李府派出去的人去了城南白鱼河，径直钻进一片密林，里头像是有不少人。为免打草惊蛇，我们的人并没有跟进去。"

"阿喜呢？"

"没见着，不过李府的人在离开密林时，与送他出来的人有说有笑，看关系不像绑匪，倒像朋友。"林威道，"李银在见过他后，心情也好了不少，那孩子应该没事。"

还真被说中了啊，阿六感慨，他爹真聪明。

"二当家呢？"林威往他身后看。

"还在山上。"萧澜说，"我去城南看看。"

林威侧身让开山路。

待萧澜走后，阿六问："要一道上山吗？"

"我就不去了，你好好照顾二当家，这是他用来泡澡的药材。"林威将一个包袱丢过去，"李府最近估计会有动静，我得继续盯着，告辞。"

"我也去趟城里。"阿六道，"买被子。"

"买被子做什么？"林威纳闷。

"当然是用来盖啊。"阿六将包袱甩在背上，"最近天气凉，山中木屋的被褥太薄，不抗冻。"

林威不满："那陶夫人听着也不穷，为何连床好被子也舍不得给二当家买？"

"不是我爹，是我，我的被子薄。"阿六指了指自己，"我爹和姓萧的一起住，陶夫人可舍不得冻到他们二人，光褥子就铺了四层。"

"等等！"林威瞪大眼睛，"你说二当家和姓萧的一起住？"

"是啊。"

林威头晕目眩。

阿六拍他的脸："喂，你醒醒。"

林威恨铁不成钢地道："你就让你爹和别人挤一张床？"

阿六大感委屈："我也不想啊，我都说了我能打地铺，让爹来我屋里睡，他不肯，说那姓萧的还能帮他疗伤。"

林威靠着树，头疼，心道：连张单独的床都给你爹争不来，要你这儿子有何用？

萧澜一路去了城南，到了河边一片枯树林外，果然见到有不少人在走动，都是寻常百姓打扮，细看功夫却不弱。

只是还没等他有下一步行动，后头却突然传来一阵"咯咯咯"的笑声。

萧澜猛地回头，就见河边不知何时竟出现了一个美艳妇人，眉眼艳丽，身姿扭捏，身着玄色绣红花长裙，手里捏了块香喷喷的帕子，虽说在笑，整个人看起来却诡异又阴沉，不像是人，倒似是妖。

萧澜问："你是何人？"

"我是打外地来的，要去洄霜城投奔亲戚。"妇人千娇百媚，"不知这位少侠要去哪里？"

萧澜道："出城散心。"

"散心啊，那正好。"妇人上下打量他，抬起手臂便欲贴上前，"恰好我也有些烦心事，不如少侠带我一起散散？"

萧澜闪身躲过。

妇人扑了个空，却也未生气，反而笑道："看着年轻，功夫还挺不错。"

"你是这树林中的人？"萧澜看了一眼远处，"我只想出来走走，无意打扰姑娘，告辞。"

妇人喜道：“你称我什么？”

萧澜道：“姑娘。”

“嘴可真甜。”妇人被他哄得开心，也就没再纠缠，手中香帕一挥，道，“去吧，这林子里古怪多，以后别再乱钻了，否则我怕来不及救你。”

萧澜抱拳，转身离开河边。

妇人盯着他的背影看了许久，直到他完全消失，才掩嘴一笑，抬手招来两名下属。

“跟着他，看看是哪门哪派的毛头小子。”

萧澜径直去了李府。

看门的家丁认得他，虽说觉得连牛老爷都走了，此人还赖着不走蹭吃蹭喝着实讨人嫌，但毕竟主人都没说，自己一个仆役也没资格多话，于是便斜着眼搓搓手指。

萧澜递给他一枚铜板。

家丁心里暗骂一声穷酸，不甘不愿地将他放进院子。

萧澜一路回到住处，纵身跃上屋顶，看见刚刚跟着自己的两人已经转身离开，他才冷笑一声，又从后院翻了出去。

青苍山小院中，陆追正在炖汤，用了母鸡和晒干的野菌，满院都是香气。

阿六蹲在一旁，一来陪着爹，二来看着肉，以免旁人捞走自己心爱的鸡屁股。

萧澜推门进来。

“回来啦。”陆追扭头看着他笑，“刚好，准备吃饭。”

“你不问问看，我去城南有没有收获？”萧澜蹲在他身边。

“有吗？”陆追盛了一小碗汤出来，晃了晃，让风吹凉些。

萧澜自然而然刚想伸手，碗却被交给了阿六，萧大公子沉默了。

“咸淡如何？”陆追问。

阿六道：“好喝。”

陆追打发他：“去盛饭吧。”

阿六答应一声，高高兴兴地去了厨房。

萧澜揉揉眉心，问：“还说正事吗？”

"说。"陆追站起来，问，"城南有什么？"

陶玉儿听到动静，也从屋里走出来。

萧澜将那妇人的事说了一遍。

陶玉儿心情复杂，问："你被个妖婆子调戏了？"

陆追抿抿嘴，像是在忍笑。

"她派人跟踪我一路，直到确定我进了李府才离开。"萧澜道，"跟踪我的人武功都不低，看着有些奇怪，先前没听过江湖中有这个门派。"

"邪门歪道的小教派多了，你哪能个个都听过。"陆追道，"密林中的人，就是带走阿喜的人。那妇人听起来也是有地位的，若她对你有心，在得知你这阵子住在李府后，十有八九会去讨人。"

萧澜道："我也这么想。"

陶玉儿问："所以你要趁机接近她？"

萧澜道："这是最快的方式。"

陶玉儿胸闷，自家儿子长得好，她是知道的，也知道他在行走江湖时免不了会被一些小姑娘相中，但她没想过有朝一日，儿子还要凭借这张脸去色诱一个听起来便古古怪怪的妖婆子。

萧澜问陆追："你怎么看？"

"我？"陆追道，"这是个好主意，你接近她，就等于接近了李府的秘密。"

"那就这么定了。"萧澜道，"我先回李府。"

"先吃饭吧。"陆追道，"也不差这一时半刻。"

"小明玉炖了一早上的汤，就在等你回来。"陶玉儿将萧澜拉到桌边，"不就见个妖婆子吗？你看你这一脸迫不及待的样子。"

萧澜满脸问号。

陆追盛了一碗汤递过去。

萧澜接到手中，汤微微有些烫，在这种天气喝正好。

"好喝吗？"陆追问。

萧澜点头："多谢。"

陆追笑笑，也低头吃饭。

桌上有肉，身边有人，天上有太阳，整座青苍山都暖融融的，正是冬日里难得的大晴天。

阿六叼着鸡骨头想，他将来娶媳妇，不求多好看，但一定要会做饭，若遇到手艺像爹这样的，那抢也要抢回来。

日暮时分，萧澜离开小院，回到李府。

阿六在院中仰头，小声问："爹，你干啥呢？"

陆追坐在屋顶上，答："发呆。"

"太阳都下山了，要早点回房歇着。"阿六也跃上屋顶，挤在他身边坐下，"不然该着凉了。"

"无妨。"陆追抱着胳膊，"房间里闷。"

阿六不解："可先前爹都是天一黑就回房，现在时间也差不多了。"

陆追道："就你话多。"

阿六脱下自己的外袍，将他裹严实："爹，你该娶个媳妇了。"

"是我该娶媳妇了，还是你想成亲了？"陆追瞥他一眼。

阿六赶紧说："爹都没成亲，我也不成亲。"

"若我这辈子都不想成亲呢？"

阿六顿时愁眉苦脸，坦白讲，他还是很想娶媳妇生儿子的。

陆追笑着捶他一拳头，觉得心情好了不少。

见他高兴了，阿六也跟着笑，又随口道："也不知那姓萧的今晚会不会被老妖精绑到枯树林里头去。"

陆追笑容僵在脸上。

阿六用胳膊肘杵他，问："爹，你觉得呢？邪教妖女大多爱吸阳气，小话本里都这么写。"

陆追扯下外袍，将他兜头蒙住一顿打，而后便拍拍衣裳进了卧房。

阿六蹲在地上泪流满面，心想：我到底又说错了什么？

李府的客房已经多日无人清扫过，桌上没水，灯里没油，就差在门口端端正正写上"赶客"两字，连丫鬟见了也要轻嗤一声。萧澜并不在意，将被子摊开便和衣躺上去，闭上眼睛假寐，听着外头的动静。

天边月色皎皎，喧闹了一天的洄霜城逐渐安静下来。

李银在书房里坐了一会儿，刚打算回去歇着，管家却来敲门了。

"又出了什么事？"见他神色匆匆，李银赶忙站起来。

管家低声道："上头派了人来，说要见老爷，却也不说是为了何事。"

"这……阿喜都给他们了，还想如何？"李银唉声叹气。

李银急忙去了前厅，推开门恭敬道："张左使来了。"

"李老爷不必慌张，不是什么大事。"来人是名尖嘴猴腮的男子，看打扮不像中原人。

"教主的事，都是大事。"

见他如此圆滑，男子眼底更多了几分轻蔑："教主派我来，是想问问李老爷，这府中可住了一名江湖人，二十来岁的年纪，身材高大，面目俊朗，身上没带什么武器，今日穿了一身黑衣。"

"我府里？"李银道，"不知道啊。"

"李老爷这是要装糊涂了？"男子顿时不悦。

李银慌乱道："自然不是，可我府中的确没有这么个人啊！"

男子提醒："今日中午，我亲眼看着他进了李府大门，还与家丁聊了几句，莫非是鬼不成？"

"这……我府内人多，最近又乱，实在记不得了。"李银赶忙解释，"我这就去问问家丁，看到底是谁。"

男子挥手示意他快些。

李银一路跑去前院，虽是大冬天，却也急出了一身汗，问了半天才问出的确有这么个人。那人是先前牛大顶贺寿时带来府中的朋友，据说是无门无派的江湖人。

"这……大顶都走了，怎么还留了个人在宅子里？"李银头直疼。

"那就是个骗子，混吃混喝的，哪里舍得走。"管家道，"先前倒是有人同我提过，我觉得这是小事，就没有告诉老爷。我想着对方是牛老爷带来的，赶走不合适，就由着他住下了。"

"这……这都是什么事啊。"李银欲哭无泪，却也推脱不掉，只好忐忑不安地回去，将事情一五一十告诉了男子。

"无名小卒啊？"男子放下茶碗，"那正好，今晚我便带他走。"

"好好好。"李银满口答应，又小心翼翼地道，"还请左使转告教主，我当真不认识这个人，这个人是我那不争气的外甥带来的，一直赖在府里。"

"慌什么？都说了，不是坏事。"男子嗤笑一声，"说不定教主还会因此赏你。"

片刻后，萧澜被请到了前厅。

见到人后，李银总算是有了印象，心里免不了又开始埋怨自家外甥惹麻烦，却又不敢多言，只垂手站在一边。

"李员外找我有事？"萧澜问。

"这……"李银看了一眼身边的男子，不知该说些什么。

男子道："不是李员外，而是我家主人想会会公子。"

"你家主人是谁？"

"不如公子随我前去，见了便知。"

萧澜打量他一眼，语调里颇有几分轻蔑："你这人倒是好笑，我既不认识你，更不认识你家主人，这深更半夜的，说去就去？"

男子倒没生气，反而笑道："公子住在这里，应该是李员外的朋友，而我家主子是李员外的主子，公子若肯跟我走，能得到的好处可比在这里要多得多。"

萧澜问："什么好处？"

男子答："公子想要什么，便能得到什么。"

萧澜不屑："大话谁都会说。"

男子故意道："出门做个客罢了，看公子这般推三阻四，莫非是不敢？"

萧澜眉峰一皱，像是果真被激到了。

李银也趁机在一旁鼓动："你还是去吧，难得被主子相中，若是运气好，将来可就能过上荣华富贵的好日子。多少人想求都没有，你有什么好犹豫的？"

萧澜问："若是运气不好呢？"

"若是运气不好，公子至少也能得一笔赏钱。"男子道，"主子出手向来阔绰，绝对不会少。"

萧澜道："这可是你说的。"

"公子这边请。"男子侧身，对他很有礼数。

看着两人的背影远去，李银抹了把头上的冷汗，心中庆幸不已，可算是送走了，只求他们以后千万莫再回来。

门外正候着一顶软轿，林威隐在暗处，看萧澜弯腰上了那顶飘香大轿，心里直叹：这阵仗，跟娶亲似的，纱幔又红又香，就差个唢呐班子跟着吹。

几个轿夫脚下如飞，一路径直出了城门，向着城南那片密林而去。

密林中，篝火熊熊，白日里那名妇人正在等萧澜。

萧澜道："原来是姑娘。"

妇人笑起来像是被人捏住了嗓子，声音沙哑粗糙，却又偏偏媚眼秋波："公子像是一点都不意外。"

萧澜坐在她身边，道："猜到了。"

"那还算是有脑子。"妇人兴致勃勃地打量他，"那你可知我找你来做什么？"

"我连阁下是谁都不知道。"萧澜一笑，"阁下三更半夜将我找来此处，至少要告诉我你叫什么名字。"

妇人道："唤我小玉便好。"

陶玉儿在青苍山中，感觉有些胸闷。

陆追盘腿坐在屋顶看月亮。

萧澜道："不像真名。"

妇人抽出手帕，捏在手中挥了挥："我爹娘给我起的名字不好听，我也不稀罕，这个'玉'字好听，又美，我喜欢。"

萧澜觉得自己此生还当真与玉有缘，只是无论娘亲还是陆追，以玉为名都不觉有何不妥，他们一个剔透玲珑，心思缜密，一个温润儒雅，玉树临风。可若换成眼前这个人，却又怎么想怎么别扭。

妇人问："你呢？叫什么名字？"

"我姓萧。"萧澜道，"恰好名字也不好听，一样不想说。"

"姓萧啊。"妇人压低声音，故作神秘地道，"这个姓可不好，你知不知道洄霜城中，前些年死了几十个姓萧的，都绝户了？"

"灭门惨案？"萧澜丢掉手中的枯枝，"江湖中人姓氏多了去了，赵钱孙李都有，若是按这个来算，也没几个吉利的姓氏。"

"倒也对。"妇人凑近他，"公子真是个有趣的人。"

萧澜将人推开，微微不悦："姑娘自重。"

"这般正经，难道你还怕自己会吃亏不成？"妇人"咯咯"笑道，"看公子长得这般俊朗高大，莫非还是个雏儿？"

陆追在房顶上打了一连串喷嚏。

阿六裹着外袍出门，抬头担忧道："还是睡吧，这都什么时辰了。"

陆追直直向后躺去。

阿六搔搔头，很是茫然，不懂一向叮嘱自己要早睡早起的爹今日为何如此反常。不就是没了姓萧的嘛，何至于连觉都不肯睡。莫非是……想了片刻，阿六倒吸一口冷气。

陆追看着他，幽幽道："你独自一人在下头，一惊一乍做什么呢？"

阿六爬上屋顶，紧张道："爹，你不会被那姓萧的下毒了吧？"

陆追："……"

阿六学着平日里林威那样，拖过他的手腕试了试脉，啥也没试出来，连脉在哪里都没找到。

陆追盯了他半天，觉得儿子太傻，心里颇累，于是打了个哈欠，爬下屋顶继续睡觉。

阿六又握住自己的手腕找了找感觉，然后感慨，不比不知道，爹的手腕还挺细。

城外，萧澜随口编道："我已经有了心上人。"

"有了心上人，却没做过快乐事？"妇人将他推了一把，眼底缠着秋水，"不如我来教教公子，尝过滋味后，你怕是就不会再记得你那心上人了。"

萧澜似笑非笑地看她。

妇人娇嗔道："公子这是何意？"

萧澜道："我若是应了，有何好处？"

妇人问："我还不算好处？"

萧澜替她将敞开的衣领挑回去，道："我从来就不缺女人，尤其是年轻漂亮的女人。"

"原来公子是嫌我不够年轻，不够漂亮。"妇人伸出手指一戳，"你们这些臭男人，当真都是一个德性。"

萧澜道："我这人不喜欢拐弯抹角，若仅是这个好处，那便就此别过了。"

妇人直白道："那多少钱能买公子一夜？"

"先告诉我，你究竟是何人？"萧澜道，"而后再看我的心情。"

妇人撇嘴："知道得太多，对你没好处。"

萧澜道："告辞。"

妇人笑道："看来还是个倔脾气，可我若乱编一个，你也猜不出真假，何必执念于此？"

萧澜道："我不单单想要银子。"

妇人收回手，问："那公子想要什么？"

萧澜道："我想让这全天下的人都认得我。"

妇人"扑哧"笑出声："野心不小。"

萧澜道："所以我才愿意深夜来此，若你当真是大人物，我自会甘心跟随。"

"那你觉得，我像大人物吗？"妇人手掌抚上自己的脸颊。

萧澜挑眉："心心念念只想搜罗年轻男子的大人物？"

妇人抱怨："公子当真扫人兴致。"

萧澜又问了一遍："所以阁下到底是谁？"

妇人凑近他耳边，红唇轻启："我姓裘，你说这姓是不是难听得很？"

天边已渐渐露出鱼肚白。青苍山小院烟火缭绕，是阿六在做早饭。

陆追昨晚在屋顶坐了大半夜，此时倦意未消，却也不想再睡，用冰凉的水洗了把脸，才觉得清醒了些。

片刻后，陶玉儿也推门出来，眼下亦是一片青黑——自家儿子跑去勾引一个老妖婆，任凭天下哪个娘亲知道后心里头都会发堵，哪里还睡得着。

陆追与她对视一眼，颇为惺惺相惜。

院门"吱呀"一声响，李老瘸走进来，身后还跟着林威。两人一个被陶玉儿指派，另一个被陆追吩咐，都是在城南枯树林外盯了一夜。

"你怎么上山来了？"见到林威，陆追有些意外。

"大当家送来一封书信，让我务必亲手转交给二当家。"林威双手呈上书信。

陆追拆开后草草扫了一眼，而后便面色一僵。

"怎么了？"陶玉儿皱眉问。

"昨夜在枯树林中发生了什么事？"陆追问。

李老瘸道："昨夜天黑之后，那树林里出来一顶轿子，将少爷接了进去。"

林威补充："然后就没再出现过。"

陆追将书信递给陶玉儿。

阿六站在她身旁，试图伸长脖子偷看。

陶玉儿看完后道："鹰爪帮的掌门来了洄霜城？"

陆追道："裘鹏。"

"在城里？"陶玉儿又问。

陆追道："这城里的门派我已查了个七七八八，除了那两名时常出入李府地道的弟子外，并无其余教众，更别提掌门了。"

"那此人现在何处？"陶玉儿将书信还给他，"若按照上头所说，算算日子人应当已经到了。"

陆追道："江湖上一直有传闻，说裘鹏为练邪功，已将自己折腾得不人不鬼，平日里身姿妖娆，绣花抚琴，喜欢捏着嗓子假装女人，脸白唇红，如鬼魅一般。"

陶玉儿："……"

陆追道："我猜城外密林里的那人就是。"

"你说澜儿口中的那个妖婆子是个男人？"陶玉儿觉得五雷轰顶。

陆追道："八九不离十。"

"哎哟，赶紧别了。"陶玉儿眼前发黑，被李老瘸扶着坐在椅子上。

搞了半天，敢情那不是个老妖婆，而是个老男人？

陆追劝慰："萧公子应当会处理好，夫人不必忧心。"

"这都是些什么事啊……"陶夫人头隐隐作痛，早知如此，还不如自己亲自出手将那不男不女的妖人绑回来，也省得现在如此闹心。

陆追又问："客栈中那两名鹰爪帮的弟子如何了？"

"他们最近并未出门，一直待在客栈中。"

"没去城南枯树林？"

"八成是担心会惹来旁人注意，毕竟洄霜城内的门派不算少，又都知他二人出自鹰爪帮，难保背地里没人跟着，多一事不如少一事。"

"继续去盯着吧。"陆追吩咐，"不管是城内还是城外，都不得有片刻松懈，一有消息即刻来报。"

林威领命，转身出了小院。

陶玉儿叹气："也不知澜儿何时才能回来。"

陆追道："我想下山去看看。"

"你？"陶玉儿迟疑，"你要去那枯树林中？"

"是。"

陶玉儿有些犹豫。一来这不知根不知底，她担心陆追孤身前往会吃亏；二来亦是出于私心，萧澜还在裴鹏手中，她不想局面有任何变动。

陆追道："夫人尽可放心，我有分寸。"

"为何非要亲自前去？"

"在山上也做不了什么事，白白担心罢了。守在枯树林外，哪怕什么都不做，至少要踏实些。"

陶玉儿道："你从小就对澜儿好，这么多年也未变过。"

"为何要变？"陆追笑笑，"现在这样很好。"

"想去山下可以，先随我来吧。"陶玉儿松口，站起来去了屋内。

陆追应声跟上，并未多问。

木门紧闭，将暖意与声音都锁在里头，阿六蹲在门口屏住呼吸竖起耳朵，蹲了半天却什么都没听到，于是颇为受伤。到底是什么了不得的事情，他爹竟连他也不肯告诉，大家不是已经成了亲热的一家人吗？

第四章
送你一朵红玉小花

傍晚时分，城南枯树林外。

天气寒冷，连风也像是被冻住了。天边模模糊糊挂着一轮圆月，边界看得不甚明晰，被云半遮半掩，透出的光晕像是快要融化在天幕中，只余一抹妖冶橙红。

林威往手心哈了口热气。

陆追悄无声息地蹲在他身边。

林威惊道："二当家怎么来了？"

陆追竖起手指，提醒他声音小些。

林威道："林子里一直没静。"

"一整天都没动静？"陆追问。

"是。"

"萧澜也没出来过？"陆追又往远处看了一眼。

"没有，不仅没人影，连声响都没有，只在下午时出来了几个小喽啰，一边走一边闲聊，说看来这回的汉子挺讨教主喜欢，八成就是指那姓萧的。"

陆追："……"

林威又叮嘱："姓萧的连那老妖男都能讨好，二当家以后可要离他远些。"

在林威看来，萧澜看着便不像个善茬。

陆追还未从"一夜一天都没出枯树林"这消息中缓过来，便又被"老妖男"三个字震了一下。

四野一片寂静。

萧澜拿着一把匕首，慢条斯理地割羊腿肉吃。

那妇人靠在一边的树上，娇滴滴叹道："知道我是男人之后，你便一直不理不睬，早知如此，我又何苦说实话？"

"能瞒住吗？"萧澜看他一眼，轻蔑地嗤笑道，"你将我拐来是为了做什么，即便想瞒，又能瞒多久？"

"无趣。"那妇人，或者说是鹰爪帮的掌门裴鹏，此时俨然一个风韵犹存的妖媚女子，也不知是练就了什么功夫，竟连喉结也隐了去。

见他整个人都黏了上来，萧澜闪身避开："我喜欢冷漠些的。"

"见到公子这张俊脸，怕是雪莲圣女也冷不下来。"裴鹏面上依旧在笑，声音里却多了几分杀意，"咯咯"笑道，"我此生从未对谁有过如此耐心，公子千万别不识好歹。"

"我确实想识一识这好歹。"萧澜将匕首丢在一边，"不过在此之前，你得先给我想要的。"

"你想要什么？"裴鹏收回手。

萧澜问："你带着如此多的教众前来大楚，是想做什么？"

裴鹏摇头："这可不是你该知道的事。"

萧澜道："那我也不是你该招惹的人。"

裴鹏只当他是个不知天高地厚的毛头小子，掩嘴"扑哧"一声笑了。

萧澜瞥他一眼："我不缺银子，更不缺人。"

"还说你是个雏儿，原来却是个阅尽千帆的。"裴鹏被他的架势唬住，于是道，"你不缺人，也不缺银子，只缺权势，我说的可有错？"

萧澜道："若你能给我滔天权势，我自会什么都听你的。"

裴鹏从袖中取出一枚药丸，朝他递过去。

萧澜问："这是何物？"

裴鹏道："三尸丹。"

萧澜面露不悦："这是何意？"

"这是我鹰爪帮的毒药，服下之后，便要每月都服一次解药，否则就会骨穿肉烂。"裴鹏将药丸递到他嘴边，"想要干大事，总要付出一些代价，若是连这点胆子也没有，那就别再妄想什么滔天权势，乖乖拿了银子，做你该做的事。"

萧澜定定地看着他，狭长的双目中泛着烦躁与欲望，像是不想受制于人，又不想放弃这唯一的机会，如同被囚禁的鹰，脸上的肌肉微微抽搐。

最终，他咬牙道："你说话算话？"

裴鹏道："自然，我宠你尚来不及，为何要害你？"

萧澜道："我儿时中过毒，若是药性太烈，只怕会有危险。"

"放心吧。"裴鹏道，"这三尸丹服下之后，要过一月才会毒发，我自会提前给你解药。早就说了，若你乖乖听话，便不会受任何苦楚。"

萧澜从他手中一把夺过药丸，囫囵塞进了嘴里。

裴鹏看着他咽下去，笑道："不错，够爽快，的确是干大事的人。"

"现在能说了吧？"萧澜问，"你究竟有何目的，又要做什么大事？"

裴鹏道："你行走江湖这么多年，可曾听过红莲盏？"

萧澜点头："听过不少传闻，有人说红莲盏能招魂，有人说盏中藏着寻宝图，还有人说得之便能一统武林，更有甚者，说出来就有些大逆不道了。"

裴鹏道："我此番前来大楚，就是为了这红莲盏。"

萧澜问："它究竟有何用，现又在何处？"

裴鹏道："若我知道红莲盏在何处，直接去取便好，又何苦还要费心思去寻？"

萧澜道："可你既然来了这洄霜城，自然是因为有线索。"

看着火光下对方那英俊年轻的面容，裴鹏干咽了一口口水，满心只想借他这副好身体练功，却又心知肚明凭自己人老珠黄的模样，怕是勾不到手，还得用利益慢慢诱哄，往后才好细水长流。

萧澜见他不肯说话，只是一直盯着自己看，即便是演戏，后背也难免浮起一层鸡皮疙瘩。又猜到这人如此疯魔，只怕是要借自己练什么邪门功夫。

树林外，陆追换了个姿势蹲着，觉得有些冷。

林威心里焦虑，若那姓萧的不出来，难道二当家还就不走了？二当家原本就旧伤未愈，一直在这里白白挨冻是何道理？

裴鹏又道："前些天，不少江湖门派都接到了一封密函，说红莲盏近期会重新出现在洄霜城中。"

密函？萧澜闻言皱眉。若真如此，那也就解释得通为何姑姑要派黑蜘蛛来传话，让自己住进李府。只是不知为何，她又对密函与红莲盏只字未提。

江湖盛传红莲盏原是冥月墓圣物，只可惜在数年前伏魂岭大乱时离奇失踪。萧澜先前一直以为是被陆追所窃，追查了这么些年，此番好不容易被姑姑允许出墓找人，却又阴错阳差摸到了更深更复杂的内幕——萧家老宅中翡灵的红莲盏是从何而来？与冥月墓里失窃的是否为同一个？现在又到底去了何处？这些问题他虽说问了娘亲，却也只得到了一个含糊不清的回答，如今再加上姑姑的三分隐瞒，虽然线索越来越多，但事情不仅没有变得更加明晰，反而更加扑朔起来。

　　裴鹏问："你在想什么？"

　　萧澜道："说出来怕是会扫你的兴。"

　　裴鹏调笑："莫非在想你那家中的心上人？"

　　不知为何，一提起"心上人"三个字，萧澜脑海中就依稀晃过了一抹残影，与记忆中那星光联结在一起，蔓延出一片红色花田。

　　那是一片盛开在冥月墓中的花田，他不记得自己曾在花丛中做过些什么，却模糊想起了一双眼睛，染着雾气，瞳仁漆黑如深渊。

　　裴鹏像蛇一般贴上来。萧澜想也不想，一掌将他拍出三尺远。

　　"你！"裴鹏怒极，有些受辱。一来他最近身体虚弱，二来他也未对这嘴边的鸭子有所防备，却没料到竟会吃了这闷亏。

　　萧澜冷冷扫他一眼，又重新闭上双目，想要将脑海中的碎片重新拼接，却不知为何，又只剩下一片混沌漆黑，如同呼啸而过的风吹入山涧，将一切刮得无影无踪。

　　耳畔风声呼啸而至，萧澜并未闪躲，而是生生挨了一掌，嘴角溢出鲜血。

　　见他的反应这般无趣古怪，裴鹏即便先前再垂涎，此时也没了兴致，转而用审视而又狐疑的目光打量着面前的年轻人。

　　萧澜抬手擦掉血迹，道："我做不到。"

　　"为何做不到？"裴鹏问。

　　萧澜道："我心里似乎已经有了人。"

　　"为了拥有权势，连三尸丹都敢吃，却迈不过自己心中这道坎？"裴鹏闻言不怒反笑，"有趣，先前装得再风流薄幸，说什么身边不缺人，临了原来还是个痴情种子。"

　　萧澜道："我可以为你做别的事。"

裘鹏鄙夷："凭你这点功夫，想为我做别的事怕还不够格。"

萧澜沉默不语。

"你现在孑然一身，应当也没多少银子，否则不会忍着白眼住在李府。"裘鹏对他极有耐心，"不如乖乖听我的，等你将来飞黄腾达，有钱有势，才好将你的心上人接到身边。否则一年两年能等，三年五年七年八年，谁又等得？"

萧澜撑着站起来，手一直抚着心口。

见他脚步踉跄，走路都走不稳，像是被方才那一掌伤得不轻，裘鹏招手叫来两名弟子，先带他去了一处帐篷休息。

直到四周重新安静下来，萧澜才松了口气。他刚刚之所以未曾躲闪，一是因为神思恍惚，竭力想要拼接脑海中的破碎画面，所以即便知道有危险，也依旧迟疑了片刻；二也是因为清楚裘鹏不会出手太重，他勉强吃了这一掌，受伤后反而更容易找借口。

袖中掉出一枚药丸，正是那枚三尸丹，他右手攥紧后又松开，便只剩了粉末。

萧澜枕着手臂，眉头死死皱着。在他为数不多的记忆中，他与陆追的分别是在孩童时期，那时两人年岁尚小，而后就是对方毫无征兆地失踪。等他们再见面，已是在伏魂岭的密室中，尸骨堆积，血流成河。可若只有如此，那双水雾蒙蒙的眼眸又怎么解释？

他越想抓住过往，心底涌起的失落就越多，整个人空空荡荡，像是遗失了一样极重要的东西。他再试图往记忆深处挖掘，脑中却宛如燃起一把火，灼灼焚毁血肉筋脉，痛可彻骨。

风从林中呼啸而过，萧澜猛然坐起来，翻身出了帐篷。

"公子要去何处？"外头有弟子守着。

"太闷，出去散散心。"萧澜面无表情地回答，也未停下脚步，只是自顾自地向外走。

那弟子知道主子相中了此人，怕是想用他来练功，也不敢太过放肆，于是赶忙去林地深处报信。

"出了林子去散心？"裘鹏斜靠在软榻上，"随他吧。"

"不要派人盯着？"心腹在旁问。

裘鹏抿嘴一笑："他服了三尸丹，又能跑到哪里去？现在即便是后悔了，也收手不得。"

心腹道："看来主子是真的看重他。"

"他长得那般俊朗，比你这瘦猴不知要强到哪里去，我自然喜欢。"裘鹏弯了根手指，在烛光下细看那莹莹的指甲，若有所思。

身后无人尾随，萧澜只顾往前走，直到将所有光与喧嚣都甩开，才重重跌坐在枯叶乱石之上，仰头看着漆黑的天幕，想让自己冷静些。

暗处，林威正远远看着，心中疑惑，不知这又是什么状况。林中寂静无声，他还当一切都很顺利，可为何萧澜看起来如此颓然，甚至有些……落寞？

陆追微微握紧拳头，虽天气严寒，掌心却沁出一层薄汗。

林威小声道："二当家。"

"嗯？"陆追回神。

林威道："看他这样子，该不会当真被那老妖怪给……了吧？"

陆追："闭嘴。"

思绪越来越纷杂，萧澜双手插入自己发间，额上青筋暴起。若非顾及裘鹏的人还在林地中，他几乎想要嘶吼一声，将所有烦闷都宣泄出来，好稍微痛快些。

林威担忧道："乖乖，这是中邪了啊。"

"不许出去。"陆追吩咐。

林威没听清："啊？"

陆追却已经站起来，几步走过去蹲在萧澜身边，低声问："你没事吧？"

萧澜猛然抬头。

陆追看着他，眼底有疑惑也有担忧，还有几分不甚明晰的闪躲。

就是这双眼睛，让现实与梦境的碎片重合，萧澜握住他的手腕，重重地将人拉到自己眼前。

喂喂喂！林威立刻警觉，过分了啊！

"没事的。"陆追在他背上拍了拍，"你先冷静下来。"

"我都忘了什么？"萧澜又问了一次。

"现在不是说这个的时候。"

"那你告诉我，从儿时离开冥月墓到伏魂岭血案，中间那些年你有没有回来过？"萧澜捏着他的肩膀，力道大得几乎要粉碎骨骼，"或者，你有没有见过我？"

看着那双已经接近赤红的眼眸，陆追答："有。"

"我又为何会忘？"萧澜追问，"也是因为姑姑？"

陆追道："是。"

猜测得到印证，萧澜向后靠在树上，也不知该是什么心情。

"别再烦躁了。"陆追帮他揉了揉紧皱的眉心，"你若想知道，我将来说给你听，但不是现在。"

萧澜看着他的眼睛，没说话。

陆追问："还要回林中吗？"

萧澜闭了会儿眼睛，待情绪平复下来，才道："林中是鹰爪帮的人，我先前遇到的那妇人是裘鹏。"

"他想做什么？"陆追又问。

"想拿到红莲盏。"萧澜将裘鹏先前所言挑重点说了一遍，又道，"他看着不怀好意，其实只怕是想利用我练功，一天到晚缠在我身边，如中邪一般。"

陆追沉默了一会儿，问："所以？"

"所以我自会想办法敷衍应付。"萧澜道，"难不成还真要遂他心意？"

陆追道："你敢。"

萧澜："敢？"

陆追捏起他肩上的枯叶，拿在手中转了转，道："说不定真是吸阳气的功夫呢。"所以还是要躲远些。

萧澜觉得好笑："你当我几岁。"

陆追拉着他想站起来，目光却落在他衣襟的血迹上，问："你受伤了？"

"惹怒他吃这一掌，我才好找借口装受伤。"萧澜道。

陆追取出帕子，想替他将尚未完全干涸的血擦一擦。

"不用了。"萧澜捏住他的手腕，"还没说，你怎么会在此处？"

陆追收回手，道："我在山上无事可做，下来或许还能帮帮忙。"

"天气冷，你回去吧。"萧澜道，"我也走了。"

陆追道："一切小心。"

萧澜向林中走去，没走几步又顿住。

"怎么了？"陆追不解。

萧澜从怀中摸出一样物品，回到他面前，道："伸手。"

陆追："……"

"快。"萧澜嘴角一弯，竟是有了几分笑意。

陆追依言照做。

萧澜松开拳头，一枚玉佩悄然出现，落在陆追手心。青绿色的穗子，红玉被雕刻成一朵小小的花——像是刚从冥月墓的花田中摘出来，上面还带着新鲜的露水。

陆追猛然抬头看他。

"是你的吧？"萧澜很认真地道，"我佩戴在身上几年，也不知道为何要戴着它，只是今晚却觉得它一定是你的。"

陆追攥住右手，声音里有些不易觉察的颤抖："嗯，是我的。"

萧澜拉过他腰间的玉环，低头仔细将那朵小玉花系了上去。

陆追道："多谢。"

"回去吧。"萧澜拍拍他的侧脸，头也不回地进了枯树林。

陆追一直站在原地，直到他的背影消失才转身。

林威问："现在我能出来了吗？"

陆追并未说话，而是坐在了萧澜靠过的树下，抱着膝盖出神。

林威往他腰间看了两眼，想问却又不知要如何开口，只好在心里纠结，这都是些什么事啊。姓萧的黑天半夜从林子里跑出来，先是抓着头一脸狰狞，而后又莫名其妙拉着二当家说了半天话，临走时还送个稀奇古怪的玉雕，将二当家弄得失魂落魄，他自己倒是跑得挺快，果然不是什么好人！

陆追语调中有些疲惫："回去之后，不准将此事告诉任何人。"

林威点头："明白。"

清晨，露水溅落，裴鹏尚在梳洗，便有下属来报，说萧公子已经起床，正在外头坐着。

"何时回来的？"裴鹏问。

下属道："子时过了便回来了，他看着情绪有些消沉，却也没有别的要求，只说要周围的守卫都安静些，莫吵到他休息。"

裴鹏披上绣花大氅，弯腰出了帐篷。

帐篷外，萧澜站起来。

"伤势如何了？"裘鹏问。

萧澜道："教主打我那一掌想来是留有情面的，而我却直到现在还有穿骨之痛。"

"这回长记性了，下回便会记住规矩。"裘鹏一笑，又试探，"听说你昨晚出了林子？"

萧澜道："出去散散心。"

裘鹏上下打量他，道："随我来吧。"

萧澜问："去何处？"

"你不是想帮我做事吗？"裘鹏道，"此时便有一件事要你去做。"

萧澜应了一声，不动声色地跟上。

另一处林中空地，有人正在等，是住在城中客栈的鹰爪帮弟子之一。见到裘鹏身后跟着的萧澜，他明显一愣。

萧澜面色如常。

"怎么，认识？"裘鹏挑眉。

那弟子垂首："在船上，在李府中，我都曾见过这位公子。"

"见过就对了，他现在是我的人。"裘鹏道，"不必有顾虑。"

"是。"对方道，"李府内的暗道已经布置好，一旦按下机关，便是万箭齐发，到时候即便是武林中最顶尖的高手，也逃脱不得。"

"不错。"裘鹏道，"回去吧，往后除非有事，否则不必来此，免得引人注意。"

弟子答应一声，低头后退几步才转身离开，显然极敬畏他。

萧澜问："为何要在李府布机关？"

裘鹏答："因为要杀人。"

"杀谁？"

"你猜？"

"我猜不出。"

"猜不出，将来我就亲自带你去看。"裘鹏饶有兴致地看着他，"不过在那之前，你倒是要先做一件别的事。"

"何事？"

"你觉得我美吗？"

"美。"

"想都不想就说出来，可见也是随便说的，你们男人当真不能信。"裘鹏又凑上来，却被萧澜闪身躲开。

"看来不给你点甜头，你也不肯给我甜头了。"裘鹏叹气，又单手抚上自己的脸颊，"你在洄霜城里也住了有一段日子，可知道这城里最漂亮的姑娘叫什么名字？"

"不知道。"

"她叫姚小桃，是这镇上豆腐坊老姚的女儿。"

"所以？"

"人人都说她长得好，我却偏偏不服气。"裘鹏双目一挑，眼底进出杀机，声音却依旧又柔又腻，"你今晚就去替我将她的脸划花，好不好？"

萧澜道："这世上有无数座城，每座城里都会有个顶好看的姑娘，毁得完吗？"

"没看见的，没听到的，我不管。"裘鹏手臂搭上他的肩膀，"可现在既然被我知道了，那就只能怪她那张脸，怨不得别人。"

萧澜冷笑："这就是你要干的大事？"

"大事现在还不是时候，先做些别的，也是乐子。"裘鹏慵懒道，"反正你又不喜欢她，脸花了又如何，怎么？还怜香惜玉，舍不得？"

萧澜道："我答应你便是。"

"这还差不多。"裘鹏很是满意，总算舍得直起身子，扭着水蛇一般的腰肢出了林子。外头有别的弟子在等他，像是有不少事情要禀报，帐篷被围得水泄不通，连一只苍蝇也飞不进去。

萧澜也未硬闯，待到天黑之后，又独自出了林地。

陆追依旧在原处。

林威脑袋直疼，怎么这人每天晚上都要出来一趟？

萧澜也有些不满，问："你为何还在此处？"

陆追答得淡定："昨晚说了，我无事可做。"

林中风声呼啸，萧澜看着他冻得通红的鼻尖，心下无奈，只得先将人拉到背风处躲着。

陆追眼底笑意更甚。

萧澜道："裘鹏让我今夜替他去做一件事。"

"这么快？"陆追有些意外，"我还当他至少要考验你一段时间，鹰爪帮看着不像是缺人手。"

"今晚就是考验。"萧澜道，"这城中有个好看的姑娘，名叫姚小桃，家里是磨豆腐的，裘鹏让我去毁了她的脸。"

陆追问："他与那姑娘有仇，还是单单是嫉妒人家年轻漂亮？"

萧澜答："后者。"

陆追摇头："先前鹰爪帮虽说也下三烂，却顶多偷鸡摸狗，为何如今竟变成了这样？"

"走吧。"萧澜道，"先去豆腐坊看看。"

林威蹲在巨石后，眼睁睁看着两人离开，心想这三更半夜的，又是要去作甚？唉，心累。

夜已深，洄霜城一片寂静，老姚豆腐坊门口挂着两串灯笼，挺好找。

两人悄无声息落入院内，就见四处都挂着红纱，看架势是要办喜事。

磨豆腐要起早，因此这一家人睡得也早。

陆追问："你打算怎么办？"

萧澜道："只有暂时委屈这位姑娘了。"

陆追道："幸好今夜是你来，若裘鹏心血来潮派了别人，那这一家人可就毁了。"

萧澜道："你去。"

"凭什么？"

"因为你比较像个好人。"

"其实你看起来也不大坏。"

萧澜眼底带着光和亮，像是在笑："快些。"

陆追："行吧行吧。"

他整理了一下衣领，伸手推开屋门。

"什么人？"老两口被吓了一跳，拥着被子便爬了起来。

"二位不用惊慌。"陆追道，"我来是有事相商。"

看着面前斯斯文文的白净公子，老姚将老婆子挡在身后护着，内心忐忑。

陆追直白道："听说老人家有个漂亮女儿？"

萧澜在门口抱着手臂，听到这话就是一乐，还真是朝暮崖出来的，张嘴便是土匪腔调。

老姚也被这句话震得头皮发麻，急急下床穿鞋想去看女儿，一时忘了害怕。

陆追伸手拦住他。

老姚从一旁摸过扁担，抢着就想拼命，却被人从后头一把攥住。

陆追嘴角一弯。

萧澜哭笑不得："故意捣乱？"

陆追道："没有没有。"

萧澜伸手在他脑袋上敲了一下，将人打发到一边，又将老姚按在椅子上，道："你女儿现在没事，不必担忧，不过你要是不配合，将来会不会出事就难说了。"

老姚"呼哧呼哧"大口喘气，不知要说什么。

萧澜道："有个邪教的妖女嫉妒你女儿的美貌，派我来毁了她的脸。"

老姚还没来得及说话，老伴已经在床上昏了过去。

陆追只好过去给她喂了一枚药丸。

萧澜又道："但是我突然良心发现，觉得自己造孽太多，想金盆洗手。"

老姚哭道："求好汉饶了我女儿啊！"

"那你要配合我。"萧澜道，"否则不但你女儿保不住，我的命也难留。"

老姚赶紧答应："好汉尽管说。"

"你女儿胆子大吗？"

"小桃打小就胆小，见着条大些的虫子也能哭。"

这就棘手了……萧澜摸摸下巴，看了一眼旁边站着的人。

陆追："又是我？"

萧澜道："这回你怕没法躲。"

陆追感慨："怪不得在我临下山时，陶夫人教了我一个迷魂法。"敢情是在未雨绸缪。

萧澜让老姚去隔壁将女儿带了过来，又拿了一套宽松的冬日罩衫。

穷人家的女儿没多少发饰，陆追问："姑娘平日里最常戴的是哪一朵花？"

姚小桃怯生生地指了指一朵大红绢花。

萧澜忍笑。

陆追从盒子里拈起那朵大红绢花。幸好他来时一身白衣，此时外头罩一件水红色的袍子，倒也不难看。

姚小桃又从里屋拿来一面铜镜，萧澜放在陆追面前，弯腰扶住他的肩膀，看着镜子里头的人，问："我帮你？"

陆追道："你看上去倒是有几分迫不及待。"

"不然呢？天都要亮了。"萧澜抽掉他的发簪，一头墨发倾泻而下，在烛火下泛着微光，更衬得人脸颊白皙。

陆追坐着没动，任萧澜重新将他的头发束起。

姚小桃抿着下嘴唇，倒也不怕了，或许是面前这两位公子都太好看，在镜子前低声说笑，当戏文看也成。

老姚比较震惊，还当闺女会吓哭，疑惑她为何似乎看得还挺津津有味的。

萧澜将陆追的身子转过来，问："准备好了？"

陆追点头。萧澜提着笔，看着他那张白净的脸，有些下不去手。

两人距离极近，陆追闭上眼睛。萧澜深吸一口气，将那朱砂笔往他脸上胡乱画去。

姚小桃："……"

老姚："……"

陆追皱着眉，只觉脸上又痒又痛，很想打喷嚏。有完没完，这是要勾出一幅洛阳牡丹图不成？

片刻之后，姚小桃实在看不下去了，柔声提醒："公子，差不多就可以了。"

萧澜总算停下手。

陆追缓缓睁开眼睛，看着屋内众人的表情，心里涌上一股不太妙的感觉。

萧澜后退两步，道："喏，是你自己说的，要夸张些。"

陆追一把抄起桌上铜镜。

四周很安静。

陶玉儿教给陆追的迷魂术说简单简单，说难也难，精髓便是要让人在混沌恍惚中只记得住印象最深刻的一件事，而后再由布阵者加以引导，将假的变成亲眼所见，铁板钉钉。

正因如此，陆追才会在萧澜下手前多说了一句："要夸张些，脸若桃花，嘴唇鲜红，让人一见便知是个女儿家。"

坦白讲，他此时有些后悔。万事全靠比，他此刻才顿悟，还是画朵牡丹好。

姚小桃看着他那满脸朱红，以及看起来快要滴血的双唇，既觉得好笑，又不敢笑，还有些惋惜，这般好看的一个公子，还是方才那样更赏心悦目。

萧澜安慰："黑天半夜的，又没人知道这是你。"

陆追觉得自己想打他一顿。

萧澜道："走吧。"

陆追放下铜镜，对姚小桃道："这几日怕是要委屈姑娘躲起来了。"

"公子放心。"老姚道，"我这豆腐坊有个大柴房，让小桃住那里就成。"

"对了，看那满院子的红纱，姑娘是快成亲了吗？"陆追又问。

老姚道："年后就要嫁到远处去，我和她娘正舍不得呢。"

"远处？那正好。"陆追道，"天明之后，会有人来找你们，我这儿恰好有一笔多出来的银钱，你们一家人不妨先去别处暂避一阵，待到这城里消停了，再回来也不迟。否则一直让姚姑娘住在柴房中，又冷又闷就罢了，还要耽误婚期。"

老姚连连答应，说只要女儿没事，让他们做什么都成。

陆追出了门，萧澜也跟过去。

小巷内，更夫还在想天亮后要去哪里吃早饭，前头却骤然传来一声尖叫，吓得周遭所有邻居都打了个激灵。更夫更是魂飞魄散，丢掉手中的梆子就想跑，巷道尽头却已有一个人冲了出来，一头黑发散落肩头，糊在脸上，同故事中的鬼怪一模一样。

更夫膝盖发软，跌坐在地上半天站不起来，只得连滚带爬缩到路边。

"救命啊！"那女子的叫声一声赛一声凄厉，她后头还有一个黑衣人，手中拿了把明晃晃的匕首，追上来抓住那头散乱的黑发，挥手便朝着脸扎了下去。

女子惨叫声更甚了，一张俏丽的脸在月光下渗出鲜血，将衣裳领子也染成了红色。再一晃眼，城中卖豆腐的老姚也追了出来，抱住了黑衣人的大腿，似是在恳求。

这是有人在向姚家寻仇？更夫一翻白眼，生生被吓昏过去了。

待周围的邻居冲出来时，那黑衣人已无影无踪，路上一片刺目的鲜血，豆腐坊的门大开着，屋中一片慌乱。

"老姚，怎么了？"众人赶忙跑进去。

老姚哭道："有人、有人冲进来打伤了小桃啊！"

姚家人缘不错，此番出了变故，大家都心急如焚，有人报官，有人请大夫。年轻力壮的汉子们拿着柴刀守在外头，婶子则是进去帮着照顾小桃，却没多久就都出来了，说里头血腥得很，待久了就晕。婶子又陪着抹泪，好端端一个闺女，这下怕是要毁了。

卧房里，姚家大婶胆战心惊地看着陆追二人，已然不知他们究竟是人还是鬼神——都是乡里乡亲，抬头不见低头见，为何进来的街坊们竟然没有一个人看出床上的人并不是小桃，那些血也不是血。

"大婶不必惊慌。"陆追道，"我们不是坏人。"

"是是是。"姚家大婶是个老实人，又受了惊，只知道垂着手站在一边。

萧澜拧了条手帕，递给床上的人。

"帮我。"陆追仰起脸。

"手又没断。"萧澜将毛巾丢在他额头上，"看不出来，你还真有些天分。"

"什么天分？"陆追一边抹脸一边问，"扮姑娘的天分？"

"学阵法的天分。"萧澜坐在床边，"这迷魂术娘亲也曾教过我，不过我始终学不来。"

"无妨。"陆追笑笑，"都一样。"

陆追脸上有不少胭脂与朱砂痕迹，擦完一整条手帕还有些红，萧澜替他又拧了条帕子。

陆追问："还有哪里没擦干净？"

萧澜答："哪里都没擦干净。"

陆追道："哦。"毕竟他看不到，挺正常。

萧澜心里好笑，帮他一点一点地擦去红痕。

陆追看着他，睫毛上落了一层黄色光晕。

萧澜嘴角一扬，问："看我做什么？"

陆追答："反正没事做，看看也好，否则眼闲。"

萧澜松开手："干净了。"

陆追道："我在这里守着，你差不多该回去了，不过官府那里尚不清楚究竟是谁的人，我打算继续隐瞒。"

萧澜说："自己小心。"

陆追目送他一路出门。

天蒙蒙亮时，消息也在城中传开了。看着大门紧闭的姚家豆腐坊，众人都在唏嘘，说姚家闺女太可怜，也不知是谁下的毒手，一张脸都毁了，连大夫进去看诊，出来时也晕晕乎乎，扶着树吐了半天，旁人问起来只摆手，什么都没记住，什么都说不出。

枯树林中，萧澜道："这下你满意了吧？"

裴鹏喜道："这样就对了，除了我，这世上本就不该有别的漂亮女人，只需要有男人，尤其是像你这般精壮好看的男人。"

萧澜说："若没有其他事，我要去休息了。"

"等等。"裴鹏扯住他的衣袖，"连陪我说阵话也不成？"

萧澜眉眼间满是疲惫，道："我一夜未眠，又曾受了你一掌，当真累了。"

裴鹏问："若我要说的与红莲盏有关呢？"

萧澜不以为意："江湖中四处都是红莲盏的传说，一文钱便能买一摞话本。"

"不识好歹。"裴鹏甩开广袖，斜斜靠在榻上，手指轻轻抵着额头，"那些文人秀才写出来的穷酸故事如何摆得上台面？只会让人笑掉大牙。"

萧澜犹豫片刻，还是坐在了他对面。

"这就对了。"裴鹏媚眼横生，"男人就该有些野心，才更讨人喜欢。"

"你知道红莲盏的秘密？"萧澜问。

"红莲盏先前一直藏在伏魂岭冥月墓中，你可想过缘由？"裴鹏随手拿了一颗梅子含进嘴里。

萧澜道："武林中人人皆知，红莲盏是冥月墓的圣物，自然该在伏魂岭。"

"冥月墓是大墓葬群，地底下埋了不知多少好东西，要什么没有，为何偏偏就奉红莲盏为至宝？"裴鹏嗤笑。

萧澜问："那你说为何？"

裴鹏神秘地道："因为有了红莲盏，才能真正打开冥月墓。"

"什么叫真正打开？"

"所谓真正打开，就是说现在冥月墓弟子身处的，只是整个墓群的一小片。"裘鹏道，"若想要往深处挖掘，便要用红莲盏打开整个墓葬入口，才能触到千百年前的宝藏。"

萧澜心里微讶，他自幼在冥月墓中长大，只觉地底洞穴广阔纵横，宛若恢宏宫殿一般，却没想过竟会只是墓葬群的小小一部分——甚至连鬼姑姑都从未提过。

"看你这傻样子，还真是什么都不知道就敢出来闯荡江湖。"裘鹏将梅核轻佻地吐向他，"若没遇到我，只怕你这小嫩羊羔何时被虎狼撕碎了都不知道原因。"

萧澜面露不悦："冥月墓又不是什么大教派，难道这江湖中就该人人皆知？"

"哟，还生气了？"裘鹏越看越喜欢，反而不急着用他练功了，觉得养这么一只漂亮的小老虎在身边，看着赏心悦目，再打发他出去做几件小事讨个欢心便足够。待两人朝夕相处久了，他逐渐软化下来，再说正事也不迟。

萧澜道："那这么多年来，冥月墓既有宝藏又有红莲盏，岂不是早已将地下宫殿的珍宝洗劫一空？"

"说你傻，你还真傻。"裘鹏道，"世世代代冥月墓弟子的使命，便是守护整个伏魂岭不被外人所侵，又岂会让自己擅入？祖师爷留下了诅咒，他们如若违背了，可是要万箭穿心的。"

萧澜了然："原来如此。"

"你买来那些街头话本，看些鱼水之欢、情情爱爱可以，若要从中窥得江湖中事，傻子才会当真。"裘鹏连连摇头，"追影宫的凤凰与花妖能打雷下雨就罢了，连日月山庄的驴都会飞，换作是你，你倒是说说会不会信？"

两日后，陆追安排朝暮崖的人扮成村夫，对外只称是闻讯前来的姚家远亲，将那一家三口都接出城，前往滇南姚小桃的夫家小镇上暂避。

城中百姓并不觉得奇怪，毕竟豆腐坊遭此变故，老姚一家搬出去也是理所应当，否则那丧心病狂的贼人还不知要做出什么事，只可惜了一个好好的姑娘。

将一切都安排妥当后，陆追才回到青苍山。

"总算舍得回来了。"陶玉儿拉着他的手坐到桌边，"说是去陪着澜儿，就算脱不开身，可老李天天在山下，你就不知道让他带个口信？好让我这山上的人也安心。"

"没什么大事。"陆追抱起热茶暖手，将豆腐坊的事情大致说了一遍。

"已经疯魔成了这样？"陶玉儿皱眉道，"比起邪教妖女，那家伙真是有过之而无不及。"

陆追道："不过他倒是越来越信任萧兄了。"

陶玉儿一听就头疼："你莫要告诉我，澜儿当真连他都下得去手。"

陆追："……"

陆追道："自然没有。"

陶玉儿又问："澜儿下一步有何计划？"

"裴鹏往李府的暗室内布置了许多机关，应当是要引谁进去刺杀。"陆追道，"听他话语中的意思，等不了多久就会动手。"

"与红莲盏有关吗？"

"不知。"

"不知啊……"陶玉儿道，"我猜八成是有，毕竟这是他此行最大的目的。"

陆追："嗯。"

陶玉儿看着他，问："你是不是有话要问我？"

陆追试探："能问吗？"

陶玉儿果断承认："红莲盏的确在我手中。"

陆追对此并不意外，毕竟当初阿六亲眼见过翡灵捧着红莲盏，后来她既是被陶夫人所杀，那红莲盏的去向也不言自明。

"不过山下那些人想要的，可不是我手中的红莲盏。"陶玉儿道。

"按夫人的意思，这世间当真有两个红莲盏？"

"否则呢？"陶玉儿笑道，"倘若一个红莲盏就能打开冥月墓，鬼姑姑又岂会甘心这么多年都待在那暗无天日的地下？她可不怕、也不信那什么万箭穿心的祖训。"

陆追又问："那冥月墓中的红莲盏去了何处？"

陶玉儿拍拍他的肩："你才是身在其中的人，现在却问我？"

陆追道："但它的确非我所取。"

"说说看，那日究竟发生了什么事。"陶玉儿道，"澜儿也曾对我讲过，可他脑子打小就记不住事，又被鬼姑姑操控多年，只怕说的也未必就是真的。"

"那日我接到线报，说有人想要打开冥月墓。"陆追道，"于是我就带人赶了过去，谁知墓道一片寂静，只有浓烈的血腥味。地上躺着的都是冥月墓的弟子，身子是软的，像是刚刚才咽气，可又不见凶手的影子，红莲盏也已消失无踪。"

"那处暗室，可不像是外人能擅闯的样子。"陶玉儿摇头。

"所以萧兄带人赶到时才会认定是我杀了那些弟子，一直误会这么多年。"陆追并未详说当日情形，而是粗粗一述，将其余事情隐了大半。

"说来可笑。"陶玉儿也没再追问，只道，"冥月墓弟子的使命，原本就是替你陆家守着祖坟，现在倒好，你这陆家唯一的子嗣被拒之门外，世人不知真相，却当那老妖精才是墓穴的主人。"

"这么多年，鬼姑姑为了打开墓穴，无所不用其极。"陆追道，"再放任下去，只怕她终究会入魔疯癫，为祸武林。"

"哪里还用等将来，她早就已经疯了。"

陆追道："我还有一事想请教夫人。"

陶玉儿："说。"

"世间其实有两个红莲盏，有几个人知道这件事？"

"除了我与你，八成就只剩下了你的爹娘。"

"可我爹当初并未说过此事。"

"那他都说了些什么？"

"他只命我毁了红莲盏，毁了冥月墓。"

"那就对了。"陶玉儿道，"你离家时年岁尚小，心智未熟，你爹怕是担心你会误入歧途，也脑子发热想打开冥月墓，便索性将真正的秘密隐而不言。那样即便你拿到了红莲盏想忤逆父命，也入不了主墓穴。"

陆追头疼："这还真是他能做出来的事情。"

"那现在我把秘密说出来了，你可想入冥月墓看看？"陶玉儿道，"旁人倒也算了，可伏魂岭是你陆家的祖坟，你想进去理所当然。"

陆追道："当初既然答应了父亲，我自会做到克己自律，依照誓言毁了红莲盏与冥月墓。"

"陆家人的牛脾气啊……"陶玉儿笑道，"你与你爹一模一样。"

阿六恰巧扛着柴从外头进来，见到陆追之后松了口气，道："我方才还在想，若二当家再不回来，这个月的药浴又要错过了。"

"药浴？"陶玉儿握过陆追的手腕试了试脉。

陆追道："夫人不必担忧，这毒暂无大碍。"

"无碍就好。"陶玉儿叮嘱，"快去屋里歇一阵吧，这两天你也累了。"

陆追答应一声，进屋后和衣靠在床上，过了一阵子，又拖过身旁空着的软枕捂住自己的脸，继续出神，一转眼外头已是天黑。

吃过晚饭后，阿六烧好沐浴用水，屋子里充斥着药物的苦涩香气，微微发烫的水汽将皮肤也染上一层绯红。

陆追长长呼出一口气，闭上眼睛不再想烦心之事，只求能有片刻轻松。

院门"吱呀"作响，院中有人说话，像是萧澜的声音。

回来了？陆追意外，听他像是进了陶玉儿的房间，便也没出去，继续懒洋洋地在热水中泡着。直到氤氲水汽逐渐散去，陆追才扯过一边的布巾站起来。

萧澜恰好推门而入。

陆追回身看他，身上只披了一件单薄外袍，眼底又湿又朦胧。

萧澜反手关上门，已对"为何自己每次都能撞到他洗澡"这件事极为适应，只说了一句："也不怕着凉。"

"我这就上床了。"陆追裹着被子，用布巾将头发擦干，问，"你怎么回来了？"

萧澜道："裴鹏今夜不知从何处弄来了个壮汉，顾不上我。"

陆追想了想，问："你这是在演闹脾气？"

"……"萧澜道，"我让你说话了吗？"

陆追眼底带笑。

萧澜无奈道："我正好借机出来透透气，他今晚忙着练功，应当也不会做正事。"

陆追道："嗯。"

"又是一桶黑漆漆的水。"萧澜想打开窗户透透药味，又觉得陆追或许会着凉，便道，"手给我。"

陆追依言照做。

萧澜搭了两根手指上去，探出他的脉搏跳动有些虚，不过倒还算平稳。

"如何？"

"老样子，要我替你疗伤吗？"

"自然。"陆追点头，又问，"你今晚就留在这里吧，还要下山吗？"

"不去。"

"也对。"陆追道，"若裘鹏知道他已能左右你的情绪，八成会欣喜若狂，你这回来得可不亏。"

萧澜起身去外头洗了个冷水澡，带着一丝寒气钻进被窝。

陆追打了个哆嗦，不自觉便缩到墙角，好离这冰疙瘩远些——他可是好不容易才暖好这床铺。

萧澜："过来。"

陆追："我冷。"

萧澜："那还要不要疗伤了？"

陆追紧紧裹着被子，只觉得掀开一点缝隙便会漏热乎气。不知为何，在对方出门再折返的这段时间里，他虽裹着厚厚的棉被，却觉得越来越冷。

萧澜看出他脸色不对，问："怎么了？"

陆追浑身哆嗦："就是冷。"

萧澜又试了试他的脉象，只觉他的脉搏跳得越来越快，不由分说便拉着人坐起来，抬掌按在他后背。

陆追眉头紧锁，像是极痛苦。

萧澜不敢大意，足足过了一炷香的工夫，才缓缓撤去内力。

陆追长呼了一口气，向后软绵绵靠在他胸前。

"为何会这样？"萧澜问。

"中毒了，总该有些异常。"

"先前有过吗？"

"没有。"

那就是情况正在越变越坏？萧澜低头看了一眼怀中人，眼底有些担忧。

陆追问："你看什么？"

萧澜道："你看起来丝毫未将自己中毒之事放在心上。"

"放在心上也没用，徒增伤感罢了。"陆追拢住衣襟，"不如忘了，还能将日子过得自在些。"

萧澜没有再说话。

陆追又道："肩膀酸。"

萧澜想也不想就将手放了陆追肩膀上，等他反应过来自己为何要如此听话时，对方已是一脸舒坦，就差躺在床上了。

萧澜："……"

陆追称赞："力道还挺足。"

萧澜好笑，手下使坏多加了几分力。

陆追惨叫出声，萧澜一把捂住他的嘴，陆追无辜与其对视。

"胡闹什么？也不怕被娘听见。"萧澜在他脸上轻拍了一下，低声抱怨，"好了，睡觉。"

陆追问："为何怕被陶夫人听到？"

"若传到娘亲耳中，八成又会以为我在打你。"萧澜枕着手臂，"以后别再下山了，在这儿好好待着吧，否则若是病了倒了，连个大夫也不好找。"

陆追裹着被子答应一声，觉得身上暖了不少。

萧澜挥手扫灭烛火，四周便暗了下来，屋内寂静，甚至能听到枕边人的呼吸。

时间寸寸流走，两人却都没有睡意。

陆追突然问："你在想什么？"

萧澜答："冥月墓的那片花田。"

陆追："……"

萧澜侧首，在黑暗中看着他，问："在那里究竟曾经发生过什么事？"

陆追半撑起身子，黑发倾泻铺满软枕，像是在夜色中闪着光，他道："先说说，你都想起了些什么？"

萧澜道："想起了花田和你。"

"只有这些？"陆追又躺回去了，"那我不告诉你。"

萧澜有些好笑："为何？"

"你要么自己想起来，"陆追道，"若是想不起来……"

"想不起来就要怎样？"萧澜问，"骂我一顿，还是扎我两刀？"

陆追却转了话锋："你可知在王城中，有多少人排着队想嫁我？"

萧澜想起了山海居那一大群穿红戴绿的媒婆，再想说话时，身边人的呼吸已经变得绵长。不管他是真睡还是装睡，总归都是不想再提了。

萧澜替陆追掖好被角，也未生气。即便记忆残存无几，他也能断定，发生在花田中的一定是极好的事，他总有一天会记起。

翌日清晨，待陆追醒来时，身侧已空空荡荡。萧澜一早就下了山，先去城里吃了早饭，又漫无目的地游来逛去，甚至还站在一家青楼门口徘徊许久，直到确定一切已落入鹰爪帮眼线的眼中，他才悠哉回了枯树林。

裘鹏也未在意，只把他叫到身边问了两句，见他还是一脸冰冷寡言，便将人打发到一边，转头继续去新欢处寻乐子。

到了傍晚，陆追也下了青苍山，却未再去枯树林，而是易容成商贩，前往洄霜城内的一家茶楼——这里三教九流之人都有，很热闹。

陆追刚坐下没多久，就有人过来拼桌。

那三人腰间佩着刀剑，显然都是江湖客。

"多谢这位小兄弟。"坐下之后，为首的那人豪爽道，"你这壶茶也算在我头上，一并结了银子便是。"

"这怎么好意思。"陆追笑笑，"果真是武林侠客，出手就是阔绰。"

这伙人挺受用"武林侠客"四字，索性又请了陆追一盘点心，才开始自顾自地聊天。他们说的都是城中各门派人人皆知之事，也未曾避讳什么。来来去去说的除了红莲盏就是宝藏，与先前林威打探到的消息大同小异。

"这位兄弟，"见陆追听得入迷，对方推他一把，不满道，"你这探听消息的架势，太过明目张胆了啊。"

"没有没有。"陆追回神，像是被吓了一跳，"怎么会？我一个做生意的，探听这消息做什么？只不过前几天恰巧也听过红莲盏的故事，此时诸位再度提及，便忍不住又听了起来。我这就走、这就走。"

"等等！"其中一人伸手拉住他，连连发问，"你也听过红莲盏的故事？何时？在哪里？"

"前几天，在城里另一处茶楼。"陆追道，"也是几位侠客在说。"

"说什么了？"那人问，"也是为了藏宝图？"

"不是，是为了美人。"陆追答。

对面三人瞬间睁大眼睛，为何这回又成了美人？

陆追道："冥月墓中有美人，倾国倾城，落泪成珠。"

"乖乖。"这故事听起来既有金钱又有美色，那几人果真很感兴趣，压低声音催促他快些讲。

陆追先慢悠悠地给自己添了一杯茶。

从古到今，从朝堂江湖到乡野民间，最受欢迎的秘史大都放浪形骸又奢侈糜烂。陆追深谙此道，不费吹灰之力便编出了一个活灵活现的故事——听起来似乎只要拿到红莲盏，就能坐拥天下财富，还能将仙界美人带回家。

陆追又感慨："只可惜我无缘得见。"

对方追问："这故事你是听谁说的？"

陆追答："忘了。"

怎么能忘了呢？对方有些着急，他说得如此绘声绘色、细节详细，八成就是真相，可不能让别人抢了先。

陆追又说："我的确忘了对方是出自哪门哪派，当时压根也没听清，不过若能再见，肯定是能认出来的。"

"那就这么决定了！"对面三人一拍大腿，"往后几天，你就跟着我们哥仨，直到将这伙人找出来为止。"

"这样不大好吧。"陆追为难，"我还要做生意。"

他话音刚落，一把大刀便"哐啷"拍在了桌子上，为首那人狠狠摔碎一个茶杯，眼睛瞪得铜铃大："你可别不识好歹！"

周围人纷纷往这边看，陆追苦了脸："好好好，我答应。"

于是，喝完茶后，三人便拥着陆追一道回了住处。

陆追问："不知几位是哪个门派的？"

其中一人道："影追宫。"

陆追道："呃……在下只听过追影宫。"

"那是你记错了。"那人瞪他一眼，"江湖上最厉害的门派，乃是我们大名鼎鼎的影追宫。"

陆追恍然大悟："原来如此。"随后，他又充满期盼地道，"那阁下就是传闻中的秦宫主？"

对方恼羞成怒，拔刀出鞘——他弄个假的名号充充门面可以，若真要冒充追影宫宫主秦少宇，借他十个胆子也不敢。

　　陆追咳嗽两声，识趣地闭嘴，不再戏弄这莽汉。

　　那三人住的地方是个小客栈，并没有单独的房间给陆追睡。入夜时分，看着面前正在宽衣解带、露出满身横肉打算沐浴的壮汉，明玉公子很想自戳双目。于是，他在壮汉出浴前便在地上替自己铺好了棉被褥子，早早缩进去休息。而热闹了一整天的洄霜城，也终于安静下来。

　　枯树林中，萧澜刚睡着没多久，又猝不及防被一个梦境席卷脑海，冒着冷汗堪堪惊醒。

　　他已不知自己这段日子以来究竟做了多少个诸如此类的奇怪的梦，在怒放的花田中、在散落摊开的书册上、在漆黑一片的墓穴里，似乎在每一个曾经去过的地方，他转头都能看到陆追就在自己身边。

　　毫无缘由，他突然有些后悔将那朵小玉花还了回去。

　　睡意早已消散无踪，后半夜时，萧澜索性又离开树林。

　　林威警觉道："你又来做什么？"

　　萧澜问："陆明玉呢？"

　　林威不假思索地道："八成是去了青楼，或者是同情人私会。"说完，他又补充，"身姿曼妙的那种。"

　　萧澜道："事关重大。"

　　事关重大啊。林威清清嗓子，总算愿意将陆追的行踪大致说给他听。

　　"福满客栈？"萧澜道，"多谢。"

　　"喂喂，你先说说是为了什么大事？"林威在后头叫。

　　萧澜道："我做了个梦，想要问他。"

　　林威站在原地，眼睁睁看着他的背影消失，很想吐口水，这种破事也叫大？

　　屋内鼾声如雷，陆追伸出小指堵住耳朵。像是存心与他作对，床上的动静反而更大了些。

　　陆追难得心力交瘁，直直坐起来四下看，想要找个东西堵住那人的嘴。这时，走廊上突然传来一阵悠扬的口哨声，旋律熟悉，很轻很缓，惊不醒熟睡的人，但恰好能被醒着的人听见。

陆追悄无声息地溜出门。

萧澜在他身后提醒："这儿。"

陆追疑惑道："为何你又来了？"

萧澜拉着人到了一处僻静角落。

陆追又说："我易了容，你也能认出来？"

萧澜问："否则呢？"

"没什么。"陆追打开手中玉扇又合上，"挺好。"

萧澜夺过扇子敲他一下："你又在搞什么鬼？"

"你深夜前来，就是为了这事儿？"

"是。"

"我不信。"

"为何？"

"林威知道整个计划，而我吩咐过他，若你问起，要知无不言，言无不尽。"

萧澜看了他一阵子，松口道："我梦见你了。"

陆追笑问："梦到我在做什么？"

萧澜答："忘了。"

"忘了就回去想。"陆追拍拍他的胸口，"什么时候想起来了，再来找我也不迟。"

萧澜将扇子还回去，问："你为何要接近这三人？"

"其实也不是非这三人不可。"陆追道，"只要嗓门够大，性格暴躁，易冲动，最终目的又是红莲盏，那就换谁都行。"

"说说你的计划。"

"我们之前只是猜测裴鹏或许会有下一步行动，可他若不行动呢？我们总不能三月五月、一年两年地等下去。"

"所以？"

"所以就搅个乱，逼他自露马脚。"陆追道，"或者哪怕他会立刻动手，我们至少也要添添乱，才更方便行事。"

萧澜笑道："你看上去有不少鬼主意。"

"我毕竟在温大人身边待了这么多年。"陆追寻了个干净台阶坐下，眯起眼睛吹风，"耳濡目染，使坏的点子多少也学了一些。"

同归

"那位大楚第一才子？"

"你知道当初温大人是如何将大哥逼下朝暮崖的吗？"

萧澜摇头。

"那阵子大哥是土匪，他却是朝廷命官。"陆追道，"寻常人剿匪，都是出动官府镇压，温大人却偏不。他先是在城里贴满了大哥的画像，一幅比一幅英武不凡，又写了许多离奇曲折的小话本，搞得百姓只要一见画像贴出来，便一窝蜂上来撕，拿回家贴在墙上观赏，甚至还以模仿大哥的一举一动为荣。"

"模仿土匪的行径？"

"我们可没干过烧杀抢掠之事，不过这不重要，温大人话本里那些事，他也同样没干过。"陆追想起当年，依旧有些想笑。

"什么事？"

"扶老人过街，帮邻居收麦，怒斥青楼娼馆无耻，手里还时时刻刻都捧着一本书，四书五经换了个遍。"

萧澜笑出了声。

"如此只用了短短三个月，苍茫城内的景象便焕然一新。"陆追道，"你若想听大哥与温大人的故事，我将来慢慢讲给你听，不过今日我提起此事，是想告诉你，要在短期内煽动一批人对我来说并不难，尽可放心。"

萧澜示意他继续说。

"现在虽说各门派都为红莲盏而来，却大多一头雾水，又不想白白放弃可能会到手的财宝，所以才在这里耗着。"陆追道，"而我要让他们都知道，已经有门派抢先一步动手，若他们再什么都不做，只怕会竹篮打水一场空。"

萧澜猜测："这个先动手的人，就是鹰爪帮？"

陆追道："其实也并非我们毫无根据胡编乱造。根据鬼姑姑收到的书信，本来就是说红莲盏与李府有关，而鹰爪帮的人三番五次潜入李府暗道，其余门派可从没有过。"

"倒也行。"萧澜道，"乱上加乱，是个法子。"

陆追问："你在鹰爪帮这些日子里，见过阿喜吗？"

"李银的那个儿子？"萧澜道，"他本就送了几个奶妈一道过来，那小娃娃过的日子倒也不算坏。放心吧，我会多看着他那头，免得将来万一出事，这无辜的娃娃会被裴鹏拿去做了牺牲品。"

陆追一笑，道："这可不像是冥月墓弟子所为。"

"冥月墓并非邪教。"

"可冥月墓也不会将他人的生死放在心上。"

"是吗？"

"你会吗，将我的生死放在心上？"

"我追杀了你这么些年，你说呢？"

"这事你倒是记得清楚。"

"嗯。"

"那你现在还要杀我吗？"

"你先把刀放下。"

"我不放。"

萧澜头疼："为何你居然能从腰里抽出一把菜刀？"

陆追道："做样子用，我易容成一个小商人，自然要寻些东西傍身。"

萧澜心想：你就不能找把匕首？

萧澜又道："你方才那样子若被王城中的媒婆看到，只怕排队等着嫁你的姑娘会少一半。"

陆追将菜刀别回去："现在这张脸又不是我的，做什么事都不吃亏。"

萧澜拍了一下他的脑袋："凡事小心。"

"你该多担心自己，没人知道裘鹏这些年究竟练了什么功夫，大意不得。"

"我会的。"

陆追又问："你当真不打算将你做的梦说给我听？"

"我说过。"萧澜面色冷静，"忘了。"

"你三更半夜跑来找我，就为了一个不记得的梦。"陆追感慨，"一听就极为可信。"

萧澜盯着他看了一会儿，突然毫无征兆地出手攻去。

陆追早有提防，轻灵闪身躲开，衣摆在空气中如同蝶翼。

客栈很小，两人不敢闹出太大动静，三四招后便各自收手。

陆追道："你偷袭我。"

萧澜理直气壮："你既有所防范，那便不叫偷袭。"

天已经渐渐亮了起来，萧澜又道："你该回去了。"

"你呢？"陆追问，"打算如何向裴鹏解释这一晚？"

"心情不好，出来透气。"萧澜道，"他的人没盯住我，是他的人没本事。"

"能糊弄过去就好。那你回去吧，我也回去了。"

"好。"

陆追走了两步，又转头提醒："记得那个梦。"

萧澜："……"

陆追挑眉一笑，转身悠哉离开，虽然他易容后的面庞平平无奇，但一双眼睛依然神采飞扬。萧澜甚至觉得只要他这光华四射的眼神不变，那么不管他易容成什么样，自己应当都不会认不出来。

自这日后，陆追天天都会被那三名影追宫的大汉带到街上，出了这家茶馆，又进另一家茶馆，耳旁少说也响了几十遍"是他们吗"？

对此，陆追一律否认："不是。"

几天下来，茶钱也花了一大笔。

"这回是吗？"大汉狠狠咬着牙，让人觉得陆追若是再给出一个否定的答案，怕是天都会塌。

陆追仔细观察了一下，道："是。"

"走走走。"为首那人拿起刀，不耐烦道，"下一家下一家。"

"等等老大，他说是啊！"另一人赶忙拉住他。

"是什么是啊，是就赶紧去下一……是？"那人瞪大眼睛，说完才觉得自己声音大了些，恐引人注意，于是又压低声音重复了一遍，"是？"

陆追说："的确是。"

那三人几乎要喜极而泣。

对面桌上坐着一胖一瘦的两个人，正是鹰爪帮的那两人。

陆追笃定道："千真万确，不会有错。"

陆追又问："你们打算何时动手？"

"动啥手啊。"一人扒拉了他一下，"你不懂，这事得智取。"

陆追恍然大悟："原来要智取。"

"走！"为首那人站起来，"回去再说！"

然而，回去之后似乎也没什么好值得特意说的，三人各自蹲在院子角落里，一脸深沉。

足足过了半个时辰，陆追实在忍不住了，开口道："我倒是有一个浅薄的建议，不如说出来给诸位听听？"

三人瞬时就站了起来，几乎呈饿狼之势围上前。

陆追道："拿到红莲盏，便能得到一大笔财富。"

废话，这还要你说？对方老大咽了口唾沫，不单有财富，还有美人，这他可记得清楚。

陆追又道："知道这消息的人越少越好，这总不用解释了吧？"

对方点头。

陆追继续道："可那鹰爪帮弟子废话多得很，我既然能听见，其余人想来也会听见。"

"哎呀！"对方愁道，"这可如何是好？"影追宫从上到下拢共就三个人，功夫也不怎么样，否则哪里用智取，早就将鹰爪帮弟子绑来，严刑拷问。

陆追一拍桌子，道："所以我们要提前放一些假消息出去，将事情弄得似是而非一些，让他们分不清真假，将来即便听到了真的，也只当是假的。"

院内一片寂静，而且静得略久，直到树上最后一片枯叶被风打着卷吹下枝头。

陆追小心翼翼地道："如何？"

"可以啊，大兄弟！"对方狠狠一掌拍过来，打得陆追向后踉跄几步，险些跌坐在地。

陆追问："可以吗？"

"太可以了啊！"对方大喜，双手扶着他的肩膀摇晃，"从今日起，你就是我们影追宫的诸葛军师了！"

陆追道："我不姓诸葛。"

然而对方显然对他姓张还是姓李无甚兴趣，继续追问："要散播什么谣言？"

"有关红莲盏与冥月墓的谣言，写出十几二十个小故事，到时候每个人听到的真相都不一样，便能掩盖住我们想要掩盖的事。"

对方吩咐："你来写。"

陆追道："可我一个行商的，无甚经验，并不知诸位江湖侠士爱看什么故事。"

对方不耐烦道："你就先写一个出来看看。"

陆追问客栈小二讨了纸笔，站在桌前纠结半天才写出"妙人儿巧用红莲盏，冥月墓暗中藏乾坤"一行字。

那老大凑近一看，不满："你这不行。"

陆追正好将笔递给他："不如你来写。"

对方吐了口唾沫，提笔便写下一行歪歪扭扭的大字——震惊！美人儿竟在见不得人的地方用红莲盏做这种事！还一做就是好几年！

陆追发自内心道："佩服。"

像这种故事，那影追宫的莽汉一天就能写出十个八个，且不说内容如何，至少标题一个比一个引人注意。因此，不消三天，那些故事便在城中掀起了新一轮的风潮，不单单是江湖人士，连寻常百姓都在议论，说冥月墓中不仅有数不清的金银珠宝，亦有绝世美人，只要看一眼，便能令人骨酥体软，欲仙欲死。

李老瘸也从山下听到了此事，甚至还有人说那美人受尽鬼姑姑欺凌，正盼着诸位英雄侠士将她救出去。

陶玉儿笑出声来："看不出来，小明玉还能写这种故事。"

李老瘸道："现在城中几乎人人都在说冥月墓与红莲盏之事，各门派明显开始躁动，纷纷猜测这预示着什么。每天都有人打架，如同吃了炮仗，一点就燃。"

"也就是说城中乱了？"陶玉儿道，"那小明玉的目的便达到了。"

李老瘸欲言又止。

陶玉儿道："说。"

李老瘸道："夫人恕罪，属下只是想问一句，夫人像是对那位陆公子甚是关心喜爱？"

"不行？"

李老瘸赶忙道："不敢。"

"他是陆无名与海碧的儿子，有没有本事暂且不说，将来他若遇到危险，你当陆氏夫妇真的会撒手不管？"陶玉儿道，"你别忘了，陆无名当初可是江湖排名第一的杀手，现在即便洗手退隐，想要窥得这江湖中的风起云涌也是易如反掌。"

李老瘸道："夫人想引这两人出来？"

"想入冥月墓，单单有红莲盏可不成。"陶玉儿又靠回榻上，"外头那些蠢货都不懂，小明玉可要比红莲盏值钱得多。"

李老瘸道："明白了。"

陶玉儿用长长的指甲敲着太阳穴，看起来慵懒而又惬意。岁月似乎并没有在她脸上留下任何皱纹与风霜，除去雍容与傲气，她眉眼间依稀还能看出年轻时的影子——漂亮的，冷漠的。

与陶玉儿性格截然相反的是陆追的娘，曾经的冥月墓掌灯圣女海碧。海碧虽说在阴冷的墓穴中长大，却热情得像一团火，妖艳得似一斛珠，若是"咯咯"笑起来，便如同在墓道中响起的清脆风铃，令旁人都想跟着一同扬起嘴角。

按照规矩，即便墓穴坍塌失火，圣女都必须跪守着墓穴前的长明油灯，人在灯在，灯灭人亡。如此枯燥无味的差事，自然没几个人愿意做，海碧就更不愿意了，可她也拗不过鬼姑姑的安排。寂然守了三年长明灯后，她终于在一个深夜留书出走，打算去独闯江湖。

外头的日子虽逍遥快活，却难免有风有雨。某日海碧行至飞柳城，不慎得罪了一个江湖恶霸，对方虽说武功平平，但手下实在多，如韭菜一般割了一茬又一茬。海碧且战且退，最后机缘巧合，翻进了陆家大宅。

情爱之事，有日久生情，亦有一见钟情。陆无名原本只觉她是个好看的姑娘，在与她一同喝过酒下过棋之后，又觉得她是个有趣又好看的姑娘，再往后，便觉得自己似乎必须要娶这个会下棋能喝酒、有趣又好看的姑娘。

海碧手捏着发尾一甩，笑道："我可不是什么好人。"

陆无名道："这么巧，我也是。"

海碧道："我是从冥月墓出来的，你这死读书的文人怕是连听都没听过。墓地，知道吗？我是在坟里长大的。"

陆无名道："上月祭月教的三十四名弟子皆是死于我剑下。"

海碧取笑他："你这是从哪里找了句戏文中的台词？说得半分气势也无。"

陆无名问："要过两招吗？"

海碧说："我可不要，若是将你打伤了，往后没人付饭钱了怎么办？"

她话音刚落，整个人便陆无名被打横抱起，卡在腰间的双手如同铁爪，轻松抓着她一跃离地。陆无名轻巧踏过落叶飞花与青红琉璃瓦，腾空稳稳落下。

海碧还在震惊中发呆，陆无名已一脚踢开卧房门，将她放在了床上。

海碧道："你先让我起来。"

陆无名问："现在信了吗？"

海碧说："信了。"

陆无名又问："若我是书生，你喜欢我吗？"

海碧道："喜欢。"

"那若我是杀手呢？"

海碧想了想，道："更喜欢了。"

陆无名再问："那我为何要起来？"

海碧："……"也对。

陆无名挥手扫下床帐。

床头花开并蒂，院中鸟雀成双，一番纵情风月后，海碧靠在他怀中道："我只是个乡下来的野丫头，可陆家是名门大户，你要娶我，不怕半夜被列祖列宗轮着骂？"

陆无名好笑道："为何不能是我陆家先祖在冥冥中将你送到我身边？"

海碧不信："他们送谁不好，干吗送我？"

陆无名问："你在冥月墓中时，乖吗？"

海碧道："我不肯好好替墓主人守着长明灯，若实在无聊，还要硬说话给他们听，不乖。"

陆无名道："那或许就是因为我家先祖受不了你这唠叨丫头，才会让我收了你。"

海碧疑惑道："嗯？"

陆无名道："伏魂岭冥月墓，是我陆家的祖坟。"

海碧震惊："啊？"

屋中很安静，片刻后，又响起了别的声音。暧昧低哑，透着灵动春情。

一月之后，陆家的大宅便多了一位陆夫人，再过了八九月，又多了个粉雕玉琢的陆小公子。

一切都在朝最好的方向发展，然而事实却往往与梦相反。掌灯圣女叛教，鬼姑姑怒意滔天。她手下弟子一直就没有停止过追查海碧的去向，终于在这年立冬查到了消息。

陆小公子快要满两岁时，海碧原本想带着他出去看红梅，却遭到冥月墓弟子的伏击，母子二人都被带了回去。

在那阴暗的牢狱中，为了保住儿子的性命，海碧只好亮出夫君的真正身份，求鬼姑姑放过孩子。

"陆无名？"鬼姑姑意外道，"你说娶你的那个酸秀才陆延，是南山天字门的门主，江湖第一杀手陆无名？"

海碧伤痕累累，却依旧将陆追紧紧护在怀中，虚弱地道："姑姑去见了，就会知道我所言非虚。"

鬼姑姑弯腰，将陆追从她手中抱走。

"别碰我的儿子！"海碧尖叫。

"怕什么？"鬼姑姑叫来弟子，将她搀扶着坐在椅子上，"若你男人当真是陆无名，那便让他替我去做十件事，都做成了，这孩子我自会还给你。"

海碧挣扎着跪地，挪上前抱住她的腿："求姑姑放过小明玉，我愿生生世世留在此处，守着长明灯，再也不走了。"

"都生了孩子，还想再守灯？"鬼姑姑将孩子交给别人，亲手扶着她站起来，"我方才说的条件，是你唯一能讨回儿子的办法。不过有一点你放心，只要你相公答应合作，我自会好好照顾这个孩子，教他习武，教他认字，保证不会饿他一顿。"

海碧还欲求她，鬼姑姑却已转身离开，出了地下监牢，有一名弟子正在外头等，说陆无名已经闯了进来。

"还当真痴情。"鬼姑姑道，"不过也有好处，越痴情，就越容易被我们控制。"

陆无名单手执剑，满身是血，青筋暴起，双目如虎，哪里还有平日里江南名门大公子之样。

他的声音像是出自冬日那寒冷冰冻的地底深处："将我的妻儿还回来！"

周围一圈弟子哆哆嗦嗦，勉强拿着刀守在入口，面色如纸。

"我再说一遍。"陆无名目光冷冷扫过在场每一个人，最后落在一个身穿锦衣的老妪身上，"将海碧与明玉给我送出来，否则别怪我人挡杀人，鬼挡斩鬼！"

鬼姑姑道："我交给你十件事，你若做到了，我自会将他们毫发无损地送出来。否则按照冥月墓的规矩，莫说是掌灯圣女，哪怕只是一个小小的侍女，只要叛逃与男人成亲，都只有死路一条。"

"先将人交出来。"陆无名反手挥刀，将身后一名准备偷袭的弟子斩落在地，"我答应你。"

"你当我这老婆子傻？条件我已经开了，至于愿不愿意答应，就是陆大侠的事情了。"

陆无名喉头滚动，眼中爬满血丝，像是在强压着怒意与杀意。

"不如这样？"片刻之后，鬼姑姑又道，"大家各退一步，儿子与妻子，你挑一个，我先放了。"

海碧被阻隔在石壁后，拷打加上化骨散，令她只能全身无力地瘫软倒在地上，听着墙壁后两人的交谈。她手脚冰冷颤抖，心里却又忍不住期盼，只望陆无名能将儿子带出去。

而后，她便听陆无名嗓音嘶哑地道："放了我的妻子。"

海碧闭上双眼，任由泪水一颗一颗滚落尘埃之中。

往后，夫妇二人便是近十年的奔波辗转，违背信条为鬼姑姑做事，因此结仇无数。

而陆追也在数不清多少个偷偷爬出墓穴、仰头看星星的夜晚中，从婴儿长成了清秀斯文的小公子，白衣似雪，端方如竹。

城外枯树林，寒风穿过缝隙钻进帐篷，虽说有火盆与棉被，但大冬天的住在野外，滋味可想而知。

萧澜问："你还打算在这里住多久？"

裘鹏放下手中酒盏，道："怎么，住腻了？"

"眼看就要过年了，"萧澜道，"别告诉我，你一点想法都没有。"

"什么想法？"裘鹏往他跟前凑，本欲讨些好处，却又被对方冷冰冰的眼神拂灭了兴致，于是话锋一转，"你可听到过城里最近的传闻？"

"关于红莲盏的那些？"

裘鹏点头。

萧澜道："我当是你放出去的。"

"你还真是只长了一副好皮相。"裘鹏"扑哧"笑出声，"我放出风声，说红莲盏在鹰爪帮的弟子手中，给自己找麻烦？"

"那是谁？"萧澜明知故问。

"还在查，不过这波流言定是有人存心为之。如今风雅客栈被武林中人明里暗里围得水泄不通，我的人别说是做事，就连出客栈也难。"

"那现在要怎么办？"

"你去。"裘鹏用指尖点点他的胸口。

"我？"

"对，就是你。你今晚去李银府中，替我拿一样东西，他若问你要什么，你就说酒仙人打滚，他便明白了。"

萧澜问："酒仙人打滚是红莲盏？"

裘鹏愣了片刻，转眼便笑得直不起腰。

萧澜不悦："又怎么了？"

"没什么，莫生气啊。"裘鹏单手搭在他肩头，又柔声哄道，"红莲盏不在李府，你要拿的是另一样东西，此外你再替我送一封信。这封信极其重要，甚至关乎你我的性命，明白吗？"

萧澜态度冰冷："这么重要的事情，你放心交给我去做？"

"没法子，谁叫我偏偏看重你呢？"裘鹏盯了他好一会儿，才心满意足地起来，回帐篷写信。

青苍山，陆追备好笔墨纸砚，陶玉儿问："这是要写春联？"

"下月就要过年了，练练手。"陆追答。今日林威代他易容去了影追宫，他才得以脱身片刻——否则天天听那三个莽汉讲话本，累得慌。

写了两个字，他又道："虽说今年烦心事多，但初一总得图个喜庆。"

"澜儿年三十那天若回来，也算是一家团圆了。"陶玉儿打趣，"我在王城就听说了，陆二掌柜字写得好，想要还得排队。我那阵子就在想，什么时候也要让小明玉给我写一副春联。"

"那是因为大家都想要温大人的字，若排不上难免失望。温大人不忍百姓大过年的扫兴而归，却又实在写不完，大哥便让我也一道写。"陆追笑道，"写着玩玩罢了，没什么好与不好。"

陶玉儿站在一边，看他慢悠悠地写字，白色袖口上绣了几片颜色极淡的竹叶，清雅斯文，手指是白皙修长的，令他看起来不像习武之人，更像是江南烟雨中的书生公子。再往上看，他嘴角微微上扬，眼神也是干净的，即便在寒冬的雾气中，也能一眼望到心底。

于是，陶玉儿忍不住惋惜道："若当初你爹陪着你娘一道去庙里烧香，也许就好了。"

陆追手下一顿，墨汁在纸上晕开一片。他像是恍惚了片刻，却又极快就回过神来，只笑了笑，道："命中注定的事，躲不过的。况且现在苦些，或许将来会甜回来。"

见他说得云淡风轻，想起先前那些事情，陶玉儿反而更想叹气，于是去厨房替他蒸了一小碗鸡蛋糕，端来时还热气腾腾的。

"多年没吃过了。"陆追双手捧过碗，先闻了闻，又吃了一口，齁咸，于是感慨，"原来夫人的手艺也一直没有变过。"

陶玉儿还在兀自伤感，听到后却又被气笑，伸手打了他一巴掌。

陆追自己跑去厨房炒了一碗冷饭，就着鸡蛋当菜吃下肚，倒也没浪费。

夜色沉沉之际，陆追下了青苍山。

与此同时，萧澜亦潜入城内，一路去了李府。

李银对他的出现并不意外，只接过书信拆开一看，便将其折起来凑近蜡烛，烧成一片灰烬。

萧澜问："酒仙人打滚可曾准备好？"

李银拍拍手，管家从外头进来，毕恭毕敬地送上一个锦盒。

"这便是了。"李银道，"切莫私拆，原样呈给主子。"

萧澜答应一声，拿起锦盒出门。

见他走远，管家才不解道："为何要送空盒子给主子？"

"不是空盒子，还有一封空白的书信。"李银道，"试也试过了，若他能忍住不拆盒子，只怕以后就能留在主子身边。下回再见，你可得待他客气些。"

管家连连称是。

一轮残月隐在云间，路边枯树被风吹得飒飒响。萧澜路过围墙时还在想时间尚早，或许能进去看看陆追在不在，只是才翻过墙，他却突然觉得胸口处传来一阵剧痛，于是闷哼一声半跪在了地上。

陆追在屋内听到动静，出来后看见居然是他，也有些意外，赶忙上前将人扶住，问道："你没事吧？"

萧澜摆摆手，想要调息内力，刺痛却一波接一波袭来，从心头一直钻到脑髓里，甚至令他视线也开始模糊。

"萧澜！"陆追拉过他的脉搏，想看看究竟出了什么事，却反而被他一把挥开。

萧澜力道之大，像是入了魔。脑中如同有无数蚂蚁在啃咬，他痛苦万分地抱着头蹲在地上，额上青筋暴起，细听全身骨头都在"嘎巴"响。

"你醒醒！"陆追心急如焚，索性抬掌劈在他脖颈处。

萧澜却一把握住那纤白的手腕，缓缓抬头与他对视。

陆追："……"

寒风呼啸着卷起地上的微尘，也吹散了心头那挥之不去的混沌雾障，四野在这一瞬彻底安静，万物都虚幻如水月镜花，天地间只剩两个人。

陆追没说话，就这样一直看着萧澜，看着他眼底的黑雾逐渐散去，重新换上了自己熟悉的光与亮，恍惚间像是回到了多年前。

萧澜问："你站在院中做什么？"

陆追过了许久才低声答："等你回来。"

"这么冷，也不知道进去等着。"萧澜拉过他冰冷的手，一路带着他回房，"快些睡。"

陆追问："你知不知道这是哪里？"

萧澜往四周看了看，简单的木头柜子、木桌、木椅，还有一张床。这是哪里？似乎哪里都像，又似乎哪里都不是。

"别想了！"陆追拉住他的手腕，"想不起来就别想了。"

"好，不想了。"萧澜笑笑，又疑惑，"你哭什么？"

陆追眼眶通红，于是背过身想冷静些。

"我又没买到雪雁石。"萧澜道，"那小摊贩周围都是姑姑的人，会被发现的。等我下回易容了再去，你可不准生气啊。"

陆追紧紧握着拳头，想说一个"好"字，张嘴却发不出任何声音。

萧澜绕到陆追面前，陆追依旧不肯看他。

"别啊，这有什么好哭的，不就一块南边来的破石头嘛。"萧澜哭笑不得，握着他的手搓了搓，"十九岁的生辰，送你这个我原本就嫌寒酸，你怎么还惦记上了？"

"没什么。"陆追用袖子胡乱擦了擦脸，也笑了，"买不到就不要了，你回来就好。"

萧澜拍拍他的脑袋："那你睡吧。"

陆追猛然拽住他："别走。"

萧澜道："嗯？"

陆追道："先别走。"

萧澜顺着他坐在桌边，问："怎么，你有事对我说？"

陆追反问："没事就不能让你留下了吗？"

"能。"萧澜又道，"那你去床上吧，这里太冷了。"

陆追依言靠坐在床头，给他挪出一块地方。

萧澜陪他说了一阵话，觉得床帐间的香气不似从前熟悉，但也清雅好闻，有意外的安神效果，迷迷糊糊地想睡了。

陆追有些紧张："别睡。"

"嗯？"萧澜应了一句，并未睁开眼睛，"别闹，困。"

陆追便没再说话，只是轻轻拉开他的衣领，果然看到他肩头隐隐浮出一片文身，像一朵妖异的花。

纱幔摇动，风吹窗棂。

第五章
我叫岳大刀

　　远处鸡鸣声响起，沉寂了一夜的泗霜城渐渐喧闹起来。陆追赤脚下床，弯腰捡了一边的外衣悄悄穿好，又回头看了一眼床上的人，几不可闻地叹了口气。

　　他烧好热水，刚在院中洗漱完，卧房内便有了动静。

　　萧澜推开门，觉得头痛欲裂，在门框上靠了好一阵子，才睁眼问陆追："喂，我怎么会在你这里？"

　　陆追将脸慢慢擦干净，道："昨晚是你自己跑来的，不知道为什么，翻过墙后便昏迷不醒，我就把你拖到了床上。"

　　萧澜虽然有些狐疑，但也确实记不清究竟发生了什么。

　　陆追问："你没事吧？"

　　萧澜说："没事。"

　　"那就好。"陆追笑笑，"或许是因为最近太累，所以神思恍惚。"

　　这句话有些牵强，萧澜却也没有再多言，用冷水洗了把脸，觉得整个人清醒了不少。

　　"这是我在你身边捡到的。"陆追拿起桌上一个木盒。

　　萧澜道："昨晚裴鹏让我去李府，先是送了封书信，后又从李银手中拿了此物。"

　　陆追问："是什么？"

　　萧澜道："酒仙人打滚。"

　　陆追晃动两下，里头有东西在滚，他道："名字有些奇怪，先前从未听过。"

　　萧澜道："这盒子封得太过严实，否则我便打开看了，那封信也一样，烫了专用的火漆。"

"我猜八成是用来试探你的。"陆追将盒子放回桌上，"若是重要的东西，应当还轮不到你来送，可若是不重要的东西，也犯不着用上三四层的火漆蜡封。"

"试探我也是好事。"

"为何？"

"有试探，才说明他的确想过要用我。否则他若只想养个小白脸用来取乐，哪里用得着如此费神。"

"也对。"

过了一会儿，萧澜又道："我还有一件事要问你。"

"说。"

"昨晚我的衣服是你脱的？"

陆追面色淡定："你又不是姑娘家，还怕被人看不成？"

"不与你贫嘴，我该回枯树林了。"萧澜站起来，"对了，城中流言已经散开，你的目的算是达到了，你还要留在那三人身边吗？"

"这事不算完。"陆追从厨房里拿了两个馒头夹卤肉，给他带着当早饭，"你尽管照着我们先前的计划做事便成，不必多想其他。"

萧澜离开了小院。

片刻后，外头重新传来脚步声，这回是阿六推开了院门，探头进来喜气洋洋地道："爹！"

陆追意外："你怎么回来了？"

"陶夫人让我下山帮忙。"阿六反手关上门，"外头这么冷，快进屋。"

"这里令人畅快。"陆追问，"外面有什么消息？"

"我刚才碰到了朝暮崖的人。"阿六道，"据说冥月墓的人快到了。"

陆追道："算算日子，那黑蜘蛛一去一回，时间也差不多。"

"可不止黑蜘蛛，鬼姑姑亲自来了。"

"为了红莲盏与翡灵，她自然要来。几日后到？"

"若无意外，约莫八九天。"

"八九天啊……"陆追想了片刻，道，"你替我去办一件事，三日之内务必做干净。"

阿六爽快道："爹尽管说。"

陆追在他耳边低声吩咐。

阿六嫌弃道："听着像土匪。"

陆追拍了一把他的胸膛："勉强再操一回老本行，事成之后，我带你去画舫听琴。"

阿六果然眼睛放光，心道：那就这么说定了！

与此同时，位于洄霜城数百里外的洛溪镇。

道边茶棚里，伙计上完茶水就赶紧低头退开，不敢再多看一眼。这茶棚位于官道旁，南来北往的客人多了去了，按理说伙计也是见过世面的，土匪、山贼、江湖恶人都遇到过，可从来没有一桌人能让他连头都不敢抬——简直称得上毛骨悚然。

其实也不单单是他，连茶棚里其余歇脚的客商见到这一群人后也纷纷结账离开，十几辆马车在山道上争先恐后卷起尘土，生怕跑慢了会丢命。

不过，这一桌令所有旁观者都心生寒意的客人却不是什么喊打喊杀的鲁莽猛汉，而仅仅是一名白发老妪带着几个丫鬟、两个侏儒。他们说话也是声音极低的，若不是见到嘴皮子在动，几乎无人觉察这些人正在交谈。

按理来说，这样的一群老弱残疾只会令人同情，可不知为何，他们无论是穿着打扮、长相神情还是说话的语调，都透着一股子说不清的阴森与恐怖——比起人来，更像是鬼——刚从墓穴中爬出来的、僵直的、生硬的、黑色的鬼。

伙计躲在柜台后，胡乱擦着茶壶，只求他们能快些走。

"姑姑。"黑蜘蛛倒了一盏茶，"乡野粗鄙之地，只有这些了。"

"可有澜儿的消息？"

"据说少主人一直在洄霜城外的枯树林中，与裘鹏待在一起。"

"裘鹏？"鬼姑姑又问，"那他可知澜儿的身份？"

"不知。"

"那傻小子啊。"鬼姑姑像是在笑，又像是在叹息。

过了好一阵子，她才又开口问："陆明玉也在城里？"

"按理来说应该在，不过我们的人还没找到线索。"

"跟着澜儿，不就能找到陆明玉了？"鬼姑姑放下茶盏。

黑蜘蛛犹豫片刻，低声道："少主人不喜欢被盯梢，每回进了洄霜城，总会想办法甩掉身后的影子。"

"连冥月墓的人也要甩掉？"鬼姑姑道，"那他就更应该是与陆明玉在一起了。"

黑蜘蛛道："或许还有陶玉儿。"

"这回我就是专程为她来的。"鬼姑姑道，"不单单是陶玉儿，还有陆明玉、陆无名、海碧，他们若是都来了洄霜城，我正好顺便都杀了，也省得将来到处跑。"

黑蜘蛛试探："那少主人呢？"

"澜儿是我养大的，若他识趣，我自然不会为难。"鬼姑姑像是在自言自语，"我年岁已长，翡灵也命薄，这冥月墓主人的位置不给他，还能给谁？"

黑蜘蛛顺从地应了一声，眼中却有几分妒忌。

洄霜城外，枯树林。

裘鹏从萧澜手中接过木盒，却未拆开，而是随手丢进火堆中。

萧澜不悦："你这是何意？"

裘鹏道："这里头是空的。"

萧澜冷笑一声："原来教主还是在试探我。"

"也不单单是试探，还怕你在这林子里待久了，心慌烦闷，不如让你出去做些事，散散心。"裘鹏嗔怪道，"你看上去也挺喜欢这差事，不对吗？昨晚跑出去就连个影子都没了，直到现在才回来。"

萧澜坐在一旁，不想再说话。

裘鹏却没打算就这么放过他，捏着嗓子道："若你一直这么不知好歹，月末可就别想再拿解药了。"

就算明知是逢场作戏，萧澜心里也难免生出厌恶之感，再想起昨晚做的那几个模糊美梦，更觉现实烦闷。

"在想什么？"裘鹏帮他整了整衣领。

萧澜胡乱编道："我的心上人。"

裘鹏先是一愣，后又佯怒："你这小没良心的，尽会惹我生气，说说看，你那心上人是怎么样的？"

萧澜道："很好。"

裘鹏笑出声来："怎么，说得这般潦草，莫非还怕我去抢？"

"我那心上人喜欢穿白衣，性格平和，腰间经常挂着青绿玉饰，喜欢竹子与兰草，可惜我们住的地方偏偏种不出这两种植物。"

裘鹏听得无趣："喜欢什么竹子兰花，想来面庞与身材一样寡淡得很，没意思。"

萧澜继续道："我那心上人还会做饭，也会弹琴，有兴致时写诗作画，没兴致的时候，就坐在田野里看远处的风与鸟，直到夜色沉寂，星垂四野。"

裘鹏不屑："世间哪会有这般美好无争的人？只怕是你自己喜欢，便怎么看都觉得纯真无瑕。"

萧澜向后靠在树上，心道，是啊，世间哪会有这般美好无争的人呢？只怕是自己胡乱想出来的吧。

"教主。"此时恰好有人匆匆而来。

裘鹏问："又怎么了？"

下属在他耳边低语几句。

裘鹏皱起眉，问："失踪了？"

"是啊。"下属看了旁边的萧澜一眼，又小声道，"客栈里空荡荡的，连影子都没一个。属下问过小二了，说是昨夜还在，今早就再没见着了。"

"行李在吗？"

"房内空空如也，有打斗痕迹，只怕是被人绑走了。"

裘鹏心中不悦："没用的东西。"

下属试探："不知教主可有想法，会是谁带走了他二人？我们也好顺着查。"

"近日城内谣言四起，都说红莲盏在鹰爪帮手中，难保有谁会听进心里，他二人遇袭不奇怪。"裘鹏道，"至于具体是谁做的，哪个门派都有可能。不过我们不用太着急，对方的目的若是红莲盏，那他二人暂时不会有危险，不必大张旗鼓特意去寻。"

"是。"

"去吧。"裘鹏吩咐，"最近所有人都加强戒备，尤其是李府那头，务必不能出现一丝异样。"

待下属离开后，萧澜问："你的人丢了？"

"先前你见过的那两人。"裘鹏道，"一直住在客栈，负责与李府联络，却不知为何会突然失踪。"

"当真不找？"

"万一是旁人有意要引我出去呢？"

萧澜提醒："你不怕他们会被人收买，或是被人逼供，坏了你的事？"

"这世间没有哪种疼比得过三尸丹发作。"裴鹏道，"他二人都是尝过痛楚的，此时哪怕是被砍手砍脚、挖眼割舌，也不会背叛鹰爪帮。所以你可得听话些，否则若是毒发……喂，你去哪儿？"

萧澜头也不回地道："散心。"

裴鹏嗤笑一声，心中暗想这人脾气挺大，面子也大，摆明了是怕三尸丹怕得紧，连听都不敢听，却硬要装出一副牛脾气。

城中杨柳胡同小院中，陆追问："为何这么轻易就绑了来？"

"是啊。"阿六也纳闷，"我只想着去客栈看看，结果刚好遇到这二人出后门进小巷，机会难得，我就赶紧冲上去，一刀将他们给打晕了。"

这就叫傻人有傻福，陆追拍拍他的肩膀，道："干得不错，看来你还没忘了老本行。"

"爹让我去，我才去的！"阿六立刻澄清，并不是他想打家劫舍，他已经从良了，是好人！

"走吧。"陆追道，"随我一道去审审那两人。"

阿六挺激动的，毕竟好些日子没干过这勾当了。

鹰爪帮那两名弟子正被绳索捆着，背靠背坐在地上，昏昏沉沉。

阿六端了一盆凉水，"哗啦"浇过去。

寒冬腊月，这滋味可不好受，两人打了个激灵，总算清醒过来。

陆追搬了一把椅子坐在对面，慢悠悠地喝着茶。

阿六站在后头替他捏肩添水，一派父慈子孝的大好景象。

屋中光线昏暗，其中一人依稀觉得陆追有些眼熟，盯着他看了半天，才回忆起来先前在运河船上时，曾见此人与萧澜一起出现过。

"怎么，认出我了？"陆追问。

"我兄弟二人似乎并未与阁下结怨。"

"你是未与我结怨，不过你的教主却绑了我的人。"

那鹰爪帮弟子警惕道："你想做什么？"

"我想知道裴鹏此行的目的，还有，李府的地道中究竟隐藏了什么秘密。"

"我不会说的。"

"不说？"陆追一笑，将手中茶壶轻轻放在桌上，"嘴这么紧，莫非还指望裴鹏会来救你二人不成？恕我直言，按照他的脾气，可不会为几枚棋子费这般工夫。"

"即便教主不来救，你也别想从我兄弟二人口中得到任何线索。"那人道，"趁早死心吧。"

阿六将手中长刀"咣当"杵在地上，金环相撞，他眉毛一竖，更显凶神恶煞。

陆追继续漫不经心地道："因为三尸丹？"

"你既知道，就更该明白这一切都是徒劳。况且如今那姓萧的在教主身边颇为得宠，将来就有享不尽的荣华富贵，你既是他的朋友，就更该识趣些。"

"颇为得宠？"陆追语调一扬，似笑非笑地看着两人，眼神里却渗出寒意，"再说一遍试试。"

屋内很安静，安静得几乎能听到窗外雪花扑簌落地的声音。

阿六不明就里，也不是很懂他爹究竟在说什么，见气氛凝结起来，觉得八成又需要自己镇场子，于是中气十足地道："没听见吗？让你将'颇为得宠'再说一遍！"

陆追反手就是一拳。

阿六痛呼一声捂着肚子，虎目含泪，心道：爹！我又错了是不是？

陆追活动了一下手腕，继续向后懒懒地靠在椅背上。

阿六老老实实闭嘴，帮他捶肩膀。

陆追问："哑巴了？"

鹰爪帮弟子依旧沉默，言多必失，索性装死。

"的确，三尸丹毒性阴狠，一旦发作便生不如死，"陆追道，"而且解药只有裴鹏才有。"

听他这么说，其中一人壮起胆子道："我兄弟二人从未招惹过阁下，不过同在江湖行走，闹出这点小误会也不打紧。只要阁下答应放人，我兄弟二人保证不会将此事说出去。"

"我为何要放了你？"陆追慢悠悠摊开掌心，"我的确没有三尸丹的解药，却有三尸丹。"

看着他手中那满满一把灰红色的药丸，地上两人面色大变："你！"

"现在是一个月毒发一次，我若再喂你一丸，便是一个月毒发两次。往后每天都服一丸，吃个二十来天，你可就日日都要在痛苦中度过了。"陆追起身，蹲在那二人身前，问，"怎么样，还是不肯合作吗？"

那两人面如死灰。

陆追道："我没多少耐心，若再拖下去，今晚你们怕是要将三尸丹当饭吃。"

"李府、李府……"那高胖之人熬不住，先道，"地道里，李府的地道里。"

"李府的地道里有什么？"

"有、有暗器，有无数的暗器，还有、还有炸药。"

"要引谁进去？"

对方猛然咽了口唾沫，过了半天才道："我只知道姓陆，别的当真不知。"

姓陆？阿六睁大眼睛。

陆追还没来得及细问，院中已传来声响，像是有人跳了进来。

"谁？"阿六警觉。

陆追抬手示意他没事，自己推门走了出去。

萧澜开门见山道："人是你抓的？"

陆追点头："是。"

"怎么也不提前和我说一声。"

"要来一同审吗？"

"脸色怎么这么难看？"萧澜上前握住他的手臂，问，"毒又发作了？"

"没事。"

萧澜拉开他的衣领，见脖颈处大片绵延红痕："这也叫没事？"

陆追顿了顿，道："这回当真没事。"

萧澜又抬手试了一下他额头的温度。

陆追道："风寒。"

"先前也没觉得你是个病秧子。"萧澜将人打横抱起，带回了卧房，"躺着吧。"

陆追哭笑不得："人还在隔壁，你这就让我睡？"

"你问出了什么？还想知道什么？我去替你接着审。"萧澜递给他一个杯子，"多喝热水。"

陆追抿了抿嘴。

"不准笑，染了风寒是要多喝热水。"萧澜拉过一张椅子，反着跨坐在上头，

"等你将这一壶热水都喝光了，我再走。"

热水是好物，包治百病还不花银子，就是有一点不好，喝多了撑得慌。

陆追躺在床上，觉得自己只要稍微动一动，腹中便会"咣当"作响，于是感慨："你这治病手法，即便是江湖中排名第一的神医叶瑾怕是也比不过。"不号脉不看诊，一壶热水行天下。

萧澜握过他的手腕试了试脉象，陆追眼睛一眨不眨地看着他。

指下脉搏跳动平稳，萧澜有些不解，眉头也皱起了。

陆追问："这回几个月？"

萧澜哭笑不得，将他的手放回被子上，道："这回几个月都没了，你的脉象挺正常。"

陆追道："这难道不是好事？看你愁眉苦脸的，还当我明天就要生了。"

"可你身上既有了红痕，为何脉搏却无异样？"萧澜无奈，"自己也不知道担心。"

陆追道："谁能摸得准这毒，一天一个样，不管它了，说正事。"

萧澜还未开口，陆追却又坐起来道："不行，我要先去一趟茅房。"言毕，他便下床一路狂奔，速度飞快。

院中，阿六被吓了一跳，赶紧跟过去蹲在茅房门口听了半天，又转头用非常狐疑的目光看着萧澜："你对我爹做什么了？"

萧澜道："我什么都没做。"

阿六腹诽：骗谁呢你？看我爹方才那一脸惊慌、花容失色的。

阿六咳嗽两声，道："我不信，除非你发誓。"

萧澜："……"

阿六是个牛脾气，见他不说话，反而更加倔了。

萧澜暗自摇头，不想再听他絮叨，于是举起右手道："我发誓，我当真什么都没……喂！"

一道白影从院中掠过，像是踩了风与电光，阿六甚至都没看清是怎么回事，只觉一股寒气掠过他身边，吹得他脸颊生疼。

萧澜猝不及防，被陆追带得踉跄着后退两步，后背贴着墙才站稳。

陆追捂着他的嘴，道："不准在我这院中发誓，也不准发这种誓。"

萧澜问：“你上完茅房洗手了吗？”

“……”陆追迅速将手背到身后，无比淡定地道，“洗了。”

萧澜用袖子擦了两下嘴，也不知是该气还是该笑：“服了你了。”

只有阿六一脸茫然，还在院中问：“爹，茅房里有鬼啊？”

否则他爹为何要这般大惊失色地冲出来，连水缸都被撞得晃荡了起来。

儿子太傻，陆追耐心地转移话题：“鹰爪帮那二人如何了？”

“不如何。”阿六答，“半死不活地坐在地上，也不吭声。”

“你再去看看吧。”陆追拍拍萧澜，“我刚审出来，说李府地道里的暗器是裴鹏为了对付姓陆的准备的，却不知这个姓陆的是谁。”

“姓陆的？”萧澜道，“不会是为了你吧？”

“可我并未得罪过鹰爪帮。”陆追道，“况且退一步说，若是裴鹏信了哪家谣言，想绑我要红莲盏还说得过去，可那地道听着像是要置人于死地，他大费周章杀我作甚？”

萧澜道：“这江湖中并无多少姓陆的高手，你算是其一，再有便是……二十余年前的陆无名前辈。”

“我爹？”

“我只是猜测，或许是旁人也说不定，防人之心不可无，还是小心为妙。”

“我知道。”陆追说，“那你再去问问吧，我既然将人绑了，就没打算放回去。最近城中所有门派都在关注红莲盏与鹰爪帮，若发现这二人失踪，定然会乱起来。”

“然后呢？”萧澜问。

“然后我会让林威怂恿那影追宫三人去李府闹。城中和李府都乱了，才能逼裴鹏出手。还有一件事你或许不知道，我今早接到飞鸽传书，说鬼姑姑数日前率人出了冥月墓，算算日子，现在应当已经到了洛溪附近。”

“虽无人通传，不过我能猜到。”萧澜并不意外，“回去休息吧，其余的事情交给我。”

陆追点头：“好。”

萧澜转身去了偏屋。

阿六站在院中左看右看，最终还是挤进了陆追的卧房。

陆追正惬意地靠在床头，手里捧着热茶壶，也不喝，就为了暖手。他只穿了一身单薄的里衣，是上好的绣纹云锦白雪绸，比水还要滑，稍微不注意便会落下肩头，露出脖颈上一片绯红痕迹。

看着他那如墨汁一般漆黑的头发，白皙而又柔和的侧脸，连捧住茶壶的手指都又软又修长，阿六感慨：我爹可真好看，真是便宜了那还不知道在哪里的娘。

偏房中，鹰爪帮那两人看着萧澜，只当他与陆追是一伙的，更认定这一切都是他们早已计划好的阴谋，暗想说不定当初在从津水城开往洄霜城的大船上，自己就已经被盯了梢，只可惜未能及时提防，竟落得这般下场。

萧澜问："裴鹏与李银到底是何关系？"

对方不甘道："你也服了三尸丹，就不怕死？"

萧澜嘴角一扬，道："当然怕，所以问完了你，我便会回到那密林中，回到裴鹏身边，等着他给我解药。"

对方被噎了回去。

萧澜又重复了一遍："裴鹏与李银到底是何关系？"

对方沉默片刻，原是不想说的，可想起陆追手中那满满一把三尸丹，还是咬牙道："李银原本就是鹰爪帮的人。"

"这就对了。"萧澜道，"说吧，他为何会被派往这洄霜城？这么多年隐姓埋名是为了什么？裴鹏此番又为何会离开琼岛？将你知道的所有事情都说出来。"他并未刻意提及萧家老宅与二十余年前的灭门惨案，也是不想过早暴露身份。

屋内安静了好一阵子，那两人像是在权衡利弊，不过最终还是一五一十地招认了。

"二十余年前，教主收到了一封书信。"那二人轮番回忆，"信上没有署名，也不知道是谁写的。"

那时鹰爪帮还是个小教派，裴鹏也不是如今这般模样，收到信后，他大喜过望，连夜将几名心腹招到暗室中，说要商议大事。

"那些心腹中便有李银，他原名符雁儿，武功平平却极有心眼。后来，其余人陆续回来了，符雁儿却留在了洄霜城。直到数年后，我们才听说他买房买地，化名李银做了地主。"

"那封书信上写了什么？"

"不知道，信看完之后就被教主烧了。不过后来，我们听回来的人说过，他们去泅霜城是为了杀人。"

"杀谁？"

"杀一户姓萧的富户。"

萧澜虽面色平静，拳头却死死握着。李银称呼裘鹏为主子，萧澜先前也不是没想过这种可能性，只是怕打草惊蛇，一直未主动开口问过。此番亲耳听到，他依旧心绪起伏，只恨不能将幕后之人揪出来，一一手刃，替家人报仇雪恨。

屋中光线昏暗，那鹰爪帮二人未觉察出异常，继续道："只是事情虽顺利，教主却并不满意，回到岛上的人也未获得任何赏赐与奖励。直到过了很久，我们才听其中一人透露，说萧家的人都杀干净了，东西却未找到。行动失败了大半，他们能保住命已是万幸，哪里还敢奢求其他。"

萧澜问："何物？"

对方答："红莲盏。"

萧澜闭上眼睛，似乎从出生到现在，自己走过的所有坎坷都与红莲盏有关。萧家老宅，冥月墓，只要与红莲盏扯上关系，无一不是血流成河，尸横遍野。

更荒唐的是，自己虽身在此间，却反而成了距离真相最远的一个人。姑姑避而不谈，娘亲讳莫如深，每个人都让自己拿到红莲盏，却又每个人都不说是为什么。脑海中无数碎片纷飞散落，真相近在眼前，却又远在天边。被隐瞒的，被抹去的，消失的，残缺的，不仅仅是曾经的回忆，还有自己过往的人生。

那两名弟子见他久久不言，也不敢出声。外头残阳被半片乌云遮掩，四周暗沉沉的，只能看清模糊人影，隐匿在一片浓黑中。

片刻后，阿六小心翼翼地推门进来，点燃了桌上灯烛。

昏黄光晕跳动闪烁，照得地上两人脸色愈发惶惶。阿六虽不清楚屋中发生了什么，但也能觉察出异样。于是，他拖起那两人出门，暂且将其关在了一处通风地窖中。待他上来时，萧澜也出了偏房，正坐在院中石凳上吹风。

阿六欲言又止。

萧澜问："怎么了？"

阿六提醒："那是我爹的凳子。"

阿六心道：放了绣花的棉垫子，雪白雪白的，你坐脏了可得赔。

萧澜换了个石凳。

这就对了。阿六清清嗓子，也坐在他对面，问："刚刚怎么了？"

"没什么。"萧澜道，"只是听那二人承认萧家灭门惨案幕后主谋是裴鹏，有些心绪难平。"

阿六问："那你要杀了裴鹏替家人报仇吗？"

萧澜摇头："裴鹏之所以会动手，是因为有人给他写了一封书信，说萧家有红莲盏。"

"所以还要找出那个写信的人？"阿六又问，"那陶夫人知道这件事吗？不过话说回来，如今你就在裴鹏身边，应该很快就能问出真相。"

陆追是被鸡汤味熏醒的。阿六嘴里叼着鸡屁股，见到陆追出来，赶紧去厨房盛了一碗汤，两个鸡腿两个鸡翅膀，最好的都捞给他爹。

"萧澜走了？"陆追问。

"是啊，早就走了。"阿六坐在小木桌边，继续啃碗里的鸡肉，"也没审出更多事，只说裴鹏便是指使李银灭门萧家之人。爹早就猜到了，没什么稀罕的。"

陆追端着碗慢慢喝汤。

"对了，还有件事。"阿六道，"那裴鹏是在收到一封书信后才知道萧家有红莲盏的。"

"是吗？"

"是啊，不过暂时还不知道写信的人是谁。"阿六又给他添了一勺热汤，"或许那才是真正的幕后主使。"

萧澜未回城南枯树林，也未回青苍山。连他自己也不知道要去何处，只是一直走着，从晚霞绚烂走到星辰闪烁，再到山巅悬崖边，天尽头渐渐露出一线鱼肚白。

露水浸湿了肩膀，凉风刺穿骨髓，似乎连金色的朝阳也无法驱逐寒意。

他依稀觉得自己不该是一个人，从头到尾，都不该如此孤身一人。

山间寂静无声，积雪渐渐融化，沿着坚硬的悬崖石壁缓缓下落，拖出一条又一条细细的湿痕，连时间也几乎凝结了。

萧澜闭上眼睛，挥手胡乱砸向石壁，凝聚了十成内力。似乎只要将面前的阻碍拨开，他就能牢牢抓住那些遗忘的过往。巨大的轰鸣声传来，无数粉末与灰尘腾空扬起，扑簌落在天地间，连地表也微微震动，裂出曲折的缝隙。

然而，在这一切过后，云雾又重新聚集，笼在山间与心间。

萧澜精疲力竭地向后靠坐在老树下，满目颓然。

一个娇俏的声音突然传来："哇。"

萧澜猛然睁开眼睛。十几步开外，有个姑娘穿着一身翠绿裙装，像是春日里河岸边的婀娜柳树。

萧澜问："你是何人？"

那姑娘道："我叫岳大刀。"

萧澜道："姑娘家不该到这儿来。"

"我也不想来，我迷路了。"对方愁眉苦脸，"你有吃的吗？"

"没有。"

"那你能带我下山吗？"

萧澜站起来，道："走吧。"

见他答应，姑娘顿时高兴起来，一路跟在他后头叽叽喳喳，又问："你是江湖里的人吗？"

"不是。"

"你肯定是，我能看出来的。"姑娘单手插在腰间的小布口袋中，又道，"我将来也要嫁一个江湖里的人。"

萧澜问："你要嫁谁？"

听他这么问，那姑娘也害羞起来，却又压制不住心中的期盼，期期艾艾道："你、你听没听过武林中有个高手，叫羽流觞的？"

萧澜猛然停下脚步，姑娘满脸欢喜。

萧澜冷静道："从没听过。"

"我听说他就在洄霜城。"岳大刀甩了甩指间的发辫，笑得脸颊粉红、眼神羞涩，"我从老家大老远的一路来这江南，就是为了寻他。"

"此人在江湖中没有名气。"萧澜道，"你是从哪里知道的？"

"这我可不能告诉你。"岳大刀道，"还有几天就要过年了，我再不成亲，可就嫁不出去了。"

萧澜问："为何？"

"算命的说的。"岳大刀道，"你不懂，他是我们镇上的神算子。"

萧澜觉得自己无话可接，他也没料到，自己原本只想上山散心，竟还能遇到这种事。凭空出现一个姑娘，口口声声说要嫁阿六，叽叽喳喳，雀跃欢喜，看上去恨不得明日就办喜事。

于是，他不由得又想起了陆追当日感慨的那句话，说阿六是世间命最好的人。现在看看，可不得是命好吗？人待在杨柳胡同的宅子里，都能有姑娘找上门，还是个挺好看的姑娘。

岳大刀又问："泅霜城大吗？"

"不算大，比起这江南的其余重镇，要小上许多。"

"那就好，若是太大，我不好找人。"

"你打算怎么找？"

"听说泅霜城中有许多江湖中人，我一个一个去问，总能问到的。"

"看你这样子，应当先前也不认识羽流觞。"萧澜道，"如此冒冒失失就寻了来，可曾想过若他早已成亲怎么办？若他不喜欢你怎么办？若他同你想的不一样，又该怎么办？"

岳大刀道："若他早已成亲，那我就回去掀了那算命老头的摊子，再揪掉他的胡子！可若他还没成亲，那么不管他长什么样，我都是要嫁的。"

萧澜有些头疼。

岳大刀越走脚步越轻盈，还吹着口哨，清脆悠扬，像是百灵鸟婉转鸣叫。

萧澜又道："你想象中的羽流觞是什么样的？说来听听。"

听他这么问，岳大刀顿时高兴起来，倒退着一边走一边道："应当是斯斯文文的，又白又好看，功夫高，喜欢吟诗画画，声音好听，脾气也好。"

萧澜道："那你还是回老家吧。"

"为何？"岳大刀疑惑，"这样的人不好吗？"

"这样的人很好。"萧澜道，"可你的要求不少，城中八成找不到一模一样的人。"

"我就是随便说说，能有这样的最好，若没有，那只要他是羽流觞，只要他家里还没娘子，我也嫁了。"岳大刀撇嘴，"反正吟诗作对什么的我也不懂，不会就不会吧，只要他脾气好、对我好就成。"

"你这小丫头……"萧澜伸手拉她一把，"别倒退着走了，小心掉下山。"

"你这人还不错。"岳大刀在腰间布兜里掏了掏,半天掏出来一个小香包,"送给你吧。"

看着上头那乱七八糟的一团七彩线,萧澜疑惑:"这是何物?"

"牡丹啊,我绣的。"岳大刀答,"本来打算送给婆婆的,可后来忠叔说若是送了,我就铁定嫁不出去了,丢了挺可惜的。看你人好,送你了。"

"忠叔又是谁?"

"呀。"岳大刀揪揪头发,"我方才什么都没说,你也什么都没听见。"

言毕,未等萧澜再问,她便已经纵身跃起,像是一只轻巧的小雀,踩着岩壁飞身冲了下去。

这事有些蹊跷,却又有些喜感。萧澜颠了颠手中的香囊,也跟着一道下了山。

两人进城时,正是早点摊子生意最好的时候,热气腾腾的糖油糕下进锅里,出来时金黄酥脆,再裹上一层糖粉,咬一口便从舌尖甜到心间。

陆追不嗜甜腻,却喜欢吃小点心。他一早就出来排队,跟在一群小娃娃后买了两块,捧在手中一边溜达一边吃,余光瞥见一个熟悉的身影,一闪即逝。

于是,他不再去吃牛肉粉丝了,而是在街角买了刚出笼的包子。等他拎着包子回到杨柳胡同,推开院门,果然见石桌旁已经坐了个人。

"吃吗?"陆追举起手中的油纸包。

萧澜道:"不吃。"

"怎么了?看你这一脸不悦的样子。"陆追在厨房中取了碗筷,又用昨夜的剩米煮了泡饭,和包子一起端出来,问,"出了什么事?"

萧澜道:"我在城西荒山中捡到了一个人。"

陆追纳闷:"你捡到了谁?"

"一个姑娘。"萧澜道,"二十出头的模样,长得眉目端正,性格也活泼,名叫岳大刀。"

陆追先是"扑哧"一声笑出来,后又觉得不厚道,于是说:"挺别致的名字。"

"她是来城中找人成亲的。"

陆追没听明白:"什么叫'找人成亲',她的未婚夫在城中?"

萧澜问:"你猜她要嫁谁?"

"这我怎么猜。"陆追总算放下饭碗,狐疑道,"莫非要嫁你?"

萧澜敲了一下他的脑袋。

"……"陆追又问,"我啊?"

萧澜道:"你想得美。"

陆追辩解:"我并没有想。"

萧澜给自己倒了一杯水,道:"她要嫁阿六。"

陆追手一松,镶嵌着小粉蝶的茶杯落在地上,摔得粉碎。

"喂喂!"大街上人来人往,阿六冷不丁被人拖得直踉跄,"你这丫头做什么?"

"嘘……"岳大刀一路拉着他躲到巷子里,"外头有个流氓,你替我挡一阵子。"

阿六往外看了一眼,就见果真有一白衣少爷手拿折扇,身后跟着七八名家丁,正耀武耀威地从街上走过去,的确像是在寻人。

岳大刀小声道:"呸,臭流氓。"

阿六问:"他怎么招你了?"

岳大刀道:"我见他白衣斯文,长得好看,又刚从宣纸铺子里出来,以为他是我相公,就上去问他,结果他却要摸我。"

阿六诚心道:"这人是城中出了名的纨绔子弟,说流氓倒是不假。可你一个大姑娘家,见着别人好看斯文就当人家是自家相公,也没好到哪里去。"

"那我哪知道?"岳大刀抱着膝盖坐在台阶上,沮丧道,"我只知道我相公长得好看,又文雅又会功夫,还会吟诗作画,却不知道他长什么样,只能一个一个问过去。"

听这描述,像是有些耳熟啊。阿六心想:这不就是我爹吗?要找我爹成亲的,难不成是我娘?

于是,他凝重地问:"能请教一下你的名字吗?"

"岳大刀。"

"那你相公叫什么名字?"

"我相公叫羽流觞,弯弓饮羽,曲水流觞!"

阿六掏掏耳朵,道:"你再说一遍。"

岳大刀又脆生生道:"羽流觞啊,你认得他吗?"

认得！阿六整个人仿佛陷入了云雾中，双眼却灼灼闪着光。

走在路上掉媳妇这种事，可以有！

或许是因为觉得他的目光有些奇怪，岳大刀小跑着出了巷道，身姿轻灵又袅娜。

阿六掐了一把自己的脸，生疼！不是梦！

于是，他转身一路狂奔回了杨柳胡同，打算先将此事告诉他爹。

萧澜道："事情就是这样。"

陆追觉得自己在听玄幻故事，疑惑道："这姑娘连阿六是谁都不知道，就一门心思要嫁？"

"名字虽是阿六的，可听她那意中人的模样，分明是你。"萧澜道，"你当真不清楚是怎么回事？"

陆追摇头："我从未遇到过这么一个姑娘，甚至不认得姓岳的人。"

"这就奇怪了。"萧澜问，"阿六呢？"

"他出去买早——"陆追一句话还未说完，便有一人从墙头跳了下来，"咚"的一声砸起一片灰尘。

阿六双颊红润，威风凛凛，兴奋道："爹！"

陆追心里叹气，看来早饭是没得吃了。

"爹。"阿六拖着一把椅子坐到他身边，"我方才在街上遇到了一个姑娘。"

陆追与萧澜对视一眼，果然。

阿六继续道："她说要嫁给我，不对，也不是要嫁我，是要嫁羽流觞，可羽流觞就是我啊！"

陆追哭笑不得："我已经知道了。"

阿六语调铿锵，极为笃定："这一定是阴谋！"

"也说不定，万一真是好事呢。"陆追道，"大白天走在路上，银子、金子、名贵古画你都捡过，还捡到过汗血宝马与东海翡翠眼，这回捡个媳妇也不稀罕。"

萧澜在旁抽了抽嘴角，这是什么运气啊？

阿六道："可刚开始的时候，她又说要嫁个斯文儒雅的，我还以为她想当我娘。"

陆追果断拒绝："你娘不长她那样。"

萧澜："……"

"那丫头只是名字狂放了些，长得还成。"阿六琢磨，"挺好看。"

"先不用管她，以后遇到了多加提防。"陆追道，"说正事，按照昨日鹰爪帮弟子所言，裘鹏二十多年前派李银前往此地，是因为收到了一封书信，写信人告诉他萧家有红莲盏。"

萧澜点头。

"而此番江湖各门派齐聚洄霜城，也是因为收到了书信，说红莲盏即将重现。"陆追又道，"不过我问过影追宫那三人，都说不知写信人是谁。"

这回虽说江湖门派来得多，却大多是一问三不知，只一门心思认定红莲盏即将重现江湖，抢不到就是吃亏。这些人整日里除了在茶楼打探消息，就是回客栈睡大觉。唯一例外的只有裘鹏——鹰爪帮在整件事情中，可不像是单单为凑热闹。除开几十年前的萧家命案，这回还有李府那条为了取姓陆之人性命的机关暗道，鹰爪帮这一步一步都是精心计划的。

陆追道："所以你还得再回去。"

"你不说我也会回去。"萧澜道，"自己的下属在城里被人绑了，裘鹏哪怕面上再淡然，心里总归会慌乱，对我们而言是最好的时机。"

"那你打算怎么办？"

"先将他哄开心了，再说别的。"

"怎么哄开心？"

"自然是他想要什么，就给他什么。"

"……"

院中再次陷入安静，只有阿六还在吃包子。

半晌过后，陆追起身回了卧房。

看着他的表情，萧澜眼底反而染上了笑。

天边白云一丝一丝散开，干净得像是融雪。

萧澜道："喂。"

阿六："干吗？"

萧澜随手丢了一个香囊给他："拿着吧，我走了。"

"这是什么？"

"那姓岳的姑娘绣的，据说是牡丹。"萧澜道，"你若喜欢，就好生收起来。"

"你怎会认识她？"阿六意外。

萧澜却已经翻出了院墙。

阿六将香囊胡乱揣进怀里，上了台阶敲门："爹，那姓萧的已经走了，你快出来接着吃饭。"

陆追"哗啦"一声拉开屋门，问："走了？"

"是啊。"阿六道，"应当是回了那片枯树林。"

陆追深吸一口气，提着剑便追了出去。

外头正是人最多的时候，却没有萧澜的身影。

见着一个好看的白衣公子提着剑出来，还气势汹汹的，街上百姓都有些好奇。这几月来洄霜城里江湖人士来得多，大家早已见惯了，所以并不害怕，反而都在交头接耳，说武林中人就该这般俊雅才有看头。只是不知这白衣公子拿着兵器是要作甚，千万莫像话本里写的那样，是被丑恶贼子抢了心上人——棒打鸳鸯这种事，不能忍。

陆追一路向南，沿途，他一直在想方才萧澜那句"想要什么，就给他什么"。那家伙说得轻描淡写、漫不经心，随意到如同在说天气阴晴、一日三餐。

陆追难得有些茫然，他其实可以接受冷漠与遗忘，却无法接受在被遗忘之后，对方会变得如此浪荡随意、玩世不恭。

陆追握紧右手，拐进一条小巷道。耳后突然传来一阵破风声，陆追扬手投出三枚飞镖，却没有预料中的铁器相撞声，倒像是打在了棉花堆里。

一片枯叶被斩成两截，飘飘忽忽，打着旋落在了地上。

不远处，萧澜正靠在墙上，似笑非笑地看着他。

在两人视线交错的一瞬间，陆追立刻就意识到自己似乎落入了某个没怎么精心设计过的圈套中，而且还落得颇为狼狈。他本想转身就走，脚下却如同被胶黏住，动不了分毫。

萧澜站直身子晃到他面前，慢悠悠地俯身，问："这么急匆匆的，打算去何处？"

陆追本能地向后退了两步。

萧澜笑道："问你件事。"

陆追道："不准问。"

"嗯？"

"没有。"

"你知道我要问什么吗？就说没有。"萧澜难得见到如此狼狈的他，笑得有些恶劣。

陆追突然很想将面前这人揍一顿，萧澜却冷不丁伸手从他的腰带上抽走一样东西。

陆追道："那是我的。"

萧澜纠正："是我送你的。"

陆追道："原本就是我的。"

萧澜将那小小的红花玉坠挂在乌金鞭上，理所当然道："现在归我了。"

陆追觉得，不然还是打一架吧。

"回去。"萧澜戳戳他的脑门，"我也该离开了，免得让鹰爪帮的眼线看到。"

陆追果断转身就走。

萧澜在后头道："喂，怎么也不告个别？"

陆追的身影几乎是瞬间就消失了。

小院中，阿六问："爹你方才去哪里了？"他爹走路速度飞快，等他追出去的时候，人影都不见了。

陆追敷衍地应一句，将剑放在桌上，想让自己看起来洒脱一些。

阿六笃定："我分析了一下，爹你八成是去追那姓萧的了，他是不是又欺负你了？"

陆追一拳擂在阿六那结实的大胸口："不准分析。"

阿六双眼含泪，心道：我爹好凶。

另一处，林威正在与影追宫三人一道打哈欠。

二当家说好只是让他暂时易容顶替，却直到现在也不见人，也不知是不是出了什么乱子。

"诸葛军师啊。"影追宫其中一人道，"我们接下来要怎么办？"

林威分析："李府不好招惹，最好等到有别的门派杀上门时，我们再渔翁得利。"

对方又问："可我们一直待在这客栈里，即便是李府里头已经乱了，也不知道啊！岂非让旁人白白捡了便宜？"

林威正好接过话茬："那我出去看看外头局势如何，三位只管在这里等。"

三人连连答应，目送他离开小院后，又继续做起春秋大梦，指着能借红莲盏一步登天。

林威自然不会去什么李府，那里有朝暮崖的人盯着，任何风吹草动都会有人来禀。他熟门熟路地穿过几条背巷，最后拐进杨柳胡同。

阿六正在院中擦那宝贝大刀，疑惑道："你怎么回来了？"

林威将易容面具丢在桌上，问："二当家呢？"

"屋里呢，在睡觉。"

"怎么现在睡了？"

"不知道啊，我猜一半是因为患了风寒，一半是因为姓萧的，爹连午饭都没吃。"

林威怒道："为何又与那姓萧的有关？"

"是啊，那姓萧的简直就是咱爹的克星。"阿六搔搔头，附和。

林威道："你爹。"

"是是是，我爹我爹。"阿六倒是爽快，又道，"不然你想个办法，让姓萧的以后有事找你，别找我爹了。"不然回回都将人惹毛了就走，吃亏挨打的还是他，他心里很苦。

陆追推开卧房门，打了个哈欠，问："说什么呢？嘀嘀咕咕的。"

林威答："说天气。"

阿六用鄙视的眼光看着他。

林威咬牙往外挤字："那不然呢？"

阿六正色道："简直风和日丽。"

"影追宫怎么样了？"陆追坐在桌边。

"满心只想去李府找红莲盏，生怕被别家抢了先。"林威道，"不单单是他们，估摸城中七七八八的小教派，十个有九个都这么想。"

"李府那头呢？"

"自从鹰爪帮的两人消失，李银便更加小心谨慎了，这回连书房外都遍布守卫，可见他也是知道暗道存在的。"

陆追道："再去办一件事。"

"何事？"

"这城里来了个姑娘，名叫岳大刀，自称是西北雁门人士，来洄霜城是为了寻一个名叫羽流觞的人，与其成亲。"

林威颇为吃惊地看向阿六："你还有这等风流债？"

你才有风流债！阿六立刻告状："爹！"

"此时此地，出了这么一个人，的确有些蹊跷。"陆追道，"她住在文韬书院旁的客栈里。"

"二当家放心。"林威道，"我知道该怎么做。"

"去吧。"陆追吩咐，"勿要打草惊蛇。"

林威领命离去。

阿六幽幽道："爹。"

陆追道："不是不让你去，是怕你去了会被抢去成亲。"

阿六："……"

"我可不想让她将你绑走。"陆追继续道，"谁若想同你成亲，我还得好好挑一挑。"

挑一挑也成，阿六心里舒服了些，继续擦拭自己心爱的大刀。毕竟爹还没成亲，他也不用着急。

此时此刻，岳大刀正在茶楼里听一群武林人士扯着嗓门聊红莲盏，面前摆着茶却没心思喝，只觉得里头唾沫星子一定不会少。

"你们怎么还在这里坐着啊！"楼梯上突然跑来一群人，拍着大腿道，"鹰爪帮的人失踪了，不见了啊！"

如同一滴冷水滴入沸油中，众人一下炸开了锅。城里消息传了这么多天，几乎所有人都认定鹰爪帮才是最接近红莲盏的，有那么多双眼睛盯着，他们却依旧在青天白日里消失无踪？

鹰爪帮消失不打紧，可红莲盏消失了却不行。正在各门派都拍桌怒起时，岳大刀突然大声道："那还等什么？赶紧去李府绑了李银，或许还能问出鹰爪帮与红莲盏的下落呢。"

林威闻言暗自皱眉，这小丫头明摆着是揣了目的前来，却又不知为何，偏偏说要嫁阿六。

没了鹰爪帮，那就只剩下李银了。江湖人一窝蜂冲下楼，争先恐后奔向李府，在大街上掀起一阵尘土。

岳大刀趴在栏杆上向下看，直到众人身影远去，才回头问林威："你不去找宝贝吗？"

林威道："姑娘都没去，我为何要去？"

"我又不想要红莲盏。"岳大刀坐回椅子上，"我是来找相公的。"

"是吗？"

"你这人一看就满肚子心眼，我不同你说话。"岳大刀叫小二上了壶新茶，一边剥花生一边哼小调，的确像是对红莲盏没有兴趣。

或者说，她心中其实很清楚，红莲盏压根不在李府。

而在青苍山，陶玉儿正在叹气，觉得这院中最近越发冷清了。

桌上两枚龟壳微微晃动，停下之后，她歪着头看了半天卦象，有些疑惑，此等风声鹤唳的时刻，为何会算出一桩喜事，莫非错了不成？

"夫人。"李老瘸从院外进来。

"回来得正好。"陶玉儿问，"澜儿那头怎么样了？"

"少爷还在裴鹏身边，听鹰爪帮的弟子说，两人相处得不错。"

陶玉儿脸白了一下，千万莫说喜事就是这个。

李老瘸又道："陆明玉绑了鹰爪帮留在洄霜城内的那两名联络人，又放出风声，说那二人已从李银处拿到了红莲盏。现在所有江湖门派都围在李府门口，想要攻进去找宝贝。"

"乌合之众，会被牵着鼻子走不奇怪。"陶玉儿道，"正好，我们也下山去看看。"

"夫人要下山？"

"怎么，不行？"

"也不是，不过冥月墓的人快到了。"李老瘸道，"过了这么多年，鬼姑姑的功夫不知又涨了几层，夫人又有伤未愈……"

"这话可不准在澜儿面前说。"陶玉儿摇头打断他的话，"走吧，下山。"

李府内外早已一片骚乱，街上的百姓也忙不迭躲回家中，纷纷抚着胸口后怕。好端端的，这群江湖人突然就提着大刀长剑炸了窝，可千万莫要出乱子。

"老爷、老爷！"李府管家连滚带爬冲到书房，"挡不住了啊！"

"教主可有派人来？"李银心急如焚。

"还没见着。"管家气喘吁吁，"门口那些江湖人也不知是受了什么蛊惑，个个嚷着要红莲盏，还说什么'有财一起发'。我们的人无论怎么解释，他们都听不进去，认定是我们藏了红莲盏。"

李银连连叹气，在鹰爪帮那两人消失时，他已经隐隐觉察出不妙，暗中向裴鹏上报了几回，想让他提高警惕，却都只换来一句轻描淡写的"不必惊慌"。现在可好，当真出了乱子，裴鹏竟连人都不派来一个。

聚集在门外的江湖人士最开始其实并没想过要为难李府，毕竟李银是被鹰爪帮偷走了红莲盏，也算是受害者。所以他们只想上门问些线索，却不料连门都进不得。门前站了数十名护卫，长刀长枪盾牌在烈日下泛起寒光，李府明摆着是敌对的态度。

如此一来，事情可就变得蹊跷了。毕竟还没听过谁家被偷了东西后，旁人来帮忙抓贼，主人家非但不感谢，反而要将人赶走——八成又是监守自盗。

"大家还愣着做什么？进去找啊！"不知是谁大喊了一声，人群顿时更加躁动了，打头的也不知是哪个门派，抬脚便踹开了紧锁着的大门。

先前就说过，守在洄霜城中的江湖门派大都品行不端，鸡鸣狗盗的事做惯了，此时自然不会再顾忌颜面，只恐去晚了会吃亏。他们一个个举着刀剑如潮水一般争相涌入李府，转眼就同家丁打成了一片。

林威慢悠悠地在街上走。

"诸葛军师、军师啊！"影追宫三人追上他，口中连连埋怨，别人都冲去李府抢好东西了，他为何连也不知道回来报个信？

"急什么？"林威压低声音道，"现在各门派都在前院打斗，真正的宝贝却藏在后院书房暗道中，我们偷偷过去，正好渔翁得利。"

那三人一听，果真拍腿大喜，跟着林威便朝李府跑。

李府院内此时正如同沸水锅，闻讯赶来的门派越来越多。朝暮崖的人也混在了里头，他们接到同伴发出的暗号后，冷不丁扯着嗓子大吼一句："快！有人去了后院书房抢宝贝！"

"冲！"一听有了线索，现场众人眼底愈发冒光，高举着武器一路砍杀，将贪财嗜血的本性毫不掩饰地写在了脸上。

土地被鲜血浸湿，空气中泛着湿润而又新鲜的铁锈腥气，惨叫声此起彼伏。血雾喷溅时，众人连视线都是一片模糊，宛若修罗地狱。

陆追独自站在穿云塔上，远远看着李府的动静，寒风吹起他的衣摆与发丝，有些刺骨凉意。

他从袖中抽出一条折叠整齐的帕子，擦了擦通红的鼻尖，转身时，余光突然瞥见模糊人影晃动。还未等他回过神来，一道寒光便已逼近面前。凭借多年习武本能，陆追虽及时侧身闪开，但仍有几缕黑发被利刃所断，飘落到了地上。

清风剑裹着狂风出鞘，陆追冷冷地看着面前人。

对方以黑巾蒙面，像是极专业的杀手。

陆追问："你知道我是谁？"

"陆明玉。"对方一刀横在他脖颈处，声音寒凉刺骨，"有人出大价钱买你这双眼睛。"

陆追眉峰一凛，挥剑将其逼至五步外。行走江湖的人都知道，与杀手是毫无道理可讲的，唯有拼尽全力一搏才有生机。

剑刃寒光四闪，如电光斩断寒风，打出一片幻影。与对方的双刀碰撞在一起时，铁器清脆声密如珠落玉盘，没多久却又戛然而止，只听"咣当"一声响，那杀手手中已失了武器。

陆追一把长剑架在他肩头："你输了。"

对方冷笑："未必。"

陆追问："是谁雇的你？"

对方将视线一错，漫不经心地扬了扬下巴："他就在你身后。"

陆追闻言微微一顿，四周寂静无声，他并不觉得这里有第三个人。

"怎么？"对方语调一挑，有些挑衅的意思在里头，"不敢回头？"

话音刚落，便有一道极细微的脚步声传入耳中。陆追眼中杀机顿闪，剑刃滑向对方脖颈，不料却像是砍在了金丝网上。

趁着这短暂的机会，那杀手纵身凌空一跃，袖中竟飞出数百枚银镖，直指他面门而来。陆追本能地腾挪后退，反手用剑光扫开暗器，肩头却依旧吃了一记痛，渗出丝缕鲜血。

杀手趁势卡住他的脖颈，银丝手套中藏着一把寒光利刃，陆追猛然闭上眼睛。

冰冷利刃穿破鲜活血肉，杀手大睁着眼睛，不可思议地低下头，看着横穿自己脖颈的那根铁棍，缓缓松开手，向后倒了下去。

萧澜大步上前，将陆追接在怀中，急道："你没事吧？"

陆追脸上有一道两寸多长的伤口，肩头也被鲜血染红了大半，且不论伤势重不重，至少看着颇让人揪心。

萧澜踢了一脚地上的黑衣人，抱着陆追便往塔下走。

"不看看他是什么身份？"陆追提醒。

"我知道他是谁。"

陆追应了一声，没再追问。

萧澜翻身上马，带着他回了杨柳胡同的小院中。

林威与阿六都在李府盯着，还没回来。

陆追坐在床边，用毛巾捂着半边脸，看起来很虚弱。

"有药箱吗？"萧澜问。

陆追指了指木头衣柜。

萧澜取过药箱，又去厨房烧了一大盆热水，端着进了屋。

陆追问："会留疤吗？"

萧澜答："不会。"

陆追又问："万一会留呢？"

萧澜用干净的毛巾沾了热水，替他将脸上的血污一点点擦掉："你别再说话，就不会留疤。"

"有疤就丑了。"

"嗯。"

"你居然'嗯'？"

"或许会有些疼，忍忍吧。"

"那你轻一点。"

见他一直闪躲，萧澜有些不忍心，但伤口总不能晾着，这般漂亮的脸，若真留了疤也可惜。于是，萧澜还是狠心将纱布贴了上去。

陆追闷哼出声，眼前白光不断闪烁，宛若重重梨花开景年。他有些晕乎地想，自己还挺诗情画意的。

萧澜将伤口小心包扎好，稍微松了口气："好了。"

陆追缠了一头绷带，软绵绵地往侧边一靠。萧澜扶住他，帮他找了个最舒服省力的姿势，又小心褪去他半边衣物，沾了热水与药粉处理他肩上的镖伤。

陆追后脑勺靠着他的肩膀，问："那人是谁？"

萧澜并未停下手里的动作，道："他是谁不重要，不过我知道派他来的人定然是姑姑。"

"鬼姑姑？"

"还疼吗？"

"他说要挖了我的眼睛。"

萧澜顿了片刻，用温热的右手掌心覆上他的双眼："不会。"

陆追道："你是冥月墓的人。"

"我现在这样，哪里还是什么冥月墓的人。"萧澜替他换了干净的衣服，"我先前以为姑姑只拿走了我儿时的记忆，却不知原来成年之后的过往也是断断续续的。"

"你想知道吗？曾经的事情。"

"与萧家有关？"

"只与我有关。"

"那你想不想说？"

"我原想让你自己想起来，可你若想现在知道——"

"别说。"萧澜打断他的话。

陆追看着他的眼睛。

"那我就自己想。"萧澜扬扬嘴角，"只与你有关，你不愿说，那就先不说了。"

陆追笑道："这可是你说的，以后再要问，我也不肯说了。"

萧澜倒了杯热水，让他捧在手中暖着："休息一阵吧。"

"也不知李府怎么样了。"陆追道，"不如你去看看？"

"你不怕再有人来偷袭？姑姑的人既然能跟你到穿云塔，这小院也未必就找不到。"

"你想去见鬼姑姑吗？"

"无论我想与不想，最后都是要见的。"萧澜道，"倒是你，往后要更加小心。姑姑若想伤你，我怕是拦不住。"

"嗯。"

"不用怕。"萧澜又道，"你休息片刻，我送你去青苍山，与娘亲待在一起。"

陆追问："你呢？"

"萧家的命债还没讨回来，我自然要留在泂霜城中。"萧澜道，"放心吧，姑姑不会将我怎么样。"

院中传来脚步声，陆追道："是林威。"

萧澜打开卧房门。

林威一愣："二当家呢？"

"受了些伤。"萧澜侧身。

林威闻言又惊又怒，三步并作两步冲进屋内，见陆追缠着满头绷带，肩头也裹了厚厚一层，顿时倒吸一口凉气："是谁如此不长眼？"

陆追道："鬼姑姑派来的，不过我没事，都是皮外伤，只这绷带多缠了两层罢了。先说说看，外头怎么样了？"

林威道："李府的地道被掀了。"

"然后呢？"

"然后便暗器齐发，不过我事前已提醒过，所以受伤的人不多。李府家丁被打得落花流水，李银也被绑了，一群江湖人正守着他，但是从头至尾裘鹏都未出现过。"

"官府可有动作？"

"亮出朝廷令牌，官府自然全听咱们的。"林威道，"衙役只去李府晃了一圈，不到一盏茶的工夫便离开了，还顺道驱散了街上的百姓，说江湖事江湖毕。"

"辛苦了。"陆追道，"继续派人盯着南边的枯树林。"

"属下明白。"

"冥月墓的人快要到了，或者八成已经到了。"陆追道，"让我们的人也

同归

多加注意。"

林威领命离开，不忘去酒楼让老板炖一只老母鸡送去杨柳胡同——毕竟二当家受了伤，要滋补。

陆追拿着勺子喝鸡汤，喝得很慢。

萧澜提醒："你伤的是左臂。"为何右手却连勺子都拿不稳？

陆追索性向后靠在床上，一派懒散大仙之相。

萧澜好笑，接过勺子喂他吃完碗里的东西，又重新泡好浓茶，烫在那被喝得嘴发亮的茶壶里。

陆追炫耀："我这是大楚最好的陈年普洱。"

萧澜道："我不喝茶。"

于是陆追自己"吧唧吧唧"开始喝茶，有滋有味。

这一副小老头的样子，萧澜在旁看得哭笑不得。

陆追道："其实你先前也是喝茶的。"

萧澜问："除了喝茶，我先前还会做什么？"

陆追想了想，道："做饭洗碗，挑水砍柴，耕地洗衣，织布杀鸡。"

萧澜道："你接着编。"

陆追接话："那你得帮我按摩捶肩。"

萧澜突然按住他的肩膀："嘘。"

陆追微微不解，用眼神问他，有事？

萧澜道："外头像是有人在哭。"

陆追凝神听了片刻，外头安安静静的，并没有任何声音，便问："你吓唬我？"

萧澜反问："你会因为这个害怕？"

陆追答："不会。"

萧澜好笑道："那我吓你作甚？"

陆追眉头一皱："所以是真的有人在哭？"

萧澜点头，陆追往他身边蹭了蹭。

萧澜屈起手指，弹了一下他的脑门："不是不怕吗？"

陆追理直气壮："有人在身旁，不靠白不靠。"

"睡一会儿吧，还要过一阵子才会天黑。"萧澜道，"我出去守着。"

"为何要出去守？"

"那不然呢？我坐在床边，看着你睡？"

"看着我睡又如何？"陆追清清嗓子，"你可知——"

"我知道，这大楚有许多人都等着盼着看着你睡。"萧澜打断他的话，自己的话一说出口却想笑。这般自恋又狂妄的话，若从旁人嘴里说出来难免有些讨嫌，可偏偏说这话的人是他，所以非但不讨厌，反而有几分潇洒倜傥的理所应当。

陆追扯起被子躺平："那你还要出去。"什么叫有福不会享？就是这样。

他打了个哈欠，倒是很快就睡着了。萧澜试了试他的体温，或许是因为失血过多，有些偏低。于是，萧澜又从柜中取出一床被子，抖开压在他身上，然后才转身离开。

陆追："……"

天色半明半暗，一轮惨淡红月冒出头。萧澜坐在院中树下，将乌金鞭随手放在桌上，玉坠垂下，晃晃悠悠，像是一团小小的火。萧澜伸手握住，虽冬夜寒凉，手心却依旧是暖的。

李府出了乱子，百姓只道那些江湖人都疯了，没人再敢出门。

街上安安静静，没了说话声与脚步声，也没了方才那嘤嘤啼哭声。可萧澜知道，那绝非自己的错觉。

"爹！"阿六听到陆追受伤的消息，急急忙忙跑回来。

萧澜冲他做了个噤声的手势，道："睡了。"

"是冥月墓的人做的？"阿六趴在门缝处看了一眼，见陆追的确正在熟睡，才回到桌边坐下，问，"他们追来了这处小院？"

"不在这里，在穿云塔。"萧澜道，"我能不能问你一个问题？"

阿六："说。"

萧澜："听说三五年前，长风道人曾去朝暮崖找赵大当家决斗，却被二当家拦住，最后谁输谁赢？"

"自然是我爹赢了。"阿六道，"那牛鼻子老道不行，除了嗓门挺大，功夫实在不行。"

"这样啊。"萧澜一笑。

阿六不明白："你问这个做什么？"

萧澜道："今日刺杀你爹的人名叫邓荒，是长风道人的徒弟，虽也称得上是高手，武功却远不及他师父。"

阿六恍然大悟："所以他是来报仇的？"

"不是。"萧澜道，"长风道人在两年前病逝，邓荒便投奔冥月墓，成了一名杀手。"

"说了半天，不还是鬼姑姑派人要杀我爹？"

"连长风道人都不是你爹的对手，邓荒今日却能伤到他。"萧澜道，"不如你猜猜原因？"

阿六想了半天，然后神情凝重地道："所以你是要炫耀冥月墓里有秘籍，能让邓荒在两年内功夫大大涨？"

萧澜："嗯？"

阿六对自己的答案极为笃定。

萧澜道："你厉害。"

阿六盯着他看了半天，狐疑道："我怎么觉得你这句话不像是在夸我。"

"怎么会？"萧澜拍拍他的肩膀，"往后三百年，怕是都找不出像你这般能举一反三、触类旁通之人。"

阿六闻言喜笑颜开，淡定搔头。是吗？过奖。

陆追在屋内咳嗽。

阿六赶忙进屋："爹。"

陆追迷迷糊糊地问："你们在外头聊什么？"

阿六直爽道："在聊爹打得过牛鼻子臭道士，为何却打不过他的徒弟。"

陆追打了个哈欠，问："这都是些什么人？"

阿六滔滔不绝地道："牛鼻子就是几年前那长风道人，他徒弟就是今日刺杀爹的人，姓萧的说他两年前投奔了冥月墓。"话说完他又想起来萧澜就在院里，于是补充纠正，"萧公子，萧兄。"

陆追："……"

萧澜坐在院中，指尖漫不经心地绕着那枚玉坠，眼底隐着几分笑意。

陆追淡定地"嗯"了一声，心道：我就是打得过师父，却打不过徒弟，怎样？难不成犯法？

萧澜觉得，自己不用看都知道他此时是何表情。

阿六纳闷地转过头，问："你笑什么？"

萧澜："我没笑。"

"我又没瞎。"阿六又问，"爹你打我干吗？"

萧澜起身进屋。

陆追背对着门，用被子将自己裹得严严实实，不想回头。

萧澜道："若是不想睡了，我便带你回青苍山。"

陆追只当什么都没听见，半晌才闷闷地"嗯"了一句。

萧澜在院中准备马车，阿六撸起袖子，本来准备抱着他爹出门，却被无情拒绝。陆追拥着被子，命令："你去驾车。"

阿六用非常怨念的目光看向萧澜，心想：看到没有？你一来，我爹就开始嫌弃我，以后你还是别来了。

萧澜将人扶进马车。

阿六吸溜吸溜鼻子，老老实实拿起马鞭。

小路坑洼不平，马车走得颠簸。陆追倒吸一口冷气，像是牵动了伤处。

萧澜提醒："你若是肯坐直，会舒服许多。"

陆追歪七扭八地靠着，问："是吗？"

萧澜哭笑不得，让他好好靠坐在车厢里，又用被褥裹住他，道："不准闹，否则伤口真要裂了。"

天已经彻底暗了下来，车厢内也漆黑一片，只有在偶尔路过有光亮的人家时，车上人才能看清彼此的眼睛，干净又纯粹。

走了一阵，马车冷不丁又是一个颠簸，萧澜握住陆追的胳膊，道："小心。"

驾车的骏马打着响鼻，阿六勒紧马缰，警惕地看着面前的五名黑衣人。

"少主人。"打头的那人并未将阿六放在眼中，而是对着车内扬声道，"姑姑要见你。"

陆追突然握紧萧澜的手。

"不用怕。"萧澜轻声安慰他，而后便掀开车帘，"告诉姑姑，我明日再回去。"

"这怕是不行。"对方道，"姑姑的原话是，最好能带着少主人与陆明玉一起回去。次之，便是带着少主人与陆明玉的尸体回去。再不济，也要带着少主人与陆明玉的一双眼睛回去。"

萧澜问："你这是在威胁我？"

"属下不敢，属下只是一个老老实实的传话人罢了。"

"那我告诉你，今日最好的后果，就是放我离开，明日我自会去找姑姑。"萧澜道，"否则吃亏的只会是你。"

"若能换少主人回冥月墓，吃亏又算什么？"对方拔剑，"姑姑还说过，若是少主人执迷不悟，非要带着陆明玉走，那我即便是伤了少主人，姑姑也会恕我无罪。"

萧澜压低声音道："去解决左后二人。"

阿六答应一声，猛然举起金环大刀，向着那两名黑衣人扑去。

几乎同一时刻，萧澜亦飞身跃起，手中乌金长鞭呼啸着划过夜空，在寒气里张开利齿，将最前方一人拦腰咬住，凌空重重摔在了一侧院墙上。

这回冥月墓派来的皆是高手，百余招后，阿六臂膀受伤，跟跄着退了两步。他担心会有人偷袭陆追，回头一看，果然见背巷阴暗处又鬼魅般溜出来四五人，如鲶鱼一般在空气中滑游，不过须臾就攀上了马车。

阿六大声喊道："爹！"

萧澜一鞭扫开身前阻碍，向马车奔去，喊道："小心！"

尖锐的匕首刺穿木板，带着寒气与杀意。陆追眼底墨黑一片，只反手一旋，马车顶便四分五裂，将上头趴着的人震落在地。

绷带掉落，陆追活动了一下脖子，倒是觉得脑袋清爽了不少。他脸颊上的伤自然还在，这点时间也只够勉强止血。夜色中，蜿蜒疤痕爬过那原本白皙漂亮的脸颊，并不狰狞，反而多了几分妖异的美感。

陆无名所创的功夫讲究大开大合，鲲鹏展翅，只看剑谱，都觉得该是由七尺大汉来使，方能配得上雷霆万钧的碾压气势。

众人此时亲眼见过陆追手中的清风剑，方知什么叫行云流水、落叶飞花。三尺长剑光凛冽，来势劲急，将一群人打得连连后退，他们情急之下举起刀剑来挡，却反被横扫削平，只得纷纷向后躲去。

陆追单脚踩上一截树干，借力腾挪纵跃，一剑呼啸凌空劈下，将阿六身边的人逼至三尺外。

"爹。"阿六拍拍胸口，幸好幸好，他差点以为要送命。

"滚！"另一头，萧澜也收回乌金鞭，对地上的几人冷冷道，"告诉姑姑，明日我自会去见她，今晚若再找麻烦，休怪我手下无情。"

众人低应一句，爬起来一瘸一拐、狼狈不堪地跑出了巷道。

萧澜回到陆追身边，问："你怎么样？"

陆追目露疲惫，手一松，清风剑"哐当"落地，人也软绵绵倒了下去。

"啊呀！"阿六大惊失色，赶紧拦腰将人抱住——虽然他爹不知为何硬是要向着另一头倒，但他也总算是成功将爹抱了过来。

萧澜："……"

阿六小心翼翼拥着人放到马背上，转身问萧澜："还出城吗？"

萧澜道："出。"

那还等什么？赶紧走啊，看他爹累得站都站不稳了。阿六踢了一下马腹，带着陆追一溜烟窜出了巷道，只留给萧澜另一匹马，与一架没了车顶、稀稀烂烂的破马车。

接下来的路途挺平静，天明时，三人顺利赶到青苍山小院，里头却没有人。

"咦，陶夫人去哪儿了？"阿六疑惑。

陆追回头问："会不会下了山？"

"有可能。"萧澜道，"娘亲来洄霜城，就是为了凑这热闹，你该早就看出来了。"

"可山下有鬼姑姑，万一撞上，陶夫人未必是她的对手。"陆追担忧，"还是去看看吧。"

"你好好歇着，这几天就别下山了。"萧澜道，"有迷阵在，此地无人能闯，林威那头我也会带话过去。"

"你当真要去见鬼姑姑？"

"她将我一手带大，不管目的是什么，不管她曾经做过什么，我总不能往后都避而不见，事情总要说清楚。"萧澜道，"不过你放心，还没将那些残缺的记忆找回来，我不会让自己再出事。"

陆追说："好。"

"什么都别想了。"萧澜拇指轻轻蹭过他的侧脸，"专心养伤，别留疤，不好看。”

陆追一弯嘴角："嗯。"

萧澜笑笑，转身出了小院。

陆追觉得自己有些没底，不想放萧澜走，却又不得不放他走。

"爹。"阿六在他面前晃了晃手，问，"你在想什么？"

陆追回神，道："累了一夜，回房歇着吧。"

"我不累。"阿六坐在他对面，又问，"爹，冥月墓的人为什么要杀你？"

"此事说来话长，"陆追道，"不过简而言之，鬼姑姑想要的所有东西，都是我的。"

"比如呢？她想要什么？"

"冥月墓，红莲盏，还有你口中那'姓萧的'，都是我的。"

阿六惊道："冥月墓也是咱家的？"

陆追敲了敲他的脑门："我以为你要问萧澜。"

"问他作甚？"阿六正色道，"爹有我便够了。"他连林威都觉得多余，那姓萧的就更别想了。

陆追打直右臂，使劲伸了个懒腰，扶着阿六的肩膀站起来，吩咐："还有件事，你一定要记住。"

"什么事？"

"往后只要有萧澜在，无论我是晕倒还是哪里不舒服，或是有人要偷袭，你都不用管，懂吗？"

阿六掏掏耳朵，困惑无比："为啥？"

陆追耐心道："没有原因，你只管照做，也不准再问为什么。"

阿六只好答应，心里却很忧虑，千万别说爹还想认个儿子，他并不需要多余的兄弟。

回到屋里，阿六又想起来一件事，问："要下山请个大夫回来吗？"

陆追问："你不舒服？"

怎么能是我不舒服呢？分明就是你不舒服。阿六道："爹方才都晕了。"

"我哪里晕了？"陆追随手拿起桌上的铜镜，看了一眼脸上的伤疤，"那是装的。"

阿六先是不解："为什么？"然后，还没等陆追回答，他又猛然一拍大腿，

"我懂，是为了让姓萧的放松警惕，毕竟我们与他不熟，不能让他摸清根底。"

陆追一句话梗在喉头，半晌后才说："嗯。"

"那爹你歇着吧，我出去煮些早饭。"阿六抖开被褥。

陆追道了声谢，继续看着脸上的蜿蜒伤疤，叹气。

微凉薄云散去，一轮红红暖暖的日头挂在东方。这是冬日里难得的大晴天，街上却没有多少百姓，连早点摊子都寥寥无几。

那些江湖人士依旧霸在李府，虽已掘地三尺，却依旧没找到任何与红莲盏有关的线索，两名鹰爪帮弟子亦无影无踪。不管问李银多少次，都只换来"不知"二字，有人急了想要严刑逼供，身边便有人赶紧拦住——这老头可是唯一的线索，若是死了残了，只怕就当真白忙一场了。

眼看李府摇摇欲坠，城外枯树林却依旧平静，裘鹏看起来并无要出手相助之意。

而那两名鹰爪帮弟子，则是被林威暗中安排人转移，关押到了一处银号地牢中。

萧澜穿过半座城，才找到一处还开门做生意的酒楼。小二刚刚挪开椅子，隔壁桌便坐满了人，将手中刀剑"哐啷"往桌上一扬，惊得其余食客赶忙躲开。

萧澜面无表情，吃完早饭又饮了一壶茶，才站起来向外走去。

那几人瞬间围上前："少主人。"

萧澜问："姑姑在哪儿？"

那几人闻言，心中暗自松了口气，昨夜回去的同伴个个鼻青脸肿，他们还以为今日又会有一场恶战，却没想到竟会如此顺利。

于是，其中一人躬身道："少主人请随我来。"

萧澜大步跟过去。

待这一行人的背影消失，陶玉儿才从背巷里缓缓走出来。

李老瘸问："夫人当真就这么让少爷走了？"

"你担心他？"陶玉儿摇头，"我却不担心，澜儿在冥月墓中长大，若非万不得已，那妖婆子不会舍得伤他。"

"是。"

"况且这当中还有个陆明玉，澜儿知道该怎么办。"

"那我们现在要做什么？"

陶玉儿指尖一旋，两颗玲珑红豆飞速射出，竟生生穿透了一堵青砖院墙。

"啊哟！"痛呼声传来，像是个年轻姑娘发出的。

没料到竟会有人偷听，李老瘸脸色一变，骤然跃起落在那院落中。

片刻之后，他拎着一名粉衫女子丢到陶玉儿面前："夫人。"

那女子揉揉胳膊，坐在地上偷偷打量陶玉儿，看起来倒是水灵聪敏。

"胆子不小，我说话也敢偷听。"陶玉儿居高临下，问，"你是哪个门派的小野丫头？"

"哪个门派都不是。"那女子辩解，"我是来这城里找相公的，后来见你与这位老伯在拐角说话，不想打扰便躲进了院子里，却没想到还是被发现了。"

"找相公？"陶玉儿问，"你叫什么名字？相公又是谁？"

"我姓岳，叫岳大刀。"那女子答得爽快，"我相公叫羽流觞。"

"羽流觞？"陶玉儿将她拉起来，"这名字不错。"

"是吧，我也觉得我相公的名字天下第一。"岳大刀喜滋滋道，"那我就走了啊，最近这城里可乱了，你们也要小心些。"

"慢着。"陶玉儿拦住她。

岳大刀不解："还有事？"

"你也说了，这城中乱。"陶玉儿上下打量她一眼，道，"看你孤身一人，不如与我们同行吧。"

"真的啊？"岳大刀闻言先是一喜，而后又道，"可我只想找相公，不想掺和别的事情，我一定要在今年成亲。"

"我也不想凑这城中的热闹。"陶玉儿道，"我只想找儿子，找到儿子，我就会走。"

"那也成。"岳大刀干脆道，"多谢了。"

陶玉儿笑笑，牵着她的手离开了小巷。

行过青石小路，萧澜跟随冥月墓弟子来到一处破院外，这院子连大门也只挂了半扇，摇摇欲坠。

"少主人。"弟子侧身，"姑姑就在屋里。"

萧澜推开木门，屋内一片昏暗，只有几束光透过窗户照进来，空气中的细小灰尘飞舞着。

一名白发老妪正坐在椅子上，脸上沟壑遍布，手如枯骨。她旁边站了几名冥月墓的弟子，黑蜘蛛也在其中。

见到萧澜进门，弟子们纷纷躬身行礼："参见少主人。"

萧澜道："姑姑。"

"可算是来见我了。"鬼姑姑深深叹了口气，"还当你心野了，不愿回来了。"

萧澜道："昨晚伤了姑姑的人，实属逼不得已，今日澜儿是来谢罪的。"

"什么叫我的人？"鬼姑姑道，"那是冥月墓的人，也是你的人。"

萧澜道："姑姑说得是。"

"你还记不记得，我为何要派你出墓？"

"杀了陆明玉，夺回红莲盏。"

"那你现在又在做什么？"鬼姑姑声音嘶哑，倒是听不出多少怒意，反而有些疲惫与失望。

萧澜问："当年的伏魂岭惨案，当真是他所为吗？"

"你亲眼所见，现在却来问我？"鬼姑姑站起来，上前握过他的乌金鞭梢，问，"这又是何物？"

"我的确见他满身是血站在墓穴中，却未亲眼见他杀人。"萧澜将那玉坠抽回手中，"一个不值钱的小物件，带着好玩，姑姑见笑了。"

"所以呢？你现在想做什么？"

萧澜道："我想弄清所有的真相。"

"真相？这世间哪里还有什么真相。"鬼姑姑拍拍他的胸口，"你年轻不懂事，鲁莽冲动这一回，姑姑不怪你。"

萧澜低头："是。"

"至于萧家老宅……"鬼姑姑叹道，"想来你已经见过翡灵了。"

萧澜顿了顿，道："姑姑节哀。"

"我再哀也无济于事。"鬼姑姑让他扶着自己，缓缓回到椅边坐下，"那丫头命薄，我看出来了。当初你娘哄我，说你爹带着翡灵远走高飞去了海外仙山，我还挺高兴，觉得她逃离了这尘世，或许就能打破命数，却没料到真相竟会是这样。"

萧澜并未言语，这当口他无论说什么，似乎都有些不妥。

"上一辈的事情，怨不得你。"鬼姑姑拍拍他的手，"我做事有分寸，你不必忧虑。"

萧澜道："多谢姑姑。"

"说说看，这洄霜城内最近状况如何。"

"城里聚集了几十个江湖门派，都与姑姑一样，收到过一封书信，说冥月墓消失的红莲盏即将在李府重现。最近又无端兴起一阵新的流言，说琼岛鹰爪帮才是真正知道红莲盏下落的。然而，就在各门派都躁动不安时，鹰爪帮留在城中的两名弟子却偏偏失踪了。"

"去了哪里？"

"还没查到，不过其余江湖门派都说李银必然知道内幕。一天前，那些门派已攻占了李府，此时怕正在逼问。"

鬼姑姑道："一群成事不足、败事有余的东西。"

萧澜问："姑姑来洄霜城，也是为了红莲盏与陆明玉？"

"这只是其一，"鬼姑姑道，"其二是为了你。"

萧澜问："我？"

"不必骗我，你定然已见过你娘了，我知道她的脾气，可我不会让她将你带走，因为她不配有你这个儿子。当年陶玉儿将你丢在冥月墓中，自己一走了之，这么多年对你不闻不问。现在你长大了，她又想来捡现成的便宜，世间哪有这样的娘亲？

"与翡灵无关，那是我与你娘之间的恩怨。我只是想提醒你一句，在你娘心里，红莲盏怕是比你更加重要。若不信，这话你先记着，将来自会见分晓。"鬼姑姑道。

"至于陆明玉，陆明玉啊……"鬼姑姑长长的指甲叩着桌子，"他必须死，若他不死，你就得死。陆明玉当年言而无信，才害得你如今记忆残缺，毒花入体。傻孩子，你余下的日子不多了，若陆明玉体内红莲苏醒，你便会毒发身亡。所以，你与他，注定只能留一个，明白吗？"

萧澜眉头猛然皱起。

第六章
冥月墓真正的主人

天边乌云翻腾，层层包裹住日头，结成浓厚的屏障。

"活见鬼，分明早晨还艳阳高照的。"阿六嘟囔一句，继续在灶台前忙活。

陆追在前厅收拾桌子，陶玉儿走得急，针线筐还留着未收起，里头有一件缝了一半的袍子，显然是做给萧澜的。

阿六端着两碗面进来，见着后又开始羡慕别人家的娘。

陆追笑道："怎么，想要？"

"倒也不是想要衣裳。"阿六放下碗，问，"爹，你到底什么时候才会成亲啊？"

"王城里的媒婆也比不过你。"陆追磕开一个鸡蛋，"吃饭。"

"若爹成了亲，也不会连受伤都只有炒面吃。"阿六道，"朝暮崖上兄弟们娶回来的媳妇，个个都会炖鸡煮鱼。"

"想回朝暮崖了？"陆追问。

阿六老老实实承认："是。"

"那就回去吧。"陆追道，"说真的，我想让你回去。"

阿六赶紧摆手："那可不行，爹在哪里，我就在哪里。"

陆追食不知味地吃了口炒面。

阿六又试探："爹最近是不是有心事？"

陆追用筷尾敲敲他："二十多年来，我这心事一桩叠一桩，你现在才看出来？"

阿六问："我能做什么吗？"

陆追又吃了一大口面，道："记住我今日叮嘱你的话便成。"

"这事简单。"阿六赶忙举手，"下回爹若是再装晕，我一定不会主动接，就等着看那姓萧的准备怎么办。"

陆追嘴角一弯："聪明。"

阿六看着他感慨：**爹笑起来真好看，就算脸上有一道疤也好看，姓萧的忒没眼光。**

天色渐渐暗了下来，阿六烧了满满几大桶水，将屋内熏得热气氤氲。

天边银月半缺，陆追趴在浴桶边沿，闭眼仔细听窗外呼啸而过的风声。由远及近，从模糊到清晰，狂风一路吹落崖边的碎石，撕裂冬夜的空气，卷起枯黄的草茎，倾泻灌入院中，又呜咽着奔向山的另一头。

于是，他又想起了在冥月墓中的那些日子。那里没有风声，没有雨声，没有阳光，看不见月亮的每一次阴晴圆缺，也不知星辰如何起落闪烁。墓穴里永远都是阴暗的、寂静的、冰冷的，将夜明珠挡住后，就能永远陷入漆黑的夜。

一切都是那样死气沉沉，除了在意的人。哪怕是在最难熬的时刻，只要能与他携手，就觉得总有一天眼前所有苦难都会终结。然后，两人重新寻一处村落，开始一段新的生活。他们要在阳光下有一座宅院，不需要很大，泛着书香墨香，院里种满各色兰花，最好还能再配一池锦鲤、一壶清茶。

如此也算不得贪心吧，老天爷应当不会太为难。

陆追睫毛上挂着蒙蒙水雾，嘴角扬起，像是在想极好极好的事情。

外头突然传来脚步声，陆追睁开眼睛。

"谁？"阿六警觉无比，一直坐在院中守着。

陆追每次药浴之前都要服药散去全身内力，容不得外人打扰。

萧澜道："我。"

"是你啊。"阿六松了口气，又坐回石凳上，"好端端的怎么突然翻墙？我还当是哪里来的小贼。"

"你爹呢？"萧澜问。

"在屋里，洗澡呢。"阿六问，"你见到冥月墓的人了？"

"嗯。"萧澜走上台阶想要推门。

"喂！"阿六赶紧制止他，心说这人这么回事，都说了爹在洗澡还要往里闯。

萧澜问："我不能进去？"

你当然不能进去啊！阿六又重复了一遍："我爹在洗澡。"

萧澜被他拉得趔趄，回头看了一眼。昏黄烛火晃晃悠悠透过窗纸，暖暖晕开满室光，像是一团轻软的棉絮，正温柔地包裹着屋里头的人，美好静谧。

陆追懒懒地趴在桶边，眼底闪着细碎微光，听院中二人聊天的声音都被刻意压低过，像是生怕会打扰到自己。

"来了这么多人啊？"阿六诧异。

萧澜道："上上下下加起来，少说也有四五十名弟子，这还只是我在明处看到的。"

"赶来过年不成？"阿六嘀咕完，又想起当真快要过年了，于是继续问，"是为了红莲盏？"

"或许还有些别的目的吧，只是姑姑不肯说。"

"杀我爹？"阿六轻声问。

萧澜未说话，却也没否认。

他就知道！阿六怒而拍了一下大腿，陶夫人真是说对了，鬼姑姑就是个老妖婆，城外那阴阳怪气的裘鹏也要强过她。

阿六凑近萧澜，继续用几乎听不到的声音问："那你怎么想？"

萧澜道："我不会伤他。"

阿六瞪他，心道：你声音小些行不行？别让我爹听见。

陆追"吱呀"一声打开屋门。他刚刚沐浴完，头发带着湿意散在肩头，只随意裹了件干净的白色长衫，整个人散着暖洋洋的气息——除了脸上那蜿蜒的伤疤，被热水一蒸，似乎更加鲜红刺目了。

阿六赶紧站起来想扶他回房，萧澜却已经先一步进屋，还反手关上了门。

阿六背着手在院中沉思转圈，心想，情势不大妙啊，不管怎么看，这人都很像是要同他抢爹。

萧澜扶着陆追坐在床边，问："伤势怎么样？"

陆追道："还在流血。"

你也知道还在流血。萧澜哭笑不得，幸好山上有药箱，于是又替他重新包扎好肩膀，顺道往他脸上涂了一层薄薄的药膏，又问："疼吗？"

"有些痒，这是什么？"

"从姑姑那里带来的。"

"鬼姑姑要杀我，你还敢给我用冥月墓的药。"陆追嘴上虽数落，却也没闪躲，坐得还挺乖。

"放心，这点分寸我还是有的。"

陆追问："事情怎么样？"

"姑姑铁了心要拿到红莲盏，除此之外，她的目标应该还有我娘。"

"那我呢？"

萧澜敲了敲他的脑袋："你说呢？"

陆追沉默了一会儿，又问："那你呢？"

萧澜道："我不会让任何人伤你。"

"为何？"

"这还能为何？"

陆追往床里挪了挪，又道："鬼姑姑都同你说了些什么？关于我的事。"

"真想听？"

陆追点头。

"可我不想说。"

陆追心中疑惑，看着他没说话。

"我不是想瞒你。"萧澜道，"姑姑要杀你，这是摆在台面上的事情，没什么好否认的。只是，她今日说的另一些话，我不会信，你也不必听，听了不过是徒增烦恼罢了。"

"喏，这可是你自己说的，不会信。"

"是。"

"那你还要回去吗？"

"自然要回去，我明早就会离开。有太多事情悬而未决，山下还是一团乱麻，我哪能待在这里躲清闲。不过只要有空，我就会来看你。"

陆追一抿嘴，道："也好。"

"要睡吗？"萧澜替他将潮湿的头发擦干，"时间不早了。"

陆追往里挪了挪，空出一半床铺给他："你也歇会儿吧。"

萧澜也未推辞："好，我先去沐浴。"

阿六坐在院中，眼睁睁看着萧澜从井里打上来冰冷的水，像是要沐浴，于是好心道："不如我替你烧热？"

"不必了，多谢。"萧澜解开腰带丢在一边。

阿六嘴角一抽，自己裹着袄子回去睡觉，一边走一边嘀咕，冷不冷啊。

萧澜仔仔细细将身上洗了两遍才回卧房。不知为何，他就是不想让陆追感受到冥月墓的气息，那种死气沉沉、缓慢而又压抑的气氛，与此时此刻房中那个温暖而又高兴的人像是属于两个完全不同的世界。

陆追靠在床头，正在打哈欠，萧澜带着一丝寒气坐在旁边。

陆追侧首看他："能不能问你一件事？"

"什么？"

"其实在你下山的这段时间，我一直在想，鬼姑姑八成会说许多关于我的事，真假不知，不过定然都不是什么好事。"

"嗯。"

"所以我以为你不会这么快就回来，或者至少在回来之后，你会对我有所防备。"

"我说了，不会。"

"原因呢？为什么不会？"

"你现在是什么样的，未来是什么样的，谁说了都不算。"萧澜道，"姑姑越想让你死，我就越觉得被遗忘的那段过去一定很重要，不管是对你还是对我，都一样重要。"

陆追笑着"嗯"了一声。

萧澜伸手，轻轻捂住他的眼睛："答应我一件事。"

"什么？"陆追问。

"别下山。"萧澜道，"还有，除了你的亲信，除了我，别再相信任何人。"

陆追闻言迟疑，若一直不下山，那自己除了阿六与他，能接触到的人就只剩下李老瘸与……陶夫人。

萧澜道："懂了？"

陆追："嗯。"

几缕寒风从窗户缝里钻进来，吹得床帐微微晃动。陆追打了个喷嚏，萧澜伸手替他拉高被褥，不忘小心翼翼地避开伤处，如同遥远的多年前一样温柔。

陆追看着他。

"我做过很多个梦。"萧澜问，"你梦到过我吗？"

陆追没有回答，过了很久，他才道："我后悔了。"

"后悔什么？"

"后悔方才答应你，不问山下究竟发生了什么。"

萧澜笑道："后悔也晚了。"

"那不管。"陆追道，"我准备言而无信一回。"

萧澜："……"

"所以你老老实实告诉我，从下山到现在这段时间里，究竟都发生了些什么事。"

陆追坐起来，萧澜与他对视。

月光轻巧穿过窗棂，恰好照亮陆追的侧脸，黑发染着点点星光垂落肩头，眸子与嘴角都是温柔的，白衣散发着淡淡熏香，美好又带着一丝若有似无的熟悉感。萧澜就好像在长途跋涉、精疲力竭时，不经意一个回眸，便恰好看到了在梦里出现过无数次的那个人。

屋内沉寂许久之后，陆追终于开口："你……是不是想起来了？"

只这一句，萧澜胸口却如同被重物击中般闷痛，这般小心翼翼而又满怀期待的陆追，让他无论如何也不忍开口，同他坦白自己其实什么都……可自己或许又并不是什么都没想起来，至少此时此刻心底深处是有模糊碎片在浮动的，如同水滴溅落湖中晕开的涟漪，虽说握不住、拼不全，却也扰乱了原本平静的假象。

见他一直沉默不语，陆追心中的担忧已大过期盼，凑近与他对视，想要弄清楚究竟出了什么事。

"我没有想起曾经的事情……"萧澜道，"可那些花田与墓道并不全是梦境，对不对？"

陆追双手不自觉握紧。

萧澜继续认真道："我方才在山下时，试着将回忆拼接在一起，可头却像炸开一样，那滋味当真生不如死。不过疼过之后，我又觉得再难熬也得忍，否则便是将你一个人丢在往事里。"

陆追眼眶有些红。

"方才给你用的伤药，不是姑姑给的，是我去偷的。"萧澜道，"我先假意离开，在街上甩了身后的尾巴才又暗中折返，却刚好听到姑姑在同黑蜘蛛说话。"

"说什么？"陆追问。

"说你曾为见我一面，连镜花阵都敢孤身一人去闯。"萧澜道，"你的伤与毒也是因为这个，对不对？"

冥月墓前镜花阵，百余年来不知阻挡了多少心怀不轨的江湖中人，诸多擅闯者里，似乎只有一人侥幸逃脱，出来后却也变得疯疯癫癫。有人问起，他就傻笑着说阵内处处皆是暗器毒雾与腐烂白骨，还催促对方也赶紧去试上一试。

陆追嘴角一弯，道："我闯镜花阵才不是为了你。"

"那是为谁？"萧澜问。

陆追随口道："墓里头的秃头老王，讹我十两银子的那个。"

萧澜哭笑不得："你——"

"不准再说了。"陆追捂住他的嘴，"况且那镜花阵其实没什么，我闯过去也只受了些皮肉伤。"

"皮肉伤就不算伤了？"萧澜握住他的手腕。

"不算，不过那回我也算亏了，老王明明说好要等我，等我好不容易过了阵，却只有鬼姑姑守在另一头。"陆追声音有些哑，眼底却又闪着光，细看还有一丝笑——像个讨糖吃的小孩子，想让大人看到自己的听话乖巧。

萧澜替他整理了一下乱发，其实仔细想想，早年在冥月墓中时，自己就听两个丫头说起过，有人曾独闯镜花阵，出来之时满身都是血，生生从一个文雅俊秀的白衣公子变得浑身青肿、面目全非，膝盖处几乎要露出白骨。

而自己那时在做什么？在练剑，在看书，在同冥月墓中其余人插科打诨，甚至有可能根本不在墓中。可不管在做何事，自己都一样独独忘了他。

陆追挪了挪身体，好让自己受伤的肩膀舒服些，道："我后悔了。"

萧澜提醒："这句话你方才已经说了一次。"

"不一样。"陆追道，"方才是后悔答应你不问鬼姑姑的事，这阵是后悔先前在穿云塔时，我白白挨了两刀。我就不该指望你能在危急时刻想起前尘往事。"

萧澜敲了一下他的鼻子，道："你也知道。"否则按照他的功夫，若不放水，那邓荒哪里会有机会出杀招。

陆追道："我原想着你能走快两步，便能挡开他。"他万万没想到，马失前蹄，飞镖已经来了，英雄还在半路跑。

另一处卧房，阿六盘着腿坐在床上，正在仔细思考为何爹居然能接受与姓萧的同榻而眠。就算陶夫人的房间不能擅入，那还有李老瘸的卧房空着。他爹药浴之后也不能疗伤，借口没了，所以他思前想后大半天，觉得这一切还是归结于姓萧的确实缺个爹。

抢媳妇、抢银子的有，他还是头一回听到有人连爹都想抢。阿六单手撑着下巴，忧心忡忡，甚至已经脑补出了爹一手拉着那姓萧的，一手拉着自己，一派父慈子孝的画面，十分造孽。

时间一点一点地过去，东方渐渐泛出鱼肚白，陆追下床喝了半杯隔夜凉茶，依旧睡眼蒙眬。

"没睡醒？"萧澜问。

陆追看了他一会儿，嗓音沙哑道："我还当你天明之后又会把我忘了。"

萧澜道："我根本就还没想起来，又谈何会忘？"

陆追放下杯子："这话听起来倒还不如忘了。"

萧澜单手垫在脑后，即便想不起来，他也已经打定主意，不管姑姑所言是假是真，他都要试着拼一把，让两人都活下来。

"说说你的打算。"陆追道，"鬼姑姑与陶夫人的目的都是红莲盏，她们迟早会碰到，到时你要怎么办？"

"娘亲武功虽不及鬼姑姑，却精通布阵幻术，即便真遇到姑姑，也不会吃多大的亏。"萧澜道，"况且她们既然都是为了红莲盏，那在宝物现身之前，应当没人会愿意主动挑起纷争。"

"我倒是有个主意。"

"什么？"

"不过……这个法子得让裘鹏出马。"

"说说看。"

陆追在他耳边低语几句，萧澜"扑哧"一声笑了。

"笑什么？"陆追道，"他霸着你这么久，总该做些事情。"

萧澜说："好。"

安静的清晨，温暖的阳光，外头传来锅碗碰撞的声音，是阿六在煮饭。阿六大概是掀开了笼屉盖，馒头香味飘散，整个小院都被世俗而又宁静的烟火气息缭绕着，这是他们此生拥有的最好的时刻。

萧澜问："记住我跟你说的话了吗？"

陆追坐在床边，问："陶夫人？"

"是。"

"是鬼姑姑提醒你的吗？"

"这么多年，没人能猜透我娘的想法。"萧澜道，"她固然不会伤我，可待你就未必了。"

"陶夫人的事暂且不说，我有另一件事要问你。"

"什么？"

"冥月墓真正的主人是谁，鬼姑姑从未告诉过你，对不对？"

萧澜迟疑道："真正的主人？"

"鬼姑姑只是守墓人，替长眠地下的墓主人守着长明灯。"陆追道，"那里是陆家的祖坟。"

"冥月墓是你家的？"萧澜意外。

"嗯。"陆追道，"千百年前澜河两岸战乱不断，陆家先祖曾自立为王，一路率军从南往北，试图称霸天下，最后却在锡城大败，仓皇而逃，隐姓埋名，从此再也不见踪影。"

而冥月墓便是陆家在鼎盛时期修建的陵寝，一切都仿照上古皇陵而制。冥月墓地下百里纵横交错，机关重重，大殿内镶嵌无数深海明珠，照映着长眠于此的陆家先祖，也照映着堆积成山的黄金与珍珠。

"在锡城兵败后，朝廷曾派兵南下，想要毁了冥月墓，大军却全部惨死在迷阵中。再到后来，境内又起了新的战乱，烽火燎原，民不聊生，朝野与江湖都在争夺王位，冥月墓也就逐渐被世人淡忘了。"陆追道，"只有一群守墓人，伴着木鱼孤灯，一代一代传了下来。"

萧澜得自己在听故事。

待澜河两岸战乱平息，四海一统时，距离当时陆家先祖起兵已过了百年。

"时间过得越久，守墓人与陆家的关系也就越淡。"陆追道，"而今天知道这个秘密的，除了冥月墓的主人，就只剩下陆家人与陶夫人。"

"你想拿回冥月墓？"萧澜问。

"我想毁了冥月墓。"陆追却道。

萧澜不解。

"你不想毁了那里吗？"陆追看着他，"冥月墓早就不单单是一座陵墓了，这些年江湖中流言蜚语日益增多，那些所谓的宝藏与不死仙药不知引来了多少人命丧镜花阵。陆家先祖布下机关迷阵是为一梦安眠，不是想背负血债。而这流言的源头，你猜是哪里？"

萧澜猜测："姑姑？"

"你也这么想。"陆追道，"我猜也是如此。"

鬼姑姑接掌冥月墓后，墓穴内的侏儒与机关师日渐增多，那些原本无人涉足、蛛网遍布的墓道也被重新打开。萧澜对冥月墓中的事情无甚兴趣，多年来只率人守着墓穴入口处的红莲大殿，极少去鬼姑姑所居的幽冥宫，此时陆追一说，他才觉出蹊跷来。

"我小时候也经常被鬼姑姑带去墓穴深处。"陆追道，"你或许忘了，我曾偷偷找你哭诉过，说那墓道内又湿又滑，还有许多毒虫与白骨。我不想爬，可鬼姑姑却逼着我爬，只是想看看陆家人的血脉能否闯过那些机关。不过幸好，她顾及我爹的身份，在我每每九死一生之际，都会将我抱回来。"

萧澜问："我那阵子在做什么？"

"你会给我糖吃，再牵着我的手去红莲大殿。"陆追笑道，"虽不能出墓，在那里却能看到日出日落与星月交辉，还能吹吹风。"

萧澜握紧他的手。

"不过除了这些，鬼姑姑对我倒不算坏。"陆追道，"等我再长大一些，学会告状了，她也就不再逼迫我去爬墓道了。不过也有可能是因为试了上百回，她终于发现我还不如那些侏儒好用。"

"告状？"萧澜问，"同谁告？"

"我爹娘啊，他们每做完一件事，就会回来见我。不过我们顶多只能在一起待三天，就住在冥月墓的一处空殿内。"

"我曾听姑姑说过，陆无名前辈是天下第一的杀手，既然都见面了，为何不带你闯出去？"

"鬼姑姑是怎么说的？"

"她或许说过，只是我不记得了。"

"因为我中了毒。"陆追道，"出了冥月墓，我便是死路一条。"

萧澜叹气，果真与自己猜的一样。

"所以直到我爹替鬼姑姑做完十件事，他才能拿到解药，带我出冥月墓。"陆追道，"我当时哭闹个不停，硬要与你一起走，后来就晕了，再醒之时，已回了江南飞柳城。"

"所以这便是儿时那次别离？"萧澜道，"对此我倒是模模糊糊有些印象。"

陆追："说渴了。"

萧澜替他倒了杯水，桌上的粗陶大杯有些粗糙，不像他向来精雅细致的作风。

陆追主动解释："茶杯不小心摔碎了。"

"嗯。"萧澜看着他喝完水，又问，"还要吗？"

陆追还未说话，外头却"咚"的一声，像是有人撞开了院门。

"谁？"阿六丢下馒头冲出厨房，一看却是林威，于是道，"你吓死我了，出了什么事？"

"二当家没事吧？"林威问。

"没事啊，咱爹能有什么事？一直在屋里呢。"阿六不解，"你怎么突然这么惊慌？"

陆追与萧澜对视一眼，一起出了卧房。

"二当家。"见到真人确实无恙，林威才松了口气。

"不对啊。"阿六又想起来一件事，"你是怎么找到这院子的？"且不说林威先前从没来过，只说院外的水月幻象，也不是人人都能闯入的。

"是陶夫人派人找到我，给了我路线与幻象入口图，就是那位腿脚不方便的老伯。"林威道，"山下从昨夜就开始传消息，说冥月墓是江南陆家的祖坟，倘若没有红莲盏，旁人想要入墓不行，陆家人却轻而易举。所以谁若得了二当家，便等于得了冥月墓与红莲盏。"

萧澜问："谁传出来的？"

"不知道，弟兄们还在查，今早更有消息说二当家已被擒获，传得有模有样的。我正在担心，李老瘸便找上门，说陶夫人让我上山看看。"林威道，"没事就好。"

同归

198

陆追若有所思，问："这谣言的目的是什么？"

"现在红莲盏下落不明，众人都毫无头绪，突然有人告诉他们，得你就等于得红莲盏，你猜会如何？"萧澜道，"想来山下早已乱成一片。"

"的确。"林威也说，"二当家在洄霜城的事已传得人尽皆知，甚至连杨柳胡同的小院也被翻了个底朝天。"

"什么？"旁人都还没说话，阿六先勃然大怒，"那些人是吃了熊心豹子胆吗？！"

"他们为利所驱，又仗着人多，没什么事情做不出来。"陆追道，"这阵子哪怕有大哥与温大人的名头，也不会好用。"

"可爹最爱的茶具还在小院里，一回都没用过，原是准备过年用的。"阿六依旧很是不平。

"一套杯子罢了。"陆追笑笑，道，"还是先想想下一步要做什么吧。山下虽都是些乌合之众，可我担心也就担心在这里。一群利欲熏心的莽汉，再被一小撮别有用心的人一煽动，天也能被捅出个窟窿。"

阿六深深叹气，一帮孙子，忒气人。

下午，萧澜离开青苍山，径直前往冥月墓所处的荒败小院中。

"澜儿？"鬼姑姑身上盖了件毛皮大氅，正在椅子上打盹，问他，"怎么这时候来了？"

"城里那些谣言，可是姑姑放出去的？"

"什么谣言？陆明玉的谣言？"鬼姑姑道，"我也是刚刚才听说，正准备让黑蜘蛛去查，你这就来质问我了？"

"澜儿无意冒犯姑姑。"萧澜低头，语气和缓三分，"只是想将事情问清楚罢了。"

"你啊。"鬼姑姑将他拉到自己身边，"你什么都好，就是冲动了些，这样子，姑姑怎么放心将冥月墓这么多弟子交到你手中？"

黑蜘蛛推门进来，恰好听到这么一句，于是眼底难掩怨毒，却也转瞬即逝。

"去外头查查看，那些有关陆明玉的流言蜚语都是谁放出去的。"鬼姑姑吩咐，"明晨之前，我要知道答案。"

"是。"黑蜘蛛领命。

"澜儿也去吧。"鬼姑姑道，"看你这么上心，想来也不愿安安静静陪着我吃顿饭，早去早回。"

杨柳胡同里，那些江湖人已经散去，只留下一地狼藉，甚至连歪脖子老柳树也被人砍断，想来是因为挡了路。

萧澜跨过院墙进到院内，想去将陆追的衣物与日常用具都带走，免得被不相干的人触碰。然而，他推门却见各个柜子早就被翻了个底朝天，值钱货都被掳走，衣物就随便丢在地上，被踩得脏污凌乱。茶叶胡乱洒了一茶盘，一套瓷器也被打得粉碎，想来便是阿六所言的那套舍不得用、要留着过年用的茶具。

萧澜眼底漆黑一片，转身大步出了小院。

街道上，一个小娃娃踮着脚，手里捧着一碗糨糊使劲往上递。另一个小孩年纪要比他大些，像是哥哥，正站在小板凳上，歪歪扭扭将一个"福"字倒着贴上去。两人都裹着厚厚的大红棉袄，圆滚滚的，童稚又可爱。

"歪了。"弟弟着急，"歪了歪了！"

哥哥答应一声，又吸溜了一下鼻子，接着往正了贴。两个小娃娃闹闹笑笑，总算给这寂静萧瑟的冬日长街带来了一丝鲜活。

萧澜伸手将险些跌倒的哥哥抱起来，放在台阶上，道："回去吧，该吃饭了。"

见是一个穿黑衣裳的人，两个娃娃先是吓了一跳，后又看他腰侧没挂刀，不像是爹娘口中的那些坏蛋，便笑着挥挥手，一蹦一跳回了小院，只留下木门上一个歪歪扭扭的倒"福"字。

腊月二十八了啊……萧澜继续独自往前走，最近事情太多，他竟忘了年关已近。

其实不仅是他，全洄霜城的百姓都觉得，这该是最寂静冷清的一个年，他们不敢串门走亲戚，不敢赶集买年货，只能一家人围坐炉边烤火。也不知城中那些杀杀砍砍的江湖人到底何时才能走。

街上的商铺关了大半，萧澜走了四条街才找到一家尚且开着的成衣铺，位置偏得很，稍微不注意就会错过。

"公子要买衣裳啊？"看店的是一对老夫妇，正守着一个小炉子煮茶，闻着分外香甜。

"是。"

"等着，我给公子量量身。"老婆婆放下茶杯站起来。

萧澜却道："不是我，是帮人买的。"

老婆婆问："那公子可带来了尺寸？"

萧澜摇头。

老婆婆为难道："那就不好买了，高矮胖瘦总得有个尺寸的。若实在没有尺寸，那公子大概说说也成。"

萧澜想了想，伸手比画："腰大概这么细。"

一旁的老爷爷只是笑，估摸也是头回见到有人这么买衣裳。

"姑娘家啊？"老婆婆问。

萧澜说："不是。"

"我就说嘛，姑娘家这腰身可有点粗。"老婆婆乐呵呵地替他倒了一杯茶，又问，"高矮胖瘦呢？"

"比我矮一些，不胖也不瘦。"萧澜道，"还有，他喜欢穿白的。"

"知道了，等着啊。"老婆婆拍拍他的手，转身去了屋里头，半晌后抱出来两身衣裳，"公子看看，这些可还中意？就是价钱贵了些，可料子顶好。"

萧澜说："成。"

"看都没看，怎么就'成'了？"老婆婆教他，"既是拿来送人的，自然要送最合身的，否则岂不闹了笑话？"

"我是头回给人买衣裳，也看不出好坏。"萧澜道，"他人生得好看，想来穿什么都不会丑，就这个吧。"

"不过按照公子说的身形，这两件也差不多了，那我就帮公子包起来了啊。"老婆婆又叮嘱，"若是不合身，尽管拿回来，随时都能改。"

萧澜道过谢，一边付银子一边问："最近生意还好吗？"

"好，这么多年，这是生意最好的一年。"老爷爷道，"正街上的大铺子都不敢开，怕被那些拿刀拿剑的人砸了，我这偏僻小店反而捡了便宜。"

两人正说着话，一辆马车便停在了店门口，两个伙计从车上下来，打了声招呼，便扛着几大包衣裳送进了后头，熟门熟路。

萧澜问："这是新进的货？"

"这些都是城里其余成衣铺的，大家不敢开门，可也不能不做生意，便都送来我这儿让我帮着卖。"老婆婆将包好的衣裳递给他，"否则我这小店平日里也就卖些粗布短打，哪里能进到这么溜光水滑又雪白透亮的料子？"

"原来是这样啊。"萧澜了然，又道，"老人家只管放心，那些江湖人待不了太久。"

老婆婆一边应，一边将他送到门口："公子慢走。"

萧澜又问："这城中可有哪家瓷器铺子与茶叶店还开着？"

"这就当真没有了。大家过年要穿新衣裳，我这小店才能开着，可也没谁家非要换新碗盘。那瓷器砸起来'哐当'一碎一大片，没老板敢开门。"老婆婆回屋，从一旁的柜子上拿下来一个小陶罐，"我这儿没有茶叶，只有柿皮甜酒酿，公子带回去喝吧。"

萧澜心里发暖，硬是放下一些银钱，然后才拿着甜酒与衣裳告辞。一路上，他都在想方才那家小店——安静的巷道，半开的木门，斑驳的光线，小炉子上煮着香甜的枣茶。老两口围着火有说有笑，赚一些散碎小钱，如此日复一日，年复一年，转眼就过了一辈子，真好。

萧澜笑笑，觉得自己的心情也好了些。他寻了处客栈，先将手中的东西放下，才动身去城外密林。

那里依旧是一片寂静，见到萧澜回来，裘鹏嗔怪道："没良心的，去哪儿了？还知道回来。"

萧澜坐在他对面，回道："李府。"

"那里有什么好看的？"裘鹏坐起来，"一堆臭男人闹哄哄的。"

萧澜问："你当真不管李府了？"

"为何要管？劳神费力的，那里唯一有用的便是杀人暗道，现在既被毁了，李府就更没用了。"

"你不担心李银会供出你？"

裘鹏手指绕过一缕发丝，并不作答。

"也是因为三尸丹？"

裘鹏嘴角一弯，凑上来道："今日便是李银体内三尸丹发作之日，这么多天他一直紧着牙关，就是怕我不给他解药。"

"那你给了吗？"

"我怎会丢下他不管？今早便派去了人'关照'。"裘鹏坐直，用指甲弹了一下白玉杯，"不过他既然已经没用了，又何必浪费我一枚解药，不如留下赏给你。"

他一边说，一边媚眼如丝，只差将水蛇腰拧出水来。

"你将他杀了？"

"是。"

"有那么多江湖中人守着李银，教主果真好本事。"

"过奖了。"裘鹏"咯咯"笑道，"不过是一群乌合之众，人再多，在我眼中也如同苍蝇。我敢打赌，直到现在，他们怕也没发现李银已经死了。"

"所以教主此番来洄霜城便什么都没干，只杀了一个可有可无的李银？"

"这不还遇到了你吗？"裘鹏伸了个懒腰，"这林子里快活得很，可比城里强多了。"

萧澜看着他，说："据说江湖人将李府暗道翻开之时，里头万箭齐发，毒虫嘶鸣，恶臭熏天宛如阴曹地府，你究竟是为了对付谁？"

裘鹏道："你的问题还真不少。"

萧澜冷冰冰道："多问几个问题，才好确定我没有跟错人，没有白吃那三尸丹。"

"好了好了，知道你心里有气，我这不按时在给你解药吗？"裘鹏坐起来哄他，"自打昨夜就传开了流言，说陆追人在洄霜城，你也该听过了吧？"

"是你传的？"

"不是我，我也不知道是谁，不过这人却帮了我大忙。"裘鹏道，"我建那地道，就是为了对付陆追的爹陆无名，若是运气好，或许还能顺便杀了海碧。"

"陆氏夫妇还活着？"萧澜问。

"活着，而且活得还挺逍遥自在。"裘鹏吹了吹指甲，"不过也逍遥不了多久。"

"据传当年陆无名杀人于无形，功夫天下第一。"萧澜提醒，"无人能与他为敌。"

"吹嘘罢了，一个杀手，能高明到哪里去？无非是占便宜长了一张死气沉沉的面孔，看着吓人。"裘鹏不经意道，"他当年还曾为我卖过命，杀手嘛，自是谁有钱就听谁的。"

"杀谁？"萧澜问。

裘鹏"扑哧"一笑，道："也巧了，他杀的就是这城里那姓萧的人家。"

天色像是瞬间暗了下来，许是乌云遮住了残日。

"一夜灭门啊。"裘鹏"啧啧"道，"这么说说，其实也挺厉害，是不是？"

萧澜淡淡道："是。"

裘鹏"咯咯"笑着贴近他，一双描画仔细的眼眸细看像是鬼魅，连眼球都轻微泛红。

林中狂风大作，卷起来的草叶与尘沙几乎糊住双眼。直到走出树林，萧澜才想起来自己忘了陆追叮嘱过的事情，要激裘鹏前去泅霜城，让鹰爪帮也卷入这场动乱里。

冬日里天暗得早，萧澜躺在客栈的床上，看着床顶出神。陆追大自己三岁，若按照时间算，自己满月之日，的确是陆无名为鬼姑姑所驱大开杀戒之时。至于陆无名为何会与鹰爪帮扯上关系，他今日没问，也不想问。

柿皮甜酒仍旧摆在窗前，虽说封了口，却依旧有一丝一缕的甜香飘散出来。远处隐隐传来犬吠与鞭炮声，刺破了凛冽的冬夜，带来些许过年的气息。

青苍山小院中，陆追在昏黄灯火下写好了对联，缩着手让阿六贴好，又围着火坐下，一边烤甜地瓜，一边商量过年要包什么馅的饺子。

而在城中一处客栈里，岳大刀看着桌上的两枚龟壳，无精打采地道："这回又算出什么了？"

陶玉儿道："喜事。"

岳大刀双手撑着腮帮子，道："这都占了七八回，怎么回回都是喜事？"

"有喜事还不好？"陶玉儿收起龟壳，"看你哭丧着脸，又一整天都与我做对，到底是哪里不高兴了？"

"也不是。"听她这么说，岳大刀又不好意思起来，坐直身子道，"我不想冒犯夫人，只是心里确实难受，所以才蔫了些。"

"你难受什么？"

"我嫁不出去了啊。"

陶玉儿笑出声："好好一个大姑娘，怎么就嫁不出去了？"

"后天就年三十了，我还没遇到相公呢。"岳大刀又趴回桌上，"不过仔细想想，这城里的人一个比一个难看，又凶又闹得厉害，功夫还差，若真要我嫁，那、那也不成。"

"走吧，"陶玉儿站起来，"若你不想睡，就随我出去走走。"

"都这么晚了。"岳大刀跟在她身后，问，"夫人要去哪儿？"

"去看看澜儿。"

"是夫人的儿子吗？"

"是啊。"陶玉儿道，"他住在城内的五福客栈，拐个弯便是。"

"可夫人为什么要和他分开住？"岳大刀不解。

"我只想下山看看澜儿，却不想打扰他做事。"陶玉儿道，"许多事情若有我这个娘亲在，对他来说反而成了束缚。"

岳大刀恍然大悟，又赞道："夫人对儿子可真好。"

"你娘莫非对你不好？"

"也不是，我爹娘对我可好了，我师父师娘对我也好。"岳大刀想了想，又笑道，"好像所有人对我都挺不错的，连算命的都说了，我这辈子别的没有，就是有个万事顺心、阖家团圆的好命格。"

"这还叫别的没有？太贪心可不成。"陶玉儿带着她登上一处高塔，"万事顺心，阖家团圆，这是多少人求都求不来的事情。"

"夫人来这里做什么呀？"岳大刀往四周看了看，"黑漆漆的。"

"我不想打扰澜儿。"陶玉儿道，"那处亮灯的客房便是他住的地方，我们看一阵子就走。"

就站在这破塔上看房子啊？岳大刀往手心哈了口热气，小心翼翼地问："是吵架了吗？"

"没有。"

"那为什么不过去看看呀？"岳大刀道，"晚上又不会打扰他做事情，夫人就去看看儿子，说两句话也不成？"

陶玉儿并未再接话，而是道："我问你一件事。"

"什么？"岳大刀问。

"倘若你娘极疼你，可她又偏偏做了一件你极不喜欢甚至是你不齿的事，你将来会如何看她？"

"我娘好端端的，为何要做让我不喜欢又不齿的事？"岳大刀道，"若她当真疼我，即便真的要做这些事，也该事先问我一句，大家一起商量。"

陶玉儿对她的答案不满："那她偏就不声不响地做了，你要如何？"

"我娘才不会做这种事，我也不是你的儿子。"岳大刀嘟囔，"逼我有什么用？"

陶玉儿不再说话，眸中神采却黯淡了几分。

岳大刀在旁边陪了一阵子，又觉得她有些可怜，于是继续道："都快过年了，有什么事不能过完年再说再做吗？年夜饭总是要一起吃的。"

陶玉儿道："你这小丫头叽叽喳喳的，吵得人心烦。"

我分明就是好心……岳大刀拧了拧手中的帕子，倒也识趣，不再说话了。她抬起头看天上的银河，把闪烁着的星星数了一颗又一颗，直到最后东方露白，才打着哈欠随陶玉儿一道回了客栈。

萧澜从床上坐起来，虽一夜未眠，却也未显倦意。

"客官。"小二笑着送来热水，说明天就是年三十了，留在客栈里的客人们天南海北的，聚在一起也算有缘，大厅里老板正在请大家吃热乎饺子，不要钱，只图个出门在外和气热闹，还说明晚也有团圆宴吃。

"多谢好意，不过不必了。"萧澜笑笑，道，"我赶得及回家。"

眼下的事情虽说有些棘手，前路也是迷雾重重，不过经过一夜辗转，他至少能确定一件事——无论裴鹏所言是真是假，无论上一辈之间有何恩怨，那个一直在等自己的人都是无辜的。自己先前已伤过他一次，或许还不止一次，那么将来不管发生什么事，只要他不放手，自己也不想先放弃。

"原来客官要回家啊。"小二笑道，"对对对，过年就该同家人在一起守岁吃饺子才叫年，那客官一路小心。"

萧澜拿起桌上的包袱，转身出了客栈，临走时不忘带上那坛柿皮甜酒。

身后依旧有尾巴跟着，萧澜不动声色，一路走到死胡同，身形微微一晃，后头的人还在纳闷，眼前人却已不见了踪迹。

"这……"冥月墓几人面面相觑，齐齐看向黑蜘蛛。

"走！"黑蜘蛛面色阴沉，几乎能拧出水。

天上日头温暖，陆追裹着厚厚的棉袄，正坐在院中小板凳上晒太阳，整个人昏昏欲睡。阿六蹲在一边剥着花生，打算明晚炸个花生米下酒，毕竟过年要守岁，得弄些零嘴吃。

萧澜推门进来。

"咦？"阿六纳闷，"怎么又是你？"

萧澜将手中的东西放在桌上，笑道："怎么，我不能来？"

"自然能来，但山下的事情办完了？"阿六道。

"什么都没做。"萧澜蹲在陆追身前，道，"给我看看，伤像是好多了。"

"嗯。"陆追道，"你带来的药很好用。"

"那是冥月墓中最好的伤药。"萧澜替他拉好衣领，"不过也不能多用，其余的疤等它慢慢淡掉便是。"

"等等等等，什么都没做，你回来做什么？"阿六还在一旁纳闷。

萧澜道："因为想在山上过年。"

阿六心道：你这理由真是不能更理直气壮了。

"过了初一我再下山，成不成？"萧澜问陆追。

"这么多天都过来了，不急于这一时半刻。"陆追道，"你决定便是。"

见爹都答应了，阿六也只好收声。

"山下杨柳胡同的小院已经被砸了个七七八八。"萧澜扶着陆追站起来，"我去晚了，什么都没能替你带出来。"

"猜到了。不过是些吃穿用的东西，无妨。"

"我替你买了过年的新衣。"萧澜取过桌上的包袱，道，"我是头一回去成衣铺子，也不知该怎么选，只好随意拿了两套。"

陆追看着他笑："嗯。"

"要试试吗？"萧澜带着他回卧房。

"过年的新衣，要留着明天才能穿。"陆追笑道，"我方才还在后悔，该留你一起过年的，然后抬头便见你回来了。"

说这话时，他一双眼睛清透明亮，嘴唇颜色很淡，上翘着，像小菱角。他脸上的伤口已经结了疤，自然是刺眼的，可萧澜却觉得他怎么都好看，哪怕受了伤，也是这世间最好看的人。

陆追又问："你就这么跑回来，真不是山下出了什么事？可别骗我。"

"骗你做什么？"萧澜按着他坐在椅子上，"这两天山下乱，我心里也乱，回到山上能安静些。昨日我替你买新衣时，见那铺子的老板是一对老夫妇，做什么事都是不紧不慢、乐呵呵的。当时我就在想，待这一切事情都过去了，不如你我也寻一处小山村，再开一间一样的小铺子，安安静静地过日子。"

陆追取笑他："哪有人将茶叶与衣裳放在一起卖的，你这生意一听就要亏。"

山下，陶玉儿还在占卜，依旧回回是喜事，像是上天注定，强扭也扭不走。

岳大刀道："每一次都是这个卦象，我都要认得了。"

陶玉儿心中亦是疑惑，她不认为是自己失手，况且即便失手，也不会出现十个八个一模一样的结果，所以莫非真有喜事？可这风声鹤唳、满城荒草时，想要找出一桩喜事着实不容易。

岳大刀突发奇想："会不会是我的喜事？"

陶玉儿有些好笑："你与我非亲非故，我如何能占出你的喜事？"

"要亲要故，那不就是夫人的儿子？"岳大刀道，"会不会是他要成亲了？"

"你这小丫头片子，自己一门心思想嫁人，就推算旁人也急着要成亲。"陶玉儿戳戳她的脑门，"过了明晚子时，这一年就算过去了，倘若你家乡那老头真是神算子，那你这辈子只怕嫁不——"

她话还没说完，岳大刀就赶忙捂住她的嘴，着急道："大过年的，夫人你别咒我啊。"嫁不出去可不成，她都计划好了，将来是要与相公生一儿一女的。

陶玉儿笑道："你看，你自己也不信那老道士。命在自己手里，旁人说了可不算。"

两人正在聊天，李老瘸匆匆回来，在陶玉儿耳边低语了几句。

"澜儿进山了？"陶玉儿意外，"他怎会现在回去？"

"属下也不知道，不过少爷的确回去了。"李老瘸试探，"会不会是山上出了事情？"

陶玉儿皱眉，虽说城里的人此时都在找陆追，但青苍山遍布水月幻象，一般人是绝不可能闯进去的，按理来说那处小院应当极安全才是。

李老瘸道："不如属下过去看看？"

"要真是有人破了阵法，你去也没用。"陶玉儿站起来，道，"我亲自去看看吧。"

"夫人要去哪儿？"岳大刀赶紧一道站起来，"我也要去。"

李老瘸迟疑地看了陶玉儿一眼。

"让她跟着吧。"陶玉儿道，"难得我与她投缘，这城里太乱，留一个小姑娘孤身在这客栈里也不合适。"

过年是大事，别的不说，至少一顿丰盛的年夜饭不能缺。因此，虽说山下风声鹤唳，可阿六依旧想办法弄了一大堆肉菜米粮上来，甚至还给陆追带了一罐蜜饯，也不知是加了什么，红艳艳的，还挺好看。

阿六充满期待地问："好吃不？"

"好吃，就是有点甜。"陆追擦了擦手指，"拿来泡水喝应当不错。"

"太甜啊？"阿六四下看看，家里也没有咸的东西，于是道，"不如喝些老陈醋？"

陆追还未说话，一旁的萧澜先笑出声来。他想起这山上产青红枣，若是秋日里没人摘，一直挂在枝头见了冬雪，便会变成一枚枚酸酸糯糯的小东西。于是，他准备出门去替陆追摘。

陆追坐在院中小板凳上，看他的背影一路远去，而后便看着阿六笑。

"爹、爹你没事吧？"阿六心里没底，这是个什么表情？千万莫说是中了邪。

陆追摇头。

"那我是谁？"阿六严肃地问。

陆追看了他一会儿，干脆道："不认识。"

"啊呀！"阿六果真被吓了一跳，赶忙丢下手中劈柴的斧头跑过来，想凑近看看他爹到底是怎么回事，为何连儿子也不认得了。

陆追扯着他的衣领晃了晃，然后将脸埋在他肩头，继续笑。

完了完了！阿六粗糙的花容略微失色，开始想这山上有没有庙，八成得找个老道士来做法驱邪。

笑完之后，陆追说："心情好。"

阿六试探："有好事啊？"

"嗯。"陆追松开他。

阿六整了整被他爹扯歪的衣领，问："啥好事？"

陆追反问："过年还不算好事？"

这话说得有几分道理，但单单因为过年就笑得这般收不住，虽然阿六不甚机智，也是不大会相信的。于是，他猜测："是与姓萧的有关吧？"

陆追并没有回答，而是躺回软椅上，眯着眼睛惬意地晒太阳，看着很是心旷神怡，像是平白捡了一百两黄金，或者一千两、一万两黄金。

阿六："……"

冬日万物萧萧，山间除了灰白的山石与枯枝，就只剩下了青红枣树上那一颗一颗的小宝石。萧澜摘了满满一小篮子，刚打算拎着回家，却见山道上一前一后来了两个人。一个雍容华贵，一个娇俏伶俐，正是自己的娘亲与那……岳大刀？她们有说有笑的，看着像是关系极好。

萧澜微微不解，陶夫人却已经看到了他，招手道："澜儿怎么在这儿？快过来。"

"呀，原来是你啊。"岳大刀也热情地挥手，"是我，我姓岳，你还记得我吗？"

"你认得澜儿？"陶夫人意外。

"母亲。"萧澜道，"我先前在城郊荒山曾见过这位姑娘，当时她迷路了，于是我带着她一起下了山。"

"凑巧碰到的？巧了，我也是在城里无意中遇见这冒冒失失的小丫头，就将她留在身边。"陶夫人笑着看了一眼身侧的岳大刀，"这么看来，姑娘与我家还当真是有缘。"

岳大刀脆生生应了一句，未见有何异样，照旧笑得一脸灿烂。

萧澜却心中生疑，遇到一次是偶然，两次三次就未必了，况且她还一门心思要嫁阿六。这个小姑娘千里迢迢、孤身一人跑到江南泅霜城，若说背后没有目的，怕是无人会信。

见他手中篮子里红彤彤的果子挺可爱，岳大刀伸手讨要了一把，边走边吃，嘴里哼着悠长又欢快的小调。她眉眼明亮，身姿灵巧，像是冬日里的山精，在前头蹦蹦跳跳，拐个弯就消失无踪——她明显很识趣，知道要给这母子二人说话的时间。

"先别说这小丫头，"陶玉儿道，"先说你，山下乱成一片，随时都有可能会爆发下一次乱子，你为何突然上了山？"

萧澜道："为了找母亲。"这话说得也不算假，他这回上山的确一半是为陆追，另一半是为陶玉儿。

"找我有事？"

"姑姑已经带人进了城。"

陶玉儿轻嗤："我还会怕那老妖婆不成。"

"怕是不怕的，可若能不遇到，还是不遇到为好。"萧澜道，"姑姑派人找过我，不过却未说太多别的事，只问了一句城中的局势。"

陶玉儿眼中泛着怨恨，未曾掩饰，也不想在儿子面前掩饰。

气氛沉默又尴尬，只有少女的歌声悠扬，无忧无虑地传遍山间四野。

临到家时，萧澜又问："母亲可知那小丫头为何一门心思要嫁阿六？"

"她要嫁阿六？"陶玉儿听了就犯糊涂，"不是要嫁什么羽流觞吗？怎么又成了阿六？"

萧澜这才想起来，众人叫"阿六"叫惯了，母亲并不知他还有一个如此斯文的本名。

陶玉儿惊道："阿六就是羽流觞？"

萧澜点头。

这名字配着那五大三粗的人，着实很一言难尽，陶玉儿顿时无言。

岳大刀在前头踮脚，双手做喇叭大声道："夫人夫人，这里有个岔路口。"

陶玉儿伸手往左指了指。岳大刀欢欢喜喜地跳下巨石，继续向前跑。

陶玉儿道："这么说来，她老家那算命的算得还挺准。"

萧澜道："她先是遇到我，又在城里遇到了阿六，不过像是并不知道阿六就是羽流觞。现在她还遇到了母亲，世间哪有这么多巧合？"

"诈是必然有的，不过看这小丫头演戏也挺有意思。"陶玉儿饶有兴致，"此番找个机会，让她知道阿六就是羽流觞，先看看她什么反应再说。"

劈好整整一院子柴后，阿六扯起衣裳擦了把汗，坐在院中"咕咚咕咚"喝茶，满身是土，脸上也灰扑扑的。

陶玉儿推门进来。

阿六道："呀，夫人回来了。"

萧澜跟在后头，接着便是岳大刀，她站在门口，先小心翼翼地探了个脑袋进来。

阿六又道："咦，你怎么也来了？"

岳大刀却比他更惊讶："原来你也认识陶夫人呀？"

听到院中有人说话，陆追从房内出来，手中依旧捧着小茶壶，白衣黑发，锦绣玉带，方才该是在烤火，脸颊还有些红。

岳大刀惊叹一声，脱口而出："公子长得可真好看。"

萧澜便想起了她先前那句"要嫁一个斯斯文文，又白又好看，功夫高，喜欢吟诗画画，声音好听，脾气也好的人"。

陆追笑道："一个大男人，有何好看不好看的，姑娘才是生得秀气娇俏，又水灵灵的。"

岳大刀有些不好意思，索性躲到阿六身后。至于为何偏偏是阿六，或许是因为他身材魁梧，能挡得更加严实。

"这脸是怎么了？"陶玉儿上前两步，着急地拉着陆追的手上了台阶，"先前只听说你受了伤，怎么还伤在了脸上？"

"没事的，都快好了。"陆追道，"皮肉伤罢了。"

"那老妖婆可真会糟蹋人。"陶玉儿道，"快些回屋坐着，别再乱动了，免得落下疤。"

阿六眼看陶夫人一路拉着他爹进了房，才转身悄悄问岳大刀："脸上留不留疤和坐着乱不乱动有什么关系？"

"你不懂，那位公子生得好看斯文，婆婆姨娘最喜欢了，自然是要胡乱心疼一下的。"岳大刀答完，又问，"他成亲了吗？"

萧澜在旁边道："成了。"

阿六道："没成。"

岳大刀糊涂了："到底是成还是没成？"

萧澜目光深邃，深不可测。

阿六咳嗽两声，胡扯道："没成没成，但是有了心上人。"

岳大刀撇嘴，嘟囔道："那他的心上人一定也花容月貌得很。"

阿六道："对对对。"他未来的娘肯定生得好看，皇后娘娘什么样？就该是他娘那样。

西南天际霞光灼灼，如同火烧，灿烂而又……富贵，一看便知很吉祥，是国泰民安、喜气祥和的好兆头。

岳大刀抬头道："这阵子的天可真好看。"

阿六倒了杯热茶给她，也没心思多说话，将萧澜一路拉到空房内，低声问："陶夫人怎么突然回来了？山下别是乱了吧。"

"山下没事，相反还比前几天平静了些。"

"那就好。"

萧澜戳他一指头，道："你不打算问问那位岳姑娘？她与我娘也是偶遇，便跟着一起回了青苍山，据说一天要提七八回想快些嫁给羽流觞。"

"八成有阴谋。"阿六往外偷瞄了一眼，道，"你这几天可得保护好我爹，这小丫头交给我来对付。"

萧澜问："为何是我保护你爹，你对付这小丫头？"

阿六一如既往地耿直："我就是随口一说，那换了也成。我爹交给我，这小丫头交给你，就这么定了。"

萧澜笑容一僵。

阿六推门想往外走，萧澜揪住他的后衣领将他一把扯回来，面色淡定，道："你爹还是交给我吧，这丫头你加把劲好好哄，说不定真能拐回家做媳妇。"

阿六评价："我觉得她有些糙。"

"就你这破衣烂衫的模样，还嫌人家姑娘糙？"萧澜满脸嫌弃，"快些回房去换衣裳。"

阿六拍拍他的肩膀："萧兄啊，我觉得……你方才说话的口气，有些像我娘。"

萧澜："……"

阿六哼着小曲回房换衣裳去了。

漫天晚霞隐去之后，一轮黯淡残月晃晃悠悠爬上天幕，四野霎时安静下来，只有山间小院中依旧热闹。阿六在厨房里忙着和面洗菜，很后悔自己为何要听萧澜的话换这新衣裳——又没人看，做事还不方便。

岳大刀站在厨房门口，问："要帮忙吗？"

"不用。"阿六端着大铁锅颠勺，锅里"呼呼"直冒火，这架势比起山海居的厨子来也差不离。

他心道：你这小丫头不知根不知底的，万一偷偷摸摸放把毒药还得了？

岳大刀索性蹲在门槛上看他忙活，一手撑着腮帮子，另一只手捏着一根干枯的狗尾巴草，无聊到要打盹了。

阿六回身问她："你不嫌冷啊？"

"陶夫人在同萧公子说话，我不好去打扰。那位好看的公子又受了伤在歇息，我一个人在厅里坐得没意思。"岳大刀道，"来你这儿，还能有人聊聊天。"

"那你进来坐吧，别顶着门帘吹风了。"阿六继续炒菜，小丫头不嫌冷他还嫌冷呢，门帘被她掀得惬高，冷风像刀子一样"嗖嗖"吹进来。

"你这人还挺好。"岳大刀嘟囔一句，蹲在灶边帮他生火，过了一会儿又抱怨，"我在这城里找了许多天，压根就没人见过什么羽流觞，师父一定是骗我的。"

"什么师父？"阿六问，"不是算命先生算出来的吗？"

岳大刀像是没在听他说话，拿着一块柴火在灶膛里乱捅，气呼呼道："嫁不出去就嫁不出去，我还不嫁了呢！谁稀罕什么羽流觞？一听这名字便知他又肾亏又滥情。"

阿六顿时心情复杂起来，手里的铲子"哐当"掉进锅里。

他腹诽：你嫁不出去就嫁不出去，为何要拉上我一起骂？而且一个姑娘家，开口就说别人肾亏。况且我并不亏！

卧房里，陆追和衣半靠在床上，正在小憩。屋里有火盆，并不算冷，因此薄被只搭了一半在身上。萧澜推门而入，放轻脚步，上前将落在踏凳上的另一半被子捡起来，搭回他身上。

陆追睁开眼睛，迷迷糊糊道："什么时辰了？"

"酉时都要过了。"萧澜道，"阿六已经熬好了药粥，说你今晚不能吃别的，大家吃饭时便没有来唤你，让你继续睡了。"

陆追"嗯"了一声，撑着坐起来，活动了一下被压麻的手臂，道："我怎么睡到现在？"

"无事可做，睡睡怎么了。"萧澜取了厚实些的毯子裹住他，又从桌上端来药粥，"养伤本就该吃完睡，睡醒接着吃。"

陆追笑着从他手里接过勺子。那药粥熬得颜色发黑，莫说是吃，闻着都一股呛鼻苦味，陆追却面不改色，一勺接一勺很快便吃了个底朝天，连糖也不要，只用凉茶漱了漱口。

萧澜问："不苦啊？"

"吃多了就不觉得苦了，还能尝出肉味儿。"陆追拥着被子往床里挪了挪，给他腾出一块地方，又问，"阿六与那岳姑娘怎么样了？"

"这才多久，你指望他们什么样？"萧澜道，"同桌吃饭时吵吵闹闹，都要抢鸡屁股，最后还是娘亲出面说姑娘家不能总吃那玩意儿，饭桌上才算消停下来。"

陆追"扑哧"一声笑了，道："倘若这回真的成了，阿六这运气可就更绝了。"

"他运气好不好我不知道，不过你将来的运气可要好些。"萧澜替他将肩上衣服拢好，"若有可能，我真想让你一辈子都待在这小院中，再也不被山下那些俗事所烦。"

"逃避不是解决问题的办法。"

"我可以代你去面对。"萧澜眼底有些担忧，"我总觉得泅霜城里满是吃人的恶魔，一个一个都张着嘴等着你。"

陆追捂住他的嘴，道："过年呢，就不能说些别的？"

"别的是什么？"萧澜将他一缕碎发别在耳后，露出侧脸那道红色伤疤。

陆追别过头："不准看。"太丑了。

萧澜不肯听，况且他也不觉得这道疤有多丑。虽说没有记忆，但萧澜总觉得在两人曾经的相处中，自己一定是惹过陆追生气的，然后便又厚着脸皮，拿着糖与风车去哄他，再采一大筐红色的小花，与闪着荧光的碎石粉混在一起，撒满整个漆黑墓穴，就像人世间在星空下花田里飞舞的萤火虫。

此刻，连风也不忍再敲门。

雪花片片飘下，很快就将院中染了一层浅白，树梢挂着冰枝，日出之际碎光闪闪，像是落了一层漂亮的小金子。

清晨，岳大刀往手中哈了口热气，惊喜道："哇，真好看！"

"嘘……"阿六道，"大家都没醒呢，你说话声音小些。"

岳大刀吐吐舌头，帮他一起砍柴，又道："昨晚谢谢你的房间。"

"客气什么？"阿六取了个柿饼给她吃，"坐着吧，这些粗活我来做。"

小丫头虽然挺糙，但好歹也是个姑娘家，横扎马步再举把斧头，让人有些不忍直视。

岳大刀听话地端着小马扎坐在一边，双手捧着甜柿饼小口小口咬，觉得他这人虽说看着五大三粗，但心思还挺细的，房间也干净。

一群鸟雀从天上飞过，羽毛雪白，长尾乌黑，是这一带才有的积雪鸟，落雪时出，化雪时回，声音清脆婉转，向来被视为吉兆。

砍完柴后，阿六与岳大刀一道挂灯笼贴春联，将一座小院收拾得满是红红绿绿，春意浓厚。

山下，泗霜城亦比前几天多了些人烟气，街上人头攒动，百姓们都想着要买好年货早点回家。

鬼姑姑问："为何一大早就这么闹？"

"回姑姑，是外头的早市。"黑蜘蛛道，"城中的老集市周围都是客栈，江湖人住着，百姓不敢去，便在城西荒僻处开了个新的集市。"

鬼姑姑看似有些烦躁。

黑蜘蛛问："可要将他们赶走？"

"罢了罢了，还有更重要的事情要做。"鬼姑姑问，"那几个小蛛儿都准备好了？"

"是，只等姑姑下令。"

"去吧。"鬼姑姑道，"澜儿不争气，此事便只能你我亲自去做，无论如何，这回也要让澜儿对陆明玉彻底死心！"

黑蜘蛛道："姑姑放心，属下明白。还有件事，有个人一大早就候在外头，等着求见姑姑。"

"谁？"

"鹰爪帮的教主，裴鹏。"

"他来做什么？"鬼姑姑心中虽不悦，却依旧起身出去见客，只觉外头的鞭炮声闹得人更加烦躁了。

"啊！"青苍山上，岳大刀捂着耳朵又疯笑又抱怨，"你怎么搞的？！"

"你烤山芋的火星子溅了上去，怎么能怪我？"阿六拍了拍被鞭炮炸出破洞的衣裳，一张脸也被熏黑了。

于是，等萧澜扶着陆追推门出来时，就见岳大刀踮着脚，正拿着一条手帕认认真真替阿六擦脸。他们一个高大威猛，一个娇俏可人，在冬阳与融雪下，倒也是一对般配璧人。

萧澜与陆追对视一眼，笑意深深。看这架势，八成真有戏。

"一大清早的，点鞭炮做什么？"陶玉儿揉着太阳穴出来。

岳大刀迎上去扶住她，笑道："夫人勿怪，我不是故意的。"

"看你这嬉皮笑脸的模样，哪里有半分道歉的姿态？"陶玉儿戳了戳她的额头，"又在欺负阿六了？"

"我才没欺负他。"岳大刀道，"是他自己笨。"

阿六扫了扫衣摆上的灰，回房换衣裳，懒得与这小丫头片子计较。

岳大刀却心情甚好，拉着陶玉儿出门看了春联与红灯笼，又将院中的枯草清扫干净，还自告奋勇要做年夜饭。

阿六抱着手臂道："不准你进厨房。"

岳大刀朝他做了个鬼脸，不准进就不准进，好心给他帮忙还不要，毛病挺多。

"过来。"陶玉儿坐在院中，将陆追叫到自己身边，"这脸色看着比先前好多了，红红润润，容光焕发，昨晚想来该是好好睡了一觉。"

萧澜在旁插话："今儿是年三十，母亲可要做个赤豆糖芋？"

陶玉儿愣了愣，叹气道："原来你还记得。"

萧澜道："小时候每次过年的时候，母亲都会做。"

陶玉儿笑笑，果真去了厨房做甜品。

陆追嗑了一会儿瓜子，觉得无聊，便从桌上瓜子盘中随手一拈，指间霎时划过一道疾风，将冬日寒冷的空气撕出一道缺口。

萧澜侧身闪过，看着那颗瓜子深深嵌入身后树干，喊道："喂！"

陆追单手一拍石桌，将清风剑鞘震得跃起三寸，右手顺势握住剑柄一抽，剑身嗡鸣不绝，寒光耀眼。

萧澜后退两步，一把握住他的手腕，道："别闹，你肩膀还有伤。"

陆追道："所以你也只准用单手。"

他话音刚落，清风长剑已带着凛冽寒气，如银龙一般呼啸而至。萧澜哭笑不得，但见他眼底带笑，跟小孩子似的，便也陪着一起闹。萧澜手中的乌金长鞭在冬阳下闪着光，将人拦腰捆住，带着他飞身出了小院。

其余人听到动静，赶出门就见两人正在外头比武。一个像是展翅黑鹞，一个如同轻灵雪雁，乌金鞭缠着清风剑，战得难舍难分。

阿六急道："这怎么就打起来了？我爹还受着伤呢！"

"澜儿有分寸的。"陶玉儿倒是不急，笑道，"由着他们去闹吧，好长日子没这么打过了，就当松松筋骨。"

几十招后，两人还没有要停的意思。陶玉儿回了厨房去顾着锅，留下阿六与岳大刀蹲在门槛上，齐齐抬头，看得满眼惊叹。

"原来中原的武林人功夫都这么厉害啊。"岳大刀道。

阿六纠正："像二当家这么厉害的可不多。"

"那你呢？你功夫好吗？"

阿六斜瞥她一眼，问："要比吗？"

"真的呀？"岳大刀先是高兴，后来却又沮丧道，"不行的，我出门时所有人都说了，不能随随便便打架，不然就更嫁不出去了。"

阿六咳嗽两声，道："就那英俊非凡、义薄云天的羽流觞？"

"什么英俊非凡，我到现在人都没见着呢。"岳大刀在地上画了个圈圈，丢下草梗闷闷不乐道，"算了，遇不到就遇不到吧。今天都年三十了，我不嫁了。"

阿六拱拱她，道："你就没想过，说不定那算命的是糊弄你的？他见你着急想嫁人，便胡乱编个好听的名字让你找，即便找不到，也不是他算得不准，而是你自己命不好，想砸摊子都不成。"

"你不知道，他算命可准了。"岳大刀丢给他一样东西，"不说这些了，给你吧。"

"什么？"阿六接住，见是个红色的小纸包。

"姻缘符。"岳大刀道，"我好不容易求来的，送给心上人便能与他地久天长。反正现在我也用不到了，看你这人还不错，拿去送给喜欢的姑娘吧。"

阿六问："灵不灵啊？"

"当然灵啦！"岳大刀推他一把，"我肚子饿了，姻缘符都送你了，你煮碗面给我吃吧。"

阿六将红纸包揣进袖中，转身进了厨房，煮好面后不忘加个鸡蛋，居然还是个双黄蛋。

"你看，你这运气不是挺好的吗？"阿六将大海碗端给她，"别哭丧着脸了。"

"双黄蛋算什么好运气？"岳大刀嘟囔，低头吃面，味道还不错。

萧澜当胸一掌劈来，陆追侧身想避，却刚好被其抓住手臂，一股微小内力贯穿脉络，令他半边身子也麻痹了一瞬间。

清风剑"咣当"落地，萧澜顺势带着人落在地上，道："不许闹了。"

陆追敲他一下："说好用单手的。"

萧澜无辜道："我就是单手啊。"

陆追问："左右手轮流上也算单手？"

萧澜答："是。"

陆追看了他一会儿，觉得这人脸皮似乎有些厚。

萧澜从地上捡起清风剑，连哄带骗，拉着人回了小院。

大年三十，人人都想着要早些回家吃团圆饭。太阳还没下山，街上已经空空荡荡了，家家户户屋门紧锁，只有院里飘出笑闹声与饭菜香，给空旷的洄霜城添了几分年味。

裘鹏翘着兰花指，细细用茶碗盖撇去杯中浮沫，"咯咯"笑道："鬼姑姑莫怪，我等了这么些天，也没见你的人来寻我，便只好自己找上门了。"

"裘教主找老身有何事？"鬼姑姑冷冷地问。

裘鹏道："分明就是你那心肝徒弟先来招我，害我空欢喜一场，还当是来了好肉。若论生气，也该是我先生气才对。"

鬼姑姑面色愈发不悦："裘教主若只是想来抱怨，那老身就只有送客了。"

"先别着急啊。"裘鹏放下茶碗，"鬼姑姑就不想知道，为何我会发现那位萧公子的真实身份？他演得可好得很，一点马脚都没露过。"

鬼姑姑面色放缓了些，问："为何？"

裘鹏拍了两下手，从门外进来一个人。那人白衣玉扇，黑发墨瞳，也是二十出头的年纪，不仅衣着打扮与陆追相似，就连眉眼也有几分相像，唯有气度不同。他不是温文尔雅的，而是妖异撩人的，更有几分楚楚可怜之相。

鬼姑姑道："原来是季公子。"

季灏拱手施礼："多年不见，原来鬼姑姑还记得我。"

"若非季公子及时出现，我怕直到现在还被蒙在鼓里。"裘鹏道，"不过此事过去也就过去了，我今日来，是听说姑姑那心肝徒弟为了陆明玉，不惜与同门动手。这样的人，将来怕是当不了掌门。"

鬼姑姑冷笑道："澜儿当不了，莫非裴教主还想当不成？"

"我当什么？姑姑真会说笑。"裴鹏坐直一些，道，"我此行当真是好心，冥月墓的毒蛊不好用，萧澜就一直忘不掉心里那模模糊糊的影子，与其横加干涉，不如想个别的法子。"

鬼姑姑问："何法？"

裴鹏伸手一指："鬼姑姑觉得，季公子与陆明玉像不像？"

季灏微微一笑，眼底光华流转，一身白衣如霜似雪，倒真能与昔日那阴暗墓穴中的少年恍惚重合。

"澜儿没那么好骗。"

"这就要想想办法了。"裴鹏道，"总得将陆明玉从他的记忆中抹去，或者干脆将其换成另外一个人，才方便你我做事，不是吗？"

鬼姑姑挑眉："你我？"

"我是要好处的。"裴鹏血红的嘴唇像是刚吃完人，"不过这小小的好处，比起姑姑将来得到的，可当真是九牛一毛。姑姑放心，我从不贪心。"

"那季公子呢？"鬼姑姑道，"季公子千里迢迢从北海孤阳岛赶来，定然也是有所图的吧？"

季灏神情慵懒，靠在椅上把玩手中的粗制茶杯，道："我要的就更简单了。"

裴鹏低笑，眼底阴狠毒辣："姑姑放心，他不求别的，只要陆明玉的脑袋。"

远处隐隐传来鞭炮声，青烟散开，将大街小巷都笼罩起来。

天色逐渐变暗，阿六掀开笼屉，一股热气迎面扑来，大蹄髈被蒸得又红又亮，连陆追也忍不住过来问："何时才能开饭？"

"这就好了。"阿六吮了一下拇指上的汤汁，夹了一块肉递过去，"来来来，爹你吃一口先垫垫。"

陆追鼓着腮帮子边嚼边说："多谢。"

阿六放下门帘，又弄了一小碗甜的糯米饭给他吃，顺便在锅里捞了个鸡腿。

萧澜在屋里等了半天也不见人回来，于是寻到厨房，掀开帘子一看，笑出声来："过分了啊。"

陆追坐在小板凳上，冲他勾了勾手指。

萧澜蹲在他面前。

陆追喂过去一勺糯米饭，道："我饿了。"

"知道你饿了，跟我说一声，我来厨房拿便是，坐在这黑漆漆的小角落里吃什么？"萧澜用袖子擦掉他脸上一点煤灰，"若被旁人知道，还当是我虐待你。"

"去叫娘亲与岳姑娘吧，该吃饭了。"陆追笑着说，"早些吃完团圆饭，还要守岁包饺子呢。"

萧澜答应一声，起身出了厨房。

阿六迅速丢下盘子，蹲在陆追身边道："爹啊。"

陆追将空碗塞给他："什么都不许问！"

阿六抓心挠肝，竖起一根手指："我问一个问题，就一个。"

陆追捏住他的嘴："半个都不许问。"

阿六哭丧着脸，心道：真的吗？

陆追果断出了厨房，出门时甚至被门槛绊了一下。

阿六一路目送他回了厅房，忧心忡忡。到了这种时候，他才知道林威还是有些用处的，至少能帮忙分析一下他爹是不是真的想将那姓萧的弄来当儿子。

"开饭啦！"岳大刀在院中叫。

厅里火盆放了三四个，"咕嘟咕嘟"煮着铜火锅，四周鸡鸭鱼肉一样不缺，甚至还有一小坛酒。

陶玉儿感慨："这么多年，总算能吃顿像样的团圆饭了。"

"那夫人就多吃些。"陆追道，"往后每一年，我都陪着夫人一道吃这团圆饭。"

"这可是你说的，这么多人都听到了。"陶玉儿眼圈刚一红，又被他逗笑，"哪一年你若是不肯来了，我就让澜儿去绑你。"

陆追举起面前的酒杯，道："那我先敬夫人一杯。"

陶玉儿与他碰了一下酒杯，两人一饮而尽，陆追却皱眉——为何这酒滋味这么淡？

萧澜与阿六都在对面看着他，意思很明显：你有伤，不能喝酒，喝喝水就成。

陆追："……"

一顿饭吃完，外头天色也彻底暗了下来。陶玉儿让陆追先回房歇着，说等会儿再出来吃饺子。

陆追趴在桌上，脸颊泛红。

萧澜问："喝多了？"

"水喝多了。"陆追撑着头看他。

萧澜道："一杯梨花白兑一壶水，里头也是有酒的。"

陆追提议："那往后不开店卖衣裳茶叶了，不如改成酒坊，就按你这个法子往里兑水，想来半年就能发大财。"

烛火昏黄，照得他整个人都又暖又讨人喜欢，萧澜道："好看。"

陆追大言不惭："嗯。"——我知道我好看。

院外传来阿六与岳大刀的笑闹声，他们像是在抢着点鞭炮，一阵"噼里啪啦"的声响后，青烟缭绕，衬着红彤彤的对联与灯笼，当真挺有过年的味道。

屋内火盆烧得正旺，里头埋了两个山芋，在冬夜里发出甜香的味道，比任何熏香都要好闻。时间似乎在此刻凝结了，陆追整个人又软又懒，像是戳一下就会歪向另一边。

萧澜问："睡着了？"

"没有，在发呆。"陆追道，"还等着吃饺子呢。"

萧澜握着他的手腕试了试，道："最近脉象倒是好了挺多。"

"嗯。"陆追半打着盹，"喜脉没了，龙凤胎也没了，你看看山芋好了没。"

萧澜从火盆中扒拉出一个山芋，热乎乎的。他掰开，想去厨房找个小碗，却被拉住，陆追道："这样就好了。"

"抱着啃？"萧澜道，"这不像你的习惯。"

"饮酒要用琉璃盏，品茗需得紫砂壶，吃山芋就要这样才舒坦。"陆追挽起衣袖，拿起一半山芋凑近嘴边吹，"烤山芋装在白瓷碗里用筷子吃，斯文是斯文了，可既凉得快又没意思。"

萧澜坐回桌边，单手撑着脑袋看他吃东西。全王城的媒婆都在排队等的陆二当家，容貌气度自然不会差。他吟诗写字时好看，习武练剑时好看，坐在山海居的柜台后收账时好看，就连此时此刻挽着袖子啃山芋也好看。

吃过守岁的饺子，就到了新年。一场大雪悄然落下，将整座小院都染成了宁静的纯白色。

第七章
突如其来的绑架

翌日清晨，洄霜城内安安静静，街上莫说是早点摊，就连人影子都见不着。那些武林中人出来寻了一大圈，也没找到果腹之物，于是骂骂咧咧回到李府，心里满是怨气。想他们平日里过年，都有大鱼大肉、美酒美人，哪里会像如今一样，年夜饭吃个半饱就算了，初一早上还要饿肚子，想来八成会晦气一年。

"那姓陆的究竟还在不在城里啊？"有人脾气暴躁，先一嗓子打破宁静，"若是不在，那大家还待在这空壳子李府中做甚？不如各自散了回去。"

"回去？你怎么不先回去？"又有人喊道，"别是想把大家忽悠走，留下你们金钱帮捡便宜。"

"说什么呢！"前头那人不服，瞪着眼睛就想打架，"这些日子所有人都守在李府，莫非你怀疑我有其他路子？"

"没路子你瞎咋呼什么？搅得大家人心惶惶！"对方也是个牙尖嘴利的。

"你！"

眼看双方快要扭打起来，其余人想看热闹的赶紧腾出地方，想息事宁人的便上去拉一把，将偌大一条街堵得水泄不通。

一个小女娃穿着水红袄子，举着小风车一蹦一跳地过来，"咯咯"笑道："你们在做什么呀？"

那些江湖人不耐烦，挥手道："快些回去，休要在这里捣乱。"

小女娃一嗓子哭出来，丢下手里的风车与信封转身就跑，小羊角辫高高竖在脑顶。

寒风吹来，将那信封掀得往前飘了半尺。有人眼尖，将信封捡起来，打开后里头却无信函，只有一枚小小的玉佩，被雕成小花的形状，如同在血里泡过，红得瘆人。再看那小女娃，却已消失无踪，就像是一阵风。

街上顿时安静下来，许久之后，人群中有人发问："莫非这就是红莲盏？"

现场哗然一片，这些鸡毛蒜皮的小门派平日里没见过什么大世面，见这玉雕红花来路蹊跷，当下就认定即便不是红莲盏，也不是什么寻常物件，再一看那玉花当中还隐着一个"陆"字，便更加笃定了。若非有个相对来说比较"德高望重"的老头出来主持大局，众人险些当场就哄抢起来。

那小女娃躲在巷道暗处，一路目送那些江湖人士喜笑颜开，像供宝物一般举着那毫无用处的红玉花回了李府，掩嘴"咯咯"偷笑。粉雕玉琢的面具掉落在地，露出一张苍老而又丑陋的脸，"小女娃"用尖尖的指甲扯了两把身上的水红袄子，一路回去将事情回禀给鬼姑姑。

下午的时候，山下又传开新的消息，也不知是谁放出的，说冥月墓的人也来了洄霜城，目的也是红莲盏。

换作江湖正道，即便心里想要红莲盏，倘若真正的主人来了，他们至少也会做做表面功夫，不会让自己显得那般利欲熏心。原本就是死鱼烂虾的小门派可就不会有这么多顾虑了，听闻鬼姑姑也在洄霜城，第一反应便是赶紧抢了红玉花跑路。他们冲去主厅时，见别的门派也来争，自然又是好一番扭打，骂声不断，打得头破血流，将好好的大年初一搅了个乌烟瘴气。

打到最后，一人实在忍无可忍，出来站在台上大声道："宝物留在此处，有咱们数十个门派护着，鬼姑姑才不至于明着来夺。否则，无论是谁拿走了，你们真当自己走得出洄霜城？那可是吞人不见骨的冥月墓！"

现场的哄闹声逐渐小了些，接着，又有人大声道："可若我们拿到了红莲盏，势必要去冥月墓找宝藏的，难道还能躲得过鬼姑姑不成！"

"这便要想个法子了。"那人坐在台上，示意众人都聚拢过来，"你们想想，若在场所有弟兄分了那墓中宝物，哪怕数量不多，总好过此时自相残杀，被鬼姑姑捡了便宜，是不是？"

众人深以为然。

夜色降临，阿六端了热气腾腾的火锅上来，滋味清淡，说是陶夫人亲手做的。

陆追捧起一小碗汤慢慢喝，脸颊红润，像是连毒都一并治好了。

"吃块肉？"萧澜问。

陆追将碗递过去。

陶夫人笑道："这就对了，别老是欺负小明玉，他可比你乖多了。"

萧澜继续替陆追剥虾，陆追受了伤不能多吃，吃一两只尝尝味道总成。

阿六眼神哀怨，为何这人居然连他爹喜欢吃海鲜河鲜都知道？

"给你吃。"岳大刀夹了块卤肉给他。

阿六道："我不吃葱。"

"你一个五大三粗的男人，哪来这么多毛病？"岳大刀嘴里抱怨，但一想这人其实还算不错，于是伸筷子将肉上的葱末细细挑走，哄道，"喏，好了，吃吧。"

阿六上下打量她两眼，诚心道："我觉得你还是能嫁出去的。"

嫁什么嫁？岳大刀大力扒了口饭，又想起了那糟心的羽流觞，直到现在也不出现，想来一定是个非常非常烂的人。

陆追笑着看他二人说话，连带着自己胃口也好了些，放下碗筷又添了一壶热茶，还未来得及烫杯，外头却推门进来一个人。

"夫人，少爷。"李老瘸行礼。

萧澜皱眉，心想，他这时候回来，怕是山下又出了什么事。

岳大刀倒了一杯热茶递给他。

"多谢。"李老瘸接过茶水也没喝，而是对陶玉儿道，"山下那些江湖门派不知是受了谁煽动，像是要集中起来对付冥月墓。"

陆追与萧澜对视一眼。

陶玉儿"扑哧"一声笑了："还有这种好事？"

"下午只是传出风声，晚上就已经开始走街串巷地寻人，看架势像是要来真的。"李老瘸道，"不过属下并未探查到冥月墓的人目前居于何处。"

陶玉儿看向儿子，道："听到没有？有人要围攻你那鬼姑姑。"

萧澜道："红莲盏是冥月墓的东西，若姑姑寻来了，山下那些门派想要群起而攻之也算情理之中。"

"那你呢？你怎么想？"

萧澜道："我明日下山。"

陶玉儿还未说话，陆追先心里一紧，刚欲说话，萧澜却在桌下拍了拍他的手。

陶玉儿又问道："明玉呢？说说你的想法。"

陆追犹豫了一下，道："现在不好说，先下去看看也无妨。"

吃完饭回到屋中，陆追掩上门。

萧澜道："方才多谢你替我说话。"

"事情迟早要解决的。"陆追道，"真不要我陪你一道去？"

"你还有伤，下山去做什么？"萧澜让他坐在椅子上，"况且城中流言蜚语已然传开，人人都像疯了一般在寻你，你何必自投罗网。"

陆追叮嘱："那你自己多加小心。"

"放心吧。"萧澜道，"还有，再答应我一件事。"

"什么？"

"无论你听到了什么，都不准相信，也不准下山，知不知道？"

陆追却摇了摇头，道："想让我安心待在山上，你便早些安然回来。我只能答应你，我不会冲动行事。"

萧澜不知该说什么。

"还有，无论听到了什么，我都会相信你。"陆追道，"我等你回来。"

萧澜说："好。"

屋内静了一会儿，两人一起听窗外风雪呼啸，想来明早院中又会是一片白。

"在想什么？"萧澜问。

"在想原来江南也会下这么大的雪。"陆追道，"小时候听冥月墓中的老人讲故事，就一直盼着什么时候也能去一回东北，与你在雪地里打滚。"

萧澜笑道："按照你的性子，难道不该见到雪便吟诗作画？"

"吟诗作画的是温大人。"陆追说完之后，想了想，又道，"温大人也未必，说不定他见到雪，便会想着从筐里摸出几个水梨冻到雪窝里吃。"

萧澜听他声音又低又软，说着这些鸡毛蒜皮的小事，说朝暮崖会下雪，王城也会下雪，又说了些山海居与宫里头的事情，直将他自己说得昏昏欲睡，最后呼吸变得平稳绵长。想来他梦里也是一片不掺任何杂色的纯白，同他的人一样，清冽而又干净，落在枝头是雪，化在掌心是露。

翌日清晨，待陆追醒来时，身侧已经空空荡荡，屋中香气弥漫，不同于往常若有似无的熏香味，而是有些过分甜腻。想来是萧澜怕离开时扰到他，特意往香炉中加了安神花。

"爹。"阿六端着热水进来。

"萧澜走了？"陆追掀开被子下床。

"一早就走了，临走之前又与陶夫人在屋中说了半天话，我不好去偷听。"

"别人家母子说话，你去偷听什么？"陆追擦干净脸，神清气爽了不少。

"爹。"阿六将声音压得很低，嘴几乎要贴到他耳朵上，"我们真的不要下山去看看吗？"

"林威与朝暮崖的人都在洄霜城中。"陆追用一根手指将他推开。

"可爹之前吩咐过，只许他们盯着城中动静，不得擅自行动。"阿六道，"现在城里明摆着有人要挑事，我们总不能一直被动。"

"我有分寸。"陆追道，"若你实在想做些事，不如先去弄清楚那小丫头的底细。"

阿六为难道："可若被她知道我就是羽流觞，死活要嫁要怎么办？"

陆追难得被他噎了一下："原来你还有此等深沉愁思。"

阿六十分苦恼："可不是嘛。"

陆追："……"

院中寒意料峭，陶玉儿坐在屋檐下，看着院中积雪在想事情。

"夫人。"陆追推门出来。

"醒了？"陶玉将他叫到自己身边，"澜儿走时就说你昨晚没睡好，让阿六与岳姑娘莫在院中吵闹。"

陆追道："昨晚伤口发痒，所以一直没睡着。"

陶玉儿用手指抚过他脸颊上的伤口。自己初入伏魂岭时，得知冥月墓中有海碧与陆无名的儿子，自然会多看两眼，只觉他白白净净斯斯文文，与肮脏阴暗的墓穴格格不入，像是得了老天眷顾，天生就该清雅灵秀。

无念崖门规是要断情绝爱，身为陶心最宠爱的弟子，陶玉儿的心性也一直淡薄自私。她原本是为红莲盏嫁给萧云涛的，谁知却逐渐爱上了那个淳朴的男人。后来生了萧澜，她更是将一半命舍给了儿子。只是心中有了牵挂，就等于自己放弃了掌门之位，在颠沛流离的岁月里，陶玉儿白日里东躲西藏，夜半时分带着儿子亡命四方，苦吃得多了，心里的茧也就越来越厚，埋没在深深的阴影里，如同陷入泥淖。

在最阴暗的时候，陶玉儿遇到了陆追，哪怕他再美好无瑕，她也不会像寻常妇人一样，将他抱起来哄一哄亲一亲，看过也就忘了。在萧澜中毒又解毒的那浑浑噩噩的一年里，陶玉儿一大半时间都是与鬼姑姑一道待在墓穴中，以至于后来她才隐约听到消息，说陆追也被带去做了药鼎，以血饲蛊，养成后好去吸食萧澜身上的残毒。

"你就不怕陆无名知道吗？"某次，陶玉儿问鬼姑姑，"不怕他知道你竟用他唯一的儿子来炼药？"

"拿来炼药而已，无非受些痛楚，服下解药也死不了。"鬼姑姑道，"他生来就命比纸薄，如何能与澜儿比。"

"你倒是挺关心我儿子。"陶玉儿不冷不热地回了一句，又提醒，"可再过三月，陆无名与海碧就该回来了，陆明玉若是告你一状，这墓中想必又会闹上一闹，说不定还会牵连澜儿。"

"他若告了状，澜儿便等于没了药，没了药，可是要死的。"鬼姑姑"嘎嘎"笑，"你是没看到，那小东西平日里闷不吭声，对澜儿却比谁都上心。自己疼得蹲在地上哭，擦了血还要守在床边，说怕弟弟也疼。"

或许是因为做了娘，陶玉儿的心难得抽疼了一下，又想起昨日还见过陆明玉，他脸色有些白，走路也不稳，却还是笑着同自己打招呼，像是什么事都没发生过。

于是，下回再见时，陶玉儿便留着陆追在自己房中多玩了一会儿，又蒸了一碗鸡蛋糕。她把陆追抱在怀里，觉得他快瘦成了一把骨头，可他的笑容依旧是暖的，像是墓穴中的一道亮光。

"老天爷定然是极喜欢你的。"陶玉儿拥着他，低声哄着他睡，"只是它现在事情太多，将你给忘了，将来等它想起来了，你往后的路就好走了。"

陆追在梦境中迷迷糊糊应了句什么，睡得愈发香甜。

自那以后，怀中这个瘦弱的孩子就变成了陶玉儿心里除了萧澜之外的另一个牵挂。甚至最后即使离开了冥月墓，陶玉儿再想到他时也一样对他充满了怜惜。然而，这几分怜惜在往后的岁月中被渐渐消磨干净，现如今连她自己也恍恍惚惚，搞不清楚究竟还剩下几分。

"夫人？"陆追疑惑道，"你没事吧？"

"没什么。"陶玉儿松开手，"又想起一些惹人心烦的陈年旧事罢了。"

"大过年的，要想些高兴的事情。"陆追笑道，"叹的气多了，皱纹也就多了。"

"就知道胡说八道。"陶玉儿道，"山下乱成一锅粥，还能有什么高兴的事情？"

"仔细想一想，总是有的。"陆追仔细分析，"比如说王城里，没了夫人的米油店，想来隔壁街的米油行该赚得盆满钵满。老板十有八九又会偷溜去挥霍吃花酒，而他的夫人，十成十会拎着打狗棒撵上门，闹得鸡飞狗跳。"

陶玉儿"扑哧"笑出声来，又问："你这脸上的伤是没什么事，可身子里的毒呢？"

陆追将手腕递过去。

陶玉儿替他试了试脉，道："挺好的，比先前和缓了不少，看来澜儿的内力当真有些用。"

陆追附和："嗯。"

"澜儿临走时还在叮嘱我，要我看好你。"陶玉儿道，"说不准你往山下跑。"

陆追感慨："萧兄真是个大好人。"

陶玉儿也跟着他笑，只笑意却传不到眼中。

陆追知道，除了这句，萧澜定然还说了别的，可他却也没再问，只是陪着陶玉儿坐在屋檐下。两人一起说说笑笑，闲话家常，看远处流云变幻，最终叠成重重白雾。

山下，一伙江湖人正高举长剑棍棒，将城里一处屋宅围得水泄不通，仗着己方人多，个个扯着嗓子叫骂，叫里头的人识趣些，快些滚出洄霜城。

冥月墓极少在江湖上露面，武林中人对其知之甚少，只隐约听过一些传闻，说那墓穴中遍布瘴气毒雾，阴森可怖，不是人待的地方。要放在平时，这些小门派的痞子混混决计不会主动上门寻事，可这回仗着人多，再加上有心人在背后一煽动，他们也就狐假虎威前来挑衅。

"滚出来！"有人等得不耐烦，用刀柄"哐哐"砸门。

片刻后，几个侏儒窸窸窣窣爬上屋顶，小心地盯着门前每一个人，眼底有些压抑的仇视与恨意。

众人敲了半天门，没想到却引出来一群这种玩意。在场众人看清之后，顿时哈哈大笑，心底最后一丝警惕也消散无踪，暗道原来冥月墓中都是这样的畸形怪物。这种怪物莫说是三五个，即便是三五十个、三五百个，他们也能砍杀一空，不足为惧。

又是重重的"哐啷"一声，破旧的门被生生踢出一个洞，冷风"呜呜"灌进去，将空荡院内的尘土与草叶吹得翻起又落下。后头的人也逐渐躁动起来，举着刀喊打喊杀，催促打头的人快些动手，莫让大家在此吹冷风。

"都闪开！"站在最前方的是个七尺莽汉，还是头一回被这么多人围着，一时间扬扬得意、头昏脑胀。他大喝一声，气沉丹田，正要撞门，谁料腿刚一伸出去，却有一阵疾风飞速袭来，"嘎巴"一声卷着他的右腿，向外重重折出扭曲的弧度。

剧痛顷刻穿透骨髓，莽汉惨叫一声跌坐在地，其余人完全没弄清楚究竟发生了什么，踮起脚也只来得及看清墙头落下一道黑影，而后便有尖锐的破风声迎面而至。众人心慌之下闪躲不及，脸上身上手上像是缠满了冰冷的毒蛇，浑浑噩噩间就已遍布伤口，血染长街。

"快跑啊！"有人先喊出声，捂着右眼，满脸是血，疯了般向小巷子冲去，引来身后一群人也跌跌撞撞爬起来，你推我挤向着四面八方胡乱跑，只求能离这诡异的冥月墓远些。

萧澜收了乌金鞭，飞身落入院中。

"少主人。"那四五名佝儒也跟着跳下来，低声道，"姑姑一直在等你。"

萧澜伸手推开屋门。

鬼姑姑道："还当你不回来了。"

萧澜问："是谁放出的消息？"

"不知道。想要红莲盏的门派多了，盯着冥月墓的人也多了，不好说。许是我前日去萧家老宅替翡灵烧纸时，被人发现了吧。"

萧澜道："姑姑节哀。"

"都过去了。"鬼姑姑握住他的手，"我原本也只是想来这泂霜城里跟她说几句话，让她来生挑个好人家投胎。翡灵走了，你便是我唯一的亲人。你可莫要学她，为了一个不重要的人变得疯疯癫癫、痴痴傻傻。"

"是。"

屋里头光线昏暗，云雾遮住残日后，甚至连面前人的表情也看不清，空气凝在一起，呼吸倍感压抑。萧澜抽出火折，点亮桌上半截蜡烛，光晕笼罩着残破杯壶，更显寂静凄凉。

鬼姑姑又问："你还是打算护着陆明玉？"

萧澜道："至少在我恢复记忆之前，不会让姑姑带走他。"

"那你的毒呢？"鬼姑姑站起来，"不管了吗？"

萧澜轻描淡写道："一时半刻不会死便成。"

"你！"鬼姑姑像是被这句话气得不轻，抬手便想打他，"糊涂！"

萧澜道："我回去后也曾问过，陆明玉不像知道什么红莲之事。"

"他说不知道，便当真不知道？"鬼姑姑冷笑，"当年他的娘亲也曾发誓，说要一生一世守着墓前油灯，可结果呢？陆家人言而无信惯了，承诺对他们来说比纸还要轻，也只有你才会当真。"

萧澜道："至少姑姑要告诉我，为何我会与他同时中毒，中的究竟是什么毒，又为何他体内红莲一开我便要死。"

鬼姑姑缓了口气，道："儿时我教你习武，教的本是冥月墓的独门秘籍，陆明玉却不知从何处听到消息，痴心妄想也要学。他不敢来找我，就去缠着你。你当时年岁小，受了煽动来闹我，非得拉着他一道修习内功心法，我也就答应了。"

"然后呢？"

"你性子沉稳，他却不同，也不知他存了什么心思，小小年纪便歹毒至极，在与你一道练功时突然抽身而出，害得你奄奄一息，险些走火入魔。"鬼姑姑道，"为了救你，我不得不用他做药引，在他血液中养了红莲蛊，用来替你续命。"

"红莲蛊？"

"待你接任掌门时，我自会告诉你那是什么。"鬼姑姑道，"你现在只需知道，原本你与他都是不必死的，他只要每十年取一次体内蛊虫替你续命，你们便能相安无事。谁料陆无名将他接走后，却背弃承诺私自找了高人，将他体内的蛊虫逐年取出大半，生生断了你的活路。"

萧澜问："所以我就要死？"

"没有续命之物，你要怎么活？"鬼姑姑狠狠道，"事到如今，唯有陆明玉死了，以他的心头血入药，你方有一线生机。"

萧澜沉默片刻，叹气道："原来如此。"

"你依旧要坚持你的愚蠢决定吗？"鬼姑姑问，"你豁出自己的命也要护着他，可陆明玉呢？他分明就知道红莲蛊之事，可曾同你提过半句？"

萧澜道："姑姑息怒。"

"罢了！"鬼姑姑站起来，决绝道，"你不将自己的性命当回事，我却不能再由着你胡闹下去，来人！"

屋外"呼啦啦"涌进来一群冥月墓弟子，手中拿着短刀与金丝网，虎视眈眈。

萧澜后退两步："姑姑要做什么？"

"若这城中传开消息，说冥月墓的少主人红莲毒发命不久矣，你猜陆明玉会不会来救你？"鬼姑姑道，"若他来了，正好替你解毒续命，可我猜他八成不会来。那也罢了，正好断了你的一厢情愿。"

萧澜沉声道："姑姑别逼澜儿动手。"

"我逼你动手？"鬼姑姑笑得惨淡，"这么多年来，你一直都听话乖顺，却没想到才出墓不到半年，为了一个置你生死于不顾的陆明玉便要同我为敌？"

萧澜右手暗自握紧乌金鞭。

鬼姑姑神色一厉，下令："上！"

周围弟子齐齐答应，一起攻了上来。萧澜回身出鞭扫开面前阻碍，跃出了窗户。

鬼姑姑怒道："给我追！"

身后是甩不掉的鬼魅魂影，萧澜穿过长街，刚欲攀上城墙，身后却传来一阵惨叫。他回身就见一白衣人不知从何而来，轻纱蒙面，出手如风，冥月墓弟子在他面前毫无还手之力，眨眼间就东倒西歪躺在了地上。

"你是谁？"黑蜘蛛捂着胸口，神情痛苦。

对方嗤笑一声，上前一把握住萧澜的手腕飞上城墙，腾空隐匿在了无边夜色中。

城外风雪茫茫，枯树林中，萧澜问："阁下是何人？"

那白衣人解下面纱，似笑非笑地看着他："怎么，不认得了？"

萧澜摇头。

季灏定定地看了他一阵，叹气："原来你真的失忆了。"

萧澜道："既知道在下失忆，那阁下不如自报名号？"

季灏背着手："我偏不说。"

萧澜抱拳："那今日多谢阁下出手相救，告辞。"

没料到此人竟然说走就走，季灏在他身后道："喂！"

萧澜并未停下脚步。

"你当真不记得我了？"季灏追上前两步，伸手拉住他的衣袖，"回来！"

萧澜好笑道："所以阁下这是打算说了？"

季灏握着拳在他眼前展开，掌心一枚红花玉佩，剔透玲珑，他眼底更是带着几分期许几分笑，黑发如墨散落肩头。

林威隐在树林暗处，纳闷地看着前头的二人。

他先前在城中巡视，无意中瞥见一个身影像极了二当家，心中生疑就跟了上去，却没想到会一路目睹对方先与冥月墓的弟子交手，后又拉着萧澜到这荒郊野外，也不知在说些什么。

林威暗自嘀咕，也不知自己要不要接着盯——若对方与萧澜相熟，那该没什么问题，还是撤了吧。打定主意，他刚打算转身走人，却见萧澜手背在身后，冲自己的方向微微摆了摆。

青苍山，陶玉儿依旧在缝衣裳，陆追坐在她身边，趴在桌上看银针穿梭，眼睛也不眨。

陶玉儿问："这有何好看的？"

陆追道："夫人这一身衣服做了挺久。"

"闲来无事，消磨时间罢了，澜儿也不缺这一套衣裳穿。待这件缝好了，我替你也做套新衣。"

"嗯，多谢夫人。"

阿六在旁蹲着吃花生，听得一脸羡慕。

岳大刀用胳膊拱拱他："你也想要新衣服啊？不如我给你做？"

阿六嫌弃道："你又不是我娘。"而且看她的模样，也不像是会做针线活的。

岳大刀盯着他看了一阵，幽幽道："我现在发现，若同你一比，羽流觞似乎也不算太讨厌了。"毕竟，一个完全不出现的人与一个三言两语就能气哭自己的人相比，还是前者要更省心些。

星稀月朗，将漆黑的枯树林笼上一层银纱，枝头积雪扑簌落下，星星点点飘在墨发间。

萧澜手中握着那朵玉花，见其与自己乌金鞭梢上的红玉佩一样，都是娇艳欲滴的颜色，细看几乎没有任何区别。

季灏道："这两朵玉花本是一对，你现在总该想起来了吧？"

萧澜依旧摇头。

季灏抱着膝盖坐在树下。

萧澜开口："你很像一个人。"

季灏问："陆明玉？"

萧澜道："你也认得他。"

季灏将那红花玉佩从他手中狠狠抽走："原来你忘了我，却仍记得他！"

萧澜问："我该记得你？"

季灏瞳仁暗黑，嘴唇轻启："在这世间，你最该记住的，就是我。"

天上月华兀然变暗，细看却蒙上了一层血红。林地中传来窸窸窣窣的声音，分明是隆冬飘雪时节，却像初春惊蛰，百虫出洞，在枯草与碎石间沙沙蜿蜒穿行。

妖异的香气溢满四野，幻境中红花渐次开放，恍惚而又热烈，映得眼前人的面容也模糊起来，与记忆中的碎片重叠，最后只余一身如雪白衣。

季灏单手接住萧澜瘫软的身体，眼底华光瞬间消散，只剩下一抹似有若无的笑。

"嚯。"青苍山上，阿六抬头，"还是头回见这红彤彤的月亮。"

"是鬼月。"陆追道，"大凶之兆。"

阿六心里略微嫌弃，大过年的，怎么跑出来个大凶之兆？

"鬼月现，则正气弱，邪气强。"陆追道，"荒战冤邪，秽魔当道，若放在民间，是要吃猪蹄去霉运的。"

阿六当机立断："我这就去炖一锅。"

陶玉儿却皱着眉。

"夫人。"陆追替她将筐里的针线收拾好，问，"怎么了？"

"总觉得这红月来得有些突兀，心里没底。"

"只是一轮月亮罢了，夫人许是因为太过挂念萧兄，才会如此魂不守舍。"

"但愿吧。"陶玉儿叹气，"只盼这事能早些结束才好。"

陆追答应一声，又抬头看了一眼天边的红月。层叠黑云如絮，簇拥着当中一汪惨淡暗血，给这寂静的冬夜更添了几分诡异萧瑟。

"早些回去休息吧。"陶玉儿道，"澜儿走时便叮嘱过我，要让你好好吃饭睡觉，别的什么都不准做。"

陆追笑问："是吗？"

"他还当真挺关心你。"陶玉儿拉着他站起来，"回房吧，等会儿又要起风了。"

陆追回到卧房。窗户是关着的，将那凄凄凉凉的月光阻隔在外，点亮烛火之后，屋中也多了几分跳动的暖意。

阿六很快便烧好热水送来，陆追沐浴完躺回床上，望着床顶的斑驳花纹出神——陈年木料刻着交颈鸳鸯，荷叶田田隐入水波，漾出一池涟漪。被褥虽都换过新的了，却还是能隐约闻到一丝熟悉的气息，陆追埋首在枕间，呼吸灼热，心热，血也热。

陆追眉头紧锁，手也抓住床单，他从来不是一个感情丰富的人，甚至称得上心性淡漠——唯有面对萧澜时除外。冥月墓是世间最潮湿阴冷的地方，两人在暗处交握的手却干燥温暖，是无尽漆黑中珍贵的光与热。

陆追沉溺在绵绵梦境里，睫毛颤抖，洒下一小片阴影。床帐只挂了一半，被风吹得晃动，尾梢轻柔滑过赤裸的肌肤，刺得他身体猛然弓起来，大脑越发混沌。

"啊呀！"院中阿六惊呼一声，随后便是"哐啷啷"的木桶落地声。

陆追猛然醒转，带着一身冷汗坐起来。

"怎么了？"岳大刀揉揉眼睛，推开门问。

"没事，不小心撞翻了木桶。"阿六将食指压在唇边，"嘘，别吵到夫人他们，快回去接着睡吧。"

岳大刀答应一声，上前帮他将桶摆好，两人便各自回了房间休息，连屋檐下的灯笼也被风吹熄了。

黑夜又重新寂静下来，陆追却睡意全无，掩着薄薄的外袍，抱住膝盖坐在床上出神。

不知为何，他总觉得自己方才做的梦不像普通的梦，更像是受到了某种蛊惑。

与此同时，山下枯树林中，萧澜不耐烦地挥手推开面前越凑越近之人。

季灏猝不及防，险些重重撞在墙上，不悦道："你做什么？"

萧澜手撑住额头，像是刚走出噩梦迷城，过了许久才缓缓抬头。

看清他的表情后，季灏不自觉便往后退了两步。

两人正身处一个山洞中，篝火燃得旺盛，洞内四处都弥漫着香气，可这香气却并不能使人感到愉悦，更似开在黝黑泥淖中的幽冥毒花。

萧澜一语不发地看着季灏。

季灏神色镇定，心中却有些慌乱，也不知为何他会在迷阵中醒来，红月灵塔与精心饲喂的蛊虫一样不缺，按理来说该百无一失，这还是自己头回失手。

狂风在山洞外嘶吼，却始终吹不进这山洞，萧澜道："你胆子倒是不小。"

季灏冷哼一声，不甘不愿地抬手捏碎桌上灵塔，阵法随即散去，一股冷风灌进洞内，将篝火也吹熄了。

萧澜问："不打算给我一个解释？"

季灏索性坐在地上："谁让你想不起我，只记得陆明玉。"

萧澜用鞭梢抵住他的脖颈："我对你暂时有耐心，全因你这面容与他有几分相似，可也并不是什么了不得的原因。所以，若我是你，便会学着识趣些。"

季灏闻言一顿，悻悻往后退了些。

萧澜道："说吧，你究竟是谁，又有何来意。"

季灏道："我要杀了陆明玉。"

萧澜眉头猛然皱起。

季灏与他对视，声音像是传自空谷："因为只有杀了他，你才能清醒过来。"

天边红月渐隐，陆追翻身下床，匆匆取过一边的衣裳穿好。他推门出去，见院中仍旧是安静的，其余人尚未起床，山间连雪鸟都未见一只。

陆追握住门把手，有些迟疑，不知自己该不该下山。

山下并没有任何消息传来，他应当好好待在山上。他先前也答应过萧澜，不会冲动行事。况且现在下山又能做什么呢？所有人都在找他，只怕他一冒头便会被群起而攻之，不仅不能帮忙，反而会添乱。

陆追眉头皱着，所有情绪搅在一起，黏黏糊糊，他竭力想从中寻些理智与线索出来，却只搅出黏稠的声音，刺激得他胃里翻腾，蹲在地上干呕了半天。

"爹。"阿六先听到声音，披着衣裳推门出来，慌忙将人扶住，"你怎么了？"

"没事。"陆追脸色泛黄，有些病态。

阿六将他的手包在掌心，觉得透出一股子冰凉，于是问："可要寻个大夫上来？"

"胃不舒服罢了。"陆追哑声道，"你让我缓一缓，莫吵到旁人。"

阿六心里也没底，只好抬掌在他心脉处徐徐注入内力，至少能让他更舒服些。

过了约莫一盏茶的时间，陆追才睁开眼睛，鬓发微湿，阿六隔着外袍摸了一把，果真又满是冷汗。

陆追吩咐："去烧些热水。"

阿六扶着他回房，又烧了热水送进去，刚好见陆追撑着从药箱中取出一个黑色瓷瓶，仰头将里头的东西一饮而尽。

"爹！"阿六赶紧上前去夺，黑瓷瓶里头却已空空如也，于是急道，"叶大夫说这药是危急关头续命用的，又不是胃药，怎么现在吃了？"

陆追哭笑不得地看他一眼。

阿六后知后觉，大惊失色："爹你没事吧？"

陆追道："现在好了。"

好什么好？看这一脸苍白的样子。阿六硬是将人塞回床上，又弄了两床被子压上去，一屁股压住被角，严肃地叮嘱："先发一身汗。"

陆追手脚虚软无力，也不想说话，觉得他与萧澜治病的路子倒是一脉相承，一个多发汗，一个多喝热水，不花银子，老少咸宜，包治百病。

服下续命药后歇了一会儿，心间腥甜总算散去些许，陆追道："你去替我做件事。"

"什么？"阿六蹲在床边。

陆追道："去趟洄霜城，将林威带上来，我有事要吩咐他去做。"

"我一个人下山？"

"怎么，不愿意？"

"当然不是，替爹做事有什么好不愿意的。"阿六压低声音，"可姓萧的下山前叮嘱过，说无论发生什么事，我都要守在爹身边，还说哪怕是陶夫人，也不能全然信赖。"

"我知道。"

"那爹别让我下山了，林威在城里守着，他知道该怎么做。"

"不行。"

阿六："……"

"你快去快回，记得易容。"陆追道，"这件事很重要。"

阿六摸了摸他潮湿的鬓发，问："有多重要？"

陆追看了他一会儿，答："你若不去，我也就不想活了。"

阿六受惊："啊？"

陆追整个人都陷在被褥中，眼眶泛红，是刚才干呕时逼出来的眼泪还未来得及消散。

阿六看得心疼，也不懂为何在朝暮崖时还风流倜傥的爹，竟会在洄霜城中变得如此病弱憔悴。他满心只想将这些破烂事都解决，然后带着人回王城吃肉喝汤养身体。于是，他也不再多言，替陆追掖好被子后就出了卧房。

阿六没立即下山，而是先将岳大刀叫了起来。

"你做什么呀？"岳大刀揉着眼睛，尚未睡醒。

阿六道："我要下山一趟，你好好看着二当家。"

岳大刀迷糊道："啊？"

阿六道："若这件事做得好，我便告诉你羽流觞是谁。"

岳大刀瞬间清醒过来："你认识羽流觞？"

"认识。"阿六点头。

岳大刀先是一喜，后又怒道："那你不早些说！"

阿六道："我知道你这小丫头定然有目的，不过现在不是说这个的时候，你只需记得，谁若是敢碰二当家，只管往死里打。"

岳大刀被他唬得一愣。

阿六又问："记住了？"

"嗯。"

阿六拍拍她的肩，扛着刀下了山。这山上除了爹，他原是其他谁都不会相信的，可如今情势有变，他也只好与这丫头站在一头了。

"在说什么？"陶玉儿也被吵醒了。

"夫人。"岳大刀转身，"阿六下山了。"

"下山？"陶玉儿问，"明玉呢？"

"陆公子还在睡。"岳大刀道，"没出来呢。"

陶玉儿靠在门上听了片刻，屋内之人呼吸绵长，像是的确在熟睡，她便也放了心，只是依旧疑惑，不知阿六为何会突然下山。

最近城中纷乱，城门口的盘查也严密了不少。阿六易容成外地商贩，戴着棉帽，围着围脖，随人群慢慢往前移动。

天气寒冷，排队的人多有怨言，不住地跺脚往手心哈气。一个汉子也在问身旁亲友，是不是城中出了什么命案大案，否则怎会一个个搜身。

"倒不是什么要命的案子，只是这城里来了一伙江湖人，他们霸占了李府，像疯了一般，把城里搅得乱得很。这年过得，糟心啊。"

"李府的李老爷可是城中的首富，宅子就这么被霸占了，官府也不管？"

"江湖事，官府要怎么管？只要没伤及百姓，官府便睁一只眼闭一只眼。李府的家产被瓜分完后，大家都以为他们该走了，谁知那些江湖人反而在李府住了下来，又说要找一个叫陆追的，比先前更疯魔了几分。"

阿六竖起耳朵。

"为何要找这姓陆的人？为了报仇？"汉子又问。

"谁知道呢？据说那姓陆的可不是什么善茬，会摄魂，抢了个叫红莲盏的宝贝，要去刨别人家的祖坟找宝藏。"那人答，"也不知真假，城里都是这么传的，听听都瘆得慌。"

阿六险些背过气，这都是些什么破事？

好不容易排队进了城，他循着城中暗号找过去，下属却说林威出了城，一直没回来。

"他出城做什么？"阿六莫名其妙。

"不知道，没说过。"

阿六又问："这城里的谣言究竟是怎么回事？"刚开始还只说红莲盏，为何现在居然说他爹成了杀人摄魂的妖精？

提及此事，下属也一肚子火，先前无论是在朝暮崖还是在王城，二当家都是数一数二的翩翩公子，哪里会像在这里一样，什么脏水都往二当家身上泼，偏偏他们还只能忍气吞声受着，以免打草惊蛇。

下属道："那些江湖人像疯子一样满城找人，百姓心中不满，却又不敢与他们起争执，日子久了便都开始抱怨起二当家来，说他躲去哪里不好，偏偏要来洞霜城，扰得所有人都过不好年。一来二去，故事也就越传越猎奇。"

大多数百姓不会觉得此举有何不妥，更不会去想故事里的主人公到底是不是真如此不堪——反正即便是假的，可所有人都在说，这账也算不到自己头上，他们不就是传了两句闲话吗？

阿六掉头去了城外寻林威。

枝头的冬雪在朝阳下点滴化开，林威隐在一块巨石后，意外道："你怎么下山了？"

"找你回去。"阿六道，"爹找你。"

林威又看了一眼不远处的山洞。

阿六疑惑："你盯着看什么呢？"

林威道："萧澜与一个像极了二当家的年轻男子在里头。"

阿六愈发不解："还有人像极了咱爹？"

"你爹。"

"说重点。"

"我无意中发现的，以为是萧澜的熟人，就想走。"林威道，"可萧澜却暗中向我做了个手势，我觉得蹊跷，便留下盯着了。"

"然后呢？出了什么事？"

"然后天上的月亮便越来越红。"林威回忆，"我当时也有些心神错乱，待到冷静下来时，那男子已经带着萧澜进了山洞。我找了个时机上前去看，却又见萧澜做了个手势，便没再过去了。"

"那月亮果真有问题啊。"阿六拍了一把大腿，"算了算了，先不说这个，回山吧。"

林威合剑入鞘，刚想站起来，身后却突然传来尖锐的破风声。一把长刀劈开面前的巨石，带得碎末飞溅，打在脸上生疼。

来的是一群黑衣弟子，打头的那人身形矮小，满头发辫，腰间裹着围裙，看背影有些滑稽，可一旦对上正脸，却十人有八人都会不寒而栗。那是一双怎样的眼睛？瞳仁病态地胀大，几乎要看不清眼白，如铜铃一般镶在苍老的面庞上，将那暴戾而又贪婪的欲望悉数表露出来，没有丝毫掩盖。

林威低声道："黑蜘蛛。"

冥月墓里头的人啊。阿六双手握着刀柄，将周围的人都快速打量一圈，还有心情问："打不打？"毕竟下山之前爹叮嘱过，要少打架，早回家。

林威尚未来得及回答，黑蜘蛛却已经怪叫一声攻了上来，每一招都是夺命手。

"嚯，来真的是不是？"阿六狠狠吐了口唾沫，举着金环大刀只随手一挥，便将面前的两名冥月墓弟子拍飞到了半空中。

外头"乒乒乓乓"战成一片，山洞内却极为安静，如同另一个时空。洞口隐隐浮动着暗色光晕，若非通晓阵法八卦之人，不会觉察出任何异样。

季灏问："你在听我说话吗？"

萧澜抬了抬眼皮，眼底依旧是漠然。

"你不该忘了我。"季灏握住他的手腕，"陆明玉为你做过的事情，我一样为你做过，甚至比他做得更多。只因他这回先我一步，你就能忘了自己在冥月墓中说过的话？"

萧澜问："我说了什么？"

"你说会带着我走。"季灏松开手，半边衣服滑下肩头，露出一处剑伤，看疤痕像是已有了些年份，"你不记得我，总该记得这个吧？"

萧澜神情猛然一滞，他还当真记得这一剑。

那是一处荒僻的山丘，秋末冬初，荒草像疯了一样地长，一片青黄的颜色，远望连绵成一片海。太阳是惨淡的，却能在锋锐的刀刃上折射出刺眼的光芒，面前是杀之不尽的敌人，血和嘶吼一起搅乱了心绪，也模糊了神智。

一把长剑迎面刺来，躲闪不及，萧澜原以为会就此送命，却有人冲来挡在自己眼前。半尺剑刃翻卷没入血肉，他几乎能听到那人骨骼被穿透的声音。眼前是沾满血的白衣和一双虚弱又漂亮的眼睛，泛着水雾与痛楚，那人就这么倒在自己怀里，像是带走了全世界。

可陆追肩上并没有一道伤，所以他以为那或许只是自己的一场梦。

季灏合上衣襟，问："现在想起来了？"

"你究竟是谁？"

"你以为陆明玉为何要闯镜花阵？"

萧澜不语。

季灏道："因为只有见到你，只有说服你，他才能闯过红莲大殿。冥月墓里的宝藏是什么，天下人都想知道，但最想知道的，还是陆明玉。"

洞穴中极为安静，只有季灏剧烈的呼吸声。许久之后，他情绪像是平复了些，又道："冥月墓一别后，我便回了北海孤阳岛疗伤，原想着待伤愈后再来找你，却不料会被陆明玉抢先一步。"

萧澜问："他想利用我？"

季灏没有回答这个问题，只继续说："在冥月墓中陪你疗伤练武的人是我，陪你闯阵的人也是我。陆明玉只是一个被父母丢弃在墓穴中的人质，只因他长得像我，又曾亲眼见过你我相处时的光景，学到了几分，你就上当了？"

萧澜头疼："我现在什么都想不起来，你又何必哭哭啼啼。"

季灏发狠道："谁准你忘了我？"

萧澜道："姑姑从未提过你。"

季灏道："可姑姑也从未让你杀了我，她只想让你忘了我。"

萧澜坐回火堆旁。

季灏又问："你呢，你想忘了我吗？"

萧澜扫他一眼："我想知道当年的真相。"

"你先陪我上街。"

"上街做什么？"

"上街买东西。我独自来这里，没有银子没有新衣，总不能一直这般灰头土脸。"

萧澜站起来："走吧。"

季灏与他一前一后出了洞。

外头已无人打斗，只有萧瑟冷风吹过山间。萧澜走在前头，巡视一圈，却没发现林威的身影，一时有些迟疑。虽说两人平日里不对付，但在这种时候，他觉得对方应当能看懂自己的意思，否则也不会一路跟来山洞，只是不知为何会突然离开。

其实他只是想让林威回去再叮嘱陆追一次，无论听到什么，都要相信他，更不准下山。

最后半边太阳也隐入云端，在阳光消散的刹那，草丛中似乎有什么东西一闪——那是个金色的铁环，再熟悉不过，阿六有事没事都要抱着擦一擦。

与此同时，一处昏暗的房间中，阿六与林威背靠背被捆在一起，正在长吁短叹。

屋内并无人看守，阿六说："想个办法啊。"

林威试着挣了挣，捆住手腕的是天蚕丝，非但没有松脱，反而更紧了些。

阿六"咻咻"倒吸冷气："你还是别动了。"

林威有些气恼。

阿六道："你先别着急，抓我们来的那死老头是谁？鬼姑姑吗？"

"看模样也知道是个男的，鬼什么姑姑？况且他还将黑蜘蛛也打飞了。"林威道，"看那飘飘忽忽的武功路子，也不像是出自冥月墓。"

"还有帮手。"阿六嗤了一声。

"我们得想办法离开这里。"

"这还用说？你和我又不值得绑，定然是为了将咱爹引下山，这帮龟孙子。"

林威这回总算没再纠正究竟是"你爹"还是"咱爹"了。

阿六又叹道："这时候就想着，爹若是薄情寡义些就好了。咱俩绑了就被绑了呗，他只管吃吃喝喝睡睡觉，长些肉出来，别再吐血昏迷，比什么都好。"

林威问："二当家吐血昏迷了？"

"是啊。"阿六说，"叶神医给他开的续命药都吃了，不然我哪里会下山找你。"说完，他又用胳膊肘杵了杵林威，继续道，"不管对方是谁，总不能一直绑着咱俩，等有人来的时候，先想个办法让他解开这绳子。你轻功好，只管跑，去青苍山找咱爹，我挡着这些人。"

林威道："硬碰硬会吃亏。"

"这当口还想智取？"阿六道，"等你我这脑袋想出主意，还不知要等到哪一年，十个爹都被绑了。"

两人说话间，院外隐隐传来脚步声，两名女子推门进来，一个穿着紫衫，一个身着绿裙。两人一个胖些一个瘦些，站在一起刚好凑成绿杆紫茄子。

阿六"扑哧"一声笑了。林威觉得莫名其妙，用胳膊肘杵他一下，看到姑娘就笑，什么毛病？

那两名女子也不说话，手里都拿了个葫芦，拧开就将里头的东西往两人嘴里灌，冰凉酸甜。

"呸呸！"阿六一边咳嗽一边往外吐，"什么东西？！"

那紫衫女子满脸嫌恶，将身上水渍弹开："化尸水。"

阿六白眼一翻，向后直直栽了过去，带得林威也歪了半边身体，被捆着使不上劲，姿势极为狼狈别扭。

绿裙女子道："啊呀！"

林威愁眉苦脸道："两位姐姐要捆也就捆了，能否将我与这人分开？"

绿裙女子上前推了半天，好不容易将阿六歪了的身体推回去，他却又软绵绵倒向另一边。林威叫得愈发惨痛，连手都几乎要扭折了。

两个男人被捆着坐在一起，其中一个还又高又壮，绿裙女子原是想将二人拖到墙角，可惜力气不够大。耳边林威惨叫如同杀猪，她着实心烦，于是从靴子里抽出冰刃，把天蚕丝一分为二。

"喂！"紫衫女子见状想要阻拦，林威却已经一跃而起，将绿裙女子一脚踹至墙角，飞身撞出窗户，脚下像是踩了风。

身后打斗声一片，想来是阿六在挡着那些人。在林中偷袭的那老头应当不在，否则林威也不会跑得如此顺利。林威粗粗辨认了一下方向，便狠狠咬牙，命也不要地向城里奔去，一为早些见到陆追，二为能尽快带人将阿六救出来。

耳畔不断掠过风沙草叶，他觉得自己胸口闷痛，方才喝的也不知是什么东西，无暇去想，只有强憋着提起一口气，让脚下速度更快三分。

暮色沉沉，青苍山中，岳大刀坐在陆追旁边，问："公子喝水吗？"

"不喝，多谢。"

"那肉骨头啃不啃？"

"……"

"不是不是，不是给狗啃的那种。"岳大刀赶忙解释，"是有肉的，阿六下山前叮嘱过，要炖了给公子吃。"

"姑娘自己吃吧，我不饿。"

"那公子要做什么呀？沐浴吗？我去烧热水。"

陆追哭笑不得："我什么都不想做，就想在这回廊里安静一阵子。"

岳大刀答应一声，双手撑着腮帮子看他。

陆追被少女这烂漫而又热情的目光盯得后背发麻，于是只好道："我先回房了。"

"公子。"岳大刀在他身后道，"阿六认得羽流觞，你也一定认得，就告诉我他在哪儿嘛。"

陆追道："此事怕是要阿六亲自讲。"

"那你告诉我，他是个好人吗？"岳大刀又问，"我是说羽流觞。"

"他很好。"陆追道，"武功好，人品好，懂得照顾别人，仗义又洒脱，不悲观亦不消极。而且顶重要的一点，他运气一直就很好，是被老天放在心里的，这一点旁人羡慕不来。"

"真的呀？"岳大刀果然高兴起来。

陆追笑笑，又道："你若是能真心对他，无论是不是男女之情，哪怕你只是把他当普通朋友，他也定会还一片真心给你。"

岳大刀脸红起来，还想多问些，却又不知道还能再问什么，于是像小雀一般跑出门，想去路边寻些干掉的草叶编只镯子戴。

陆追眼底也带了笑，转身想要回房，外头却突然传来岳大刀的尖叫声。

"怎么了？"陶玉儿本已歇下，闻声也推门出来。

陆追与她匆匆出去，就见岳大刀正在费力地扶起一个人，那人胸口染了刺目的鲜血，不是正常的红色，有些发暗。

"林威！"陆追面色骤然一变，上前一把扶住他，先握过手腕试了试脉象。

"二当家。"林威眼前发黑，拼着最后一口气断断续续道，"阿六让人抓走了，还有，萧公子在城外山洞里，与一个白衣人在一起。"

白衣人？陶玉儿不解。

"先别说了。"陆追拉起林威一条手臂绕过自己的脖颈，背着人进了小院。

"我与阿六在城西山洞外遇袭，对方是一个老头带了数十名弟子，看着不像冥月墓的人。"林威强忍着全身剧痛，断断续续道，"阿六在城西涌泉街后的空宅里，红瓦红柱，咯。"最后一句话还未说完，他眼前便漆黑一片，晕了过去。

陆追搭了搭他的脉。

"怎么样？"陶玉儿问。

"很弱。"陆追从自己的药箱内拿出一个小黑瓶，撬开他紧闭的牙关喂了进去。

"看血色是中了毒。"陶玉儿又问，"你这是解药？"

"不是解药，是用凤凰血与麒麟角配制而成的，危急关头可用来续命。"陆追道，"我试不出他中了什么毒。"

陶玉儿坐到床边，也探手一探，只觉指下脉搏的跳动几乎没有，像是下一刻就会消失，的确不像是寻常毒药造成的。

"公子。"岳大刀在旁亦是担忧，"方才他昏迷前还在说……阿六不会有事吧？"

陆追抬头问："不知可否请夫人帮我一个忙？"

"同我还客气什么？"陶玉儿道，"只管说。"

"我要运功替他疗伤，最快也要一整晚，现在阿六下落不明，山下的事在可否请夫人先替我打探一二？"

"你要替他逼毒？"陶玉儿不赞成，"你自己有伤未愈，该多休息，哪里有替别人疗伤的道理？"

"单凭那一瓶药，他撑不过去的。"陆追道，"我自有分寸，求夫人帮我。"

"不是我心狠，这毒来得蹊跷凶险，你这不知根不知底的就要疗伤，倘若出了岔子，我要如何向你的爹娘与澜儿交代？"

"他与阿六都是我出生入死的兄弟。"陆追往床上看了一眼，"他们此番来洄霜城也是为了助我一臂之力，现在出了事，我又岂能坐视不理？况且即便是出了岔子，也只会伤我三分，不会有性命之忧。"

陶玉儿心疼，道："听你这话，倒像是已将受伤当成了家常便饭，我再问一遍，此人你非要救？"

陆追道："是。"

陶玉儿叹气："你打小就是这性子，我拗不过。"

陶玉儿起身，带着岳大刀出了卧房，难掩担忧。

"夫人。"岳大刀在屋内没敢多说，在院里才红着眼眶着急道，"那阿六怎么办？"跑回来的都奄奄一息，没跑回来的还不知会怎样。

陶玉儿说："你下山。"

岳大刀连连答应："好好好，我下山，可我下山要做什么？"

"我要守着明玉。"陶玉儿道，"你去山下打探打探，看城里有没有人说这件事，尽快回来。"

"不救阿六吗？"

"你能救吗？"

岳大刀语塞。

"别着急，也别添乱，你快去快回。"

"嗯！"岳大刀往外跑了两步又叮嘱，"夫人一定要照顾好陆公子，我答应过阿六的。"

陶玉儿道："这话澜儿也说过，你只管放心。"

岳大刀借着月光，连手中火把都嫌碍事，就那么一路跑下了山。她一边跑一边安慰自己，人人都说阿六运气好，那他便一定会逢凶化吉，平平安安。

屋内，陆追抬掌按在林威后背，额头有些细汗冒出，他从未见过如此蹊跷的毒药。他抬手压在林威心口处，将那四处乱窜的真气渡到自己体内，而后生生又将其逼了出去。

这举动着实有些冒险，稍有不慎便会伤及自身，不过幸好陆追反应够快，运功之后除了有些晕眩虚弱，并无其他不适。

林威也总算呼吸平稳，重新睡了过去。

天边已经微微露出鱼肚白，陆追用凉水洗了把脸，强撑着出了门。

陶玉儿在石凳上坐了整整一夜，此时见他无恙，总算松了口气。

陆追道："多谢夫人。"

"人没事吧？"陶玉儿问。

"我护住了他的心脉，不过想要解毒，还是要找到解药。"陆追道，"我要下山。"

陶玉儿不答应："你熬了一整夜替人解毒，现在又要往狼窝里钻？对方的目标明摆着是你，你哪有自投罗网的道理？阿六是挺重要，可是再重要，能比你的命更重要？"

陆追道："我不会明里抢人，只想一探究竟。"

"过来。"陶玉儿朝他勾了勾手指，"我先告诉你一件事。"

"嗯？"陆追俯身。

陶玉儿用手挡着脸，像是要凑近与他说话，指间却银光一闪，两枚短针悄无声息没入他耳后。

"傻小子。"陶玉儿抱住他瘫软的身体，"你这命自己不想要，澜儿还想要呢，我得替他看着。"

陆追唇色发白，也不知是因为熬夜太累，还是毒针所致。

陶玉儿将人扶到床上，又拉过锦被盖好，指尖轻轻抚过那憔悴的脸颊，深深叹了口气。她知道阿六在陆追心中的分量，却也绝对不会答应他再去冒险，山下有什么，她再清楚不过。为了红莲盏，为了名与利，底线是什么，道义又是什么，根本就没人会在乎。

时间一点一点地过去，山间小路上总算传来动静。

"夫人、夫人。"岳大刀一路气喘吁吁，"我回来了，陆公子与那受伤的少侠怎么样了？"

"他们没事，正在屋中休息。"陶玉儿问，"山下呢？"

"山下还是老样子，没什么乱七八糟的谣言。"岳大刀道，"只有一群人在说，冥月墓的少主人带着一个白衣公子，去了城里的布行买衣裳。"

"买衣裳？"

"是啊，那些江湖人听到消息赶过去，布行都关了。有人猜那白衣公子是陆公子，信的人还不少。"

"只有这些？"

"我还去了城西，找到了那处红瓦红柱的宅子，可里头是空的，我寻遍了也没有人。"

陶玉儿眉头微微皱起，岳大刀拉住她的衣袖："夫人，我求你了，你去救救阿六吧。"

"我救他作甚？"

"阿六是陆公子与萧公子的朋友啊，现在几乎没人能救他，只有夫人了。"

陶玉儿头疼。

"哪怕只是下山看看呢？帮忙找找线索。"岳大刀道，"阿六平时很尊敬夫人的，经常说也想有一个会做衣裳的娘。"说着说着，她眼泪"吧嗒吧嗒"掉下来，又憋着不敢大声哭，只拉着陶玉儿的胳膊哀求。

陶玉儿问："那明玉呢？"

"我守着，我守着陆公子。"岳大刀用袖子一抹眼泪，赶忙道，"我一定不会让他下山的。"

陶玉儿还在犹豫。

"夫人。"岳大刀索性"扑通"一声跪在地上。

"罢了罢了，起来吧，别动不动就又哭又跪。"陶玉儿道，"那你好好守着明玉，我会在天黑前回来。"

"多谢夫人。"岳大刀破涕为笑，一直将她送往山口，目送着她的背影消失，才转身跑回小院。

一名中年男子正站在院中，头发灰白，神情冷峻。

"师父。"岳大刀被吓了一跳，赶紧又回头看了一眼山路，见陶玉儿没回来才放心，上前小声道，"被陶夫人撞见就惨了。"

中年男子吩咐："你在这院中守着。"

"好。"岳大刀点头，不忘再叮嘱一遍，"师父可是答应过我的，一定会救陆公子、那位受伤的少侠，还有阿六与萧公子的。"

中年男子推门进了卧房。

重重纱帘后，陆追陷在柔软的被褥中，眼睛紧紧闭着，像是连做梦也不安稳。

中年男子叹了口气，缓缓伸出手，拇指轻轻蹭了蹭他苍白的脸颊，生平第一次有些后悔，后悔将这唯一的儿子独自丢在江湖中。

陆追睫毛轻颤，手死死握住被单，在梦中咳了一口血出来，撑在床边迷迷糊糊粗喘了半天气。

陆无名沉默着倒了杯热水递给他，陆追胡乱接到手中，喝了大半杯才缓过心神，抬头看了一眼面前的人。

屋内安静得能听到一根针落地的声音，连院子里头的岳大刀也屏住了呼吸。

陆无名开口："你伤得不轻。"

许久之后，陆追才嘴唇颤抖，低低叫了声"爹"。

他如同身处梦境，没有一丝真实感。

陆无名替他裹好被子，道："先好好休息。"

陆追急急道："山下——"

"我知道你的人被绑走了，大刀已经说过了，交给我便是。"陆无名道，"隔壁那个我也会去替你照应，这下能安心了？"

陆追道："嗯。"

"睡吧。"陆无名扶着他躺平。

陆追又道："还有萧澜。"

陆无名不悦："他是冥月墓的人。"

"爹。"

"况且陶玉儿也在。"

"爹。"

"……"

陆追与他对视，陆无名叹气："也罢，我就替你再去多看那小子一眼。"

血缘真是一种奇异而又不可言说的东西，哪怕多年未见，父子二人也能在寥寥数语中找回熟悉的感觉。

陆追从十二岁那年被陆无名接出冥月墓，再到十八岁离家，满打满算，父子二人相处的时间也不过短短六年。而在这屈指可数的时间里，陆追还有一大半时间都在闭关习武，寻常人家孩子会有的嬉戏打闹、撒娇讨好，陆追从来就不知那是何滋味。

先前十余年的担心牵挂与刀光剑影，以及心中挥之不去的愧疚，让海碧也性格大变，从先前的娇俏鲜活变得沉默寡言、满腹心事。即便后来将儿子接了回来，他们母子间最亲密的互动，也无非是靠着坐在院中梨花树下，海碧一页一页翻书念给陆追听。

冥月墓成了陆家最不敢提的伤疤。而陆无名在将陆追接回家后，就解散了自己一手创立的暗杀组织。

消息传出江湖，人人都道当年风头无二的陆无名现如今已是孤家寡人，于是那些曾对他心怀不满的，或是与他结过梁子的，便一拨一拨上门寻仇，个个都是凶神恶煞的。

在最初的两年里，陆追也问过陆无名为何要任由别人前来挑衅，陆无名却只要他潜心习武，不必在意那些人。直到十五岁生辰那日，陆追陆家剑法初成，陆无名才将清风剑正式交给他。只花了一夜时间，陆家小公子就将家门前清扫得干干净净，从此再无叫骂声。

虽说耳根得了清静，可陆府中的气氛却没有因此轻松。海碧的身体一日比一日差，心中的负罪感也一天胜过一天。她神思恍惚，念叨是自己拖累了丈夫与儿子，拖累了整个陆家，经常在窗前一坐就是一整天，终于在一场冬雪后彻底病倒。陆无名不得不带着她乘船出海，一为寻神医治病，二为远离伤心故土，好让将来的日子过得轻松些。

然而，陆追却不想离开。

"你要留下？"陆无名原是想带着儿子一起走的。

"爹先前就说过，要毁了冥月墓，毁了那处妖洞鬼窟。"陆追道，"既是陆家祖坟，自然要由陆家人来做这件事。"

陆无名道："这是我的事，与你无关。"

"娘的身体要紧。"陆追道，"我在冥月墓中住过多年，若想毁掉那里，没有谁比我更合适。"

"只是为了毁掉冥月墓吗？"陆无名问，"还是为了萧澜？"

陆追眼神微微一闪。

"这几年你背着我，经常与他有书信往来。"陆无名问，"信中都说了些什么？"

"他是我在冥月墓中唯一的朋友。"

"他也是鬼姑姑选中的继承人，伏魂岭的下一任主人。"

"萧澜与那墓中的其他人都不一样，我想带他离开那里。"

"他若当真能明辨是非，就该自己离开，而不是等着你去带。"

"是。"

"是？"陆无名哭笑不得，"你这倒是应得爽快。"

陆追道："爹就答应我吧。"

"也罢。"沉思许久后，陆无名拍了拍他的肩膀，"凡事小心，切勿冲动。"

那日下午，父子二人头回对坐而饮，微醺而归。三天后，陆无名便带着海碧离开飞柳城，临行前遣散家仆，关了老宅，曾经显赫一时的江南陆家从此销声匿迹。

只是，陆追从未想过，自那一别，他便彻底与爹娘失了联系。有人说陆家的大船在海上遇到了风暴，有人说是他们在航程中遇到了海盗，更蹊跷的，还说他们遇到了吞人的水鬼。而最好的一种传闻，便是说夫妇二人已在海外寻得海岛，过上了神仙眷侣的逍遥日子。

陆追也靠着这点期待与念想，独自在江湖上漂泊了十余年。他十七八岁暗中重回冥月墓，十九岁遭人偷袭、命悬一线，二十岁被赵越带回朝暮崖，再到后来当上了王城山海居的掌柜。

时间如流水一般飞逝无踪，有些回忆漫长到如同已走完一生。

陆无名道："你看上去一点都不惊讶。"

陆追躺在床上，道："爹教过我，要学会将心思隐藏在心中。"

"可你方才要我救萧澜时，却半分也没隐藏情绪。"

"爹原本就不愿帮他，若我不表现得急切些，只怕又会被拒绝一回。"

陆无名难得一笑："你倒是学得比先前油嘴滑舌了。"

陆追也跟着笑："那是好还是不好？"

陆追又问："我娘呢？"

"她在一个很安静的地方，身子已经好了许多，你不必担忧。"

陆追在心里深深松了口气，他方才一直不敢问，犹豫该不该问，就怕等着自己的会是……坏消息。幸好，没事。

陆无名没说为何这么多年来他们没给儿子寄过一封书信，陆追便也没提。想来故事不会短，况且现在也不是叙旧的时候。

"师父。"岳大刀拍了拍门，提醒，"你们话要快些说，万一陶夫人回来了便不好了。"

陆追道："我还在想这小丫头的身份，想她为何凭空冒出来要嫁阿六，原来她是爹收的徒弟。只是不知为何，我在她的功夫里丝毫看不出陆家剑法的影子。"

"陆家剑法只能传给你一人。"陆无名道，"若被第二人习得，知道了个中缺陷再用来对付你，饶是我后悔也迟了，所以哪怕是大刀也不行。"

陆追道："原来如此。"

"陶玉儿性格诡谲，心思复杂，不过现在还不至于伤你，这处小屋也是目

同归

前最安全舒服的地方。"陆无名道，"你自安心待着。"

"好。"

陆无名将他扶起来，缓缓渡了些真气过去，看着人睡下后，才起身去隔壁。

有了陆追的内力，林威暂时没有性命之虞，不过这毒的确蹊跷，解药还是非找到不可。

"师父。"见陆无名出来，岳大刀赶忙迎上前，"怎么样了？"

"你在山上守着。"陆无名道，"待到明玉醒来，再喂他服下这药丸。"

"好，陆公子没事吧？"

"需要多休息。"

岳大刀不忘叮嘱第八回："一定要救回阿六。"

陆无名道："放心，为师定然不会让你嫁不出去。"

岳大刀没听明白："啊？"

陆无名却已经下了山。

岳大刀满脸疑惑，救不救阿六，与自己能不能嫁出去有何关系？

所以说人若钻进了牛角尖，一时半刻是出不来的。分明已是摆在台面上的事情，然而直到黄昏，岳大刀还坐在台阶上，撑着腮帮子想阿六与羽流觞，想嫁出去与嫁不出去的事。

城中依旧萧条，只有江湖中人扛着刀在街上走，先是一个，后头就变成一群，再到后头，城中客栈几乎空了大半——所有人都闻讯出来，偷偷摸摸跟着前头正在逛街的二人。

季灏手中抱着一大堆东西，不悦道："你要做什么？"

萧澜闲闲瞥他一眼："是你自己说的，要买衣裳。"

季灏语塞："那也不用——"买这么多吧？

萧澜道："你穿好看些，说不定我就能想起来。这点陆明玉可比你聪明，他在我面前就没穿过重样的衣服。"

季灏把手中的东西往上抱了抱，免得掉下去。

萧澜转身又进了一家小铺子。

依旧是那老两口守着炉火，笑道："少侠又来给那位好看的公子买衣裳啊？"

季灏原是想发火的，听到这话又生生将怒意咽了回去，心里狐疑，原来不是萧澜在耍自己，先前他当真带着陆明玉买过衣服？

萧澜挑得慢条斯理，外头巷道中的人却已嘀嘀咕咕闹翻了天。

要放在前几天，看到冥月墓的少主人带着一个白衣青年，那白衣青年九成九就是陆追——二人这么大摇大摆在街上走，估摸诸多江湖人早已冲了上去。可偏偏他们前几天刚被萧澜抽过一顿鞭子，知道他武功出神入化，也就不敢造次，心痒却只能不远不近地跟着，猜测等下又会发生什么事。

陆无名易容成江湖客，路过巷口之时也远远看了一眼，恰好看到萧澜带着季灏从成衣铺子里出来，像是买了不少东西。

岳大刀只对他说过萧澜下山是为了处理冥月墓的事，却从未细说究竟要怎么处理，更不知其中有何计谋。所以，陆无名很快就收回目光，加快脚步离开了巷子。萧澜究竟是带着男子买衣裳还是带着姑娘买簪花，陆无名暂时没有任何兴趣。毕竟他的当务之急是找到绑架阿六的老头，救人拿解药，至于萧澜的事，排队也要排到最后。

巷口另一侧，有华丽衣摆飞速一闪，是陶玉儿隐在暗处。

萧大公子带着季灏往北走。

"出城吧。"季灏突然低声说。

萧澜问："怎么，不逛了？"

季灏道："我们被冥月墓的人盯上了。"

萧澜反而一笑，道："现在才找来，看来姑姑也没多关心我，你说是不是？"

季灏闻言迟疑，不知他这话是什么意思。

冥月墓像是派来了不少人，明里暗里跟在后方，季灏虽未回头，却也能感受到来自四面八方的压抑气氛。于是，他又问了一回："你打算怎么甩开这些人？"

萧澜道："姑姑要杀的人是陆明玉，不是你。"

季灏道："所以呢？"

"所以你只管走路，没什么可慌的。"

"若我没记错，前日鬼姑姑的人可是要抓你的。"

"那你猜姑姑为何要抓我？"

季灏自然摇头，这当口，他知道也要装不知道。

萧澜道："她是想试试看，若传出我被困在冥月墓的消息，陆明玉会不会冒死前来相救。"

季灏轻嗤一声，道："他救你作甚？"

萧澜没再说话，带着他继续在城中走。

冥月墓的人也没出手，就是一直不远不近地跟着，虎视眈眈。

陆无名去了城中一处客栈。

当初他在隐居海岛前，虽已将所有下属解散，但下属中有一心腹名曰曹叙，在隐退几年后又带着当年一帮兄弟另拉大旗，成立了黑鸷帮，多年发展下来也颇有气候。

这回得知陆无名回来，曹叙即刻便从永州率人赶来相助，后又跟随他一道来了泅霜城。

"门主。"曹叙正在客栈中等他。

"事情怎么样了？"陆无名问。

"我们的人一直在盯着冥月墓，不过却并未见谁与他们联系过。"曹叙道，"黑蜘蛛伤得不轻，好像也不知袭击他的人是谁，只躺在床上骂骂咧咧。"

"黑蜘蛛的功夫不算低。"陆无名道，"能被人打成这样，对方绝非等闲之辈。"

"可近年江湖上还真想不起来哪里有这样一号人，武功高强，上了年岁，与少爷结下过梁子，甚至不惜绑了他。"

那神秘人若只绑一个，那还有可能是阿六与林威的事，但将两人一起掳走，九成九是冲着陆追来的。

"倘若真是冲明玉来的，倒也好说，即便我们寻不到，对方也会主动现身。"陆无名道。

"可现在除了自己人与萧家人，没谁知道少爷人在何处。"曹叙迟疑，"当真要等对方主动现身？"

"要是没有我，得知林威与阿六被绑了，你猜明玉会如何？"

曹叙答："少爷定然会下山来寻。"

"对方也是吃准了这个。"陆无名从柜中取出包袱，打开后是一整套易容之物。

曹叙反应过来："门主是要假扮成少爷？"

"他们等的不就是明玉吗？"陆无名将面具仔细地贴在脸上。

"可想要少爷的不单单是绑架者，冥月墓以及这城中七七八八的人，要是得知消息，定然会一窝蜂冲上前，我们岂非自找麻烦？"

陆无名叹气："我当初真不该将他一人丢下。"

曹叙见这话勾得他似乎有些伤感，于是又安慰："其实自打上了朝暮崖，少爷的日子便逍遥快活了许多。据说那里的大当家为人仗义，温大人也对少爷多有照顾，王城山海居中亦是媒婆来了一拨又一拨，都想将少爷配给自家小姐。"

陆无名笑道："那明玉可有心上人？"

"八成是有的。"曹叙说得笃定，"门主只管等着抱孙子。"

陆无名乐了一阵，又道："萧澜身边还带了个人，那是谁？"

"那人名叫季灏，是北海孤阳岛的主人，平日里深居简出，没几个人认识，只是不知为何会突然出现在泂霜城，还与萧澜搅在了一起。不过这还不是最奇怪的地方，不知门主这一路可曾听到议论？几乎人人都在说那白衣人才是少爷。"

"那萧澜说什么了吗？"

"他们今天刚进城。"曹叙道，"极为张扬，几乎将城里的成衣铺子逛了个遍。那些江湖人也不敢明着找麻烦，只敢不远不近地跟着，看着颇有几分滑稽。"

陆无名道："那小子还挺机灵。"

曹叙提醒："萧澜是冥月墓的人。"

"至少他知道在最危险的时候带个人冒充明玉。"陆无名问，"那季灏为人如何？"

"没几个人与他打过交道，我们甚至连他的来历都不清楚，他像是凭空冒出来的。"

"既然外头的人都将季灏当成了明玉，那我被围住的可能性就很小。"陆无名道，"至于冥月墓，虽有些难糊弄，不过要是双方真打起来，我人都快被鬼姑姑带走了，另一方难道还能袖手旁观？只要他出来抢，我们就多少能探得阿六的下落。"

曹叙站在一旁，看着铜镜里头的人慢慢从中年人变成年轻模样。

陆无名与陆追本就相像，无论身形还是风采，甚至是最独特的眼神，也能有七八分相似。莫说是不相熟的人，就连曹叙也道："门主与少爷当真是一个模子里刻出来的。"

陆无名拿起佩剑，戴着轻纱斗笠出了门。

那把剑是陆无名与海碧定居海岛时，海碧亲手所造，虽说称不上精良，甚至有些卷刃，但外形与陆家的清风剑一模一样。于是，陆无名便一直随身带着，一为不辜负爱妻一番心意，二来也像是在冥冥中握住了儿子的手。

日头渐渐西沉，漫天晚霞散去后，街道两边的红灯笼点了起来，毕竟要过年，百姓虽说不敢出门，多少也得图个喜气。

萧澜站在客栈窗前往下看。

陆无名从街上一闪而过，速度极快，于是萧澜整颗心都空了一瞬。

看到草丛中阿六的金环大刀时，他就猜到出了乱子，或许是鬼姑姑想利用阿六引出陆追。

所以，他才会带着季灏进城，一来用季灏转移城内众人对陆追的注意力，二来也是想趁机探探消息，想着能在陆追获悉此事之前将问题弄清楚且解决掉，没想到还是迟了一步。

"你去哪儿？"季灏问。

"在这里等我。"萧澜头也不回出了门。

陆无名走得很快。冥月墓的人果然如同鬼魅一般，很快就贴了上来。

陆无名果断转身折入一条小巷，这路他曾走过，穿过去便是淮叶街，两侧都是空置屋宅，若打斗起来，也不会误伤百姓。

冥月墓弟子相互交换了一个眼色，同时跟上。

陆无名用余光扫了身后一眼，刚欲用轻功掠出巷道，却有另一身影从天而降。

乌金铁鞭所到之处，惨叫不断，痛彻骨髓。

"走！"萧澜一把握住陆无名的手腕，两人向另一头奔去，只是一眨眼的工夫便消失在了茫茫夜色中。

冥月墓弟子蜷缩在地哀哀呻吟，若非身上剧痛提醒，他们甚至要怀疑方才只是自己的幻觉，否则怎么会有一个人拥有这么诡异的速度？

一直拉着人到安全之地，萧澜才松开手，看着"陆追"低声道："你怎么跑下山了？"

陆无名一半身体都隐匿在黑暗中，脸上也做了一道和陆追一样的伤疤，哪怕是鬼姑姑，怕是也看不出异样。

萧澜却觉得不对。此人与陆追有着一样的面容、一样的白衣、一样的声音，甚至几乎一样的伤痕和眼神，却是截然不同的两个人。

"你是谁？"萧澜声音陡然一沉。

陆无名反而有些诧异，他精通易容术，再加上父子二人本就神采相似，何至于萧澜竟会一眼就看出破绽？

萧澜暗自握紧乌金鞭。陆无名倒挺闲适，继续背着手打量他。

萧澜："……"

坦白讲，陆无名对面前这小子是无甚好感的，当初陆追刚被接出冥月墓时，便哭着要将萧澜也一起带走。好端端一个白衣少年，却像个小女娃一般，趴在娘亲怀中哭了一路，估摸连车辙子里都带着泪花。

后来他们回了飞柳城，虽说练功辛苦，可陆追一闲下来就给萧澜写信。也不知两个小孩哪里来的神通，居然硬是瞒过陆家与冥月墓，互相找了眼线按时送信。

再往后，陆追更是执意要留在大楚，说是要为陆家平了冥月墓，可陆无名却觉得，那其中至少有五分是为了萧澜——甚至更多。

结果呢？陆追将自己弄得伤痕累累，吐血卧床，还险些毁了容。

陆无名道："是明玉让我下山助你一臂之力。"

萧澜隐约猜出他的身份，恭敬道："原来是前辈。"

陆无名心想，幸好，不算太傻。

萧澜问："明玉还好吗？"

陆无名道："不好。"

萧澜心一沉。

陆无名道："阿六与林威被人偷袭，你可知此事？"

萧澜道："我只知道阿六或许是被人掳走的，进城也是为了探他下落，还有林威？"

"阿六不知所终，不过林威倒是逃了回去。"陆无名道，"林威受了伤中了毒，我去青苍山之前，明玉已经替他护住了心脉。"

萧澜头隐隐作痛，他原以为山上安全，却没想到也能出乱子。

"你娘也在找阿六。"陆无名继续道，"偷袭他的人是位武功高强的老者，而且还打伤了黑蜘蛛，你可知其来路？"

萧澜意外："我一直以为是姑姑所为，黑蜘蛛也被他伤了？"

"江湖中似乎并没有这么一号人。"陆无名又问，"白天与你一道逛街买衣裳的那人又是怎么回事？"

萧澜道："我只知他名叫季灏，来自东海孤阳岛。"

"还有呢？"

"除此之外，再无其他，前辈也不知道他的来历？"

陆无名奇怪道："今天看你与他有说有笑，我还当你们是知交好友。"原来一问三不知。

萧澜道："我年幼时曾经中毒，忘了不少事情。"

"所以是季灏自己找上门，说他与你是朋友，你就信了？"陆无名狐疑，"总该还说了些别的吧？"

萧澜不知自己该如何回答，别的自然说过，可一旦提起来，那就不是三言两语能说清的了。

见他面露难色，陆无名更加笃定其中有不可告人的秘密，于是心中不悦，语气也更加严厉："如今情势危急，阿六与林威生死未卜，你却还在此犹豫扭捏？"

萧澜脑子有些乱……或许不是有些乱，而是乱成了一团麻。他整理了一下思绪，尽量清晰地将这些日子以来城中发生的事情，以及鬼姑姑对自己说过的话，都大致转述了一遍。

果不其然，陆无名越听就越觉得不满。

这城中一大半人都是为红莲盏而来，他是知道的，但从鬼姑姑说萧澜与陆追只能活一个开始，他心里便生了刺。再往后，听萧澜说冥月墓的人之所以想困住他，只是为了试探消息传出后陆追会不会下山舍命相救，陆无名就愈发觉得匪夷所思，这都是些什么破烂理由？

萧澜硬着头皮继续道："然后季灏就破窗而入，带着我闯出了冥月墓的围攻，后来才说他与我早就相识，甚至关系要比我与明玉更加亲密，他也因此不怎么喜欢明玉。"

陆无名几乎要将"嫌弃"二字写在脸上，萧澜是多么大一块香饽饽？还有人专门比较他与谁更亲密。

陆无名道："所以你就信了他的话，特意带着他买新衣？"

萧澜险些被自己的口水呛到，忙道："自然不是，我只想利用季灏转移城中各派对明玉的注意力，好让青苍山更加安全。"

"可季灏不但救过你，还说他是你的故人，你既想不起来，又为何就能如此坦然地利用他？"

萧澜刚刚才干了半分的后背又濡湿起来，半天之后，他才说："直觉。"

陆无名觉得这人合作不得，不仅说话磕巴，前言不搭后语，还一脸为难，像是正在被逼供什么了不得的大秘密。

萧澜自己也无甚底气，试探道："前辈？"

陆无名："告辞。"

萧澜："……"

陆无名又道："绑架阿六的人定是冲明玉来的，我易容也是为了引他出来。你只管带着季灏继续在街上走，不管对方信了哪个才是真的明玉，只要愿意现身，阿六与林威的命就还能捡回来。"

萧澜一路目送陆无名出了巷子。裘鹏当日说过的话，他不是不记得，但仅凭一句"是陆无名杀了萧家满门"，却也不至于影响他的理智与判断。当年的事情自然要查清楚，但在那之前，先解决城内的乱子才是正事。

陆无名戴上斗笠，继续在街上前行，看似随意，眼神与耳朵却都像正在捕食的猛兽，保持着应有的警觉。他觉得对方应该很快就会出现，而事实也很快就印证了他的判断。

一把冒着寒光的长剑从身后飞速而至，陆无名反手弹射出几枚暗器，"叮当"打在偷袭者的剑刃上，将硬铁也震出豁口。

季灏跟跟跄跄后退两步，发麻的手腕几乎要捏不住佩剑，心里惊诧他的内力之高深，眼中越发怨毒。

陆无名却没想到竟会是他，一时糊涂地看向另一侧。

萧澜面色阴沉，从巷子里大步走出来，将季灏的宝剑强行插回剑鞘，低声怒斥："你想做什么？"

"你说我想做什么！"季灏狠狠剜了陆无名一眼，道，"你休想将他从我身边带走！"

萧澜一记手刀打在他后脖颈，季灏软绵绵地晕了过去。

陆无名心道：有病。

萧澜尴尬道："还请前辈别将此事告诉明玉。"

陆无名表情与心情都很一言难尽。

什么叫休想带走？萧澜这样的一个人，到底哪里值得他专门劳神费力地去抢？不如去街头抢煎饼，每日前二十名还能免费多加个蛋。

第八章
空空妙手

另一处宅院中，阿六泡在浴桶里，只在腰间围了一块红布，动弹不得。他身边正围着数十名婢女，每人手中端着一篮花瓣，扬手纷纷往里抛撒。

阿六受宠若惊，忐忑难安。他当日放走了林威，还当自己不死也要脱层皮，却没料到居然还能混到如此纸醉金迷的待遇。

一个时辰后，又有一女子抱着琵琶缓缓而入，十指随意一拨，顿时流水潺潺，如珠落玉盘。阿六张大嘴打了个哈欠，对方一首曲子尚未弹完，浴桶里就传来如雷鼾声。一屋子的人都沉默了下来。

阿六继续淡定地打呼噜，尾音绵长，吵得人心里烦躁。那声音钻出窗户缝隙，像是能绕着泅霜城转圈，最后兜兜转转，隐隐飘进青苍山。

林威在睡梦中又吐出一口血，岳大刀在一旁哭。

逃回来的都这样，那阿六八成也凶多吉少。岳大刀脑子里七想八想，将所有酷刑都过了一遍，阿六的惨叫声她几乎能亲耳听到。

于是，等陶玉儿回来时，岳大刀已经快要将她自己哭晕过去了。

阿六僵硬地躺在床上，一群人七手八脚往他身上涂了一层百花膏，据说王城里顶有钱人家的小姐才舍得往脸上擦一些，香甜滑嫩，十里飘香。这么整整捣饬了一个时辰，他才被放开，摸了一把自己的胳膊，觉得或许比他爹的还要细嫩几分。

当日那紫衫女子上前，替他解开了哑穴，道："主人要见你，说话小心些，免得被割了舌头。"

阿六缩了缩脖子，问："不如姐姐先透露两句，怎么才叫'小心说话'？"

紫衫女子道："主人问什么，你一五一十地答便是，还有，将你这死了爹的表情收一收。"

阿六连连点头："是是是。"

紫衫女子轻嗤一声，转身离开了屋宅。

阿六穿了一身雪白的新衣裳，双手对着阳光举起来，翻来覆去地看，"啧啧"不断。一侧负责守着他的绿裙女子先是面无表情，后头实在忍不住，怒道："你给我安静一些！"

阿六辩解："我难得偶傥一回，多看自己两眼都不成？"

绿裙女子实在不想再与此人搭话了。

或许是因为尺寸没估对，这新衣并不是很合身，锦缎牢牢捆在他身上，令他看起来像是一只五花大绑的白粽子，整个人饱满又壮硕，与"偶傥"二字一文钱的关系也没有，但阿六很高兴。

阿六甚至一路哼着小曲儿，跟着紫衫女子穿过蜿蜒的走廊，最终停在了一扇门前，他还特意整了整衣裳。

里头果真有人正在等他，是当日在山洞外出手的那名老者，身形佝偻，眼神像是阴鸷的秃鹫。

阿六笑容满面地看着他。

老者："……"

房内很安静，并且安静了挺久。

阿六觉得面部肌肉有些僵硬，但还是努力维持着笑意。

老者面色阴沉，问："你这是在打什么鬼主意？"

阿六诚恳道："是两位姐姐叮嘱的，说神仙喜欢喜庆活泛些的，我不能寡着脸。"

老者："……"

紫衫女子赶忙低头："回主人，属下只提醒他勿要一直哭丧着脸，免得晦气扫兴，却从未教过他什么'神仙'。"

"这还用教？"阿六理直气壮道，"如此仙风道骨，胡须飘飘，宽袍广袖，威震八方，分明就是话本里的太上老君。"

阿六态度十分诚恳。

紫衫女子还想说话，却被老者扫了一眼，顿时噤若寒蝉，不敢再多言。

阿六继续满脸堆笑，问："不知神仙找我有何事？"

老者问："你与陆明玉关系极好？"

"是。"

"有多好？"

"情同父子。"

绿裙女子定力差了些，险些"扑哧"笑出声来。

阿六继续道："他待我就像是待亲儿子。"

"很好。"老者缓缓走近他，"那我要你杀了陆明玉。"

阿六脸上笑意消退："啊？"

老者又重复了一遍："杀了陆明玉。"

阿六沉默，老者继续盯着他的眼睛："杀了陆明玉。"

…………

"杀了陆明玉。"

…………

"杀了陆明玉。"

…………

四周像是瞬间空洞了起来，景物慢慢变得虚幻，却又渐渐重新清晰起来。桌上不知何时燃起了红烛，火焰跳动着，在老者那阴冷的眸子中灼灼闪烁，像是一把火，从眼里烧到心里，再从心里蹿到脑中。

老者眼底的火变成了纯黑色，他继续道："杀了陆明玉。"

阿六道："好。"

老者满意地一笑："去吧。"

阿六转身，一旁的绿裙女子已替他准备好了金环大刀，屋中所有人都在看着他。

阿六单手接过刀，又重复了一句："杀了陆明玉。"

"陆明玉在何处？"老者问。

阿六闭上眼睛，道："青苍山。"

"带着他的脑袋回来。"

"好。"

老者示意紫衫女子打开门，阳光照射进来，却驱不散浓厚雾霾。

阿六大步离开小院，头也不回地朝着城外青苍山而去。

街上人并不多，不过一个七尺大汉肩扛金环大刀依旧挺惹人注意。至少江湖中人都会多看两眼，而满城陆无名的眼线自然也第一时间就得到了消息。

"没拦住他？"陆无名问。

"没有。"曹叙道，"我吩咐过门下弟子，不能轻易与人起冲突，今日曾有人试图拦下阿六，不过见他双目赤红、一脸凶悍，看谁都是杀气腾腾的，只好先退了下来。"

陆无名心底生疑。

曹叙提醒："门主可要回去看看？据说阿六是去了青苍山，这模样着实像是中了邪，我怕少爷会有危险。"

陆无名道："继续盯着城里。"

曹叙点头："门主放心。"

陆无名翻身上马，一路烟尘滚滚驰骋向城门。

萧澜站在客栈门口，恰好看到这一幕，那是去青苍山的方向。现在阿六下落未明，城中风声鹤唳，陆无名偏偏这当口回去……他眉头猛然皱了起来。

隆冬时节，山里萧瑟，甚至还飘了雪花。

阿六没有像往常那样直奔山顶小屋，而是在山中兜兜转转，绕来绕去，几乎将所有险峻湿滑的山路都走了一遍，花了整整一夜，身上脸上都挂了伤，还狂躁地怒吼了一阵，用手"哐哐"砸了数十下胸口，才像是豁然开朗一般，一口气跑上了山。

莫说是他身后跟着眼线，即便是跟着真神仙，也早就被引得跌下了山。

太阳刚升起来，小院里暖融融的，一切都同他离开时一样。

阿六大力推开门，扯着嗓子喊道："爹！"

一把剑冷冷地搭在他肩上，阿六："……"

陆追站在院中，也喊道："爹。"

阿六不知身后是谁，但听到陆追这一句，顿时茫然起来，觉得自己莫非当真中了邪？方才他爹说什么来着？

陆追又道："爹，你先把剑放下。"

阿六"哐当"一声就扔了金环大刀。

陆追沉默片刻，问："你这是在占我便宜？"

"没有没有。"阿六赶紧摆手，又小心翼翼地侧着往后看了一眼。

陆无名与他对视，这人不认识啊……阿六朴实道："这位前辈，我是个好人。"

陆追上前，将陆无名握着剑的手强拉下来："爹，他没事的。"

阿六松了口气，却又在下一刻反应过来，爹？

"这是我爹。"陆追道。

阿六惊喜道："那我该如何称呼？"

陆无名疑惑，什么叫如何称呼？还能有什么讲究的称呼？

陆追淡定地揣着手介绍："爹，这是我的义子。"

阿六兴高采烈道："拜见爷爷。"

仿佛晴空炸了雷，陆无名险些吐出血来。

陆追继续道："不过此时不是认亲的时候。"

陆无名觉得自己并不是很想认这个壮硕的"亲"。

陆追问："说说究竟出了什么事，你又是怎么跑出来的？"

"林威呢？"阿六先问，"他没事吧？"

"他有事。"陆追没有隐瞒，"那日他跑回来后，说你与他在山洞外被一名老者偷袭，对方不是冥月墓的人。他还说萧澜与一个白衣人在一起，而后便吐血昏迷，至今未醒。"

"他被人打伤了？"阿六的心顿时悬了起来。

陆追摇头："是中毒了。"

"中毒？"阿六大惊失色。

"应当是被人灌了毒药，你不知道？"陆追问。

"我知道啊。"阿六一脸哭相，"我与他同时被灌的，那药又甜又酸，整整一大碗。"

陆追闻言面色一变，握过他的手试了试脉象，却无半分异常。

"爹。"阿六小心翼翼道，"我没事吧？"

"试不出什么，像是没事。"陆追松开手。

"难道那死老头的药对我也没用？"阿六试着运了一下气，依旧没有什么不适。

陆追听出他话里的意思："也？"

"是，他昨天把我叫到一间空房里，对我施了迷惑心智的阵法。"阿六道，"他重复了能有二十来回，让我杀了爹。"他前头还没反应过来，后面突然灵光一闪，装着做出中邪的模样，才能趁机溜出来。

陆无名问："那人是谁？"

"我不知道，只知道是个老头，身边带了许多丫鬟。"阿六道，"对了，他住在南城墙下的福寿街大院里，一时半会儿应该不会换地方，他还说了让我得手之后回去报信。"

"那你为何没有被他迷惑？"陆无名问。

阿六搔搔头："我也不知道啊。"

"阿六天赋异禀，陶夫人的阵法对他也没用。"陆追在一旁解释，"就连这青苍山小院外的幻象，旁人都是知道阵门才能破解，他却能胡乱就摸进来。"

阿六应了一声，用孙儿渴望得到爷爷夸奖的目光看着陆无名。

天边流云变幻，陆无名心里天人交战，他道："那我便回山下了。"

阿六眼底的光顿时暗了下去。

陆追也不满道："爹。"

陆无名坚定地走出了小院。

阿六轰然趴在桌上，粗糙的壮汉心受到了一丝伤害。

陆追安慰："下回我们去讨些银子当改口费。"

阿六道："哦。"

陆追倒了一盏热茶给他，道："爹应该是去了福寿街的大院，你虽说回来了，可林威的毒还要解。"

阿六进屋看了一圈，见林威依旧双目紧闭，也叹气。他平时和林威吵架吵习惯了，虽然也想过要对方揍一顿，但也只是揍一顿而已。现在林威被人害成这样，他若不替对方报仇，还有什么脸做兄弟？

陆追道："说说那老者的长相。"

阿六清清嗓子，还没来得及回忆描述，陆追却又打断："等等，你就没有别的事情要问？”

“啊？”阿六一时半刻没反应过来。

陆追只好提醒：“你没觉得这小院中少了人？”

“怎么没少？少了三个呢。”阿六"咕嘟咕嘟"喝茶，"陶夫人，岳姑娘，还有姓萧的。"若再加上爷爷，那就是四个。

陆追看着他，心想怎么会有如此粗糙又如此命好的人？别人家的姑娘哭哭啼啼，吃不下也睡不着，一早就拉着陶玉儿又下山去寻，到他这里，就只换得一句"怎么没少？少了三个"，就他会数数。

阿六道："爹，你是想说那姓萧的吧？"

陆追无力地摆摆手："算了，你继续说那老头的长相。"

说什么老头的长相？你看你这一脸愁苦！阿六在心里吐槽完，挪着凳子离陆追近了些，严肃地端详他。

陆追用一根手指顶开他，阿六道："可我也没盯住那姓萧的多久，就被人偷袭了，只听林威说过他与一个白衣人进了山洞，过了整整一夜都未曾出来。"

陆追抱着茶壶冷静地嗫茶水，嗫了没两口，却觉得一股甜腥涌上心口，于是撑着桌子又吐出一口血。

阿六吓得魂飞魄散，赶忙扶住他："爹你没事吧？"

萧澜刚进门便看到这一幕，心也悬到嗓子眼，上前一把将人接在自己怀中，忙问："怎么了？"

陆追看了他一阵，缓过劲来后虚弱道："阿六说你与旁人一同进了山洞，一夜未出来，我担心。"

阿六站在一旁很忐忑，原来这个也不能说吗？

“就为这个？”萧澜道，“我——”

“逗你的。”陆追笑，“我是替林威疗伤，太累还没缓过来罢了。”

萧澜将他打横抱起，大步回了卧房。

阿六想跟进去，却被无情地关在了门外。

于是，他只好去隔壁陪林威，撑着腮帮子坐在床边，唉声叹气。

萧澜倒了一杯温热的茶水，看着陆追漱口，陆追问："你怎么回来了？"

“担心你。”萧澜道，“我知道我不该回来，可见陆前辈在街上神色匆匆打马而过，哪怕有天大的事，我也要回山看看你。"

"现在看到了，安心了？"陆追道，"我一直就哪里都没去，能有什么事？"

萧澜用拇指想擦掉他胸前溅的一滴血，血却反而晕得更开了，看着有些刺眼。

陆追往后躲了躲，道："而且也没什么该不该的，我在山上，你若想看我，自然要回来。"

萧澜扬扬嘴角："嗯。"

"那现在说正事。"陆追拍拍床，"我爹也提起过，所以那个白衣人究竟是谁？"

萧澜道："他自言名叫季灏，是东海孤阳岛人，你可曾听过？"

"没有。"

"当真没有？"

"没有就是没有，我骗你这个做什么？"陆追堆着被子，气定神闲地坐在床上，"怎么，我必须认得他？"

"也没有。"

"那继续。"陆追扬扬下巴。

萧澜哭笑不得，道："看你这模样，倒是就差抓一把瓜子来嗑。"

窗外落雪积了厚厚一层，覆盖住墨一般的山石，天地间一切都变得单纯干净，如同枕被间懒洋洋打着盹的人。他头发是黑的，衣衫是白的，一边听故事，一边时不时低低"嗯"一声。

屋中气氛愈发寂静，昏黄的光线笼罩着床帐，香味浅淡，熏得人也困倦了。萧澜用手中冰冷的茶杯碰了一下他的脸，道："即便这故事不怎么精彩，但好歹是说有个人冒出来要杀你，你也不至于如此昏昏欲睡，毫无兴趣吧？"

陆追打了个哈欠："嗯。"

"你这是生气了，还是虚耗太多内力所以困了？"萧澜与他对视，"若是累了，就好好歇着，等睡醒了再说。"

陆追想了想，道："一半一半。"

"一半气也不准生。"萧澜道，"我可从未信过季灏半分。"

陆追问："买了几件新衣？"

萧澜先是一愣，而后又笑出声来："管他买几件，将来我带着你十倍百倍地买回来。"

"我一时半刻也分不清他究竟是谁的人，那句要我的命又有几分真假。"陆追道，"你就这么上山，那他怎么办？"

萧澜说："我将他藏起来了。"

陆追疑惑："一个大活人，你说藏就能藏？"

"自然使了些手段。"

"什么手段？"

"不告诉你。"

"……"

"好好休息吧。"萧澜又道，"我不能陪你太久，今晚就要下山了。"

陆追靠在床头，问："你觉得，季灏有没有可能与那偷袭林威的老头是一伙的？"

"理由呢？"

"那老头出现的时间和地点都与季灏几乎一致，他们目的也一样，不管他们内心的想法是什么，至少说出来的都是要我的命。"

"我先前以为，或许是陆前辈当年……"萧澜犹豫了一下，见陆追神情并无异样，才继续道，"当年前辈受姑姑胁迫，应当得罪了不少人，若说父债子还倒也能想通。可若连陆前辈也不认识这群人，那他们究竟要拿你的命做什么？"

"不知。"

"算了，这事儿交给我吧。"萧澜扶着他躺好，"现在林威与阿六都回来了，解药我与前辈去找，你尽管好好在山上住着。我还是先前那句话，你无论如何也不准下山，知不知道？"

陆追道："你凡事小心。"

萧澜又道："朝暮崖在山下应当埋伏了一些人，没有林威与你的吩咐，他们也不敢轻易行动，不如我去帮你暂时遣散？免得又出危险。"

"这是令牌。"陆追从床头摸出一个盒子，"是遣散还是做别的，你决定。"

萧澜道："好。"

"还有我爹。"陆追看着他，"你知道要怎么应付，对吧？"

萧澜道："嗯。"

陆追评价："我觉得你这'嗯'听着没什么底气。"

萧澜如实招供："我紧张。"

陆追："……"你好有出息。

积雪渐渐融化，在窗台上晕开小小的湿意，如水中涟漪。

萧澜离开后，有人来敲门，陆追道："进来。"

阿六推开门，问："那姓萧的走了？"

"他回来只是为了说事情，说完了，自然就走了。"

"那我呢？那老头是打发我回来杀爹的，我还要做样子给他看吗？"

陆追问："你莫非还想回去？"

"我自然不想回去，可林威过阵子咳了口血，又昏迷不醒的。"阿六愁眉苦脸，"得早些拿到解药。"

"爹同萧澜都去了福寿街，你就先在山上待着吧。"陆追道，"若他们对付不了那老头，我们再想别的法子也不迟。"

"也行。"阿六嘴上答应，心中依旧在想，分明就是一样的毒药，为何自己就没事。莫非自己除了能阴错阳差地破阵，还能百毒不侵？若真是这样，那谁嫁了自己可真是占了一个大便宜。

"阿嚏！"山下，岳大刀一连打了十几个喷嚏。

"你没事吧？"陶玉儿问。

"不是风寒不是风寒。"岳大刀赶忙摆手，生怕会被拉回青苍山，阿六还没找到呢，解药也没找到。

这小丫头片子，倒是痴心。陶玉儿心里轻嗤一声，带着她刚想换一条胡同，另一头却传来闹哄哄的声音，像是出了事。

陆无名单手握紧剑柄，冷冷地看着周围一干人。他下山时依旧易容成了儿子的模样，也依旧刚进城便被冥月墓的人团团围了起来。

待陶玉儿与岳大刀匆匆过来时，众人已经战成一片。整条长街上空空荡荡，百姓早已四散无踪，甚至连江湖中人也不敢再看热闹——他们当初被萧澜抽的那些鞭子，直到现在骨头缝都疼，冥月墓不好招惹。

岳大刀隐在巷道后，吃惊道："为何会是陆公子？"

陶玉儿亦皱了眉。

陆无名腾跃侧身，右手只凌空一扫，甚至连剑都未出鞘，围攻上来的一圈人便已纷纷惨叫着跌落在地。

陆追师承陆无名,父子二人剑法有九分相似,甚至连陶玉儿也未看出端倪。陶玉儿只是诧异为何陆追一夜之间看起来便已病痛全失,像是完全换了一副身体。若说他先前是装的,但自己可是亲手给他把过脉的,他装得未免也太像了。

陆无名踩过那些横七竖八躺在街上哀哀呼痛的人,从一旁的树上拿下斗笠,继续不紧不慢地朝前走去。

陶玉儿心里越发疑惑,想要跟上,身旁岳大刀却突然眼一闭,直直昏了过去。

陶玉儿被吓了一跳:"喂!"

岳大刀双目紧闭,一动不动。

陶玉儿从怀中掏出清凉药,凑近她鼻翼,刺骨冰凉的味道几乎隔着半条街都能闻到,岳大刀却依旧毫无醒转的迹象,因为她是装的。

若说她刚开始还没反应过来,那么看过三四招后,她便已经能断定那个"陆追"九成九是自己的师父易容的。她自然不能放陶夫人过去坏事,于是当机立断,闭眼晕厥,雷打不动。

陶玉儿:"……"

穿过街巷胡同,陆无名在河边停下脚步,他身后的人也停下了脚步。

陆无名道:"这位朋友既然来了,又何必要隐匿行踪,鬼鬼祟祟。"

"呵呵"的干哑笑声传来,一个黑色身影缓缓移出背巷,道:"明玉公子果真厉害,这样都能察觉老朽的动静。"

陆无名转身看着他,问:"你是何人?"

"你自然不认得我。"对方苍老的面容上遍布沟壑,不像是因为年龄与风霜,更像是因为烈火与毒虫,"不过若是你爹在,那就有趣了。我还活着呢,他许是万万也想不到吧。"

陆无名看着他脖颈处那血红的胎记,猛然明白过来,近日来这泗霜城中的乱子,关于红莲盏的谣言,还有几乎疯魔的江湖中人,以及那所谓的来自"东海孤阳岛"的季灏的身份与目的,一件件一桩桩,究竟是因何而起,从何而来。

很久很久之前,世间曾有一盗墓高手,无名无姓,江湖人送名号"空空妙手"。没有人见过他的真实容貌,只有无数传闻说得云中雾里,不知真假。有人说他是年逾古稀的老人,也有人说他是眉目俊秀的少年。他独自一人风尘仆仆,白日追踪山脉走势，夜里推算星辰起落，便能寻出古老的帝寝皇陵，只靠着一把铲子、一个罗盘，便将里头的宝物洗劫一空。

这样的流言一传就是好几代人，父亲说给儿子听，儿子说给孙儿听。伴随着深夜的炉火，一家人围在床上，将其当成妖魔鬼怪的故事来讲，也没有谁会再当真。

然而，只有极少的人知道，空空妙手虽非鬼非神，却一样能不死不灭，长存于人世间，行走在墓道里。他将拆除机关视作最有趣的消遣，也喜欢卧在黄金墓葬中，贪婪地享受被珍宝簇拥的快感。

他一掷千金，行踪诡秘。他不是一个人，而是一个家族。

每一代的空空妙手，都会在年轻时寻一名女子，生一个儿子。将儿子养育到三四岁时，他再给女子留下一大笔钱财，自己带着儿子远走高飞，将毕生武学与盗墓技巧教授给儿子。

陆无名面前这位老人，就是世间最后一个空空妙手。他也曾在三十来岁时寻过一名女子，花言巧语骗她生下一个男孩，可没想到最后却被对方觉察出他的意图，连夜抱着儿子逃出了小镇。

空空妙手在清晨醒来看到书信时，虽说有些愤怒与遗憾，却也并不觉得这是一件多大的事，转头就又从别处找了一个烟花女，重新带回家中。然而，再也没有谁能为他生下一个孩子。

看着自己日益苍老的面容，空空妙手终于慌乱起来，他舍弃一切，疯了一般游走在大楚境内，从西域到南海，一路寻找当年的母子。直到一次机缘巧合，他得到消息，说二十余年前，曾有一名女子抱着儿子昏迷在泂霜城外，被城中的大户萧家救了回去。

萧家夫妇虽说家财丰厚，却一无亲戚二无儿女，原打算百年之后将家财捐给佛堂，后来与这母子处得投缘，便将女子认作义女。小娃娃也一道姓了萧，萧家又找先生给他起了个名字叫云涛——正是萧澜的父亲，陶玉儿的夫君。

旁人只羡慕萧家有金有银，却不知萧家还有另一样宝贝，江湖中人人都想要。那宝贝形似红莲，剔透欲滴，不管在手心握多久都是冷的，像冰一样冷。

"墓穴里的东西，怎么会热呢。"萧云涛自言自语，叹了口气，用布巾把红莲盏缠了七八层，自己拿着铁锹，将其深深埋入地下。

他生来斯文老实，对此物没有半分兴趣，也不知为何爹娘临终前会特意叮嘱七八回，让自己务必要好生看着，不得遗失，以免主人来寻时找不到。

"什么主人？"萧云涛在病榻前问。

萧老爹咳嗽又气喘，絮絮叨叨了大半天，才将事情大致说明白。萧家之所以会发达，全靠在老祖爷爷时有一姓陆的男子慷慨资助老祖一大笔银两，代价便是要萧家好好看管红莲盏，方便其将来取回。只是不知为何，那陆姓男子一走就再无音讯，而萧家也就一辈一辈将这红莲盏传了下来。

萧云涛娶了陶玉儿，刚开始时还忐忑不安，不知这武林中的千金大小姐为何会看上自己，后头听她旁敲侧击提了两回红莲盏，也就明白了。毕竟老实不是愚笨，相反，他是个极好的生意人，在察言观色这方面精明得很。

不过怕是连陶玉儿自己也没想到，这萧家老宅里的悠闲日子过久了，她竟然真的喜欢上了萧云涛，还稀里糊涂在肚子里怀了一个孩子。

红莲盏成了她心里的刺，她既不敢得罪师父，也不想让萧云涛为难。只是此事既然从一开始就错了，那她一直逃避，得到的也不会是好结果。

无念崖上的师姐师妹见陶玉儿迟迟不肯下手，居然还为萧云涛怀了孩子，心里都在窃笑，想看这闹剧要怎么收场。陶心姥姥也对她颇为失望，偏偏这时又有弟子"不小心"将红莲盏在萧家的事传了出去，想逼陶玉儿尽快动手。

陆无名便是在此时得到消息，所以才会前往洄霜城一探究竟，却没想到会在夜探时遇到同样来寻宝，甚至还想抢回孙儿的空空妙手。虽说他们二人先前互不相识，但既然都是为了红莲盏，自然容不下对方，于是一路从城中打到了城外。

这一战就是一天两夜，第三天清晨的露水还未跌下树梢，城中萧家老宅就起了场冲天大火。

萧云涛丧命火海，陶玉儿带着萧澜不知所终。

空空妙手大受刺激，对陆无名怨念更深，认定是他派人从中动了手脚，整个人都似幽魂一般要索命，要他交出红莲盏与萧澜。直到有一次双方交战时，空空妙手被海碧的暗器刺中，跌落悬崖。

陆无名原以为他死了，却没料到时隔数年，竟会在洄霜城中重新见到此人。

至于季灏，陆无名第一回见到他时，只觉得他走路的姿势有些奇怪，这时候才反应过来，季灏八成是这老头的徒弟。他一样有些轻微的跛足，习惯用左手握剑，这都是练功留下来的毛病。

空空妙手却不知面前的人就是陆无名，见他沉默不语，便又"呵呵"诡笑道："你爹当年想同我抢东西，抢不过我就杀人放火，还使暗器伤我，你说说看，卑鄙不卑鄙？"

陆无名问："阿六与林威是你绑的？"

"不绑了他们，如何能诱你现身？你像缩头乌龟一样，不知道躲在哪里。"空空妙手眼神轻蔑，嗤了一声，又道，"看来那又肥又莽的蠢货没能杀了你，还是说，你干脆把他给杀了？"

陆无名道："你的目的是我，现在我出现了，林威与阿六的解药能给我了吗？"

"什么解药？那药压根就无药可解，听清楚了吗？无、药、可、解，死定了。"空空妙手道，"你连自己的命都快没了，还管什么旁人，真是可怜。"

陆无名道："没有解药，那将毒药给我。"

空空妙手笑得愈发阴森："你这后生到底有没有听清话？你爹同我抢东西，你娘使暗器将我打下山，你现在却想问我讨什么毒药解药！"

"你的目的究竟是什么？"

"我的目的？"空空妙手道，"听说你爹已经死了，你且说说，他死之前有没有将红莲盏传给你。"

"有了红莲盏，你便能放过阿六与林威了？"

空空妙手眼底划过一丝光亮："你当真有红莲盏？"

"你先说清楚，究竟有没有解药。"

空空妙手面容顿时扭曲起来，显然很不满被他胁迫。

陆无名道："既是做生意，自然要有来有往，我给你红莲盏，你给我解药，两不相欠。待到此事完结之后，再算其他账也不迟。"

空空妙手有些犹豫，还未等他说话，前头却传来一声口哨，短促清脆，像是暗号。

于是，空空妙手面容一变，一把扯过陆无名，带着他躲在暗处。

陆无名并没有反抗，事实上他也想弄清楚，究竟是何人能让空空妙手如此紧张。

一个黑衣年轻人沿着河道慢慢走了过来，是萧澜？陆无名心中生疑，再看身边的人，却是紧张兴奋得整张脸都赤红起来了。

空空妙手双目几乎要黏在萧澜身上，他知道这是自己的孙子，是当年被陶玉儿抱走的男婴，也是空空妙手盗墓绝学唯一的传承者。

陆无名愈发疑惑起来。他其实并不知这疯魔老头的真实身份，更不知世间还有什么妙手空空与空空妙手，当年遇到了也只当是普通贼人。今日重逢，他顶多也只会觉得这贼人是这些年壮大了声势，所以带人重返江湖，一来报当年之仇，二来抢夺红莲盏。

可此时看老者的反应，莫非他还和萧澜有关系？

萧澜回到客栈，从床下拖出一个人。季灏双目紧闭，昏迷不醒。

萧澜给他灌下一瓶解药，便坐在桌边喝着茶等。

约莫过了一炷香的时间，季灏才悠悠醒转。

萧澜问："喝水吗？"

季灏怒极："你竟给我下药？"

萧澜轻描淡写道："逼不得已，绝非本意。"

"你在这段时间做了什么？"季灏捂着酸痛的脖子下床，单手重重捶在桌子上，几乎要将那水曲柳的桌面捶出洞。

萧澜道："走吧，随我出门。"

"你！"见他毫无愧疚之意，季灏咬牙将人一把扯回来，"把话说清楚，你究竟想做什么？"

"出去就知道了。"萧澜笑笑，"否则错过了好戏，可别后悔。"

季灏道："我对好戏没兴趣。"

"当真生气了？"萧澜回头看了他一眼，反而有些好笑，"我无非是药晕了你一次，不痛不痒的，这也值得生气？陆明玉可是险些连命都丢了，又是重伤又是中毒，照样对我言听计从。"

季灏被堵了回去，还想说什么，萧澜却已经转身出了卧房，丝毫没有要等他的意思。

季灏脸上挂满寒霜，拳头握得死紧，最终却依旧跟了上去。

不是他想跟，而是他不得不跟。前路毫无光亮，对他而言，他唯一能杀出重围的筹码，只有依附于萧澜，蛊惑萧澜杀了陆明玉，他没有任何选择的权利。

听到身后的脚步声，萧澜笑了笑，特意放慢了速度，等他追上来。

季灏语调缓和了些，问："要去哪里看好戏？"

"李府。"

"李府早已被七七八八的江湖门派占据，不过是乌合之众罢了，能有什么好戏？"

萧澜跃上一棵树，道："说起来你或许不信，李府昨夜闹鬼了。"

"闹鬼？"

"喏，你看。"萧澜靠在树杈上，抬了抬下巴，"挖眼掏心的，八成还是个厉鬼。"

季灏顺着他的视线看过去，李府果真比以往乱了许多，闹哄哄，乌烟瘴气。

萧澜道："今早才发现的，说来可笑，这些人在李府杀人放火时，用'江湖事江湖了'的名头将官府推了回去，这阵子出了蹊跷事，却又哭着喊着要去报官。"

然而，官府寻了个借口，没管。陆追是温柳年的人，官老爷得了他的暗示，自然不会与他对着干——毕竟只要城中百姓平安就好，谁要理会这种闲事。

"官府会管吗？"季灏问。

"自然不会。"萧澜道，"所以，胆子小的门派已经顶不住先走了。毕竟他们留在城中是为了发财，不是为了送命。"

季灏依旧无甚兴趣："这就是你所谓的'好戏'？"

"走了一批贪生怕死的，留下的这些人就都是要钱不要命的。"萧澜继续道，"不过哪怕胆子再大，他们也不会在宅子里等着鬼来第二回，所以会主动出手。"

季灏似是在想他所说的"主动出手"是什么意思。谁都知道，这群人留在城中唯一的目的就是红莲盏，现在万事毫无头绪，即便想出手，又何来目标？

萧澜又道："你还别说，此时此刻，怕是他们这辈子最豪情万丈的时候。"

"一群乌泱泱的痞子，豪情万丈？"

"他们先前都是小鱼小虾，也没想着能出人头地、飞黄腾达，不过是混日子罢了。可这回不一样，这么多目标一致的人聚在一起，整天畅想发财风光的好日子，将美梦做了个痛快，整个人都飘了起来。现在又恰好死了个兄弟，或许他们心中还会生出几分同仇敌忾的悲壮来。"萧澜道，"英雄人人都想做，痞子也不例外。"

"所以？"

"要么收拾铺盖回乡，做吃不饱也饿不死的山寨大王，要么豁出命来，抢得红莲盏，血洗冥月墓，从此逍遥快活。"萧澜道，"现在留下的，都是为了后者，而城中唯一与红莲盏有关系的，一是冥月墓，二就是陆明玉。早就有谣言在传，说若没有红莲盏，那得到陆明玉也一样。"

"你将陆明玉藏在了何处？"

"我当你会问得稍微迂回曲折一些。"

季灏神情未变："我隐瞒过吗？见第一面的时候，我就说过要杀了他。"

"我可舍不得。"萧澜挑眉，"他又好看又听话，是这么多年来，世间最顺着我的人。"

季灏冷笑："你真是疯了。"

"我这人不念旧。"萧澜道，"失忆了，若能重新找到一个看得顺眼的，日子也能继续过。"

他说得极轻描淡写，季灏却被他噎得无话可说。

事实上，从这回见到萧澜的第一面起，萧澜的反应就一直就有些怪异，并没有预想中的疑惑与排斥，而是坦然接受，爽快地将季灏留在他身边。然而，他的态度却又不冷不热，还会时不时就将"陆明玉"三个字提一下，提醒季灏陆明玉有多好。

这样的表现，实在不像数年前那个哪怕牺牲一切也要带着陆明玉远走高飞的人。他变得自私、喜怒无常，像是来者不拒，却又像是拒人千里，只将他自己牢牢包裹在铜墙铁壁般的壳子里。

季灏觉得，自己接下来或许要打起十二万分精神才能够应对此人。

萧澜突然道："不如你帮我一个忙？"

"什么？"

"这些江湖人已经疯了，我却不能丢下冥月墓不管。"

季灏语带讥讽："你倒是有良心。"

萧澜坦然："我也这么想。"

"什么忙？"

"你去对面那茶楼中替我盯着李府大院，看他们下一步会有何动作。"

"只有这个？"

"不然呢？"萧澜跃下树，"如今我与姑姑闹翻，成了孤家寡人，你自然要帮我。"

"那你要做什么？"季灏问，"又去找陆明玉？"

"我要去找姑姑。"萧澜道，"情势危急，她分得清轻重缓急，理应不会在这种时候与我起冲突，你只管照我的话做。"

看他一副理所当然的样子，季灏觉得有些不悦，却也没多说什么，只是被他一路推着肩膀上楼，坐在了窗前的桌子旁。

或许是因为有事相求，萧澜对他的态度也好了许多，叫了满满一桌香茶点心，然后才转身离开。季灏看着他的背影一路消失，仰头一口气灌下半壶凉茶，心中的郁结之气才散了些。

然而，萧澜并没有回冥月墓，而是折返茶楼附近，隐匿在暗处。

日头渐渐西斜，到了晚饭时分，街上人也稍微多了些。季灏依旧坐在窗边，面前摆着的茶壶是新烧的雾染丹霞，又红又艳，衬着身后的白衣公子，分外惹人注目。

路过此地的冥月墓弟子见着后，赶紧后退两步，又揉揉眼睛仔细看了半天，便转身一路狂奔，要将此事报给鬼姑姑。

萧澜在心里算了算时间，从小摊上随手拿起一顶斗笠，回到茶楼将帽子扣在季灏脑袋上，二话不说就拉着人站起来："走！"

"出了什么事？"季灏问。

"先离开这里再说。"萧澜扯着他一脚踩断栏杆，直接跃到街上。

茶楼先是"哐当"掉下来一大块木头栏杆，又跳下来两个人，百姓都被吓了一跳。待到他们反应过来时，那一黑一白两个身影已到了长街的尽头。

"鬼啊！"有人咋咋呼呼喊了一嗓子——是萧澜事先安排好的朝暮崖弟子，他乔装成了砍柴人，嗓门一个顶三个。

这城中最近挺乱，百姓本就提心吊胆，又听说昨晚李府出了命案，这时候再来个鬼，可就齐活了。一时之间，百姓们喊的喊哭的哭，忙不迭往家里跑。

李府里的江湖人听到动静出来，问了半天才问清楚，说是方才有两人突然冲去城外，一个一身黑衣，一个一身白衣，都生得挺周正。这时候，又有眼线来报，说冥月墓那头不知出了什么事，突然就杀出来许多人，也出了城。

想那冥月墓少主人最近带着陆追不知在城中走了多少回，那两人一黑一白，模样周正，又能引得冥月墓倾巢而出，还能是谁？于是，诸多江湖门派便也鸡血上头，拎着刀剑争先恐后赶了过去，生怕晚了会摸不着红莲盏。

耳畔风声飒飒，山道上有不少残冰，路走得并不顺畅。

季灏费了好一番力气才挣开萧澜，气急败坏道："你疯了吧？"

萧澜道："姑姑要杀我。"

"她杀你做什么？"季灏活动了一下手腕，"你方才还在说要回冥月墓。"

"你自己看。"萧澜带他站到高处。

不远处乌烟瘴气，的确有不少人正在追来。

"这下信了吧？"萧澜道，"继续跑。"

季灏依旧摇头："我不信鬼姑姑要杀你。"

"信不信也不能拿性命冒险。"萧澜出手快如疾风，突然点了他的穴道。

"你做什么？"季灏全无防备，怒道，"放开我！"

"姑姑连我都要杀，还会放过你不成。"萧澜将他单手扛上肩头，继续向着高处跑，不多时就跑到了一处悬崖边。

"你究竟要干什么？"季灏动弹不得。

萧澜却问："你听过迷魂阵吗？"

季灏一怔，心里隐隐有种不祥的预感。

"你说对了，姑姑的确不会杀我。"萧澜握住他的肩膀，将人推到悬崖边，"得罪了。"

季灏猛然睁大眼睛。

"别担心。"萧澜在他耳边一笑，将人一掌击落悬崖。

季灏在失神的前一刹那，似乎听到他说了三个字："死不了。"

在季灏坠崖的一瞬间，冥月墓弟子与各门派也恰好赶来。见着这一幕，众人自是目瞪口呆，手中兀自握紧了刀，警惕地看着萧澜。

"少主人。"鬼姑姑并未露面，一名冥月墓弟子试探，"这……"

萧澜却未回答，而是后退两步，也纵身跃下了悬崖。身后惊呼声不断，那些江湖人争先恐后跑到悬崖边，小心翼翼探着头往下看，却哪里还有半分人影？

"少主人！"冥月墓弟子心中骇然，不知这当中究竟出了什么变故，呆愣许久之后终于回过神来，跑去山下报信。

其余门派则是面面相觑，各自交头接耳，时不时再伸长脖子看一眼，盼着下头能再出些动静，却始终什么动静都没有。

苍茫群山悬崖陡峭，云雾终年不散，围绕其中，举目远望，四处都是一片混沌。

崖下一处倾斜山洞中，萧澜道："多谢前辈。"

陆无名拍拍衣袖，道："你胆子倒是不小，万丈悬崖也敢往下跳。"

一旁的季灏依旧闭眼昏迷，他方才虽被陆无名接住，却不慎磕了头，估摸还要一阵子才会醒。

山间阴冷潮湿，萧澜燃起火堆取暖，道："天黑再回去吧。"

先前路过河边的时候，萧澜眼角余光瞥见陆无名在暗处，身旁像是还有一个人，便没有立刻离开，而是假装在想事情，漫无目的地多绕了两圈。

空空妙手心跳得极快，全神贯注地看着萧澜，额上青筋暴起，整个人都是亢奋而又紧张的，几乎忘了身旁的陆无名——或者说是他眼中"陆追"的存在。

陆无名愈发不解，甚至难得有些糊涂。他隐世多年，却不知原来萧澜竟当真是这江湖中数一数二的香饽饽。否则为何人人见了他，都是一副恨不得即刻贴上去的模样？

"澜、澜，这个名字不好、不好。"空空妙手自言自语，"水不好，遇水是死路，得改个名字。"他说得专心，又只顾着看萧澜，一时不留意，声音便大了些。

不远处的萧澜只好将目光投过来——距离这般近，他再听不到，就当真非常假了。

陆无名从树后走出来，用极快的速度向他使了个眼色。萧澜会意，走上前。

"你站住！"空空妙手冷不丁喊了一句。

萧澜停住脚步。

"乖。"空空妙手像哄小孩一般哄他，屏住呼吸，放轻脚步，原本混浊的眼中此时也盛着光彩，甚至连手都是哆嗦的。

萧澜问："这位前辈，认得在下？"

"我认识，我自然认识啊。"空空妙手满脸赤红，憋了许久也说不出话，干脆先拉过他的手，凑在眼前仔细看，生怕会是六指或是畸形的。

幸好，萧澜十指修长，掌心干燥，看着干净利落，是极漂亮的一双手。空空妙手几乎要落下泪来，这么多年来，哪怕他钻入上古皇陵，躺在堆积如山的珍宝黄金上，也不及此时半分喜悦。

"前辈？"对方的眼神着实太赤裸，萧澜后背起了一层鸡皮疙瘩，问，"你没事吧？"

空空妙手语无伦次道："你想要什么？"

萧澜不解："我什么都——"

"他要解药！"一旁的陆无名当机立断，截断他的话语。

萧澜这才反应过来面前的老头有可能是谁。其实也不能怨他迟钝，换作任何一个人，都不会觉得下药绑架阿六与林威的黑手竟会对自己如此热情。

于是，他也问："前辈有解药？"

"什么解药？你中毒了，还是受伤了？"老者眼神大变。

萧澜道："前辈不是绑了林威与阿六？他们都是我的朋友，还请行个方便。"

"你的朋友，还是他的人？"提及此事，空空妙手却狂躁起来，伸手一指陆无名，"你是被他迷惑了心智，待我把他们都杀个干净，方能救你出陆家人的迷魂阵。"

陆无名："……"还是有病。

萧澜不满："前辈休要胡言！"

"生气了？别气啊。"空空妙手吞了口唾沫，又哄道，"陆家人我可不救，你要不要别的？金银美女，你想要什么，我都给。"

萧澜道："我只要解药，若前辈执意不肯给——"

"我不给，你就要如何？你就要闹脾气了吗？"

萧澜伸出一根手指，道："我就砍了这根指头。"

萧澜此话一说出口，陆无名心中暗笑，这家伙此刻倒是机灵。

空空妙手险些晕过去。

"前辈一直在看我的手，想来是极为喜欢？"萧澜道，"不然我用这根手指换林威与阿六二人的解药如何？"

"不，不行！"空空妙手一把拉过他的手腕，胡乱塞回怀中抱着，方才还赤红的脸变得一片惨白，语无伦次道，"不行，你这双手，谁都不能碰，你自己也不能碰！"

萧澜问："那前辈还给我解药吗？"

"给，给你便是。"空空妙手哆哆嗦嗦，从怀中取出一个瓶子，狠狠甩给旁边的陆无名，如驱逐瘟疫一般挥手，"走！快走远些！"

陆无名拿着瓶子，大步出了树林。

萧澜道："多谢前辈。"

"那你愿意同我走了吗？"空空妙手殷切地看着他。

萧澜问："去哪里？"

空空妙手道："白沙岛，在北海。"

孤阳岛亦是在北海。

对方功夫不弱，不知来路也没必要硬拼，萧澜不动声色道："我要先将城里的事处理好。"

"你这是答应了？"空空妙手点头，"好，只要你听话，提什么要求都成。"

萧澜道："不知可否请教前辈尊姓大名？"

空空妙手张嘴欲言，话到嘴边却又咽了回去，只是搓着手。

萧澜也没逼问，道："那将来我若是要找前辈，该去何处？"

空空妙手赶忙道："福泉街，你到了那里，自有人接应。"

萧澜道："那我就先告辞了。"

空空妙手心中不舍，一直目送他离开，满心都是他那双干燥而又修长的手。孙子的手是年轻的，一定不会像他这般废物，拿着最好的工具却老眼昏花，颤抖着半天也打不开锁。

直到走出树林很远，萧澜依旧能感受到那黏着自己后背的两道灼灼目光。

陆无名问：他究竟是何人？"

"不认识。"萧澜问，"那解药是真的吗？"

"差人送往青苍山了。"陆无名道，"明玉会查验之后再决定用或不用，不过看方才那老头对你的反应，应当不会是假的。"

萧澜道："他自称来自北海。"

"我倒是在数年前同他有过一面之缘，不过也不知其来历。"

"一面之缘？"

"此事说来话长，你听了或许会感伤。"陆无名道，"当年我曾为寻红莲盏，孤身一人前来洄霜城。"

没料到他会这般轻易就说出当年之事，萧澜有些意外。

陆无名继续道："那时你尚在褓褓中，江湖中都在传，说萧家有红莲盏。我在一个深夜潜入萧家老宅，还没探到消息，这老头却自暗处杀了出来，生生将我逼到青山群中，与我大战到了第三天的清晨。"

萧澜问："谁胜谁负？"

"输赢不重要。"陆无名道，"我与他战成平手，下山之后却听到消息，说萧家离奇地起了火。你娘带着你不知所终，那老头也如同疯了一般，认定是我设计诱开他，好杀人放火抢夺红莲盏，因此缠了我整整两年。后来在一次交战时，他被我击到了悬崖下。"

"他也是为了红莲盏？"

"我当初以为是，不过现在看来，他也有可能是为你才去的萧宅。"陆无名道，"不过我当年前往冥月墓看明玉时，曾遇见过你娘亲，提起此事，她也不知道那老头是何身份。"

萧澜道："嗯。"这话与裘鹏当初所言大相径庭，不过他向来心智坚定，听了也只是多一种可能，等着将来一一验证。

陆无名问："你下一步有何打算？"

萧澜道："既然方才那位前辈与季灏是一伙的，那倒是不必着急应对，此时阿六与林威的解药也有了，我想先解决冥月墓这头的事。"

"你要对付冥月墓？"

萧澜道："我要让姑姑离开洄霜城，她此行并非只为红莲盏，还想杀了明玉。"

陆无名并不觉得意外，毕竟自己当初交给儿子的任务是毁了冥月墓，若鬼姑姑能对他不闻不问，那才叫奇怪。于是，他继续问："那你呢？"

"我？"

"鬼姑姑要杀明玉，你呢？"

"我自然会保护好他。"

"不惜与鬼姑姑为敌？"

"此事我会处理妥当，前辈多给我一些时间。"

陆无名摇头："你可知明玉当年不肯同我出海，就是为了救你出冥月墓？

那里是吃人的魔窟，他却坚持认为你与其他人都不同。"

萧澜道："我自会好好珍惜这份情意。"

"你珍惜哪门子情意？"陆无名有些莫名其妙，"我是要问你，倘若明玉与冥月墓只能选一个，你又当如何？"

萧澜一顿，道："这些年我一直率人守在红莲殿中，并不知墓穴深处都发生了些什么。若当真如明玉所说，里头已经脏透了，那也没必要再留着冥月墓。"

这话听着倒还顺耳，陆无名对他的看法总算好转些许了。

"关于李府的凶案，"萧澜道，"前辈有何看法？"

"我不信鬼神。"陆无名道，"挖眼掏心，更多的是故弄玄虚，好让旁人生出惧意罢了。"

萧澜道："我猜八成是冥月墓的人。"

"依据呢？"

"数年前在冥月墓中，也曾有一名人犯离奇毙命，死状与这回几乎一样。不过当时我查了许久，也没找出究竟是谁所为。"

"冥月墓的人？"陆无名有些意外，他先前以为是李府那些江湖人所为，要么是为了私怨，要么是想借机吓走一批人。

"当年姑姑因此震怒，所以我猜她也不知情。"萧澜道，"况且杀一个无足轻重的江湖人，对冥月墓没有任何好处，反而会激得各门派蠢蠢欲动。若是死对头干的，倒还说得过去些。"

"冥月墓有内鬼？"

萧澜犹豫了一下，点头。

陆无名又往火堆中丢了一块木柴，没再说话。

洄霜城中早已炸开了锅。

诚如萧澜先前所言，在厉鬼掏心的变故发生后，还有胆子继续留在李府的，都是要钱不要命的。众人原本想着没有红莲盏，至少还有一个活生生的陆明玉在，不算全无线索。只要得了陆明玉，他们也能进冥月墓，却没想好端端的，一个大活人竟会与萧澜一起跳崖。

一时间流言甚嚣尘上，有人说两人是练功走火入魔，也有人干脆说两人是殉了情——毕竟两人是冥月墓的少主人与陆无名的儿子，不管怎么听，都极像是那种坎坷曲折的惊世话本，不虐不要钱。

陶玉儿在茶楼听到，脑袋隐隐作痛。

朝暮崖的眼线在遇到李老瘸后，已将陆追拿到解药的事情简短告知。岳大刀心花怒放，也顾不上其他人，一甩帕子就往青苍山跑。陶玉儿则是留在了洞霜城中，满头雾水，因为等她得到消息时，城中已经开始传说冥月墓的少主人带着陆追跳了崖，甚至还有漫天白色蝴蝶翩翩飞舞，十分感人。

陶玉儿："……"

对于这种传闻，她自然是不信的，不过她也不知萧澜究竟有何打算，所以就暂且留了下来。李老瘸在城中打探了半天，只从朝暮崖那里探得一丝风声，说萧澜此举是想将冥月墓逼出洞霜城。

陶玉儿易容成男子，叫了一壶茶，边饮边听后头一群人谈天。那些人说是闲谈，却与泼妇骂街没什么两样，都在抱怨推举出来的掌事大哥太怯懦，竟然直到现在还不下令包围冥月墓，也不知在磨唧什么。

事已至此，还有何好怕的呢？陆追已经坠崖，不管是生是死，一时半刻怕是都回不来了，那就只剩下了距离宝藏最近的冥月墓。他们此时出手，倘若赢了，至少能一起大摇大摆走过镜花阵。只要能入墓，哪怕没有红莲盏，哪怕是用巨石铁锹又砸又挖，也总能找到些好东西。

这群乌合之众算盘越打越响亮，再一想连萧澜也没了，只剩下一个鬼姑姑，还有一群模样丑陋的侏儒，哪里还是这么多江湖人的对手？其中一人说到兴奋处，站起来伸手狠狠拍了一下桌子，唾沫星子飞溅，眼前似乎已经出现了金灿灿的金银珠宝。

陶玉儿被吵得头昏，她这些年待在米油铺中，未与外界打过交道，倒是挺久没见过这般狂妄自大的草包了。

茶楼中，人们正说着话，外头大街上已传来闹哄哄的声音。一群人扛着刀骑着马，所去的方向正是冥月墓之人暂居的胡同小院。其余门派一看，自然也争先恐后追了上去，队伍如同冬日里的雪球，越滚越大。

人多了，底气也就足了，再加上萧澜不在，没有人会出来甩鞭子，他们的态度也就更嚣张了。众人围在小院门口叫嚷了大半天，里头却依旧毫无动静。

最前头的一人铆足干劲，"哐当"一声大力踢开院门。一股寒风从里头刮出来，吹得院中一片狼藉，哪里还有人影？

冥月墓的人没了，就意味着到手的银子飞了。事已至此，这些江湖人其实都已毫无理智可言。在李府中的钩心斗角，以及对未来不切实际的花花畅想，导致他们变得更加疯魔自私、暴戾贪婪，人性中所有的弱点都被那悬在空中的缥缈财富无限放大，令他们的面容也变得更加狰狞。

他们自然不会放过冥月墓，想着哪怕是冥月墓众人逃了，只要还没过镜花阵，他们这么多人加起来，也足以生擒鬼姑姑，逼她说出墓穴里所有的秘密。

守着城门的老人战战兢兢，半天才说清楚，的确有一群人驾着马车，在几个时辰前离开了洇霜城，叫什么"姑姑"的。

月色高悬，本该是入眠的时刻，山道上却马嘶声一片，烟尘滚滚。洇霜城内的马、驴、骡子被抢走了大半，百姓躲在屋中，也只有自认倒霉——只希望这帮人走了就别再回来，他们可不想再过这种日子了。

火盆中木柴发出细细的碎裂声，火光忽明忽暗，照着鬼姑姑的脸，安静而又诡异。

黑蜘蛛重伤初愈，手臂上依旧缠着绷带，眼底狂风与黑雾一起呼啸。过了许久，他才道："姑姑认了吧，少主人已经不是先前的少主人了，只要是与陆家沾边的人，就都会疯。"当年的海碧如此，现在的萧澜也是如此。

鬼姑姑依旧未说话，细看那嶙峋的手却有些颤抖，死死握着，像是在压抑心中的怒意。

先前探子说在茶楼见到了陆明玉与红莲盏，她便派人去一探究竟，也没太当真，却没料到短短一个时辰后，弟子竟带回了萧澜与陆明玉一起跳崖的消息。

她不觉得萧澜会这么蠢，蠢到用如此蹩脚的戏码就想瞒过自己，好让他带着陆明玉远走高飞。所以就只剩下了一种可能性，他这场戏根本就不是演给她看的，而是演给城中那些乌七八糟的江湖门派看的。

没有了萧澜与陆明玉，冥月墓就变成了众目睽睽下的最后一块肥肉——且不论是真是假，至少它看上去是鲜嫩而又油水充足的。

所以萧澜所做的这一切，都只是为了将矛盾的中心引向冥月墓，好掩护那不知躲在何处的陆明玉，或许萧澜还抱着另一种心思，想将她逼出洇霜城。

鬼姑姑整个人都隐入了黑暗里，看不清神情，可若屏住呼吸，就能听到从她双手骨节传来的响声，那是能捏碎头骨的力度。

与此同时，山洞中。

萧澜让火燃得更加旺一些，自己坐在一边，拿着半截木炭在地上写写画画。

陆无名问："阵法？"

"迷魂阵，我只会这一个。"萧澜笑笑，道，"在茶楼中布阵时，我还担心过会不会失灵。"不过，看冥月墓弟子着急回去报信的反应，似乎还挺好用。

"你娘是布阵高手，你只会这一个？"

"我天生不擅于此，母亲教了几回，也就放弃了。"萧澜道，"这迷魂阵我也是现学现卖，难得有用一次。"还有一句话他没说，即便他这回马马虎虎学会了，也不是母亲教的，而是陆追在他下山前，握着他的手又在纸上画了一遍阵法，他才能勉强记住。

青苍山小屋中，林威睡得昏昏沉沉，在梦里像是被人蒙上了一层黑纱，无论多么竭力想要睁开眼睛，也看不清周围的事物，反而将自己惹得焦躁烦闷起来，心里如同压了千斤的大鼎，嘴里也无意识地发出闷哼声。

阿六赶忙将手里的柿饼丢下，挪着椅子坐到床边，伸手推了一把："喂，醒醒。"

林威睁开眼睛。

阿六大喜："谢天谢地，你说你这人，命还挺大。"

林威缓了大半天才模糊记起先前的事情，于是一急，问道："山下怎么样了？"

"山下还是那样，不过你就别操心了。"阿六将他压回床上，"好好养伤。"

"二当家呢？"

"在厨房，给你煮汤呢。"

林威松了口气。

阿六捏着剩下的半块柿饼，一边吃一边将事情大致说了一遍给他听。

"陆前辈来了？"林威意外。

"是啊，他功夫高得很，咱爹可算是有了靠山。"阿六感慨，又叮嘱，"不过陶夫人还不知这事，你留意些，别说漏嘴。"

林威点头："好。"

厨房里，陆追正坐在小板凳上扇风，砂锅里"咕嘟咕嘟"煮着鸡汤，烟火缭绕，又香又浓。岳大刀双手撑着腮帮子，在一旁看着他。

陆追笑问："还生阿六的气啊？"

岳大刀回神，先是"啊"了一声，反应过来后又脸红，摆手道："才没有，我生他的气做什么？"

"阿六就是羽流觞，这事除了你，其实所有人都知道，却谁都没告诉你。"陆追道，"你若要生气，也该生所有人的气，可不能单单针对阿六一个人。"

"你们为什么不告诉我啊？"岳大刀撇嘴，"连师父也不告诉我。"

"你没头没尾地来这泗霜城，开口就非阿六不嫁，谁敢告诉你真相？"陆追递给她一小碗桂花糯米饭，"你要是早说你是爹的徒弟，想要阿六还不简单？林威定然会一棒子将他敲晕了送来。"

岳大刀道："我才不要他。"

陆追笑笑，低着头往灶膛里加了一把柴火，黑发垂在肩头，跳动着的光芒照在他脸上，衬得他又暖又温柔。

岳大刀道："公子可真好看。"

陆追问："说说看，你为何非要嫁羽流觞？"

"我也是胡乱听来的，还听错了。"岳大刀有些不好意思，"我爹娘总是催着我嫁人，后头我听烦了，就去师父那里躲清闲。那日我在师娘的床上睡着了，醒后恰好听到师父和客人在外室议事——客人是从大楚过去的——正说什么英俊倜傥、儒雅温润之类的人，还说是人人都想嫁的翩翩公子，师父当时高兴极了。"

陆追笑道："嗯。"

"当时他们只说了一个名字，什么泗霜城羽流觞，还说他人品好武功好脾气好，我就记住了。"岳大刀坐在柔软的干草堆上，双手抱着膝盖，"回家后我爹娘又催我嫁人，我一生气，就驾船出海了。"

"来寻阿六了？"

岳大刀郁闷道："现在想想，或许开始的'儒雅英俊'是在说公子，后头的'武功好人品好'才是……才是……"

陆追似笑非笑，看着面前的小丫头纠结半天，像是不知该叫阿六还是羽流觞。

岳大刀将头埋进膝盖，过了半天又想起来一件事，于是急忙解释："我，我虽然是为了翩翩公子才来这泗霜城的,可我以为那是在说羽流觞,若是公子,是公子的话……"她越说越乱,一面觉得自己要把话说清,虽然陆追的确又儒雅又温柔,是顶好顶好的人,不过在闹过一场乌龙之后,不对,即便没有乌龙,她也是不嫁的。可她另一面又觉得无论怎么组织语言,都不能将意思表达清楚,最后险些将眼眶都急红。

陆追笑着说:"我知道,你想嫁的人不是我。"

岳大刀松了口气,红着脸道:"公子是站在云端的,将来一定要娶个最好的人。"

陆追揭开砂锅,问:"鸡屁股吃不吃?"

岳大刀鼓了鼓腮帮子,摇头。

陆追便盛了一个鸡腿、一个鸡翅膀给她,继续盖着盖子用小火焖。林威这几天不吃不喝,胃定然伤得狠了,汤煮浓些也好吞咽。

岳大刀问:"公子有很在意的人吗?"

"我啊?"陆追道,"我有一个极重视的人,曾与他一起经历过许多事情,刀山火海都闯过了,该受的、不该受的伤,也全部受过了。"

"啊?"岳大刀同情道,"那一定很辛苦。"

"是挺辛苦。"陆追放下手里的小蒲扇,"多少回,我都在盼着,过了面前这道坎,将来就会是平坦的大道,可却总是失望。每每精疲力竭时,前路不但没有平顺,反而多了更多荆棘与坎坷。"

"那师父知不知道这些事?"

"不知道。"

岳大刀笃定道:"若师父知道,定然不舍得让公子在外受伤吃苦。"

陆追道:"所以你要替我保密。"

"我不会乱说的。"岳大刀道,"可这样的苦日子,公子还要熬多久?"

陆追笑道:"这你就错了,只要有他在,多苦的日子都不算熬。"

厨房的门帘突然被人掀开,见岳大刀在厨房,阿六将到嘴边的"爹"咽了下去,道:"林威醒了。"

岳大刀转身背对他。

"我去看看。"陆追将蒲扇递给岳大刀,让她顾着火,自己弯腰出了厨房,刚想冲阿六使个眼色，让他去厨房里讨个好，儿子却已经耿直地站在了林威卧房门口，掀开帘子挥手招呼他快些过去，毕竟院子里头冷。

陆追在心里仰天长叹：二愣子什么样？就你这样。

陆追进了林威卧房，林威道："二当家。"

"毒没事了，不过还得好好歇息一段时间。"陆追道，"山下的事你就别管了，安心在此休息。"

林威惭愧道："是我没用，给二当家添麻烦了。"

"你这是什么话？"陆追还没开口，阿六先不满道，"我也是同你一样被那死老头掳走的，却从没觉得自己没用。"

他一边说，一边用手"砰砰"拍了两下胸口，结实，霸气。

他走在路上有人要嫁，喝了毒药不吐血，运气好得很。

林威顿时不想说话了。

陆追还在想前来送解药之人说的那番话。空空妙手的名号，先前陆无名也曾提过，不过也只当成江湖故事，提醒他世间险恶，他没想过居然能在洄霜城中遇到。

遇到就遇到吧，空空妙手当年被他爹击落悬崖，会恨不得杀了他也正常，可为何又对萧澜那般青睐有加？他与萧澜从小在冥月墓中一起长大，加上此番重逢，他却从没听过这人的名字，萧澜先前应当也不知道才对。

此人凭空冒出来，就对一个人这么好，甚至听上去还有些疯魔，莫非是萧澜的……亲人？毕竟，除了血缘，实在很难用别的理由解释此等诡异的行为。

陆追陷在种种推断中出不来，一想就是一整夜。

朝阳驱散山中雾霭，季灏满脸警惕地看着面前的人。

萧澜道："你中毒了。"

季灏似乎对此事并不意外，只问："你究竟想做什么？"

"是你自己送上门，要假扮明玉。"萧澜将火拨弄得更旺了，"我正好顺水推舟，给城中那些草包演一场戏。"

"你！"季灏气得胸口隐隐作痛。

"我虽失忆，却也不至于糊涂到连心中在意之人是谁都分不清。"萧澜道，

"你我先前素不相识，你为何要这么做？"

季灏不再言语。

萧澜又问："既素不相识，你也没理由杀明玉，那么是受人指使？"

"你要杀了我吗？"

"我杀你作甚？前辈出城去查探消息了，等他回来之后，我会安排你去个安全的地方。"

季灏咳嗽大半天，吐出一口血，有些发乌。

"是尸毒。"萧澜道，"长年累月穿梭在阴暗墓葬中，便会染上此毒，日子久了，就会无药可救。"即便是人气足的冥月墓，那些封存的墓道也一样进去不得。

季灏问："你打算如何安置我？地牢还是荒宅？"

萧澜道："你与姑姑合谋骗我，现在任务未完成，你回去也没有好日子过。"

"我不是你冥月墓的人！"

"北海孤阳岛，先前也有一位北海来的老前辈找过我。你认得他，是不是？"

季灏冷哼一声，闭目不再多言。

泅霜城中依旧清冷萧条，陆无名易容成外地商客，穿过大街小巷。

陆追与萧澜双双跳崖，冥月墓与鹰爪帮不知所终，最后一丝关于红莲盏的线索也断了。那些江湖门派即便再不甘心，也不得不承认，此行怕当真只是一场空梦。

于是，又有人陆陆续续准备离开，临走前起了歹意，想要在城中搜刮一笔，出门却见街上戒备森严，几乎每隔三五家就有一队官兵守着。那些官兵不像衙役，更像是附近的驻军，他们只好悻悻收手。

不过一下午的时间，李府的宅子便空了大半。到了第三天清晨，李府中便只剩下最后一个门派了，名曰棒槌山。

听了曹叙打探回来的消息，陆无名道："这名字倒是应景。"

"是湘西来的土匪帮派，头目名叫刘成，在江湖上挺出名。"曹叙道。

"出名？"陆无名问，"功夫高？"

"功夫还当真不高。"曹叙笑道，"门主有所不知，这棒槌山的刘成之所以会出名，全是因为太倒霉。"

"太倒霉？"

"他今年三十有余，据传老天爷像是存心处处与他作对，他下山打劫时恰好遇到朝廷调兵回王城，漫山遍野黑压压的精兵强将。他想学戏文里说的，抢个新媳妇回山寨做夫人，结果拦到了追影宫左护法，被她打得落荒而逃，还一把火烧了寨子。他想重新修个山寨吧，不是起山火就是遇洪水。"曹叙道，"这样的事情多来几回，这棒槌山的名号也就传开了。"

"还有人愿意留在他身边？"

"先前倒是有，这阵子没了，李府中只剩下了刘成一人。"

"自己将日子过得稀烂，怨不得老天。"陆无名道，"虽说看似事事不顺，却事事都由他自作孽而起。"

"也是。"

"我让你盯着的那个老头，怎么样了？"

"他倒是挺消停，一直在屋中待着。冥月墓的人在离开前像是去找过他，却被他赶了出来。不过阿六与林威的伤倒是没事了，那解药挺好用。"

"看来他与冥月墓的关系也不算好。"陆无名道，"顶多算是相互利用，现在他的目的达到了，过河拆桥也不意外。"

"什么目的？"

"冥月墓想要杀明玉，拿到红莲盏。那老头因为我的关系，虽然也对陆家有敌意，却更想带走萧澜。现在他既已同萧澜搭上了关系，自然不会再搭理冥月墓。"

福泉街小院中，空空妙手正坐在石桌前，让面前那琳琅满目的工具晒太阳。旁人看了或许不知那些东西是用来作何的，却一样会惊叹其细致与精良。工具的金属连接处幽幽泛着光，像是一双双眼睛。

这是全天下最好的盗墓工具，空空妙手已经迫不及待，要将其传给萧澜——自己唯一的孙子。一想到此事，他便整个人都兴奋起来，浑身颤抖，双眼通红，不知在喃喃说些什么。

紫衫女子在旁犹豫许久，才鼓起勇气道："主人。"

"何事？"

"主人就这么赶走了冥月墓的暗使，怕是有些……不妥。"

"有何不妥？"空空妙手放下工具，"一群废物，这么久了都没杀成陆明玉，还说在城外布了什么阵，吹得倒是天花乱坠。"

紫衫女子低头道："是。"

"澜儿还没有消息？"

"那日他带着陆明玉跳崖之后，就没下文了，季灏也不知去了何处。"

"他怎么会带着陆明玉跳崖？"空空妙手冷笑一声，道，"无妨，等着便是，冥月墓可没那么轻易放过他。"

破败的李府中，棒槌山的刘成正坐在桌边，撕着一只烧鸡，地上丢了不少残渣与空酒瓶。也不知他多少天没洗过澡了，身上臭气熏天。

一只冰冷的手突然搭上他肩头，刘成瞬间僵硬，手中鸡腿掉在桌上。

来人声音嘶哑，"呵呵"笑着，飘飘忽忽问："你留在此处，可是为了等我？"

刘成心一横，道："是！"

"说说看，为何要等我？"那声音忽远忽近，远时像出自地府，近时却又像在人耳边呢喃。

刘成道："我不想再这么倒霉下去了！"

"你知我是谁？"

刘成犹豫道："我……我……"

那人并未打断他的话，而是极有耐心地听他一连说了七八个"我"。

刘成咬牙道："我那晚，看到你挖人心了，功夫……功夫高得不像人。"

肩上那手陡然一用力，来人干哑的笑声愈发刺耳。刘成被他拖得踉踉跄跄，一路走入了夜间的浓雾中。

待陆无名回到悬崖下，已是第四日的傍晚。

"前辈。"萧澜正在山洞外生火。

"不必做饭了。"陆无名道，"先上去吧。"

萧澜问："城中情况如何？"

"冥月墓众人离开后，那些江湖门派也各自散去了。现在泗霜城中一片萧条，不过官府调来了不少军队，百姓的生活应当很快就会恢复。"

萧澜点头："多谢前辈。"

陆追算一半朝廷人，这次来泗霜城也带了温柳年的令牌，倘若此番让百姓受损，只怕他回去也不好交代。

陆无名问："季灏呢？"

"他中了尸毒，摸脉象至少已在体内存了五年。我喂了他续命丹，他还在昏睡。"

原来还是个钻墓穴的。陆无名进到山洞，果然见季灏靠在墙上一动不动。他与萧澜用绳子将季灏拦腰捆住，带着一起上了悬崖，暂时将其交给了朝暮崖的弟子。

天渐渐亮起来，陆追躺在被窝中，依旧在沉沉熟睡，梦才做了一半，他却被细微声响吵醒了。

萧澜从窗户一跃而入，带着些许清晨的寒气。

陆追意外道："你怎么回来了？"

"来看看你。"萧澜上前扯高被子，将他重新裹住，"别着凉了。"

"山下的事情怎么样了？"

"那些江湖门派都撤走了，姑姑也走了，不过她估计不会走远。"萧澜道，"还有，来了一个北海白沙岛的老头，疯疯癫癫的，像是极喜欢我的手。"

"嗯，我听爹的人说过了。"

院中有窸窸窣窣的声响，是阿六起床要煮早饭了。

萧澜看了一眼院外，问："如何了？"

"你在说阿六？"陆追叹气，"傻了些，怕是娶不到媳妇了。"

阿六在厨房里欢快地吹着口哨，烧了几大桶热水后又开始和面，力大无穷，勤劳能干。

岳大刀在屋里捂住耳朵还嫌不够，又扯过被子盖住头。

陆追又懒洋洋道："你下山的时候，我毒发过一回。"

"什么毒？"

"不知道。"

萧澜握过他的手腕，指下脉搏跳动得挺快，皮肤也微微在发烫。

陆追中的毒阴寒，每每毒发都该是全身冰冷才对，这回却如此异常，萧澜心中担忧，道："告诉我，哪里不舒服？"

陆追闷声道："哪里都不舒服。"

"可要我下山去找陆前辈？"萧澜问。虽说母亲也在这小院中，但陆追倘若当真毒发，此时也不是顾忌这个的时候。

陆追道："不。"

"不？"萧澜无奈，掌心贴在他越发滚烫的后脖颈上，"你这毒来得蹊跷，我内力阴寒，若盲目疗伤怕是反而会伤到你。这毒先前何时发过？原因又是什么？你自己知道吗？"

陆追却问："季灏先前是不是想给你下蛊？"

萧澜一愣，想起了在山洞的那个夜晚，妖异的红月与浓烈的香气，以及自己片刻的恍惚与分神。

陆追眼睛一眨不眨地看着他。

萧澜道："后来我醒了。"

"我知道你醒了，因为我也醒了。"陆追道，"当时我以为是一场被打断的梦，并没有放在心上，后来又觉得或许与你有关。"

江湖中的确有一种蛊毒能让两个人性命相连，鬼姑姑多年钻研，精于此道。

"你先睡吧。"萧澜道，"休息好之后再说蛊毒的事情也不迟。"

陆追答应一声，倒是很快就睡了过去。

阿六见到推门出来的萧澜，也吃惊："你什么时候回来的？"

萧澜往陶玉儿的卧房看了一眼，道："陆前辈让我上山看看。"

"我爷爷他身体还好吗？"阿六很是关切。

"呃……"萧澜道，"好。"

陶玉儿也听到声音出了卧房，见到萧澜，道："澜儿回来了。"

"娘。"萧澜喊道。

"再不回来，我可就要下山去找人了。说说看，你跳崖是怎么回事。"

"是为了逼姑姑离开洄霜城，冥月墓的人若是走了，城里的江湖人也就没了留下的理由。"萧澜道，"闹腾这么久，也该消停了。"

陶玉儿却不悦："谁准你自己鲁莽行事？"

"当年在雨夜行凶的歹人，已经确认是翡灵联合的鹰爪帮弟子。现翡灵已死，想要替萧家报仇，只需顺着剩下的一条线往下查就是。我们的最终目的是找出当年写信的人，又何必让那么多小门派搅在里头呢？"萧澜道，"娘亲也是这么想的吧，否则为何要一直派老李暗中盯着裴鹏，几乎寸步不离？"

陶玉儿虽没再反驳，却也未被他这番话说服，依旧极为不满。

山下，刘成正满心忐忑，躺在一张木板床上。屋中烛火跳动，火焰不是暖黄色的，而是幽幽泛着蓝光，诡异寂静。

他后悔了，后悔与这古古怪怪的老头来这废宅中，后悔答应与老头一道做事，后悔躺在这床上。

他想走，想离开这阴暗潮湿的宅子，想离开洞霜城，想乘着最快的马匹一路飞驰，回到自己那破旧的山寨中，继续过倒霉而又窝囊的日子。只是这最寻常最普通，甚至只要他提前一天离开李府便能轻易达成的愿望，此时此刻却成了莫大的奢望。

他走不掉了。铁索像是冰冷的鬼使利爪，紧紧扣在他的四肢上，令他半分也动弹不得。他嘴里塞着白色的布巾，上头不知浸满了何种药水，正顺着喉管流淌进腹中，又腥又甜。

刘成抖若筛糠，恐惧又绝望地睁着眼睛。他觉得自己或许快要死了，就像他那晚看到的情形一样，被掏出眼，挖出心。

"你知道吗？那些信，都是我写的。"老头站在床边，像是在欣赏一件作品，一幅画，或者一把琴。

刘成试图摇头，却发现自己的脖颈也失去了知觉。

老头继续哑着嗓子"呵呵"笑着，道："我将这天下能找到的恶人都引到洞霜城中来，最后只有你留下了，你知道是为什么吗？因为你最不甘，也最贪婪。"

刘成下腹涌出一股热流，是被吓得失禁了。

"你窝囊，你武功稀松平常，这些都没关系。"老头猛然凑近，一双眼睛几乎要将他点燃，"我大费周章，只想要你心里压抑了许多年的怒意与贪念，这就足够了。老天对你是当真不公平，是不是？"

刘成用尽所有的力气，总算"呜呜"出了一点声音，他想求老头放过他。

屋中烛火即将熄灭，老头戴上蛛丝般的手套，拿起桌上薄如蝉翼的冰刃。

在最后的意识里，刘成看见的，是自己被缓缓割裂的胸膛，血是乌黑的。

雪是纯白的，陆追靠在床头，透过窗棂看外头纷纷扬扬的雪花，银装素裹的美景。他手里捧着暖乎乎的热茶，里头加了红枣与桂圆，又甜又香。

隔壁房中，萧澜道："我想请教娘亲一件事。"

"说吧。"陶玉儿手里握着针线，依旧在缝衣裳。

萧澜道："娘亲知道同命蛊吗？"

陶玉儿闻言手下一顿，问："怎么突然问起这个？"

"是季灏。"萧澜道，"他曾在山洞中布下迷阵，用了红月迷香，像是与同命蛊有关。"

"他与你又无甚仇怨，给你下什么同命蛊？"

萧澜道："我只猜测那或许是，却不能肯定，所以才来问母亲。"

"同命蛊只能同时下给两个人。"陶玉儿道，"中蛊之后，两人心牵命连，一人若蛊毒发作，另一人也会深陷其中，伤身伤心。"

"会有何后果？"

"蛊毒频频发作，能有什么好结果？"

"可有药解？"

"你怎么一下子这么关心同命蛊？"陶玉儿心中生疑，"这蛊毒只有同时下给一对心意相通的人才有用，可以是夫妻，也可以是生死至交。即便季灏当日设了红月迷香，也伤不到你，究竟是谁中蛊了？"

"谁都不是，娘亲先告诉我，这蛊究竟能不能解。"萧澜道，"我想知道。"

"能解，倒也不是什么了不得的蛊毒。"陶玉儿道，"最简单的法子便是忘了对方，中蛊的两人彼此不再心意互通，过个十年八年，蛊虫自然会消失。"

"除此之外呢？"

"除此之外，我就不知道了。"陶玉儿道，"那是西南产的小玩意儿，我平日里没怎么留意过，不过……"

"不过什么？"

"不过你那鬼姑姑或许会知道得更多一些，先前我在冥月墓中时，就经常见她炮制毒蛊。"

这倒是与萧澜的猜测吻合，毕竟有本事有机会同时给自己与陆追下蛊的，也只有一个冥月墓。

陶玉儿又问："季灏人在何处？"

萧澜答："暂时由朝暮崖的弟子看管。"

陶玉儿道："待我今晚下山，去审审他。"

萧澜并不想让母亲插手，陶玉儿却极为坚持。无论她心里隐藏着怎样浓厚不散的雾与霾，但只要与萧澜扯上关系，她便完完全全变成了一个普通的母亲，担心他会受凉，担心他会受伤。那季灏来历不明，八成来者不善，不管有没有同命蛊一事，她都要查个清楚，方能安心。

陆追在隔壁咳嗽了一声，陶玉儿道："去看看明玉吧。"

萧澜答应一声，推门进去就见陆追掀开被子坐着，像是正要穿鞋。

"这么冷，起来做什么？"萧澜快走两步，"听话，躺回去。"

陆追苦着脸道："不行，我得去茅房。"

萧澜"扑哧"笑出声来。

"你这人。"陆追给了他一拳头，"我去个茅房，你高兴什么？"

"好好好，我扶你。"萧澜哄他，蹲下取过一边的鞋，仔细帮他穿好。

"我听到你与陶夫人在说话了。"陆追道，"想好法子要怎么应付了吗？"

"倒是有个办法。"萧澜道，"不过得你帮忙。"

陆追笑道："我就知道。"

萧澜问："知道什么？"

"知道你会恢复成原来的样子。"陆追道，"不像是先前刚寻到山海居的那阵子，看着又凶又不讲理，还有些傻。"

萧澜并没有反驳，事实上连他自己都有些想不通，为何他先前会那么容易就受到蛊惑，轻易便北上王城。若换到现在，换成任何一件别的事，哪怕有再多证据，哪怕事情与陆追无关，只怕他也会先逐一查证，然后再行定夺。

萧澜道："是因为你吗？"

陆追不解："什么？"

萧澜道："我是说，因为你，我才会慢慢醒过来。"

"算不上醒，或许迷惑你心智的也是我呢。"

这次换萧澜皱眉了。

"我一直相信，你并没有彻底忘了我。"陆追点点他的胸口，"鬼姑姑说伏魂岭血案是我所为，当时哪怕你失忆了，内心深处也是不愿承认的。"

"嗯。"

"而大多数人在不想面对一件事时，都会近乎本能地选择逃避。"陆追道，"你逃不开鬼姑姑的指令，逃不开替同门兄弟报仇的责任，想来那段日子也过得极为压抑。"

萧澜并没有否认。

"鬼姑姑一生都待在那暗无天日的冥月墓中，除了寻找宝藏，她也知道该如何煽动人心。"陆追道，"先压得你喘不过气，再递过来一把刀，告诉你这是唯一的出路，你接还是不接，信还是不信？"

萧澜叹气："理由再多，我还是一样伤了你。"

陆追摸了摸自己的脖颈，道："已经长好了。"

两人谁都没再说话，只在屋里安安静静地待了一阵子，然后才一起出门。

陶玉儿忙活着去厨房做饭，她手艺算不得好，不过对陆追倒是挺好，还特意蒸了一盅鸡蛋羹。

萧澜一勺一勺喂给陆追吃，陆追靠在床头，道："继续说正事，你打算怎么应付陶夫人？她生性多疑，又对你极为上心，八成是非要见季灏，将整件事情都问清楚的。"

萧澜陷入了沉思。

现如今这城内江湖人走了大半，看着虽比之前消停了不少，不过他知道冥月墓的人定然不会走远。没有杀了陆追，也没有拿到红莲盏，加上自己的背叛，按照姑姑的脾气，绝对不会轻易回去。

另外还有裘鹏，也率鹰爪帮的弟子撤到了一处更加隐蔽的地方，李老瘸一直盯着，倒是未见他们与任何人联系过。萧澜一直记得他当初那句"要杀一个姓陆的"，八成也是不达目的不罢休。

除开冥月墓与鹰爪帮，城中便只剩下了季灏与那个对萧澜极殷勤的老头——这二人都来自北海，武功路数大同小异，就像陆无名所言，极有可能是师徒。而他们的目的，除了要取陆追性命，似乎还要将萧澜也带走。

城里剩下来的这些门派，不管最终目的是什么，要杀陆追的想法倒是出奇地一致。

"怎么不说话？"陆追扯扯萧澜的脸颊。

"在想眼前的局势。"

"要我帮你想吗？"

"你帮我一个忙。"

"嗯。"

"我不想让娘亲插手太多事。"萧澜道，"谈不上相信与不相信，不过这当口，我更愿意你与她都安安稳稳地待在小院里，否则下山同陆前辈撞在一起，又平白多出一件事。"

"所以？"

萧澜在他耳边低语几句。

陆追笑笑，应道："好。"

萧澜道："再陪你一阵子，我就下山了，陆前辈还在山下等着我。"

陆追问："不打算说说同命蛊的事情？"

"你都听到我与娘亲说的话了？"

陆追点头。

萧澜道："我对此物一无所知，原本是打算下山再去问问陆前辈的。"

陆追道："为何不问我？"

萧澜扯高滑落的被子，将他严严实实地裹起来，道："你受伤中毒只会瞒着我，有此前科，我不如去问别人。"

陆追："……"

"睡吧。"萧澜扶着他躺好。

陆追问："我瞒你，你就生气了？"

萧澜道："这不是什么小事，我自然得慎重对待。"

陆追道："习惯了。"

萧澜不解："习惯？"

陆追答："满身都是伤病，多一样少一样，并无多大区别。"他这话说得坦然，可就是太坦然了，才更让人心疼。

萧澜叹气："罢了，都交给我吧。"

陆追闭着眼睛，没再说话。

待到陶玉儿从房中出来，萧澜已经去了山下。

陆追坐在院中软椅上，旁边靠着阿六，二人正在说季灏的事情。

陶玉儿问："你认得此人？"

陆追点头："是先前结下的仇家，一直想取我性命。"

陶玉儿坐在他对面："说说看。"

陆追按照先前萧澜的意思，言辞半真半假，只说对方之所以会如此处心积虑，八成是为了引诱自己现身。至于那红月下的迷魂阵，估摸也不是为了下什么同命蛊，至于究竟是什么，要等查过了才会知道。

陶玉儿将信将疑。

陆追道："此事我自会差人去办。"

陶玉儿问："可要我帮你？"

陆追笑道："不算什么大事，先查查再说吧。"

山下，陆无名不悦地问："为何去了这么长时间？"

萧澜道："陪明玉多说了几句话，前辈久等了。"

"他身子如何了？"

"看起来精神不错。"

"山下还是老样子，不过季灏丢了，也不见那老头出来寻，可看不出他们有半分师徒之谊。"

萧澜道："我想去会会他。"

陆无名道："我也在想，他当日看着你的手如痴如醉，应当对你极为看重。"

有个活靶子在手，不用白不用。

　　萧澜一路去了福泉街。

　　"谁？"紫衫女子正守在院中，闻声先是怒斥一声，抬头看清是萧澜，又赶忙后退两步，恭敬地低头道，"原来是萧公子。"

　　萧澜还未来得及开口，屋中先冲出来一人，空空妙手大喜道："你来了！"

　　萧澜行礼："前辈。"

　　空空妙手上前拉着他的手，将人带回了屋中。

　　萧澜倒也没有反抗，落座后从绿裙女子手中接过茶盏，道："多谢。"

　　空空妙手一直在盯着他看，目光贪婪又热切，视线时不时就会挪到他手上，半天也不舍得移开，几乎现在就想将那些泛着光的工具塞过来，让他牢牢握好。

　　萧澜不得不叫了一声："前辈？"

　　空空妙手这才回神。

　　萧澜开门见山道："我有一事想请教前辈。"

　　空空妙手道："你说，你尽管说。"

　　"季灏是前辈的人吗？"

　　"是。"

　　"前辈为何让他假扮明玉接近我？"

　　"我可没让他假扮陆家人，我只吩咐他，若想学手艺，就去杀了陆明玉。至于他用什么方法杀，我却是不在意的。"

　　"学什么手艺？"

　　"你想知道？"空空妙手"呵呵"一笑，语气中染了诡异，却又说得温情脉脉，"跟我回北海，我自会教给你。"

　　萧澜拒绝："不知根底，前辈就想带我走，未免异想天开了些。"

　　"你会愿意跟我走的。"空空妙手凑近他，"难道你不想知道冥月墓中，那个你生活了二十余年的地方，里头究竟深藏着什么样的秘密？"

　　萧澜打量他片刻，而后一笑，道："我当是为了什么，装神弄鬼这么久，原来前辈也同那些下三烂的门派一样，不过是为了区区一个红莲盏。"

　　"我可不要什么红莲盏，也压根就不需要红莲盏！"空空妙手一把握住他的手腕，力道大到像是能捏碎骨骼，声音颤抖而又激动，眼底燃烧着灼灼烈焰，"我只要你这双手，有了这双手，即便是没有红莲盏，也照样能拆了整座冥月墓。"

萧澜道："可我并不觉得自己这双手同旁人的有何两样。"

"自然不一样，只要你肯乖乖听话，你这双手，将会是全天下最精巧的机关钥匙。"

"机关钥匙。"萧澜猜出几分他的意思，试探道，"所以前辈是说，即便没有红莲盏，你也能拆除机关，进到冥月墓深处？"

"如何？"空空妙手问他，"愿意与我一起回北海了吗？"

"全天下这么多人，为何前辈偏偏就挑中了我？"

空空妙手坚持："你先答应我。"

"我可不是三岁的小娃娃，能被你威逼利诱。"

"那你要如何才肯答应？"

"季灏一样是前辈的徒弟，现如今生死未卜，前辈却漠不关心。"萧澜道，"想来即使我答应了，将来的日子也好不到哪里去。"

"他如何能同你比？"空空妙手不屑，"他不过是一个外人罢了，痴心妄想要拆尽天下皇陵，掠尽世间宝藏，却不看看自己有几斤几两。"

"哦？"萧澜道，"听前辈这意思，莫非我还是自己人？"

空空妙手紧紧握着手，胸口微微起伏，像是在竭力压制心中的激动。过了许久，就在萧澜以为他不会再说话的时候，空空妙手却猛然整个人都压了上来，凑在萧澜耳边低声地，一字一句地，颤抖地说："你爹，你爹他是我的儿子，你说说看，你算是自己人，还是外人？"

这话远在萧澜预料之外，萧澜心里意外，面色却如常。

空空妙手不满他的淡定神情，道："怎么，不信？"

萧澜道："母亲从未提起我还有个爷爷，而且洄霜城的百姓都知道，萧家老爷子早已病逝。"

"你与萧家没关系！"空空妙手狂躁地打断他的话，"你根本就不姓萧！"

萧澜道："那前辈说说看，我该姓什么？"

"你没有姓，也不该有姓。"苍老的声音如同来自地狱，空空妙手的面容也扭曲变形，"你是空空妙手，是这世间最好的盗墓者。"

萧澜往后退了两步，好离这压抑沉闷的氛围远一些。

"我是空空妙手，你的父亲本也是空空妙手，还有你，你的孩子，你的孙子，往后无穷无尽，永远同岁月与山川同在。"空空妙手热切道，"你明白吗？"

萧澜问："前辈何以认定，我就是这空空妙手的传人？"

"我寻了这么多年，如何会出错？那冥月墓我不去碰，留给你学成之后自己去拆，如何？"

萧澜半晌没说话，空空妙手心里急躁起来。

萧澜说："也不是不行。"

空空妙手眼前猛然一亮，欣喜道："你答应了？"

萧澜道："不过我有条件。"

空空妙手赶忙道："你尽管说。"

萧澜道："我要查出当年是谁在幕后放出风声，引人灭了萧家满门。"

空空妙手闻言不悦，道："都说了你与萧家没关系，是谁在背后作祟，有这么重要？"

萧澜道："这只是我的第一个条件，若前辈连这个都不答应，那么，去北海的事更加没戏。"

空空妙手问："第二个条件是什么？"

"不许再伤陆明玉。"

"好，我答应。"

"往后在洄霜城中，前辈还得帮我。"

"怎么帮？"

"先说说看。"萧澜扯过一边的椅子坐下，"前辈现在还同冥月墓的人有联系吗？"

空空妙手摇头。除了墓葬与财富，他对任何江湖事都不感兴趣，自然也懒得同鬼姑姑打交道。他原本是想直接将萧澜带走的，却被季灏提醒了一句，说当中还有个陆明玉，萧澜怕不会轻易答应前往海岛。

"陆明玉，姓陆？"空空妙手追问，"他同陆无名是何关系？"

"师父还知道陆无名？"季灏道，"陆明玉是陆无名的儿子。"

空空妙手闻言果然震怒。在他看来，陆无名当年先是在萧家放了一场大火，又将自己击落悬崖，江湖中虽传他已经死了，可现在陆家的儿子又跑来纠缠自己的孙儿，真是岂有此理！

于是，他便答应季灏，带季灏一起来到泅霜城，绑了阿六与林威，想以此胁迫陆追现身，好取了陆追的性命，断了萧澜的念想。

萧澜问："一直是季灏在同鬼姑姑联系？"

空空妙手道："我不喜欢与活人打交道。"或许是因为在墓穴中待久了，阳光总会让他觉得无所适从，只有潮湿黑暗的墓道才是安全的，而那些腐朽干枯、缠满珍珠的尸体，也远比活人要顺眼。

青苍山上，阿六坐在桌边，面露愁苦，叫了声："爹？"

"怎么了？"陆追半撑着头，昏昏欲睡。

阿六将他晃醒，道："我觉得岳姑娘最近似乎不怎么愿意搭理我。"

陆追看了他半天，问："你才发现？"

"啊，对。"阿六吃惊道，"莫非爹早就发现了？"

陆追的目光中有几分崇拜。

阿六还是不解："我究竟哪里招惹她了？"

陆追问："你想娶媳妇吗？"

阿六一拍大腿，道："想啊。"

陆追又问："娶岳姑娘呢？"

阿六："啊？"

"想还是不想？"陆追又问了一回。

阿六小心翼翼，压低声音，宛若做贼："莫非她看上我了？"

陆追道："你倒是挺会想。"

阿六："……"

陆追又道："偏偏还想对了。"

阿六："……"

"怎么样，娶吗？"陆追问。

阿六挠挠耳朵："我再想想。"

"你还要'再想想'？"陆追哭笑不得。

"她先前天天说要嫁我，我耳朵都听出茧子了，也没当过真。"阿六道，"敢情她是真看上我了啊？"

陆追叹气："看你这一脸讨人嫌的茫然样，若我是岳姑娘的爹娘，定然要先揍你一顿再说嫁不嫁女儿。"

阿六"嘿嘿"笑:"那爹你好好休息,我先出去了啊。"

"回来。"陆追问,"林威怎么样了?"

"方才已经吃了药。"阿六道,"我会好好看着,只准他吃饭睡觉,不准他做别的。"

陆追点头:"有劳。"

阿六扛着大刀出了院子,见岳大刀正站在院中,再想起陆追方才说的话,便又忍不住喜上心头,咧嘴笑得很是耿直,并且脸略红。

一个彪形大汉脸红的样子有些奇特,岳大刀将水瓢直直丢过去,自己目不斜视地跑进了屋子。

陶玉儿在桌边笑道:"可真是个小丫头。"

岳大刀双手捂着脸,又气又恼,还有几分小姑娘情窦初开的羞赧,想七想八觉得又委屈又丢人,趴在陶玉儿怀中险些哭出来。

陆追掩上房门,取过止疼的药膏涂抹在身上,慢慢按揉。这蛊毒是何时所中,当真连他自己都不清楚。他早年在墓中浑浑噩噩时,被强迫吞了不少毒药,虽说命大没死,但病根多少是会留下些的,这回是同命蛊,下一回还不知道是什么。

入夜,洄霜城。

幽蓝的烛火跳动着,照亮床帐中模糊的人影,刘成浑浑噩噩睁开眼睛。

干哑的笑声传来,缥缈而又阴森。

"醒了吗?"对方问。

刘成缓慢地坐起来,姿势有些僵硬。

"你醒了。"那个声音依旧飘在耳边,"想挖人心吗?"。

刘成想起了那夜看到的一切。那鲜血淋漓的手原本是恐怖的,可偏偏又带着一股强大的力量,是自己渴求许久的——有着绝对的压制性,让所有对手都无法忽视、无法抗衡,甚至无处躲藏,只能战战兢兢匍匐在自己脚下求饶。

刘成说:"想。"

老者笑得愈发阴森:"好。"

天渐渐黑了下来，陆追靠在窗边出神。

天幕是蓝色的，细碎星辰镶嵌其中，一闪一闪，连成一条宽广而又壮阔的银河。

岳大刀坐在院中高高的枯树上，手里捏着一包八宝糖，一边看风景，一边看陆追，心里想着小时候看过的戏文、听过的说书——白衣公子仗剑骑马，一路沿着长风古道踏花而过，风是香的，手是暖的，剑柄上镶着宝石，水囊里装着美酒。他去过大漠，也去过孤岛，过着这世间最畅快恣意的日子。

她觉得陆追就该是那样的人，像一只鸟，像一片雪，最美好又最自由。

阿六裹着一件披风过来，不由分说地抖开，将陆追严严实实地裹了进去。

岳大刀："……"碍眼。

陆追："嗯？"

"起风了，"阿六道，"我扶爹进去？"

陆追不肯动。

阿六在心里深沉地叹了口气，再度觉得自己的确很需要一个娘。

陆追裹着大披风，在星光下看着他笑，眼睛里亮闪闪的。

阿六心里发虚，问："爹，你高兴啥呢？"

"想起了一些先前的事情。"陆追道，"屋子里头闷，我又不困，想在这里多待一阵子。"

阿六坚持："怕要着凉的。"

陆追道："我想喝酒。"

"那可不成。"阿六一口拒绝，毫无通融余地。

凉水都喝不得，还想喝酒？

陆追道："就一杯。"

"一杯也不成。"阿六硬挤着坐在他身边，"不如我去煮一碗肉汤来给爹吃？"

陆追叹气："你可当真是半分雅趣也无。"

阿六用小手指挖挖耳朵，没明白："雅什么？"

陆追推他一把，不再说话了，继续裹着披风靠在窗边，听风看月。过了一会儿，他又道："我一个大男人，你尚且知道来问一句会不会着凉，人家小姑娘在树上坐了那么久，你就不知道去关心关心？"

阿六一脸茫然："啊？"

陆追微微挑眉看他。

阿六道："什么小姑娘呀？"

陆追："再装。"

阿六站起来，脚下如风般往自己的卧房跑："我先去睡了。"

他人还没来得及走到门口，身后便有风声传来。陆追凌空踏雪飞身上前，单手握住他的肩膀一推一错，拉得阿六踉踉跄跄往后退了两步，险些坐在地上。

"喂喂！"岳大刀不明就里，见两人说着说着突然就打了起来，赶忙丢掉手里的糖包跳下来，"怎么了？"

陆追手下使力，将阿六推到岳大刀面前。

阿六："……"

岳大刀："……"

半晌之后，岳大刀一甩手绢，转身跑出了院门。

"你还愣着做什么？"陆追提醒阿六，"外头黑漆漆的，人家武功再好也只是个小姑娘，不管可不成。"

阿六"嘿嘿"笑着挠头，扛着金环大刀风风火火地追了出去。

月光很淡，照着雪地里深深浅浅的脚印，双双对对，连成一串。

陆追转身回了卧房。

陶玉儿知他中毒畏寒，每晚都会在他被窝里头塞个汤婆子，不管他何时躺进去都是暖的。在山上这些日子，两人经常一起闲聊，倒也生出了几分母子情谊。连粗枝大叶如阿六，也察觉陶夫人比起最初遇到的那阵子，已经变得和蔼慈祥了不少，甚至还会挽起袖子去厨房烧几道不怎么好吃的菜。

身侧空空荡荡，陆追将自己整个人都缩进了被子里。

他向来就不是一个悲观的人，哪怕当初被遗忘、被误会、被追杀、伤痕累累地倒在路边，也不曾绝望过。江南的冬天也是极冷的，那时他就倒在黝黑的泥地里，看着血一点一点从伤口中流出，融化了身下薄薄的冰层，直到他被赵越扶上马背。

他行走世间二十余年，有太多次命悬一线却又峰回路转，已分不清这到底算命好还是命苦。有时在街上看到年迈的夫妇、砍柴的小贩甚至是挺着肚子遛鸟的地主老财，他都会羡慕半天——平静安稳，相濡以沫，也不知自己何时才能过上这种好日子。

院中有低低的说话声传来，应当是阿六找回了岳大刀。听着屋门"吱呀"作响，将两人的笑声隐在后头，陆追的心情也好了些许。他撑着坐起来一些，从床头取出银针，一根一根扎在自己臂弯处，将几处筋脉暂时封起来。

虽说这样等于废了大半武功，却至少能让体内的毒蛊暂时消停些，莫再添乱。

洄霜城。

萧澜敲了敲客房门，喊道："前辈。"

陆无名放下手中酒杯，道："进来吧。"

萧澜手中拎着一包卤味，刚好用来下酒。

陆无名问："如何？"

萧澜道："那老头答应帮我了，他自称是空空妙手，以盗墓为生。"

陆无名道："原来是盗墓贼。"

陆无名这句话说得随意，细听还有几分轻视，萧澜替自己斟了一杯酒，硬着头皮道："是。"

陆无名问："只有这些？"

萧澜深吸一口气，道："还有，那空空妙手说他是我的……祖父。"

陆无名险些被酒呛到，萧澜忙站起来替他拍背。

陆无名缓了口气，问："祖父？"

屋中烛火跳动，萧澜将先前的事情大致说了一遍，道："就是这样。"

陆无名摆摆手道："虽说听着有些匪夷所思，细想却处处都对得上。原来他多年前是为你才去的萧宅，怪不得会在萧宅失火之后疯疯癫癫缠我数年。"

萧澜："嗯。"

"他一直视我为凶手，当初无论我如何自证，他都不信。如今他既然答应助你，那我还是暂且不出面为好，免得又横生枝节。"

萧澜问："前辈觉得当初谁最有可能传出消息，将祸水引向萧家？"

"当时江湖并不安稳。"陆无名道，"我也是在南海做事时偶尔听到传闻，才会北上前往洄霜城，只是还未来得及一探究竟，便遇到了空空妙手与那场大火。后头我又赶着去做别的事情，便没有再追查过了，你这问题我怕是回答不了。"

萧澜勉强笑笑："嗯。"

"后来在冥月墓中遇到你娘亲，怕勾起她的伤心往事，我也没多问。"陆无名又道。

萧澜道："多谢前辈。"

"大刀说在青苍山时，你的母亲对明玉也多有照顾。"陆无名道，"有劳了。"

"明玉体弱畏寒，中了不少毒，也受过许多伤，一直在山上躺着，只靠我娘照料，怕也好不了。"

"此事之后，我自会带他回家疗伤。"

萧澜问："去海岛？"

陆无名仰头喝下一杯酒，道："待你毁了冥月墓，那时若明玉想邀你到家中做客，我也是能答应的。"

萧澜声音很低："也好。"

灯花四下溅落，两人对坐小酌，就着酸杏与卤味，与窗外夜风一起入喉。

过了片刻，萧澜又道："可否再请教前辈一件事？"

"说。"

"前辈行走江湖多年，可曾听过什么是同命蛊？"

"下三烂的毒蛊，你问这个做什么？"

萧澜寻了个借口，道："我有一个朋友，当初不慎被人下蛊，我想问问有没有法子能解。"

陆无名的回答与陶玉儿如出一辙：只要忘了同时中蛊、与之性命相牵的那个人，就能万事大吉。

萧澜点头："我知道了，多谢前辈。"

"走吧。"陆无名说，"随我去街上看看。"

萧澜同陆无名一道出门，刚想继续问问裴鹏的事，前头突然传来一声凄厉尖叫："杀人了啊！"

衙役闻声举着火把赶来，萧澜与陆无名也跟了过去。

出事的是一处青灰小宅，一名女子正跌坐在地上，头止不住地往后缩，双手交叉抱着自己的肩膀，满脸惊恐。院里水井旁躺着一名男子，五大三粗，满脸胡子，胸口有个大洞，正在往外汩汩冒血，像是被人活活掏了心。

捕快将那女子扶起来，一路带着她回府衙，男子的尸体暂时被床单遮住，只等仵作验看。

萧澜与陆无名不约而同想起李府中那个被掏心挖眼的江湖人——那手法与今晚这具尸体如出一辙。

然而，四周并无任何异样，鬼影都没一个。

待天亮后，城中处处都在说这事，曹叙打探了一圈，打探到遇害的人是个混混。

"这倒不意外。"陆无名道，"洄霜城被江湖人占了数月，百姓都养成了天黑就上床的习惯，子夜还在外头晃的，除了衙役与更夫，就没剩几个憨厚好人了。"

"那女子的丈夫去年不幸离世，有事邻居们都会帮衬她一把，据说她本分又老实。"曹叙继续道，"百姓都说那混混八成是想占她便宜，结果刚好撞到厉鬼了。"

"她看清凶手的模样了吗？"陆无名问。

"一个深居简出的小寡妇，能看清什么？没吓晕过去已经算是胆大了。"曹叙道，"县令审了半个时辰，又换府衙里的老妈子哄了她半个时辰，才问出昨晚她听到院中一声闷响，以为是鸡窝倒了，出门去看时恰好一具尸体冒着血从墙头跌下来，可她却并未看到行凶者。"

"第一个被挖心的是江湖人，第二个是城里头的混混。"萧澜道，"并无规律可循。"

"所以说对方行动全凭心情。"陆无名道，"要么是为了练就邪功，要么是为了制造恐慌。可这城里的江湖人都走了，冥月墓弟子亦不知所终，他多挖几颗人心吓唬百姓又有何用？"

萧澜想了片刻，道："我倒是听过一个挖人心的传闻。"

"哦？"陆无名道，"说说看。"

"是当成鬼怪故事来听的。"萧澜道，"据说在上古墓葬群中，有一种怪物名叫食金兽，平素以金银为食，在没有金银的时候，便出墓去挖取人心与眼睛。"

陆无名拍拍他的肩膀，同情关切道："你怕是累了，可要回房歇息一阵？"

萧澜继续道："此事虽听起来有几分荒诞，可我小时候却当真见过一回那怪物。"

那是冥月墓最阴森的一处墓穴，自己下去采红花，却看到有一个野兽般的黑影正匍匐在宝藏库中，低头贪婪地咀嚼着金子，又将一串又一串的珍珠当成面条吸入腹中。他当时年岁小，又是头回看到如此诡异的场面，往后退时不慎踢翻了一个水罐。那野兽听到声音，睁着血红的眼睛便扑了过来。

"当时我只觉得整个人像是被山压住了。"萧澜道，"我没多久就晕了，醒来时已经躺在姑姑的床上了，大夫说我是从高处摔进泥坑，将自己磕晕了。"

陆无名问："你没将此事告诉鬼姑姑？"

"说了。"萧澜道，"只是却没人信。宝藏库中的金银一样未少，守卫的弟子也说没发现异常，上百处机关更是一个也没被触发，莫说是姑姑，就连我自己都不信。"

可那当真不是梦，萧澜挽起袖口，露出手腕给陆无名看。他手腕上有三道很淡的伤痕贯穿，像是被猛兽的利爪挠的。

"姑姑不信这伤口，说我是贪玩找借口，找了锐器划伤自己想逃过责罚。"萧澜道，"我也就没再解释过。"

"也没有告诉明玉？"陆无名道，"他说在墓中时，你们是彼此最好的朋友，没有任何秘密。"

"我忘了我同他相处的大多数日子。"萧澜道，"不过这个倒是记得，我之所以没告诉明玉，是因为事情太邪门，怕吓到他。"

"后来那食金兽还出现过吗？"

萧澜道："若非这挖心的案子，我几乎已经忘了这件事，这回也是觉得凑巧，便说给前辈听了。"

陆无名替他倒了杯茶。虽说萧澜没必要撒谎，但这故事也实在太缥缈了，比起厉鬼与食金兽，陆无名更愿意相信是有人在背后操纵这一切。

涧霜城的官老爷此时也叫苦不迭，那群江湖人在城里的时候，百姓都未受过伤，他们才刚走，城里却死了个人，若是传出去，只怕自己升迁之事又要多等三五年。

在官场待久了的人都知道，不管案子能不能破，姿态总是要做出来的。于是，一时之间，城中处处都是带着刀的捕快，一家一家挨个巡查过去，连鸡窝底也不放过。

客栈楼下吵闹了许久，曹叙上来道："回门主，已经打发走了。"

这官府所谓的巡查阵仗倒是闹得挺大，将百姓折腾得够呛，可若遇到个肯塞银子的外乡人，他们又走得比谁都快，能查出来才有鬼。

陆无名问："找到冥月墓在何处了吗？"

曹叙道："恰好官府盘查，给我们省了些事。昨夜有眼线看到冥月墓的人撤出城郊一处小宅，隐去了山中，不过并未离开，还有，鹰爪帮裘鹏也一道随行。"

陆无名问萧澜："你怎么看？"

萧澜道："鹰爪帮初来城中时，一直潜伏在城外树林中，与李府暗中来往。他们还在李府书房中挖了一条暗道，据说是为了杀一个姓陆的人，不知前辈可曾与裘鹏结过怨？"

"琼岛小门派，数年前倒是的确托人找过我，说有一笔好生意要做。"陆无名道，"不过那阵子我牵挂明玉，又听到萧家有红莲盏的传闻，早早就离开了，连见也没去见他。"

萧澜问："只有这个？"

陆无名道："只有这个，你问过明玉吗？"

"问过，他也不认得什么裘鹏。"

事情陷入了死胡同，两人对看半天，觉得似乎也只有"普天之下姓陆的人不少"这一个解释能勉强糊弄。

青苍山小院中，陆追也听说了挖人心的事。

陶玉儿道："当真邪门。"

偏偏阿六还煮了一锅猪肺汤，桌边众人食欲全无，草草吃了几筷子青菜了事。

见陆追脸色依旧发白，陶玉儿握过他的手腕试了试，又是虚浮无力。

陆追道："无妨。"

"你真不该一直待在这山上。"陶玉儿道，"不如我想个法子，送你去日月山庄吧。那叶神医既与温大人是好友，应当也能让你在山庄中住一阵子。"

陆追有些意外。

他知道，陶夫人一直就对冥月墓抱有浓厚的兴趣，或许是为了财富，或许是为了别的。而且她也的的确确已经拿到了翡灵手中的红莲盏，若传闻为真，那她只需要再拿到另一个红莲盏，就能彻底打开墓穴。

自当年伏魂岭一战后，江湖中就一直有人在传，说冥月墓的红莲盏是被陆追所窃。退一步讲，即使陶夫人不相信那些传闻，可有了陆追，她就极有可能引出陆追的爹娘——无论是当年威震天下的杀手，还是曾守在墓穴最深处的掌灯侍女，对于打开冥月墓一事都是有百利而无一害。

陆追原以为陶夫人会寸步不离、紧紧守着自己，甚至连萧澜也是这么想的，可现在她却主动开口，要将陆追送往日月山庄。当然，也有可能是因为陆追当真命不久矣，再拖下去就没救了，为免人财两失，陶夫人送走他反而是上策。

但是，此时此刻，看着对面那双关切担忧的眼睛，陆追却更愿意相信，这一切都与阴谋无关，就是一个母亲对儿子最朴素的情感。

陶玉儿还在等他的回答。

"先前在王城的时候，大哥也曾找叶谷主来替我看过。"陆追道，"我这是陈年旧疾，好不了也死不了，叶谷主只给我开了些药，说要好好调养，无大碍的。"

"那是先前。"陶玉儿握着他的手，"现在你的脉象越来越乱，时好时坏，你是习武之人，理应知道再这么拖下去凶多吉少。"

陆追笑笑，道："待到洞霜城中事了，我再去日月山庄。"

"洞霜城中事了？"陶玉儿道，"山下那群人目的各不相同，若要一件一件解决那些事，你得等到何时？"

陆追道："至少要查明当年是谁在背后操纵局势，几乎灭了萧家满门。裘鹏难得露面，岂有就此放过的道理？"

见他执意要留下，陶玉儿也无计可施，只让他回房休息。陶玉儿端起桌上竹篓，想要继续缝衣裳，心里头却乱成一片，针脚稀稀拉拉，没几下便戳到了手。一颗圆圆的血珠渗了出来，刺痛让陶玉儿回神，她把手指放进嘴里吮了吮，眉头始终未曾展开。

她恍惚想起了自己年轻时，被师父选中前往萧家，那时候就有许多师姐师妹不服，说她干不成大事。她当初是不忿的，甚至觉得颇受屈辱，可这么多年下来，自己似乎当真是……一事无成。她突然就有些迷茫。

阿六与岳大刀从外头回来，一个挑着柴火，一个抱着背篓，里头是敲开冰层捕来的鱼。两人手与鼻头都冻得通红，打打闹闹的。

"夫人。"岳大刀高高兴兴道，"我们晚上做烤鱼吃。"

陶玉儿笑道："袖口都湿了，这大冷天的，一个姑娘家也不知道照顾自己，快去擦干。"

岳大刀回屋去换衣裳。阿六看了一眼陆追紧闭的屋门，小声问道："又睡了？"

"体虚，理应多休息。"陶玉儿道，"看你对明玉关心得紧，可能想个法子送他去日月山庄？"

"现在？

"他伤病复发，自然是越早治越好。"

阿六心里没有底，他是个粗人，只知道陆追最近身体不好，却不知原来已经到了要去寻神医的地步。

陶玉儿不满道："我在说话，你在发什么呆？"

阿六回神，道："我晚上先试着劝一劝。"这里距离千叶城日月山庄不算远，快马加鞭约莫二十来天便能到，先去寻医也成。

山下，冥月墓一行人也听说了挖心恶鬼的事。

官府那头虽看着声势浩大，却并未查出任何线索。百姓人心惶惶，太阳还未下山，城中便已空无一人，比先前武林中人聚集时更萧条几分。

"挖人心啊。"鬼姑姑问，"裘帮主可曾听过？"

裘鹏摇头。

"对方究竟是为了什么？"

裘鹏不阴不阳地道："这城中除了红莲盏，可无其他利益值得图。"

"裘帮主也想要红莲盏？"

"事已至此，鬼姑姑又何必明知故问？"裘鹏道，"你应该问，江湖中人谁不想要红莲盏？"

一股冷风袭进山洞，吹得石桌上的残烛四下跳动，烛光映着周围无声而立的人，影子落在斑驳石壁上，狰狞变形。

裘鹏手臂撑在桌上，几乎整个上半身都要贴向鬼姑姑，神情是贪婪而又热烈的："姑姑在墓中守了这么些年，也未能参透其中阵法玄机，不如与我合作，共成大事。"

鬼姑姑语调上扬："合作？"

"待冥月墓打开之后，墓中宝藏我只要三成。"裘鹏道，"其余七成都留给姑姑，鹰爪帮绝不抢夺，如何？"

狂风吹熄蜡烛，只余下一片漆黑。

半晌之后，鬼姑姑道："好。"

裘鹏大笑："那就一言为定。"

残月伴着疏星，客栈门口挂着的灯笼被风卷得满城滚，"噼啪"烧得只剩个焦黑竹架，连更夫也不再出门了。

萧澜与陆无名一道，落在一处宅院中。这一带都是荒废的空宅，蛛网遍布，地上也积着厚厚一层灰。两人已经找了七八处这样的小院，尚未发现有人活动的踪迹。

地上有什么东西在幽幽泛光，萧澜戴上金丝手套捡起来，细看是半片铁器，打造成弯弯的形状，如同妇人留的长指甲，底部还有些暗色的痕迹。

"血？"萧澜问。

陆无名点头。

"那便是了。"萧澜道，"将武器做成锋利的指套，扮鬼挖心。"

相比之下，这处院落要更干净一些，不过屋门都落着锁，被风雨侵蚀得锈迹斑斑，一碰便掉下粉末，窗户也摇摇欲坠，不像曾有人出入。

几不可闻的声音从远处传来，院中二人几乎同时腾空而起，如鹞鹰般落在了隐蔽处，没有一丝声响。

星光是惨淡的，照得整座小院都阴森凄凉。那诡异的声响越来越近，萧澜握紧腰间的乌金鞭柄，紧紧盯着墙头与大门。身侧的陆无名亦屏住呼吸，不知下一刻会看到一个怎样的怪物。

"唰啦"一声，巨大的斗篷在院中展开，而后一眨眼的工夫又消失在了两人的视线中。那是一种堪比野兽蹿过、人类根本无法达到的速度，无比诡异，如闪电一般。

萧澜与陆无名对视一眼，都从彼此脸上看到了诧异。

那黑影消失的地方是院中枯井，但这并不是重点，重点是"他"，或者干脆说"它"入井时的身形。虽有宽大的衣物遮掩，黑影却依旧保持了野兽的姿态，四肢同时落地，后又凌空而起，牙齿暴突翻出嘴唇，甚至有些恐怖，那一声清脆的"咔嚓"声,是利爪扣住井沿时才有的声音。

两人又守了一阵,见井中再无动静,才悄然撤离。

萧澜道:"我当年见的食金兽,便差不多是这样。"

陆无名道:"我依旧不相信这世间有怪物以金银为食。"

萧澜替他倒了杯茶水。

陆无名道:"若你当年真的在墓穴中看见过此物,倒更有可能是对方想要窃取财物,却不慎被你撞见,只好不甘不愿地丢下到嘴的肥肉,免得鬼姑姑起疑。"

萧澜道:"也有可能。"

陆无名问:"只见过那一回?"

"只那一回。"萧澜道,"再往后,姑姑下令封了几条暗道,我就没再去过藏宝库。"

"先前你曾说冥月墓中有内鬼。"陆无名问,"是谁?"

萧澜道:"黑蜘蛛。"

陆无名道:"理由?"

"他一直想要掌门之位,对我恨之入骨。"萧澜道,"姑姑虽对他颇为器重,却也说过若将来黑蜘蛛威胁到我,便杀无赦。消息传到他耳中,他如何还会一心做事?"

"只因为这些?"

"黑蜘蛛阴险贪财,与姑姑平素多有纷争。"萧澜道,"这些年借着外出的机会,他暗中联络拉拢了不少人。我也提醒过姑姑,不过她没明着表态,只说让我安心做好自己的事。"

陆无名道:"冥月墓中戒备森严,食金兽能来去自如,八成也是有内线接应。"

萧澜道:"那几处藏宝库的钥匙,倒的确在黑蜘蛛手中。"

"冥月墓的人在城外一处山洼里。"陆无名道,"再等几天吧,看两头是否会有动静,若黑蜘蛛当真与这食金兽有联系,我们也好行下一步棋。"

天渐渐亮堂起来,而枯井里依旧漆黑,伸手不见五指,只有一盏灯跳动着,发出昏暗的光。那裹着毛皮的怪物正隐在阴影里,铁刃般的指甲牢牢抠入石壁,沉默不语。

这便是当日的刘成。"死而复生"后，他发现自己变成了一个怪物，丑陋不堪，令人作呕，却拥有了强大的力量。在空旷的长街肆意奔跑时，他仿佛是一只豹，一只虎。

内心的不安很快就烟消云散，他开始渴求杀戮与血腥的味道，渴求被人惧怕而又崇拜的快感。那是他先前从未有过的，求而不得的，他如今想挨个尝一遍。

老者递给他一碗饭，刘成用双手捧起，低头埋着脸囫囵吞下，脖颈与前胸都沾了汤水，这姿态更像是野兽。

老者对此极为满意，甚至抽出手帕，耐心地替他擦了擦身上的污物，吩咐："记住我的名字。"

刘成看着他，老者道："我叫蝠。"

刘成被他按住肩膀，缓缓跪伏在地上。

"越鲜活的人心，越美味，把热气腾腾的人心挖出来，那滋味，啧。"蝠坐在一把破旧的椅子上，仿佛是最好的大厨，描述着令人垂涎欲滴的食物。

刘成的眼神开始变得贪婪，内心开始躁动。

"现在还不是时候。"蝠问他，"你知道最好的人心在哪里吗？"

刘成思考了片刻，回答："皇宫。"

蝠闻言大笑："原来你竟想做皇帝，好，好啊！"

刘成吞了口唾沫，并没有否认。三宫六院，万人之上，这世间谁不想坐金銮殿。

蝠却道："你还挖不到皇帝的心，不过有一个人，也是少年英雄，出手阔绰，不愁吃穿，又生得高大英俊，更不愁女人，是这江湖中数一数二的人上人。此等天之骄子，你恨是不恨？"

刘成眼底溢出恨意，嘴边滴着口水，问："谁？"

蝠道："你见过他，冥月墓的少主人，萧澜。"

他的声音如同传自空谷，夹带着呼啸的狂风，重重钉在刘成心上。

另一处山洞中，裘鹏正展开一张地图，上头细细绘着洄霜城中的布局与周围山川河流的走向，有不少地方都用朱砂标了红点。

鬼姑姑道："看来裘帮主是有备而来了。"

"此地名叫青苍山。"裘鹏指了指地图上的一处位置，"我的人曾亲眼见过朝暮崖弟子在这附近出现，还不止一回。"

"你的意思是，陆明玉在青苍山中？"

"十有八九，这也同萧公子每回出城的方向一致。"

"可按照裘帮主的做事手段，怕是早已找过一回了吧？是没结果，才想起还有我这老婆子？"

"既然说了要合作，姑姑又何必在意我先前做过些什么？管好将来便是。"

"青苍山找过了，没找着。"鬼姑姑问，"裘帮主可知你为何没找到？"

"还请姑姑点拨一二。"

"澜儿的娘亲也在洄霜城中，陶玉儿是布阵高手。萧家老宅被她用阵法罩住二十余年，竟无一人查出异样。"提及此事，鬼姑姑难免又想起翡灵，于是语气也愈发怨毒起来。

裘鹏问："姑姑可能破阵？"

"无念崖弟子精通各类奇门遁甲之术，江湖中无人能破。"鬼姑姑道，"不过我有个法子，倒是可以试一试。"

她令人取来一只瓷瓶，里头窸窸窣窣，像是有活物在动。

"裘教主可知这是何物？"鬼姑姑问。

裘鹏道："能被姑姑随身带着，该是稀罕东西。"

"说稀罕倒不至于，这东西在冥月墓最深的尸坑中挤得满满当当，丢下去一头牛，顷刻就能被吃个精光。"鬼姑姑道，"此物叫钻骨壳，灵巧嗜血，凶蛮成性。"

再精妙的阵法，也只能迷惑人的视线，却不能阻挡钻骨壳敏锐的嗅觉。

其实在萧澜未表明态度时，鬼姑姑原是不想动陶玉儿的，又或者说她是在等一个时机，要让这对母子恩断义绝，最好还要让陶玉儿死在萧澜手中，那样才最痛快。但现在她发现，那个自幼在墓中长大的孩子，如今离自己越来越远，像是永远都不会有回头的一天。

她不甘心，也不舍得。数年前，她就将萧澜从陆明玉身边抢回来了一次，现在也一样有把握抢回第二次。她甚至想告诉萧澜，倘若冥月墓想出手对付陶玉儿与陆追，那简直轻而易举。她先前一直没动手，只是在等萧澜自己回头。

青苍山中。

陆追靠在软绵绵的椅子上，将山下所有事情都理了一遍。太阳暖融融照在身上，挺舒服。

"爹啊。"阿六坐在他身边，问，"我说的事情，你考虑得怎么样了？"

陆追问："哪件事？"

"还能是哪件？我拢共也就说了一件。"阿六苦口婆心道，"还是听陶夫人的，我送爹去日月山庄吧。"

陆追横着手臂挡住脸。

"不行。"阿六将他的手硬拉下来，陶玉儿与岳大刀去了山中，他也就有话直说了，"连萧澜也说过陶夫人是要利用我们，可现在竟连她都要将爹送走，可见这病拖不得。"

陆追依旧没有接话。其实连他自己都没想到，他这破破烂烂的身体会如此不争气。按照先前的计划，他是希望能陪萧澜一道找出当年的凶手，最好还能顺便拿到红莲盏。只是心愿虽好，现实却不尽如人意，他如今病恹恹地躺在山上，莫说是做事，就连下山也有可能会给萧澜添麻烦。

"爹若担心路上不安稳，那还有爷爷呢。"阿六道，"听我这一回吧，啊？"

陆追懒洋洋地斟茶，问："听你这一回，我有什么好处吗？"

"有啊。"阿六"啪啪"拍胸脯，"我一定让爹两年之内抱到孙子。"

陆追一口水全喷了出来。

阿六沾沾自喜，心道看来这真是莫大一个好处，能让爹惊喜成这模样。

陆追被他这一逗，顿时哭笑不得，心中的烦闷倒也少了些，于是道："我先写一封书信，你明日下山交给萧澜吧。"

阿六满口答应。

晚些时候，陶玉儿与岳大刀也回来了，她们说是去山中布阵法，顺便采了些落雪的霜果，咬一口甜酸软糯。

林威的身子总算养回来一些了，晚上，他同陆追说了些话，便被阿六扛回房中歇息。烛火一盏一盏熄灭，小院也彻底寂静下来。

陆追不大想睡，闭着眼睛依旧在分析山下局势，足足过了一个时辰，才有困意渐渐袭来。耳边风声呼啸，雨滴沙沙，若院中能有一潭春水，想来此时早已漾开圈圈碧波。

雨势越来越急，沙沙，沙沙沙。

陆追隐隐觉得有哪里不对，这不是该下雨的季节。屋檐上的冰凌与冬雪尚未融化，寒风依旧在怒吼，仿佛要撕裂天与地，又哪里能来一场急急的春雨？

意识到这一点后，陆追猛地从床上坐起来，随手抽出枕边的清风剑。

卧房门"砰"的一声被撞开，像是有一缸黄豆被"哗啦啦"倒了进来，沙沙滚动着。

与此同时，接二连三的"砰砰"声自四周传来，岳大刀惊呼："什么东西？"

陆追随手点开一个火折，看到眼前的一幕，骇然失色。数千只漆黑油亮的甲虫正在地上翻滚着，汇聚成一条粗黑的蟒，向自己蜿蜒爬来。

他挥剑杀之不尽，甲虫如索命恶鬼般涌来一层又一层，连木凳都能咬穿。陆追当机立断，几乎与隔壁的陶玉儿同时大声道："烧了它们！"

阿六答应一声，将火折随手一抛。那黝黑的甲壳几乎遇火即燃，散发出刺鼻又令人作呕的腥臭气息。着火的甲虫满地滚动，很快便引燃了木屋。阿六将林威扛到背上，五人一道冲出小院，惊魂未定地回头看着小木屋——冲天大火蹿起几丈高，熊熊燃烧着，像是要引燃整座山。

陶玉儿吩咐："先躲到暗处。"

陆追点头。方才下令放火的时候，他也在一瞬间想过，此举势必会暴露自己的位置。但情急之下别无他法，况且即便不烧，只要敌方一路跟着黑甲虫，也未必找不到这座小院。敌方现在说不定已经埋伏在周围，或许是鬼姑姑，或许是裘鹏，又或许是其他任何想要红莲盏的人，想要自己命的人。

尖锐而又沙哑的声音突然响了起来，回荡在山巅。

岳大刀打了个哆嗦，有些害怕。阿六一手向后拖着林威，另一手拉着岳大刀，让她躲在自己身后，又往前走了两步，想将陆追也挡起来。

鬼姑姑颤巍巍地从暗处走出来，表情诡异，道："别来无恙啊，明玉公子。"

陆追没有说话。

陶玉儿冷笑道："果真是你这老妖婆子。"

"若我是你，便会早早认输。"鬼姑姑道，"或许还能命好留个全尸。"

"你女儿当年不知廉耻，心思歹毒，勾结外人杀我夫君，你现在又想抢我儿子，你们母女还真是一个模子里印出来的。"陶玉儿看了她身旁的裘鹏一眼，新仇旧恨叠加心头，声音里都渗着寒意，"你这妖人此番竟还有脸一起前来。"

"我除萧家，是为了红莲盏，夫人嫁萧家，一样是为了红莲盏，谁又比谁更高明？"裘鹏嗤笑，"何必将自己说得像个可怜寡妇一般。"

陆追握紧剑柄，心下迅速盘算要如何应对。他先前也是太过大意，以为这山中小院不会轻易被人寻到，以至于完全没有想过第二条路。对方少说也来了三四十人，鬼姑姑与裘鹏皆是高手，自己武功却被银针封了大半，林威又重伤未愈，硬拼必然会吃亏。

他用余光扫了一眼身侧，茫茫群山起伏连绵，是最好的藏身之地。阿六猜出他的意思，用眼神示意岳大刀跟紧自己，又将林威往上托了托。

鬼姑姑道："一个都别想跑。"

她话音刚落，便有冥月墓弟子手中扯着金丝大网从天而降，无数尖锐倒刺浸满剧毒，哪怕是最微小的伤口，也能见血封喉。

清风剑脱鞘而出，陆追反手急速一扫，剑气将大网一分为二，借力反卷下去兜住了布阵之人。一时间惨叫声四起，七八名冥月墓弟子在网中挣扎，伤口溢出来的鲜血很快便成了黑色，人也僵硬着不再动弹。

岳大刀生平还是头一回见到如此阴毒的杀招，阿六对她低声道："有机会就往外冲，别下山，躲去山里。"

岳大刀没听他的，随手砍飞一名偷袭者，滚烫的血溅上绿裙，她初时有些恶心，后来却也顾不上这些了。她娇小的身影像是一只燕雀，在黑衣人中攻击又闪躲。她毕竟是陆无名一手教出来的徒弟，虽说大多时间都是被惯着的，却也绝非泛泛之辈。

林威在阿六背上急道："你放我下来！"

"放你下来作甚？"阿六单手将一把大刀挥得虎虎生风，想要杀开一条出路，只是对方人却越来越多，简直像是一铲子挖开坟墓时密密麻麻涌出来的虫子。

陶玉儿被鬼姑姑缠住，两人仇人相见分外眼红，手中兵器在夜幕中碰撞出串串火光。百余招下来，陶玉儿渐渐处于弱势，趔趄着往后退了两步，却见不远处的陆追前胸已经染了一片暗红色血迹。

裘鹏收招落地，不阴不阳地冷笑："原来你武功已经废了。"

陆追抬头看着他，费了一番力气方才站稳。

身后依旧火光冲天，将四野照得亮如白昼。

裘鹏问："若你死了，你猜萧澜会不会疯？"

陆追看向他身后，嘴角一扬："你为何不亲自问问看？"

裘鹏本能地转过头，几乎在同一时间，耳边风声已呼啸而至。他心知中计，飞身向后挪了两步，躲过了陆追的夺命剑，却未能躲过另一侧射来的两枚飞镖。

林威趴在阿六背上，胸口闷痛，另一枚柳叶镖没握紧掉在地上。他中毒伤了五脏六腑，原不该运功的，只是看裘鹏已快将陆追逼上绝路，情急之下也顾不了太多。

那飞镖一枚穿透裘鹏右眼，另一枚在他脸上深深开了一道血槽。剧痛令他有了片刻失神，大叫着跌跌撞撞向后跑去，很快就被鹰爪帮弟子层层护了起来。

陆追却没有乘胜追击，他胸口剧烈起伏着，嘴角也溢出鲜血，若非靠着枯树，险些跌坐在地。

林威拍了一把阿六，道："别管我了，快带二当家先走！"

阿六心里上火，想先冲过去将陆追扶起来，鬼姑姑却已厉声下令："杀了他！"

冥月墓弟子齐齐攻向陆追。陶玉儿侧身躲过面前的鬼姑姑，飞袖一挥扫开众人，一把扯过陆追的手腕，咬牙将他推下了漆黑的山坡。

"你！"鬼姑姑勃然大怒。

陶玉儿冷笑一声，抖擞精神，重新迎战。岳大刀在外杀了一轮，也折返守在她身边。身后火势渐弱，天也亮了几分，空气中泛着浓烈的血腥味，令人几欲作呕。

眼见自己的人被死死拦住，陆追下落不明，鬼姑姑目中怨毒更甚，怪叫一声以手为爪，直取陶玉儿面门。正当此时，一片白烟却轰然炸开，带着甜腻花香，暂时阻隔了众人的视线。

李老瘸从暗处冲出，拉着陶玉儿向山中奔去。其余三人也趁机杀出重围，很快便消失在了浓厚的白烟里。

鬼姑姑下令："给我追！"

山间雾霭重重，陆追隐在一处枯草丛后，看着面前冥月墓弟子急急跑过。直到周围重新安静下来，他才继续向深山跌跌撞撞走去。他必须在天亮之前找一个相对安全的地方，才能运功疗伤。

滚落山崖时，他并未受太多伤，只是扭了脚腕，走路有些一瘸一拐。不过对习武之人来说，这也着实算不了什么。青苍山地势险峻，每一处山洼与河谷看着都差不多，寻常人进来极易迷路，此时倒也方便了陆追隐藏。他很快就找到一处僻静山洞，又在洞口布下阵法，然后才拖着疲惫的身躯躲进去，靠着山壁闭目调息。

来这深山中搜寻的像是有不少人，那应当可以推断出山上的打斗已经结束，也不知其余人状况如何。陆追有些懊恼自己的大意轻敌，他先前只考虑到既然萧家老宅能隐在阵法下数十年，那青苍山小院也就一样安全。然而，他从未想过鬼姑姑从前之所以一直找不到翡灵，完全是因为信了陶夫人的谎言，以为翡灵与萧伯伯一道私奔至海外，所以才会放着萧家老宅不去仔细寻找，并非破不了那迷阵。

不过现在后悔也没用，陆追往手心呵了口热气，凝神开始打坐疗伤。那些诡异的黑甲虫既然能闯入迷阵第一次，也就能闯入第二次、第三次，他不敢大意，只想用最快的速度离开这里，回到洄霜城。

冥月墓的弟子一直未从山中撤离，反而有越聚越多的趋势。陆追冒险出了一趟山洞，只取回来一囊水，寒冬腊月，想打猎物充饥也不容易。

他有些思念山海居中煎炒烹炸的热闹场面，以及平日里与温柳年轮着往外挑苦瓜时，赵越那句"一看你二人就没挨过饿"。现在他总算后悔了，苦瓜拿来炒肉、炒蛋、干煸、凉拌，甚至只给一条生苦瓜，他此时应当也能完完全全吃下去。

日头渐渐西斜，陆追往外看了一眼，打算再过一夜便想办法离开这里。前往洄霜城的山路想来已经被封死了，那他就往更深处走，至少先将肚子填饱再寻出路。

冥月墓弟子在这山中漫无目的地寻了两三天，难免有些晕头转向，又听说这回要抓的人都会布阵，便更加心烦气躁起来。青苍山后山太大，手中的黑甲虫放出去，一只往东爬一只往西跑，他们也不知该跟着哪只。

东边天际染上金光，眼看又是在林中白费一宿，众人打着哈欠蹲在溪边，倒影里却出现了一个高大的黑影。

"少主人！"冥月墓弟子心中一惊，赶忙齐齐站起来。

萧澜声音里带着怒意："人呢？"

沉默片刻后，其中一人壮着胆子回答："没、没找到。"

"陆明玉呢?"萧澜扯过他的衣领,几乎要将人拎离地面。

"一个都没找到。"那人道,"少主人息怒。"

"告诉你的人,全部从山里给我滚出去!"萧澜将他丢到地上。

"少主人,这是姑姑的命令。"

"那就让姑姑来山里找我,我亲口和她说。"

对方也是懂眼色的,知道鬼姑姑至少到目前为止,还是一心想将掌门之位传给萧澜,自然不会同他作对。更何况他们在山里找了这么多天毫无线索,正好借此回去复命,也是有了台阶下。于是,他答应下来,带着人向山外撤去。

陆追自然不会知道这些事,他今天一早就出了山洞,此时正沿着一条崎岖小道向上攀爬。好不容易到了一块平地,他靠着树活动了一下脚腕,仰头却看到几颗红彤彤的果子,是岳大刀经常会采的冬日霜果。

天无绝人之路啊,陆追长舒一口气,觉得总算是沾了些儿子的好运气。不过他这几日好不容易才将气息调稳了些,说不定途中还要再打斗,并不想为几颗果子运功飞上树。于是,他随手捡了块石头,瞄准最低的一颗果子丢了过去。

准倒是挺准,但果子掉下来的时候他没接住,"啪叽"一声摔得汁液横流。陆公子遗憾地叹气,抬头瞄了几眼仍挂在枝头上的三四颗果子,有些高。他再低头看看地上,摔下来的那颗果子还剩一半,勉强也能吃。

于是,等萧澜寻来时,便看到他正捡起地上的半颗野果,要往嘴里塞。

听到脚步声,陆追回头。四周很安静,陆追捏着半颗野果,一脸无辜地看着萧澜,手僵在半路,吃也不是,不吃也不是。他当真挺饿,甚至有些头晕眼花。

萧澜万语千言梗在喉头,却不知要说哪句。他懊悔不已,不知自己为何能疏忽至此,竟让陆追伤痕累累地在山中东躲西藏,居然要靠着捡拾地上的野果充饥。

陆追问:"其余人呢?"

"所有人都没事,放心吧。"萧澜拍拍他的背,"我先带你出去。"

陆追闷闷地答应:"嗯。"

萧澜用掌心替他暖了暖冰冷的脸颊,纵身从枝头摘下一颗野果,擦干净后递给他:"我出来得太急,没带干粮。这东西太凉了,你先凑合着慢慢吃几口,别饿坏了。"

只是一句话，陆追却听得心里发酸，难得委屈一回。他本想掩饰过去，孰料这委屈偏偏来得汹涌而又澎湃，止也止不住。他平日里黑白分明的眼睛微微泛红，不想让萧澜看见，便用极快的速度别过头，轻声道："走吧。"

萧澜也未说话，只解下披风将人牢牢裹住，打横抱起跃上山崖。

一匹马正在半山腰等着，驮着二人四蹄如飞，远看像是一道白色闪电。陆追又饿又困乏，此番被萧澜护在怀里，只想闭起眼睛安安稳稳睡一觉。但他又想着冥月墓的人还在搜山，万万不可大意，于是攥紧拳头让指甲刺入掌心，想让自己更清醒些。

萧澜见状放缓马速，将他的手指轻轻分开，在他耳边低声道："没事的，睡吧。"

陆追将脸全部缩进披风中，耳边的风声越来越小，最终归于一片沉寂。

陆追这一觉睡得极安稳，或者干脆说是昏沉，斑斓梦境连绵不绝，从颠簸的马背到柔软的棉絮，耳边像是有人在说话，却又听不清是什么。温热香甜的粥被一点一点喂进嘴里，令他刺痛的胃总算暖了起来，于是人也终于放松瘫软下来，只想这么睡十年、二十年。

萧澜替他盖好被子，对一旁的陆无名道："前辈，先出去吧。"

陆无名起身出了卧房。

陶玉儿一行人也在隔壁休息。那夜被李老瘸救出时，众人先想法子躲过冥月墓的搜查，而后兜兜转转绕了一个大圈，才回到涧霜城内，与萧澜会合。

阿六将林威安置好后，转身就又要杀回山中找陆追，萧澜却已经先一步策马出城，陆无名紧随其后，与他分头进山寻人。而萧澜与陆追出山时之所以一路畅通，也全是因为陆无名在前头扫清了两拨冥月墓弟子。

"陆公子怎么样了？"岳大刀问。

"没什么事，有些虚脱。"萧澜道，"好好养几天就能缓过来。"

陶玉儿道："多谢陆大侠收留。"

"陶夫人客气了。"陆无名道，"若非夫人将明玉推下山，只怕他现在早已落在了鬼姑姑手里，该是陆某人谢夫人才是。"

岳大刀问："我能进去看看陆公子吗？"

"让明玉好好歇一阵子吧，你随我去煎药。"陆无名吩咐。

岳大刀与他一道下了楼。

阿六也去照顾林威了，萧澜倒了一盏茶，问陶玉儿："娘亲有话要说？"

"为何不早些告诉我，陆无名在城里？"

"前辈说不想让任何人知道他的行踪。"

"连我也不能说？"

"言出必行，一诺千金，这是小时候娘教我的。"

"你！"陶玉儿重重放下茶盏。

萧澜试探："娘亲与陆前辈曾有过恩怨？"

陶玉儿并不想回答他这个问题，萧澜却像是一定要等到一个答案。

陶玉儿通红的指甲深深嵌进木桌，恩怨倒是谈不上，可她并不想见陆无名。对于小辈，她勉强可以藏住自己的心思，但若对面的人是陆无名，她再想要将心中的算盘与挣扎隐藏起来，几乎毫无可能。

她曾疯了一般想要红莲盏，想要打开冥月墓。为了报复鬼姑姑，也为了向无念崖的人证明自己才是最好的掌门人选，证明师父当初并没有看走眼，她不惜与李老瘸扮成夫妻，在王城中隐姓埋名多年，只等练成云绮掌法，甚至连唯一的儿子也硬起心肠不去见。在某些时候，她甚至希望过自己根本就没有这个儿子，怨他出生得不是时候，恨他竟会同自己疏离，与鬼姑姑亲近。

虽然明知这恨意来得毫无道理，她却不想压抑，甚至还想让心中的怒意焚烧燎原——当理智被吞噬时，软肋也会随之消失，她不想再输第二次。

心被层层叠叠的硬甲包围着，时间久了，她连自己也能骗过去，仿佛已经刀枪不入，坚不可摧。但是所有的假象，都在萧澜出现在王城的那一天出现裂痕。她发现自己依旧是疼爱这个儿子的，如同当年喜欢上萧云涛一样，那是一种不可控制的炽热情绪。

所以她仓皇逃往泗霜城，想要依靠红莲盏重新清醒过来，可她还未来得及喘息，就又遇到了陆追。当初的纯真孩童已经长大，磨难并没有让他变得世故，他整个人依旧是干净而又温暖的。这种温暖让陶玉儿心生怜惜，让她发现自己终究狠不下心将他当成一个工具。

"娘亲？"萧澜有些担忧，"你没事吧？"

陶玉儿精疲力竭，道："罢了，事情暂且这样吧。先说说看，你这些天在城中都查到了什么。"

萧澜拉过椅子，将食金兽一事说给她听。

陶玉儿犹豫道："你这故事……"

"娘亲也觉得不可思议？"萧澜道，"陆前辈也当我胡言乱语，不过那日我们却亲眼见到一个黑影钻进了枯井。"

"然后呢？"

"陆前辈已经派人守住了那处屋宅，暂且还没有消息传来。"萧澜问，"娘亲可听过类似的传闻？"

"以金银为食，哪有这样怪物？"陶玉儿道，"只怕又是有人在暗中搞鬼。"

萧澜道："无论是人是鬼，我都会将这件事查清楚。"

"那冥月墓呢，你打算怎么办？"陶玉儿又问，"裘鹏已被林威所伤，虽说只是瞎了一眼，不过他向来视容颜如命，只怕此时也与死了没区别。"

"若他当真废了，按照姑姑平日的性格，只怕鹰爪帮的那些小弟子，此后就是冥月墓的人了。"

陶玉儿冷笑："狗咬狗，倒也精彩。"

隔壁房中，陆追从梦里惊醒，猛然坐起来却有些头晕，伸手胡乱一抓，晃得床边银钩碰撞，乱响起来。

萧澜几步进来，将人一把扶住，问道："怎么了？"

陆追定定看了他许久，脑海中才恢复些许清明，问："这是哪里？"

"客栈，所有人都在这里，很安全。"萧澜道，"陆前辈去替你煎药了。"

陆追松了口气，眼睛半闭着，头疼欲裂。

"没事了。"萧澜掌心在他背上轻抚，"别怕。"

陶玉儿也进来了，站在床边，心里有种难以言说的诧异。她从来没想过，自己的儿子竟还会有如此温柔耐心的表情与声音。

此时，恰巧陆无名也端着药碗同岳大刀一道从外头进来。

"先吃药好不好？"萧澜问。

陆追摇头。

"听话。"萧澜想扶着他坐直，却反而被他环住脖颈。

或许是仗着身体虚弱，仗着半梦半醒，陆追难得任性一回，实在不想动。

屋中其余人都很沉默，干吗呢这是？

萧澜哭笑不得，只在他背上拍了拍，道："陆前辈熬了半天的药，凉了又要热，听话。"

听到"陆前辈"三个字，陆追觉得自己好像应该清醒一些。但这么靠着萧澜太舒服了，他迷迷糊糊的，不想清醒。

片刻之后，陆无名实在看不下去儿子这挂在别人身上不起来的姿态了，于是咳嗽两声，威严道："明玉！"

陆追："……"

屋中是死寂一般的沉默，陆追猛然将萧澜推开，后脑勺重重磕在床框上。

"呀！"岳大刀吓了一跳，"公子没事吧。"

除了捂着脑袋的陆追，其他人不约而同看向陆无名，眼神或直白或委婉，都写了同一个意思——你看看你。

陆无名："……"

陆追面色如常，喊道："爹，陶夫人。"

陶玉儿从陆无名手中接过药碗，一勺一勺喂他喝药，问："你觉得怎么样？"

陆追冷静地回答："没事。"

"在你昏迷的时候，我也同你爹商议过。"陶玉儿看着他喝下最后一口药，道，"等到身子养好一些，我们定要送你去千叶城，此事没得商量。"

陆追一口答应："好。"

"早这么乖不就成了。"陶夫人松了口气，捏着帕子替他擦了擦额上的冷汗。

屋里所有人都在看着自己，目光灼灼，如芒在背，陆追闭眼道："我还想再睡一阵子。"

萧澜蹲在床边，问："我留下？"

陆追还未来得及说话，陆无名先伸手一指萧澜："你，出来。"

陆追一把抓住萧澜的衣袖，指节泛白。亲爹这么凶，他总觉得萧澜接下来不会有好果子吃。

萧澜低声道："前辈找我呢。"

这话说得多余，陆追自然知道是陆无名要找他，正因如此，他才更不愿放手。

陆无名又咳嗽了一声。

萧澜将陆追的手放回被窝，道："好好歇着。"

陆追眉头紧锁，幽深目光越过他投向门口。

陆无名一头雾水。

萧澜出了客房，掩上屋门后回身，恭敬道："前辈。"
陆无名与他对视，一张脸黑得似要下雨。
萧澜目光坦然。
岳大刀站在不远处，有些手足无措地看着他们对视，不知自己该不该过去说两句话，缓和一下气氛。不过还未等她攒足勇气，陆无名就同萧澜一前一后从楼梯上走了下去。
街上不知何时又起了风，虽不像东北雪原的寒风那样刺骨凛冽，却也夹杂着雨雪，待那两人策马出城，已连肩头都被淋湿了。

客栈里头，陶玉儿端着药上来，问："澜儿与陆大侠呢？"
"出去了。"岳大刀看了一眼她手中的碗，道，"陆公子还在睡，要唤醒他吃药吗？"
"这是给林威的，你送去给他吧。"
岳大刀接过药，走了两步又顿住，带着歉意道："夫人，对不起。"
"嗯？"
"我骗了夫人，没有告诉夫人我的来历。"
"人在江湖，对别人本就不该太过掏心掏肺，你并未做错什么。"
"那夫人生气吗？"
"你既没做错事，我又为何要生气？"陶玉儿笑笑，"快去送药吧。"
岳大刀答应一声，心里总算轻松些许。

城外树林，萧澜侧身躲过一道疾风，后退几步靠着树，道："前辈。"
陆无名以枯枝为剑，扫开雨雪迎面杀来，没有丝毫要收手的意思。
萧澜挥臂一挡，半边身子都被震得有些发麻。
陆无名沉声道："亮兵器。"
乌金鞭梢缠上枯树枝，萧澜的身形如同猎鹰。陆无名手中那截枯枝被内力贯穿，如同淬炼过的精铁，虽被乌金鞭的倒刺层层咬住，也不见折断或弯曲，反而迸发出强大的力量。剑气卷起呜咽寒风，震得树林沙沙作响。

萧澜心中诧异，原来陆家剑法在练成之后竟会有如此威力。

两人对战数百招，陆无名手腕一抖，枯枝径直刺向萧澜心口，却只是虚晃一招，趁着对方躲避之际，一道掌风直击他腹下三寸。

萧澜有些狼狈地闪开，这种下三路的打法，他先前全然没想过。

陆无名收招落地，将萧澜上下打量七八回，越看越觉得此人除了长得高些，实在没有其他优点。世上长得高的人千千万万，这也并不是什么了不得的事情，又不是糊墙匠。

见他许久不语，萧澜只好先开口："前辈。"

陆无名开门见山道："你是冥月墓的人，我并不想让明玉对你过分依赖。"

萧澜道："我也想毁了那里。"

陆无名问："你舍得？"

萧澜道："我本也不愿接任掌门，况且那里本就是陆氏先祖长眠之地，自该还给前辈。"

这倒是像句人话，然而陆无名依旧对他不满，这不满主要源于儿子，儿子连在自己面前都没撒过娇偷过懒，怎么反倒对这浑小子亲近得很？

萧澜提议："不如先回去？"

陆无名胸口郁结未消。

萧澜问："前辈，你没事吧？"

陆无名重重在他脑袋上拍了一巴掌，心道：没事你祖宗！

萧澜倒吸一口凉气。

陆无名又扣住他的脖颈，这回却没有使力，而是带着他一道隐在暗处，小声道："别出声！"

远处传来"呼哧呼哧"的声音，像是有野兽出没，可这天寒地冻的季节……萧澜与陆无名对视一眼，两人都想到了一种可能性。

果然，片刻之后，林中轰然冲出一道黑影，这回是站着的，并未四肢着地，不过也能看出与上回的是同一只食金兽。"它"手上闪着寒光，指甲弯曲又锋利，一爪就能掏出人心。

那怪物来这里做什么？

萧澜又透过枯枝向外看了一眼，恰好那黑影也靠着树坐了下来，微微向上仰着头，露出未被毛皮包裹的喉结，那里依旧是人的皮肤，再向下延伸，还有一片暗红色的痕迹，像是胎记。

萧澜忽然想起了一个人，那人他曾在城中见过。

陆无名此时也能断定，对方绝非什么传说中的猛兽，而是个实打实的人。

刘成在树下休息了一阵，便又爬了起来，像前几日一样，四肢着地跑向枯树林深处。

萧澜与陆无名跟了上去。

天色已经渐渐暗了下来，刘成最后停下的地方，是一处乱葬岗。

陆无名挡住萧澜，示意他不要再往前靠。尸坑四周臭气熏天，刘成却像是丝毫也闻不到，几下便从薄薄的土层中挖出一具尸体。他双手将尸体在夕阳下高高举起，又重重插入那尸体已经停止跳动的心脏中。

即便是见惯了血腥与杀戮的陆无名，此时也几欲作呕。这哪里是食金兽？分明就是最肮脏的地府妖魔。

接连挖了十几具尸体后，刘成"呵呵"笑着，像是对自己的战果极其满意。

陆无名与萧澜一直隐在暗处，直到夜色降临，才一路尾随他回了涸霜城。毫不意外，刘成最后依旧躲进了那口枯井。

曹叙恰好也在附近，见到陆无名后惭愧道："门主恕罪，这怪物动作太快，属下实在盯不住。"

"没事。"陆无名拍拍他的肩膀，"你也辛苦了。"

"他今日去了何处？"曹叙问。

"乱葬岗，挖了十几颗人心，没吃，更像是为了发泄。"

萧澜在旁插话："我似乎认得他。"

此言一出，现场两人都一惊，陆无名一脸嫌弃道："你还认得这玩意儿？"

萧澜道："我先前没看清，不过下午在枯树林中时，他仰头露出的那片胎记，让我想起了前些日子来涸霜城的一个小混混，名叫刘成。"

"刘成？"曹叙道，"如果是他，那我也听过，此人不学无术，一事无成，还倒霉透顶，可为何一个大活人在短短数日内竟会长出一身兽皮？"

"不单单是容貌改变了。"萧澜道，"他的功夫也比先前高了十倍不止。"

"嚯！"曹叙道，"莫非被鬼怪开光了不成？"

萧澜道："往后我在此处守着吧。"

陆无名看了他一眼，萧澜解释："以我的轻功，跟踪他没问题。若他只去乱葬岗也就罢了，要是又昼伏夜出祸害百姓，官兵不是他的对手，至少得有个功夫不错的人拦着。"

"也行。"陆无名道，"不过今晚你得随我先回趟客栈。"否则出来的是两个，回去的是一个，万一旁人以为他将这兔崽子打死了呢？

萧澜摸了摸鼻头，无奈道："好。"

第十章

凤鸣山庄

客栈中，陆追正靠坐在床上，心不在焉地吃粥。

岳大刀搬了张椅子坐在他身边，问："我喂公子？"

"我一个大男人，没断胳膊没断腿，要你这小丫头喂什么？"

"都凉了。"岳大刀将粥重新热了一回，想起了一件事，道，"对了公子，先前遇袭的时候，阿六为何要扯着嗓子叫公子爹？"

这个……陆追道："在苍茫山中时，他与我打赌打输了，先前约定好了谁输谁认爹。"

岳大刀："啊？"

陆追道："嗯。"

岳大刀纠结地张开嘴，先前她还以为阿六那声"爹"是在呼唤归天的羽家先祖保佑，万万没想到，陆公子就是他爹。

陆追关切道："你没事吧？"

岳大刀算了算，这样一来，自己与阿六岂不是差了一辈？

陆追安慰她："闹着玩罢了，不必当真。"

岳大刀瘪嘴。

陆追看得好笑，又有些羡慕。在最好的年华里无忧无虑，遇到喜欢的人就能与其成亲，最大的烦恼无外乎是这笑话般的辈分，真好。

外头传来有人走路的声音，岳大刀赶忙打开门，果然是陆无名与萧澜。

陆追道："爹。"

陆无名坐在床边，给他试了一下脉。

陆追主动道："药已经吃过了。"

陆无名打发萧澜走："你，继续去守着那处枯井。"回来也回来了，可以走了。

"什么枯井？"陆追纳闷，"才刚回来。"

陶玉儿也过来了，问："你们出去做了什么？"

萧澜道："我与陆前辈去山中查食金兽，若我没猜错，那食金兽应该是刘成，前些日子刚刚进城的一个江湖小痞子。只是不知为何，他在数日内变成了野兽模样。"

陆追没明白："什么食金兽？"

"忘了跟你说。"陶玉儿坐在床边，将萧澜告诉自己的事情讲给他听。

"食金兽？"陆追想了想，道，"我也听过这故事。"

"那可不是真的野兽。"萧澜取过一旁的披风，上前将他裹住，免得他坐起来又着凉。

陆无名："……"

陆追道："我知道那不是真的野兽，而且我听过一个法子，能将人变成野兽。"

"是什么？"众人异口同声问。

"极为阴毒就是了。"陆追道，"一些巫蛊小国抓了好好的活人，先强迫其服下药物，令其周身血液沸腾，而后便在其身上割开十几道小口，趁热裹上兽皮。如此炮制数日，便能得到一个半人半兽的怪物，用来祭天，或是带去别国卖艺赚银子。"

岳大刀听得毛骨悚然。

"只是传闻，不知真假。"陆追道，"可若功夫在数日内暴涨，听起来更像是邪教。"

"有人在背后操纵刘成。"萧澜道，"先从挖死人的心开始，往后可就指不定会做什么了。"

陆追若有所思，萧澜问他："怎么了？"

"我总觉得，似乎我也曾在冥月墓中见过同样的黑影。"陆追疑惑，"可又想不起来了。"

"你也见过？"陆无名问。

陆追先是点头，后又摇头："忘了。"

"想不起来就别想了，好好休息。"萧澜道，"什么时候想起来了，再说也不迟。"

陆追道："也好。"

屋中便又安静下来。

许久之后，岳大刀先开口："师父。"

陆无名道："嗯？"

岳大刀小声撒娇："你去看看阿六吧，他也受伤了。"

她一边说，一边硬将陆无名扯出去，临出门又道："夫人、夫人……林威的药应该好了吧？不如你去看看？"

陶玉儿站起来，对萧澜道："看着明玉吃了这碗粥，你来我房中一趟。"

萧澜道："是。"

陶玉儿拍拍陆追的手，起身出了客房。

屋门掩上之后，陆追松了口气，小声问萧澜："我爹方才一脸凶神恶煞的，究竟带你出去做什么了？"

萧澜道："比武。"

"你赢了吗？"

"前辈功夫出神入化，我输了。"

"这世间没几个人能赢他。"陆追安慰道，"没什么。"

萧澜道："前辈还说，不准你对我过分亲近依赖。"

陆追想也不想就道："不听。"

萧澜笑着拍拍他的肩，道："过几日，陆前辈会亲自送你去千叶城。到了日月山庄，你只管好好养病，我会尽快与你会合。"

陆追向后靠着床头，没吭声。

"你在想什么？"萧澜问。

"食金兽。"

"不准想。"

"我先前一定见过它。"

"见过就见过吧，我能遇见，你自然也能遇见。"萧澜道，"娘亲说你小时候比我还喜欢到处乱跑，指不定在哪个墓穴中就遇到了。"

"可要是真的见过，那么奇怪的怪物，我又怎会记不清，只记得一个模糊轮廓？"陆追百思不得其解。

萧澜道："所以？"

陆追又仔细想了一阵，关于食金兽的记忆未出现，头却越来越疼。

"别想了！"见他面色痛苦，萧澜握着他的肩膀晃了晃，"明玉，醒醒！"

陆追费力地睁开眼睛，思绪也有片刻恍惚。

"怎么了？"萧澜担忧。

"我的确见过他。"陆追掌心沁出冷汗，像是溺水之人初上岸，"我想起来了，他还同我说过话。"

看着他毫无血色的脸颊，萧澜意识到事情或许并不像自己想的那么简单。

"那时你在闭关练武，墓穴里头太闷，我就想一个人去红莲大殿看星星。"陆追声音沙哑。

萧澜站起来，想去桌边替他倒一杯水，却被他死死握住手腕。

"我不走。"萧澜赶忙道，"只是去倒杯热茶。"

陆追抬头看着他，神思有些恍惚，像是还没从回忆中走出来。

萧澜越发担心，道："若是不舒服，就先别说了。"

陆追疲惫道："我没事。"

他的确没事，只是有些茫然，或者说有些费解。

在陶夫人说起食金兽之前，他脑海中并没有与之相关的任何回忆。可不知为何，听完故事后，一个完整的黑影却清晰地浮现了他脑海里。那怪物有着狰狞的面孔、黑色的皮毛，说话时有獠牙翻出嘴唇，尖锐的指甲泛着光，上头钩满金银珠宝，它走动之时，甚至还一颗一颗圆圆的明珠滚落在地，窸窸窣窣地停在脚边。

那绝对不是陆追自己的想象，而是真实出现过的场景。当时那黑影就站在他几步开外，"呵呵"笑着，嘴里散发出腥臭的气味。

丢掉记忆的不仅有萧澜，还有陆追自己。一想到这一点，陆追全身猛然生出寒意，简直称得上毛骨悚然，手也不自觉地握紧萧澜的衣袖。

"明玉。"萧澜低声道，"别怕。"

陆追道："他当时问我想不想杀了鬼姑姑，杀了你，毁了整座冥月墓。"

"然后呢？"

"我说不愿意，他就卡住了我的脖子。"陆追道，"我当时惊慌失措，只知道拼命挣扎，后来便晕了过去。"

而在苏醒之后，这段经历却从他脑海中离奇消失，身边人也似乎全不知情，一切都恢复成了最平常的样子。若非今日凑巧听到，他觉得自己或许此生都不会再想起。

原以为连贯的童年回忆骤然出现裂缝，带来的不仅仅是惊慌，还有挥之不去的不安全感——他不知道自己究竟丢失了多少记忆，只这短短的、与食金兽相遇的一瞬，还是发生过更多事情的一月两月、一年两年。

"没事的。"萧澜哄他，"你先冷静下来。"

陆追的头又开始隐隐作痛，那痛楚先是一丝一缕从身体各个角落慢慢涌出，后便缠在一起，织成了一张网，勒得他脑袋几乎要崩裂。

他无意识地捏着萧澜的手腕，指甲深深陷入肌肤，整个人像是刚从水里被捞出，冰冷而又潮湿。同一时刻，他心里却像是起了火，烤干了血液，喉咙几欲冒火。于是，他想去桌边喝一杯水，挣扎时却不慎碰到白瓷烛台，烛台跌在地上摔得粉碎。

"明玉，你看着我！"萧澜握住他的肩膀，"乖，先醒一醒。"虽说已心急如焚，可萧澜的声音并不大，像是怕吓到已经处于紧绷状态的陆追，语调依旧是轻缓的。

其余人听到动静，也纷纷赶过来。

陆追呆坐在床边。

"怎么了？"陆无名吃惊道。

萧澜道："明玉像是想起了一些先前的事情，与食金兽有关，吓到了。"

被先前的事情吓到？其余人面面相觑。

"明玉？"萧澜继续道，"先冷静一下，有话慢慢说。"

陆追却问："说什么？"

"你想说什么，就说什么。"萧澜道，"若什么都不想说，那就不说了，不过你得先醒过来。"

陆追看着他的眼睛，萧澜问："好了吗？"

陆追想了想，点头。

萧澜向后伸出手，岳大刀机灵无比，瞬间便递过来一杯热茶。

陆追喝完水之后，总算清醒了一些，再环顾房中，一群人都是担忧而又关心的眼神。

阿六志忑道："爹，你还好吧？"

陆追依旧像是刚从梦里走出来，整个人都是恍惚的。

陆无名试了试他的脉象。

陆追道："爹。"

"别说话。"陆无名抬掌，徐徐传了些内力给他。

心里的闷痛逐渐散去，陆追长舒一口气。

"方才出了什么事？"陆无名拿过一旁的靠垫，让他重新躺回床上。

陆追看了众人一眼，带着一丝不确定道："我好像也失忆过。"

陶玉儿问："食金兽？"

"不单单是食金兽，或许还有别的。"陆追道，"儿时那食金兽曾问过我，想不想除掉冥月墓的人，成为那里的主人。我拒绝他之后，便被一掌击晕，醒来后却全然不记得这件事。"

"你小时候？那食金兽便不会是刘成，也就说明食金兽不止一只？"陶玉儿推测。

"刘成背后定然是有人的。"萧澜道，"八成就是最早的那只食金兽。"

"他想杀了鬼姑姑，杀了你。"陆追语速很慢，一边说一边整理思绪，"你当时还小，所以是鬼姑姑结下的仇？"

萧澜疑惑道："可我当初遇到那怪物时，也曾同姑姑提过，她似乎完全不相信我的话，还说我是为了逃避责罚胡编乱造。"

事情似乎陷入了又一个谜团。两只食金兽，先后出现在冥月墓以及洄霜城，一个要杀空冥月墓，一个像疯了一样挖人心，图什么？

"而且……"陆追看着萧澜，道，"若我缺失的那段记忆是他为了掩饰行踪拿走的，倒是解释得通，可他又为何偏偏留下了你的记忆？还有，若他想杀你，为何不在那时动手？"

这个问题依旧没有答案，阿六觉得自己已经开始晕眩了。

陆无名说："睡吧。"

陆追："嗯？"

"交给爹。"陆无名道，"今晚我就去将那怪物拎出来。"

他先前按兵不动，是想看看能不能揪出更多人，可现在前路迷雾重重，他觉得自己应当提前收网，至少要找到一个突破口。

萧澜道："我随前辈一起去。"

陶玉儿并未反对。

陆追叮嘱："多加小心。"

"别再想先前的事情了。"萧澜道，"等我回来，一切都会有答案。"

既然决定要行动，那就事不宜迟。众人简单商议几句，便分头行事。萧澜与陆无名一起离开客栈，陶玉儿则是留下照顾陆追，岳大刀泡好花茶送来，也陪着一起等。

月光惨淡，照着寂静的长街，连犬吠声也隐了去。

空空妙手问："食金兽？"

萧澜道："就在前头不远处的枯井中。"

空空妙手又问："抓到了，你就能随我一道回去吗？"

萧澜道："我以为前辈会对这墓穴中的怪物感兴趣。"

空空妙手"呵呵"哑笑，道："待你随我多下几回墓穴，就能知道什么食金兽、食银兽都不稀罕。那黑漆漆的地府里什么怪物没有？跑出来一两只为祸人间，正常。"他一边说，一边凑近继续贪婪地看着萧澜的五官，想要从中找到些自己年轻时的影子，"我这把年纪的人，对什么都失了兴趣，除了你。"

陆无名站在一旁，面无表情地看着这对爷孙的认亲大会。虽说不喜欢，但他不得不承认，这个空空妙手抛去人品不言，当祖父倒是当得挺不错的，对萧澜有求必应。萧澜说不让擅自行动，他这么多天就当真老老实实住在那偏僻宅院中，两耳不闻窗外事，今晚一说要行动，他也是不假思索就答应下来，问都不多问一句。

萧澜道："多谢前辈。"

"走吧。"空空妙手道，"抓了那食金兽，你也好快些跟我回家。"

曹叙的人依旧守在枯井周围，说那黑影一直未出来过。

陆无名第一个跃入井中，萧澜紧随其后，空空妙手第三个跳下来，手里握着一颗明珠，微微用力便会迸发出微弱亮光，既能照亮周围，也不会打扰长眠之人。

脚下的土地很干燥，只有腐败的落叶堆积，一侧被人挖出通道，勉强能容成年男子侧身通过。

空空妙手拉了一把陆无名，示意对方走到自己身后。他没有认出面前这中年男人是谁，也没有兴趣了解攀谈，既然是孙子带来的，要跟也就跟了，别挡在自己眼前碍事便成。

萧澜主动断后，让陆无名走在了自己前面。

原以为只是条小小的暗道，却没料到三人走了整整一炷香的时间，前头依旧没有光亮。

空空妙手抬手示意两人停下，右手从腰里摸出一把小镊子，缓缓抽掉了面前的蛛丝机关。微弱的声响后，四周闪着银光的长矛被固定住，成了一堆无用的废铁。

萧澜诧异，冥月墓中也有机关师，可他却从来没见过如此娴熟的拆除手法。连陆无名也对这老头刮目相看。

丝丝凉风吹过脸颊，依照丰富的经验，空空妙手知道，自己已经快到了这暗道的最顶端。他先前只是答应替萧澜做事，单纯把这当任务来完成，可随着一道一道障碍被拆除，他却反而变得兴奋起来。这枯井地道的主人应当和自己一样，也是常年在墓穴中游走的，否则不会懂如此精妙的古代机关。棋逢对手的快感，让他眼中又再度布满猩红。

那会是谁呢？空空妙手隐在暗处，悄悄将头探出去几分。

一声咆哮传来，在狭小的空间内震荡回环。

三人都被惊了一下，以为是被发现了行踪。

"别急，急什么？"苍老的声音传来，像是在安慰食金兽。

暗道的最顶端是一处暗室，看大小能容下十几名男子。一名老者身披黑色毛皮大氅，正在慢条斯理地往刘成手指上涂抹着油膏，缓缓道："再过几天，我就带你去挖那冥月墓少主人的心。"

萧澜一愣，自己？

空空妙手眼中的兴奋骤然退去，换成了嗜血的杀机。

陆无名按住他的手腕，示意他先冷静。

刘成含混不清地道："杀了他，我能得到什么？"

"只杀他，你或许得不到太多东西，可等你挖的人心越来越多，你就能让这江湖恐慌，让那些平日里高高在上的大侠，只要一听到你的名字，就都惊慌失措。"蝠松开手，"这不就是你想要的吗？"

刘成口中流出贪婪毒液，蝠拍拍他的头，坐在椅子上闭目养神。四周烛火跳动，或明或暗照着满地散落的黄金，发出幽幽的光。

空空妙手扫视了一圈暗室，只有一处机关。同其他二人交换过眼神后，他迅速从袖中抖落一枚银豌豆，直直打向最左侧的屋顶。

耳边传来微弱风声，蝠警觉地睁开眼，却迟了一步。顶部那凸起的小小机关被一击贯穿，稀稀拉拉的毒剑从圆孔中滑出，没有任何力度。

与此同时，萧澜纵身跃起，手中乌金铁鞭呼啸而去，一把缠住刘成，甩着他重重砸在墙壁上。骨骼碎裂的声音传来，刘成惨叫两声，蹬腿晕了过去。

这一切都发生得太突然，蝠来不及多考虑，瞬间张开广袖，从毛皮大氅中脱壳而出，手中密密麻麻弹射出数百枚钢针，针尖皆淬过剧毒。

陆无名抬掌卷起一道旋涡，强大的气流将那银针冻在半空，而后猛然翻转，朝着反方向弹了回去。

蝠从未见过如此恐怖骇人的内力，腾挪躲开，总算看清了面前中年男子的容貌，惊道："你是陆无名！"

空空妙手也吃了一惊，陆无名，陆追的爹？

萧澜将刘成的手反捆在身后，站起来时余光却瞥见角落里有一堆油布，被金砖压着四角，像是藏了东西。

"是什么？"萧澜问。

蝠没有说话。萧澜挥鞭卷起那遮盖的油布，下头却"咕噜噜"滚出几个小人偶，其中一个恰好被带到陆无名脚边，身后钉着生辰八字，恰是陆追出生的时间，分毫不差。

那丑陋的人偶像是一支冰箭，刺痛了陆无名的眼睛。身为一个父亲，他曾经是失职过的，让自己的儿子一出生便身陷魔窟，长大后又独自在江湖中漂泊，不知在生与死中挣扎过多少回。儿子面临着明枪暗箭、机关陷阱，还有这不知来路的狰狞怪物，似乎每一个人都想要得到他、控制他、杀了他。

陆无名单手狠狠卡住蝠的脖颈，臂膀青筋暴起，手指收缩间，几乎能听到对方骨骼碎裂的声音，那是能捏碎石块与精铁的力度。

萧澜上前劝阻，在将所有事情都问清楚之前，杀了此人并不妥当。

"说。"陆无名声音低沉缓慢，"你究竟是谁？"

蝠艰难地指了指自己的脖颈，双脚离地踢腾着，嘴角也渗出鲜血。

陆无名将他丢回地上。

蝠趁机大力喘了几口气，坐着向后挪退几步，嘶哑道："我不想杀陆小公子。"

陆无名继续冷冷地盯着他。

"这人偶——这人偶只是为了提醒我……"蝠捂着胸口，"我曾经在陆小公子身上拿走了些东西，年纪大了，我做个人偶是要提醒自己莫忘了，毕竟将来还要还。"他一边说着，脸上却突然浮现出诡异的笑意。

萧澜心知不妙，还未来得及出手，头顶巨石却已整块轰然脱落，重重砸了下来。灰尘顿时溢满室内，碎石像下雨一般落下，呛得人睁不开眼。一切都发生得太突然，萧澜当机立断，单手发力撑住那巨石，对陆无名与空空妙手大吼："先撤！"

白雾炸开，蝠的怪笑声越来越远，他似是已从不知隐蔽在何处的出口离开。

情势危急，陆无名拖过一边蜷缩着的刘成，与空空妙手一道退回暗道。萧澜猛然向上一拖，强大的内力如同猛龙般从体内呼啸而出，将那巨石震得四分五裂，向四周飞溅而去。趁此机会，陆无名纵身踢飞一块巨石，替萧澜清出了一条折返的路。

地道摇摇晃晃，像是即将坍塌，几人捂住口鼻，用最快的速度离开了枯井。脚下土地隐隐颤抖，井口不断有灰尘升腾而出，如同厉鬼作乱。

"没事吧？"到了安全处，陆无名问。

萧澜右手手腕发红，稍微动一动便疼得钻心。

空空妙手大惊失色，上前紧张地捧起他的胳膊，问："怎么样了？"

萧澜道："扭伤了，休息几天就会好。"

"这……这……"空空妙手呼吸急促，哆哆嗦嗦捧着他的手，"走，我们现在就去找大夫！"

"当真没事，前辈不必担忧。"萧澜道，"那巨石太重，硬碰硬难免受伤，骨头没事。"

"混账、混账！"空空妙手声音尖锐，也不知是在骂那诡异的老头，还是在骂自己。他此时的确是懊恼而又羞愧的，自以为已经拆除了所有机关，没想到竟出了如此大的一个纰漏，那么大一块巨石悬于头顶，他却毫无察觉。

"先回客栈吧。"陆无名道，"此行至少捞了个人，也不算白忙一场。"

萧澜对空空妙手道："前辈也回去吧。"

对方还在看他红肿的手，像是没听到他说话。

萧澜笑笑，道："这是我自己的手，难不成我还会不管它不成？前辈放心，顶多三五日，就会恢复如初。"

空空妙手忐忑道："你别生气。"

萧澜摇头："此行我感谢前辈还来不及，又谈何生气，不如我送前辈回去？"

"不，你快去客栈，好好上药休养。"空空妙手慌忙叮嘱，又恶狠狠对陆无名道，"让你那儿子，让你儿子好好哄一哄、陪一陪他！"

有病！陆无名面色铁青。

萧澜哭笑不得，单手推着空空妙手的肩膀，硬是将人哄出胡同，回头见到陆无名还站在原地，于是道："前辈。"

"走吧，回客栈。"陆无名丢给他一块手巾，硬邦邦道，"按着额头。"

也不知那老头算什么祖父，只管看手，却放着孙子破皮冒血的脑袋不管不问。

萧澜道了声谢，打开手巾后却见是一方香喷喷的丝绸手帕，上头描着鸳鸯戏水，想来该是陆夫人亲手所绣。陆无名在前头走得极快，萧澜没用那帕子，随手撕了一块衣袖，按住渗血的伤口大步跟上。

客栈里，阿六将火盆拨得更亮了些，对陆追道："爹，你睡会儿吧。"

陆追裹着被子坐在床上，道："我困了自然会睡，不困，硬闭上眼睛也是做做样子。"

阿六坐在椅子上，双手撑着脑袋："哦。"

陆追继续靠在床头想城里的事情，虽说身体虚弱，一头黑发却还是如同锦缎一般，在灯下泛着光。

陶玉儿借了客栈的厨房，熬好药汤端上来，黑乎乎的一大碗，莫说是喝，哪怕只是闻一闻也要忍不住反胃。陆追却习以为常，道谢之后接过来，一口气喝了个干净。

陶玉儿道："也是苦了你。"

"小病小伤罢了，夫人不必在意。"

"睡一会吧，澜儿他们也不知何时才能回来。你一直傻乎乎地等着，除了折腾自己之外，也没别的用处。"

陆追答应一声，闭上眼睛。

阿六在旁颇为茫然，为何自己劝爹睡觉时爹就不困，换成陶夫人劝，爹却说睡就睡？

陶玉儿轻轻替陆追放下床帐，起身想要离开，楼梯上却传来脚步声。

陆追立刻重新坐起来。

阿六起身打开门，吃惊道："受伤了？"

"皮肉伤。"萧澜进屋，头上的伤口已经不再流血，不过身上依旧沾着灰尘，看起来有些狼狈。

陆追赶忙踩着鞋下床，甚至还跟跄了一下。

"没事。"萧澜扶住他，"我们带回了食金兽，陆前辈正在与曹叙商议要将其关押到何处，不过可惜跑了个老头，或许那才是真正的幕后黑手。"

陆追用手背替他擦掉额上一点灰尘，道："我先替你处理伤口。"

"我自己来。"萧澜想扶他回床上，却又觉得自己满身都是灰，于是道："听话，回去好好躺着。"

"手腕怎么了？"陆追硬将他拉到椅子上，转身将灯火调亮了些。

一直站在旁边的陶玉儿取过大氅，上前裹在陆追身上，道："你着急关心澜儿，也要顾着自己，这寒冬腊月的，若让你爹看到，又该心疼了。"

陆追面上一热，道："多谢夫人。"

阿六取来药箱，陆追拿毛巾用热水浸湿，仔细替萧澜将伤口处理干净，手法很轻，不小心蹭到了伤处，便问："疼吗？"

萧澜道："这点小伤，你若不管，我都懒得搭理，你说疼不疼？"

陆追笑笑，又取了药油，替他轻轻按揉肿起的手腕。

于是，等陆无名进屋时，看到的就是这场面——烛火摇曳，照出满屋温柔光。

陶玉儿气定神闲道："陆大侠。"

陆无名目光多有不悦，心道：为何不管管你儿子，指甲盖大小的一点伤，也要这般精细地包扎？

陶玉儿像是知道他心中所想，吹去茶杯中的浮叶，道："没办法，谁让明玉担心他。"

萧澜："娘！"

陶玉儿好笑道："急什么？我说错了？"

"刘成伤得有些重，怕是还要几个时辰才能醒来。"陆无名显然并不想接这个话题，坐在桌边将萧澜的手硬拉过来，一边给他上药，一边道："我检查过了，他全身骨骼已经变形，应是药物所致，除此之外，他体内的血也被换过一轮了，处处带着毒。"

萧澜突然倒吸一口冷气。

陶玉儿："……"

陆追："……"

陆无名干脆利落，在萧澜手上捆好绷带，慈爱道："还有哪里受伤了？"

萧澜果断将自己的手迅速收回来。

陆追："爹。"

陆无名目光威严，心道：你还知道有我这个爹？

陆追只当没看见，继续问："那兽皮是怎么回事？"

"如你所说，是用药物与鲜血固定在身上的，不过伤口还没完全长好，刘成在枯井中挨了一鞭子，伤口已经裂开了大半。"陆无名道，"被折腾成这样，他怕是活不长了。"

"虽说他外表凶蛮，可应当不难审问。"陆追道，"此人毕竟窝囊了一辈子，本性没这么快改变，尤其现在没有了保护者，只会愈发怯懦。"

"待他醒来再说也不迟。"陶玉儿道，"天快要亮了，都歇一阵吧。"

陆无名一路目送萧澜回到了他自己的卧房，但并未安心。

隔壁也是不安全的，万一他半夜掏个洞爬过来呢？还是打断腿更稳妥。

陆追趴在桌上，扯起毛皮大氅捂住头。外头安静下来，陆追却并不想睡，一直睁着眼，直到外头已经隐隐发亮。他索性推开窗户想等着看日出，隔壁却传来"吱呀"一声响。

下一刻，萧澜单手攀着窗棂，如壁虎一般悬在半空，灵巧地跃了进来。

陆追看着他笑。

"前辈太凶，像防贼一样防着我。"萧澜道，"我就知道你定然又没好好休息，快些睡。"

有人陪着，陆追这次睡得很快。萧澜手在他背上轻拍，靠在一旁想着事情。

不知做了什么梦，陆追突然挣扎了一下，里衣也滑下肩头。洒进来的月光是银色的，照得人越发苍白，萧澜想帮他将衣领拉起来，目光却被他锁骨下的一处伤痕吸引。

那是新长出的肌肤，颜色要比周围浅一些，愈合得很好，若不仔细看，很难发现原来这里也受过伤。

萧澜手指一寸一寸划过那处伤口，心也一点一点变得又酸又胀，那是一种极难描述的感情。他记得这处伤，记得那荒草山丘的剑影刀光，记得有人冲来挡在自己面前。

他也曾因为季灏肩头的伤疤有过片刻动摇，怀疑自己是不是记错了人，而此时此刻，看着身边沉睡而又伤痕累累的陆追，他却连那短短一瞬也不想原谅自己。

那是在哪里呢？萧澜闭上眼睛，回忆被疾风打成碎片，斑斓的色彩漂浮在记忆长河中。

长满荒草的山丘，惨淡的日光，沾满血的白衣，还有一双这世间最好看的眼睛。

地上滚落的，是一块小小的宝石，幽幽发着光，那是自己费尽心机想买到的雪雁石。

秋冬时节的天气很冷，那时，自己拿着雪雁石，迎着呼啸大风策马狂奔，将冥月墓远远甩在身后，而在路的尽头，是一座小小的村庄。村庄有一个好听的名字，叫"雁回"，北雁南飞的雁，倦鸟回巢的回，而陆追就在那里。

萧澜的手兀然握紧。变成碎片的曾经重新拼接在一起，摇摇晃晃，如走马灯一般从脑海中闪过。那是陆追的十九岁生辰。

半人高的枯草又黄又绿，风一刮就微微弯下腰。陆追一身白衣，衣摆被风吹动，翻飞如同蝴蝶。萧澜笑着从马背上一跃而下，还未来得及靠近他，无数冥月墓的弟子便从四周杀出，带着明晃晃的利剑与长刀。

两人寡不敌众，陆追受伤后，萧澜带着他咬牙杀开一条血路，途中见着一处山洞，便暂时将人藏了进去，自己则是换了条路，将追兵远远引开。

最后，在悬崖边拦住他的，是鬼姑姑。

几枚毒镖破风射入脖颈，在那之后，萧澜就失去了所有与陆追有关的记忆。两人再次相见，便是在冥月墓的暗室中，血流成河，尸横遍野。一个以为是重逢，一个却已满目杀机。

萧澜几乎要将枕头也捏碎。他想要记起更多事情，童年、初遇、相知，点点滴滴，一丝一缕，他们说过的每一句话、做过的每一件事，他全部都要找回来。

陆追被他惊醒，半裹着被子撑起来，目光茫然，问道："怎么了？"

萧澜看着他，胸口起伏。

陆追试探："做噩梦了？"

萧澜松开紧握的拳头，哑声道："对不起。"

"嗯？"陆追皱眉。

"对不起。"萧澜额头抵住他的肩膀，嗓音沙哑地重复，"对不起。"

陆追意识到了什么："你……"

"等下回。"萧澜一字一句道，"我找这世间最好的雪雁石给你。"

陆追闭上眼睛，过了许久才道："好。"

"我只想起了雁回村。"萧澜稍稍撑起身体，道，"不过等以后，我一定会全部记起来。"

陆追睁开眼睛，道："好。"

月影疏离，在彼此眼中投下一片影子。

直到第二天中午，众人才陆续起床。

陆无名脸色乌黑，一夜未眠——那声轻微的窗户响，对他来说堪称劈头盖脸的震天火雷，他能睡着才是见了鬼。看来光打断腿不行，还要锯掉腿！

阿六神情凝重地想：看这眼神，姓萧的肯定欠了爷爷不少银子。

萧澜面色淡定地喝粥。

"门主。"曹叙敲门，"刘成醒了。"

众人匆匆下楼，陆追原本也想下去，却被陶玉儿拦住："澜儿与你爹都不会同意，你好好躺着。"

陆追坚持："小伤而已。"

"中蛊中毒，脉象紊乱，的确是小伤。"陶玉儿继续喂他吃药，"澜儿那额头破了一块皮，才是大伤。"

陆追："……"

陶玉儿嘴角一弯，也没再逗他，道："你不如猜猜看，楼下那怪物多久能审问完？"

陆追想了想，道："顶多一个时辰。"

"我猜半个时辰。"陶玉儿道，"闲着也是闲着，不如我再教你一套阵法，看是你学得快，还是楼下审得快？"

"什么阵法？"

"这阵法出自冥月墓，你这般聪明，学完之后不用我解释，应当就知道要用来作何。"

陆追点头："我这就去取纸笔来。"

"不用纸笔，你只管闭上眼睛，听我慢慢说便是。"

靠自己想？陆追有些迟疑，不过也未多言，依陶玉儿所说闭上双目，全神贯注地听着她说的每一句话。

楼下，刘成气息奄奄道："我就知道这些了，你们放了我吧。"

曹叙喂他服下一颗伤药，看着那毛皮下的青灰皮肤，好好一个人被糟践成这样，怕是华佗再世也难救。

陶玉儿的声音很轻柔，语速也很慢。

陆追闭着眼睛，听她在耳边句句低语，恍惚间像是回到了飞柳城，回到了娘亲身边。那是一种很温暖的感觉，让人贪恋又不舍离开，全身都像是陷入了温暖的棉花堆里。

陶玉儿问："你是当真信任澜儿，全心依赖澜儿，愿意陪他做所有事情吗？"

陆追道："是。"

陶玉儿又问："倘若澜儿不想毁了冥月墓呢？"

陆追反问："为何会不想？"

陶玉儿微微吃惊，以为他已从幻境中醒来，可细看却又不像，于是继续道："围绕冥月墓的传闻众多，若有人不贪图财宝，难道连进去看一眼也不能？"

陆追道："这世间有太多贪婪之人，嘴上说着只想看看，可若不想要，又何必要看？"

陶玉儿的手不自觉地握紧了一下。

"我与他的目的，从来都是相同的。"陆追一字一句，说得清晰，"我不想要的，他也不会想要。"

听完这句话，陶玉儿定定地看了他的侧脸许久，直到外头传来脚步声，才回过神，抬手打了个响指。

陆追睁开眼睛，额上隐隐有些冷汗。

"怎么样？"陶玉儿问。

陆追答："像是做了一场极长的梦。"

"那阵法呢？"

"记住了大半，看起来似乎是脱胎于冥月墓前的镜花阵，若能参透之后再举一反三，下回应当就不必再硬闯。"

"你很聪明。"陶玉儿赞许，"待今晚有空，我再继续教你，不过现在不成，你爹他们回来了。"

她话音刚落，萧澜便敲响了房门。

"如何？"陶玉儿打开门。

萧澜无奈道："刘成死了。"

"死了？"

"他被巫毒之术折磨得奄奄一息，本就靠药续命，现在那老头跑了，他如何还能活下去？曹大哥好心喂了他伤药，也没顶住多久。"萧澜侧身，让陆无名也进屋。

"他应当还没完全变成食金兽。"陆追问，"那你们审出什么了？"

"那老头名叫蝠，应当就是暗中写信、召集各江湖门派来泅霜城的幕后黑手。"陆无名道，"他之所以要将众多江湖人引诱来此，就是为了从中挑出一个最贪婪、最狠毒的。"

"那多年前在武林中散布谣言，又写信给裴鹏的，也是他？"陆追问。

"是。"陆无名点头。

追查了这么久的事情，此番总算有了线索，陆追也不知自己是该松一口气，还是该更加惋惜——居然让对方跑了。

陆无名道："蝠只将刘成当成猛兽驯养，平日里不怎么说话，因此刘成也不知其来路。"

陆追又问："那我在冥月墓中遇到的食金兽，是这个蝠吗？"

陆无名与萧澜对视一眼，倒是难得默契——他们先前担心那个傀儡人偶会让陆追多想，因此都没主动提过这茬。

陆追看出端倪，道："说。"

陆无名咳嗽两声，将枯井中发生的事大致说了一遍。

陆追听完倒是没有多惊慌，只是问："蝠从我这里拿走的东西，是那段记忆？"

萧澜点头："或许是。"

"如果真是这样，那倒还算不错。"陆追将被子裹紧了些。

他先前以为自己的失忆是鬼姑姑作祟，那丢掉的过往还不知会有多少，可如果换成蝠，他失去的顶多就是与蝠相遇的那段曾经，并不是什么重要的事情。

萧澜问："冷吗？"

陆追愣了愣，这才反应过来他是看自己方才拢了一下被子，便答："不冷。"

萧澜笑了笑："嗯。"

"若多年前是蝠将杀手引到萧家的，那他八成是为了红莲盏。李银动手之时，他也该在附近守着，准备抢东西才对。"陆追看着陶玉儿，突然问，"冒昧问一句，夫人可见过此人？"

陶玉儿道："我那阵子带着澜儿去了城外，回去之后一切都晚了，除了翡灵，现场再无其他人。"

陆追陷入沉思。数年前蝠为了红莲盏设计，还勉强能解释通。可他数年后又处心积虑，设计将各门派都引到洄霜城，只为找出一个最恶的人，又是为了什么？

陆无名在想另一件事。这世间让人失忆的方法有千百种，但蝠做个人偶钉上生辰八字，这方法却闻所未闻，更像是诅咒。一切事情都发生在幽深的墓穴中，想要探得答案，鬼姑姑才是距离真相最近的那个人。

萧澜猜到了他的想法，主动道："我回去。"

陆无名对此自然不会有意见。陶玉儿虽有些犹豫，却也知道鬼姑姑不会就此罢手。他们这一面迟早都要见，而且既然萧澜是鬼姑姑花了十几年心血才栽培出的继任者，那么鬼姑姑应当不会轻易与其反目。

"冥月墓的人现在何处？"陆追问。

萧澜道："城郊山中。"

陆追叮嘱："那你要小心。"

陆无名道："我随你一道去。"

陆追吃惊："爹去做什么？"

陆无名胸闷了一下，心道：就凭你方才那担忧的眼神，现在却问你老子为何要去？

"呃……"陆追道，"多谢爹。"

陶玉儿倒是对陆无名改观了些许，陆无名这时还真有几分做爹的样子了。

众人简单商议几句，便各自散去准备。陆无名与萧澜离开了客栈，一明一暗，一前一后。

待屋里只剩下陆追一人时，他才松开一直攥紧的右手，一枚小小的松果滚落出来，那是他从枕边香囊中随手取出的。松果四周有尖锐的小刺，可以扎入手心，让疼痛帮自己保持清醒。

方才陶夫人说要闭目凝神传授阵法，他记得萧澜与爹的叮嘱，便暗中握了一枚松果在手中。果不其然，阵法教到一半，他眼前便出现了幻觉。幸亏有痛感不断自手心传来，他才一直保持着应有的清醒。意料之中，陶夫人最后的目的又是冥月墓。

陆追揉了揉手上的红痕，向后靠在软垫上，深深叹了口气。

城外荒山，冥月墓小弟子连滚带爬跑到山洞中，上气不接下气道："姑姑，少主人回来了。"

鬼姑姑嗓音沙哑道："一个人？"

"是一个人。"

鬼姑姑站起来，拄着拐杖缓缓出了山洞。外头的太阳有些亮，她眯起眼睛，半天才睁开。

萧澜道："姑姑。"

鬼姑姑看了他好一阵子，方道："我还当你会带着陆无名一道来。"

那日搜山的弟子被打得骨骼碎裂，她一看便知是陆家的掌法，当年为了海碧，她曾与陆无名交手过数次，对此再熟悉不过。

萧澜道："陆前辈只想保护明玉。"

鬼姑姑道："三句话不离陆明玉，你可当真是中了邪。"

萧澜道："我此番回来，不是为了同姑姑争辩这个。"

"那你是为什么？"鬼姑姑语气有些怨毒，"为了拿我的脑袋去讨陆家人欢心？"

萧澜道："姑姑还记得在许多年前，我同你说过的食金兽吗？"

黑蜘蛛刚从山下回来，听到他这句话，脸上不易觉察地闪过一丝情绪，被暗处的陆无名悉数看在了眼里。

　　"食金兽？"鬼姑姑想了想，问，"那吃金子的黑熊？"

　　"姑姑一直不信，可那当真不是我胡编乱造出来的。"萧澜看了一眼黑蜘蛛，继续道，"我几天前在城里又见到了他，他名叫蝠。"

　　鬼姑姑疑惑："所以？"

　　"他亲口承认，多年前红莲盏在萧家的流言，以及这回各门派收到的书信，都是出自他之手。"萧澜道，"只可惜我还没细问，他就逃了。"

　　"他的目的是什么？"

　　"不好说，这也是我来找姑姑的目的。"

　　"你想让我出手抓人？"

　　"我想先查清楚，十几年前，那食金兽为何能在墓穴中视机关如无物，来去自如。"

　　他说这句话时，黑蜘蛛瞳仁猛然一缩。

　　"你绕这么大一个圈子，无非就是想让我回冥月墓，放过陆明玉罢了。"鬼姑姑用拐杖敲了一下地，"你太让我失望了。"

　　"姑姑也知道，陆前辈来了。"萧澜道，"若我只想保护陆明玉，大可丢下冥月墓，甚至与姑姑反目成仇，可我还是回来了。"

　　"你现在还不算与我反目成仇？"

　　"我只是想先查明所有真相，不管是与萧家有关的还是与冥月墓有关的。查明真相之后，我们再说其他事也不迟。"

　　鬼姑姑冷哼一声，转身回了山洞。

　　黑蜘蛛趁机道："少主人独自回来，那陆大侠怕是不放心吧？"

　　"只要我愿意，随时都能接管冥月墓。"萧澜蹲下，在他耳边轻嗤，"所以我若是你，就会识趣一些，大部分时间都闭嘴，也好活得久些。"

　　黑蜘蛛面色涨红，萧澜起身也进了山洞。

　　与此同时，距离洞霜城不远的一处村落里，一个黑影正匍匐在水池边，贪婪地饮了几大口水，苍老的脸上表情扭曲，有不少细碎伤口，正是蝠。

　　田间劳作的人此时已经回了家，他靠坐在水渠中，顾不得四周冰冷，心里的闷痛一阵强似一阵。

蝠眼前幻影重重，每一个场景中都有一名女子，梳着乌黑的发辫，戴着水月的簪子。他的眼神是痛苦而又贪婪的，他颤抖着伸手想要抚摸女子的背影，触到的却始终是一片虚无。黑色的血液大口涌出，他艰难地站起来，继续跌跌撞撞向前跑去。

调教刘成花费了他太多内力，眼看就要成功了，只可惜中途被人坏了好事，他必须用最快的速度重新找一个人——哪怕是普通人，哪怕没有邪恶而又贪婪的欲望，没有能撕裂天地的恨意与不甘，只要是个人就行，至少能帮自己活下来。

一名男子背着包袱，正在郊外急急往前跑，看起来有些贼眉鼠眼。与这长相极相称，他还真是个贼，他方才刚刚在村落里搜刮完几户人家，得了不少细软，此时正在暗自高兴。

蝠如鬼魂一般从身后飘来，十指深深陷入他的肩膀。男子痛呼一声晕厥过去，包袱掉落在地，滚出不少铜板碎银。蝠拖着他，踉跄着向远处走去。

客栈中，陆追将阿六叫来，问："如何？"

"我去看了，季灏一直被曹叙的人关押着。"阿六道，"听说他平日也不说话，除了吃饭就是自己运功疗伤，那妙手空空还是空空妙手的，压根没派人去救他。"这师父当的，也是一绝。

陆追道："嗯。"

"爹，你怎么突然关心起他来了？"阿六盘起一条腿坐在床边。

陆追道："他冒充我，我自然要多问两句，先前一直没顾得上，现在横竖也没事做。"

"那要审吗？"

"问一问也成。"

陶玉儿从门外进来，道："不准。"

陆追："夫人……"

"一个不得志的盗墓贼，有什么好审的？好好养你的身子。"

陆追道："先前是他主动建议空空妙手前辈同冥月墓联手，夫人不想知道缘由吗？他久居北海，理应与这中原武林毫无关系才对。"

陶玉儿将药碗递给他，陆追捧在手里，继续道："就问一问，不然夫人同我一道去吧？"

"你这般心心念念，旁人听到了，还当你要去看什么好东西。"陶玉儿拗不过他，"这可是你说的，就看一眼。"

季灏这段日子一直被朝暮崖的人看着，就关押在客栈不远处。阿六很快就将他带了回来。看他一身白衣尚且干净，身上也没伤痕，这段日子该是没吃多少苦，就是脸色异常，不是寻常虚病之人的苍白或蜡黄，而是隐隐泛着青黑色。

陆追一进门，心里便微微一怔，看他这模样，怕是中毒已有一段时日了。

季灏冷冷地看着他。

阿六抬了一把椅子，让陆追坐在对面，又将火拨弄得更加旺了些。

季灏问："你是来杀我的？"

"我都不认识你，杀你作甚？"陆追道，"分明就是你先冒充我，该是我问你，为何想要我的命。"

季灏道："即便我杀不了你，师父也不会放过你。"

"你是说那位空空妙手前辈？我一样不认识。"陆追道，"严刑拷打的事我不做，不如这样，你定然也有想从我这里知道的事情，我们一个问题换一个问题，如何？"

季灏冷笑："我只对墓葬与机关有兴趣，你能拿什么和我换？"

陆追道："冥月墓。"

季灏脸上的表情一僵。冥月墓，是这世间每一个盗墓者都想去一探究竟的地方。

"你既然同鬼姑姑有来往，就理应知道那里是陆家祖坟。"陆追道，"你若当真对墓葬与机关感兴趣，那我能拿来同你换的东西还当真不少。"

季灏犹豫片刻，妥协道："你先回答我一个问题。"

"好。"

"冥月墓的地下宫殿，当真被封死了吗？"

"没有。"

季灏眼底发出亮光。

陆追继续道："江湖传闻并没有错，只要拿到红莲盏，便能打开冥月墓。"

季灏迫不及待，问："那红莲盏在何处？"

陆追提醒："这是第二个问题。"

季灏道："你问，你想知道什么，尽管问。"

陆追手里捧着暖炉，道："你我既无冤无仇，那你为何要杀我？"

季灏回答："因为只有你死了，萧澜才肯无牵无挂地同师父一道回北海。"

陆追爽快道："关于你的第二个问题，我的确不知冥月墓失窃的红莲盏在何处，多年前我接到消息赶往暗室时，那里已是血流成河。我也一直在找红莲盏，却至今也无消息。"他这话倒不算说谎，红莲盏有一对，冥月墓那个确实丢了，而陶玉儿手中那个，本就是萧家的。

季灏看起来有些失望。

陆追道："我的第二个问题，你是如何与鬼姑姑搭上关系的？"

季灏道："我一直就想探得冥月墓的秘密，因此只要有机会出海，就会去冥月墓附近，也是由此才会认识鬼姑姑。"

他自幼便痴迷各种机关与墓葬，机缘巧合碰到传闻中的空空妙手，当下就大喜过望拜了师父。细说起来，空空妙手初时对他其实还算不错，不仅教他盗墓之术，还给了他北海孤阳岛，让他能做个潇洒的翩翩公子哥。只可惜季灏远不满足于此，对墓葬研究得越多，他野心就越大，甚至想要成为空空妙手。

对他这种想法，空空妙手自然是不满的，也断然不会答应将祖传绝学教给与自己毫无血缘关系的人，反而更加疯狂地想将亲孙儿找回来。他们师徒的关系也因此变得疏离，两人甚至一年也见不到一回。季灏心灰意冷，越发想要证明自己。他疯魔游走在这世间的诸多古墓内，虽说手艺精妙，但毕竟不是真正的空空妙手，很快就被尸毒浸染，伤了五脏与心脉。

"我活不久了。"季灏更像是在自言自语，"可若不能亲手将冥月墓打开，我此生又有何意趣？"

阿六抽抽嘴角，他天生就是一个拿得起放得下的人，心中从未有过过多执念，因此也实在很难理解此人的想法。

他心道：刨不到我爹的祖坟，你这一生就没了意趣，什么思路？

季灏道："空空妙手不需要有任何感情、任何牵挂，他们只需要沉迷于机关与墓葬，就像我现在这样。"话说到后来，他语调里难免又染上了怨恨与不甘，他分明才是最合适的人选，为何师傅偏偏非要找回萧澜？

陆追继续问："既然空空妙手不需要任何感情，那你又为何要冒充我？你就不怕萧澜将你当成我，反而坏了空空妙手的计划？"

季灏道："待他步入局中，心甘情愿回北海后，我自有办法让他对我绝望，对这世间所有的感情绝望。而作为交换条件，师父会给我《灵云杂记》，那是除去空空妙手的祖传绝学外，这世间最精妙的机关法。"

看着他满脸的贪婪与向往，陆追胳膊上起了一层鸡皮疙瘩。执念太深，便会吃人，使人疯疯傻傻痴痴癫癫，不管不顾，活在自己虚构出的梦境里，只能换来旁人一声唏嘘。

出了小院，陶玉儿问："你打算如何处置他？"

"也轮不到我处置。"陆追回头看了一眼，道，"看他的脸色，若还要往墓道里钻，只怕连神仙也难救。现在被关押起来，反而对他的身体最有利。"

陶玉儿说："回去吧，夜也深了，早些歇着。"

陆追叹气："冥月墓可当真不是个好地方。"

陶玉儿替他裹紧大氅，没接话。

一夜时间很快就过去了，山中白雾凝成露珠，从石壁上慢慢下滑，滑出一条湿漉漉的水印。

鬼姑姑问："你可想好了，当真要随我回去？"

萧澜道："姑姑不想查明真相吗？那怪物能在墓中来去自如，这么多年却从未被人发现，现在让他跑了，他指不定何时又会回来。有备无患，总好过措手不及。"

鬼姑姑一语不发地看着他，眼神幽诡。

"我承认我有私心，的确不想让姑姑碰明玉。"萧澜坦白，"也是因为现在他身边有陆前辈保护，我才能安心回来，同姑姑商议下一步计划。"

鬼姑姑冷笑："你倒是有胆子说。"

萧澜道："我说过，在未将所有的事情想起来之前，我不会允许任何人动他，反而是姑姑一而再、再而三触碰我的底线。"

黑蜘蛛靠坐在洞穴口，面无表情地听他们交谈。

"看来我当真是低估了陆明玉的手腕。"鬼姑姑坐在椅子上。

萧澜语气放缓："我只想先将冥月墓里的事情查清楚。"

良久之后，鬼姑姑答应："好，那明日便动身吧，出来得太久，也该回去歇上一歇了。"

太阳从山洞外洒进来，黑蜘蛛嫌恶地往一旁挪了挪，像是极讨厌光亮。

下午，萧澜独自下山，身后却无人盯梢，也无人敢盯他的梢。

目送那黑色的身影逐渐远去，黑蜘蛛凉凉道："我们此番出来，可当真是白忙一场。"不但没能杀掉陆明玉，反而引来了陆无名，至于传闻中的红莲盏，更是连影子都没一个。

鬼姑姑道："回去再说。"

黑蜘蛛问："当真要这么回去？"

"我的确低估了陆明玉，原以为他已经对澜儿构不成任何威胁。"鬼姑姑道，"却没想到……"却没想到即便萧澜失忆，即便自己花了大工夫处心积虑将伏魂岭血案推到陆追头上，也未能动摇陆追在萧澜心里的地位。

黑蜘蛛嘲讽道："这回可不单是陆明玉，还多了陆无名、陶玉儿。每个人都在外头拉一把，少主人或许就真的走了。"

鬼姑姑瞥他一眼，道："不然你以为我为何要临时改变主意，带澜儿回去？"

黑蜘蛛顿了顿，没说话。

"即便澜儿没有主动提出来，我也会想办法带他回冥月墓，这回只是顺水推舟罢了。"鬼姑姑道，"我知道他目的不单纯，甚至随时有可能与我反目，不过那都没关系。"

黑蜘蛛试探："姑姑这是何意？"

鬼姑姑转身回了山洞，只留下一句话："我能让他忘了陆明玉，就能让他忘了所有人。"

将所有记忆一并洗干净，变成一张完全空白的纸，才好在上头做文章。她先前舍不得，现在不得不舍得。

客栈里头，陆追正拿着纸笔在研究新学的阵法，嘴里叼着半块陈皮糖，脸色看着挺红润。

阿六敲敲门，道："爹，爷爷他们回来了。"

这么快？陆追丢下纸笔，踩着鞋下床开门。

萧澜"扑哧"一声笑了。

陆追不解："怎么了？"

"一个人在房中唱戏呢？"萧澜取过手巾沾了水，替他将脸上的墨渍擦掉。

陆无名："咯！"

陶玉儿诚心建议："若是陆大侠嗓子实在不舒服，这楼对面就是医馆。"也省得他一天到晚咳咳哼哼。

陆无名："……"

"事情怎么样了？"陆追转移话题。

萧澜道："我要回冥月墓。"

这是意料之中的结果，陆追"嗯"了一声。

"我明日就会动身。"萧澜坐在他身边，"陆前辈送你前往日月山庄后，就会赶去冥月墓助我一臂之力。"

陆追点头："好。"

陶玉儿对萧澜道："我暗中跟着你。"

至于林威，由于受了伤，陆追派人将他送出了泅霜城，暂且回朝暮崖休养。阿六与岳大刀自然跟着一道前往日月山庄。

银月如钩，吵闹了一整天的泅霜城也逐渐安静下来。

陆追伸手关上窗户，道："闹腾了这么久，百姓可算是能喘一口气了。"

萧澜道："我不在时，你要好好照顾自己。"

陆追上床，自己摆了个舒服的姿势，道："放心吧，我比你更关心这身体，养好一些，我将来才好与你仗剑骑马，游海观花。你这回重返冥月墓，也要多加小心，鬼姑姑虽不至于伤你性命，但其他事可就难说了。"

萧澜坐在床边，道："放心吧，我自幼在冥月墓中长大，自然知道该如何自保。等办完事情，我就去日月山庄找你。"

窗外，院中，树上，陆大侠单手握剑，蓄势待发，目光如鹰般盯着那暖意融融的小窗户。

窗外，院中，树下，陶玉儿靠在石桌边，嗤笑一声，瞥他一眼，捏了把瓜子来嗑。

翌日清晨，众人正在厅中吃早饭，曹叙却匆匆前来，面色为难道："门主。"

"怎么了？"陆无名问。

"属下失职，让季灏跑了。"

萧澜眉头一跳。

曹叙道："已经派人去追了，还请门主恕罪。"

"罢了，你的人这些天也累得够呛。"陆无名道，"季灏只是一个小喽啰，他师父都不把他放在心上，应当掀不起什么大风浪，没必要非找回来。"况且看他中毒的程度，若再执迷不悟下去，只怕等不到别人动手，他体内的尸毒就已先发作了。

城外一处庄稼地中，季灏正从地上采了野草根，连泥也来不及洗就胡乱塞进嘴里——那是野地龙，能清热解毒，暂时缓解体内的毒性。

十几把草根吃下去，季灏才松了口气，靠着干涸的水渠坐在地上休息，一身白衣被染得脏污也不在意。事实上他也不喜欢这纯白的颜色、这料子，他偏好乌黑的颜色，喜欢精干的短打，那样才能在墓穴中穿梭自如。

身后突然传来细碎的声响，他警觉地回头。一张脸突兀地出现在他面前，他猛然往后退了几步。即便是常年在墓穴中游走，他此番也被惊得心跳一滞。

那根本就不是一张人类该有的脸，扭曲，沾满鲜血，嘴巴张着，牙齿摇摇欲坠，看不出年岁，看不清五官。

季灏从未见过如此诡异的样貌，甚至觉得那张脸已经快要从人身上脱落，每一处肌肤都充满了不正常的膨胀感，在阳光下隐隐发着光。

他转身想要离开，却被一把卡住了后脖颈。

"你究竟是谁？"季灏惊恐地问，竭力想要挣开钳住自己的冰冷鬼爪。

那半人半鬼的怪物嘶叫一声，低头狠狠咬住了他的脖颈，拖着他往另一头走去。

前几日抓回的小偷并没有什么用，疗伤时，蝠觉得自己快要死在了地道中。他最后勉强用了对方的身体，虽然能摇摇晃晃站起来，但他知道这次侵占是失败的。小偷没有贪婪的欲望，没有强烈求生的渴望，即便有再精壮的身体也无法承载"移魂大法"。他必须尽快找到另一个人，方有活下来的可能。

他从某种意义上来说算是幸运的，比起先前那窝囊的刘成，季灏无疑更加疯狂，也更加贪婪。

待两人远去后，村里的农夫也恰好说说笑笑，结伴前来整理庄稼地。牛车拖着犁来回走了几趟，便将所有痕迹都清得一干二净，像是没有发生过任何事。

太阳越来越暖，陆追趴在被窝里好一阵子才睁开眼睛。

"爹。"阿六正坐在床边，"你醒了啊。"

陆追问："你怎么会在这儿？萧澜呢？"

"他走了，回冥月墓了。"阿六扶着他坐起来，"他临走前说爹身体不舒服，吃了药在昏睡，怕爷爷会担心，所以让我过来守着。"

陆追活动了一下酸痛的筋骨。

"对了，季灏跑了。"阿六取过一边的衣服递给他。

"跑了？"陆追手下一顿。

"是啊，那家伙看着病歪歪的，谁知道还能打晕看守。"阿六道，"曹掌门的人已经出去追了，不过回来都说影子都没一个，像是凭空消失了一样。"

"爹怎么看？"陆追问。

"爷爷说找不到就算了，看他尸毒入体，半死不活，也掀不起什么风浪了。"阿六将漱口的青盐递过来。

陆追答应一声，又问："那空空妙手前辈呢，依旧在城中？"

"他自然是跟着萧澜走了。"陆无名推门进来。

"爹。"陆追将脸擦干。

陆无名让小二端来饭菜，一边看着他吃一边道："萧澜本想让空空妙手回北海，不过像是没说动。"

"不回去也成。"陆追喝汤，"萧澜好歹能多个帮手。"虽说空空妙手为人疯癫了些，但至少对萧澜是真心实意的。

第二日，探子来报，说鬼姑姑一行人已经离开了洄霜城，没有见着裴鹏的身影，不过鹰爪帮的弟子倒是都与之同行，似乎已经加入了冥月墓。

陶玉儿亦暗中跟了过去，临行之前给了陆追一个红布包，陆追打开后发现里头有不少金镶玉的小玩意，都挺精巧，既能挂着当剑穗，又能与玉佩串在一起。

陆追坐在马车里，把玩着这堆小东西，听着耳畔马蹄声声，看着身后的洄霜城越来越小，最终消失在了地平线上。

他心中虽不舍，不过这么多年都过来了，也不在乎这几月。

一路往南，天气渐渐暖和起来。

"爹。"阿六掀开车帘，递进来一束野花，"岳姑娘采的。"

"岳姑娘采的，你就该自己留着，给我做什么？"

"那小丫头疯疯癫癫的，这一路都在到处乱跑。"阿六挤进马车坐在他身边，"这时候也不知去了何处。"

"不跟着？"陆追用胳膊肘杵他一下，"还想不想娶媳妇了？"

"想啊。"阿六愁眉苦脸，"可我一直跟着，她也不准，说我块头太大，会挡光。"

前头是个小城镇，岳大刀独自一人翻身下马，刚打算进城去买些吃食，却见城门口贴着一张官榜。要进城的人都排着队，挨个接受官兵搜查，像是出了什么事。

此时天上日头正好，照在身上挺舒服，因此百姓倒也没焦躁，都在安安分分排队等着进城，时不时交头接耳，说城里的凤鸣山庄丢了东西，似是被一个不知来路的飞贼所窃，官府正在帮忙找。

一听原来只是为了找失物，岳大刀觉得应当没什么关系，又看了一眼榜上的画像，便掉头折返，去同师父报信。

"凤鸣山庄丢了东西？"陆无名问，"丢了什么？"

"这就不知道了，那官榜上也没写。不过城门口查得挺严，入城的人要挨个搜身，我猜是个小物件。"

"不对啊。"陆追道，"丢了东西，该查出城的人，为何要对进的百姓严加防范？"

被他这么一说，岳大刀也反应过来，于是问："那咱们还要进城吗？"

"不进这梧桐镇，至少要在山中多绕五天路。"阿六在旁边道，"爷爷在凤鸣山庄里有熟人吗？能否行个方便，让我们先过去？"

"凤鸣山庄的老夫人名叫邱盈月，数年前与我有过一面之缘。"陆无名道，

"交情谈不上，不过想要顺利穿城而过应当没问题。我们进城吧，不用绕路。"

凤鸣山庄，陆追先前也听说过，是江南一个不大不小的门派，在大楚境内开设了十几家镖局，生意挺好。前几年老庄主因病离世，产业便由邱老夫人接管，生意越做越大，甚至将武馆开到了王城。

一行人到了城门处，陆追掀开帘子往外看了一眼，前方恰好有一名年轻男子溜达而过，穿了一身青绿的衣衫，眉眼干净斯文，手里牵了头小黑驴，腰间挂着小葫芦，里头装的也不知是药还是酒。他整个人看着挺拔又秀气，与周围人的气度全然不同。

陆追哑然失笑。

"怎么了？"阿六不解。

陆追扶着他跳下来，冲那男子喊道："叶谷主。"

一语既出，其余三人都愣了，叶谷主？

那男子回头，看清他后也吃惊，笑道："二当家怎么会在这里？"

事情也巧，这人正是日月山庄的神医叶瑾，陆追原本想着还要七八天才能见着，不料竟在中途就遇到了。

陆追道："我正要去日月山庄求医。"

"又毒发了？"叶瑾握住他的手腕粗粗一试，胸闷道，"你怎么拖到现在才来找我？"

还真是那位叶谷主啊，阿六险些喜极而泣，陆无名与岳大刀也颇高兴。这三人一个长住朝暮崖，另外两个久居海岛，都是第一回见到传闻中的江湖第一神医，觉得果真名不虚传，文质彬彬的，一看就极儒雅，好脾气，讲道理。

"我在洞霜城里耽搁了一段时间。"陆追向叶瑾一一介绍，"这是我爹，他是阿六，这是岳姑娘。"

"叶谷主。"陆无名道，"有劳了。"

几人正在说话，城中又策马出来一行人，打头那人锦衣玉带，一看便知是个养尊处优的阔少爷。

"叶谷主。"还隔着老远一段距离，阔少爷便翻身下马，抱拳笑道，"听说谷主来了，我还不信，原来是真的，有失远迎、有失远迎啊。"

叶瑾纳闷："你听谁说的？"

男子有些尴尬，咳嗽两声后解释："谷主恕罪，最近山庄中出了些乱子，家母不得已往这城里城外加派了些人手，并非有意冒犯，更不敢盯谷主的梢。"

男子名叫邱子熙，是凤鸣山庄的三少爷，被两个哥哥宠着长大，性格虽有些顽劣，却也能分清轻重，对叶瑾一行人一直很恭敬。进城之后听叶瑾说不愿住到山庄，他便亲自将人送往最好的客栈，打点好一切才离开。

陆追问："谷主为何会来这里？"

叶瑾替他倒了一杯热茶，道："在家没事，我是去南边采草药的，倒是巧了，这回刚好替二当家用上。"

陆追道："又要麻烦谷主了。"

"同我还客气什么。"叶瑾将草药摊开在桌上，"我原本打算抄近路回日月山庄，不过昨日在路边茶棚歇脚时，听百姓说附近出了个怪物，就绕路来了这里。"

陆追心里一动，问："怪物？"

"是啊。"叶瑾认真而又期待地道，"你有没有听过？据说满身毛啊。"

陆追道："我还当真听过。"

叶瑾迅速拉着椅子坐到他身边，催促道："快，说说看。"

陆追将先前在洄霜城时关于食金兽的事情大致说了一遍。

叶瑾张大嘴，惊讶道："还有这玩意儿？"

"是人假扮的。"陆追道。

那也要看一眼，毕竟满身毛。叶瑾往窗外望了一眼，看神情似乎希望那食金兽现在就能出现在谁家屋顶。

陆追又问："沈盟主没同谷主一起来吗？"

"他去了北边，有个老帮主过寿。"

"那食金兽武功不低，若没有盟主在身边，谷主想去擒他，怕是会有危险。"

"不怕！"叶瑾手一拍，桌上"哗啦"排开一堆小白瓷瓶，蒙汗药、哑药、迷魂药，一应俱全，来十个怪物也没问题。

陆追道："佩服。"

"先别佩服我了，说说你。"叶瑾随手从毒药堆中摸过一个瓶子，倒出药丸给他，"吃了。"

陆追诚心道："谷主这看诊的方式，一般人怕是要被吓一跳。"

"你气息极虚。"叶瑾道，"脉象也不稳，比起先前在王城时可是天差地别。"

陆追苦笑："这一路，我体内三不五时便会莫名多出一种毒，也不知究竟还能撑多久。"

"有我在，自然会想出办法。"叶瑾撸起袖子。

陆追将手腕递过去，叶瑾重新替他探脉，这回极仔细，过了差不多一盏茶的工夫才道："毒发反而是好事。"

"为何？"

"你那些毒先前潜伏在体内，也不知都是些什么，我不敢贸然用药。"叶瑾道，"现在毒物既然一样一样活了过来，我就能一样一样将其解除，不过需要些时日就对了。"

陆追松了口气："多谢谷主。"

"二当家怕是要在日月山庄住个两三年了。"叶瑾道。

陆追端起茶水还没来得及喝，险些被呛到，忙问："多久？"

"这算短的，治病急不得。"

"可我还有事要去冥月墓。"

"去什么冥月墓？你的身体重要还是红莲盏重要？"叶瑾敲敲桌子，"若想好好治病，此事没得商量。"

陆追："……"

叶瑾补充："即便是要办喜事，那日月山庄也能备好空宅子。"

陆追立刻强调："我没有要成亲。"

"那不就行了？"叶瑾道，"还怕山海居没你倒了不成。"

陆追端着茶杯"嗯"了一声。

叶瑾又问："陆前辈知道你现在的状况吗？"先商议好，他看诊时才好串供，免得让陆追家人担忧。

陆追道："别的都知道，不过有一件事，谷主得替我瞒着。"

叶瑾："你说。"

陆追坦率道："我中了同命蛊。"

叶瑾惊道："和谁？"

陆追道："萧澜。"

叶瑾觉得这个名字略微耳熟，问："冥月墓的少主人？"

"正是。"

"这蛊大意不得，母虫在谁体内？"

"萧澜。"

"那该他来看诊才是，你也好少受些苦。"

"他回了冥月墓，还有些事情要查。"

"那让他快些。"叶瑾道，"我先带你去日月山庄。"

陆追提议："叶谷主若对食金兽感兴趣，我们暂时待在这里也无妨。"

"是吗？"叶瑾有些心动，那怪物毕竟满身毛，他想看。

陆追笑道："我是病人，自然跟着大夫走，一切全由谷主决定。"

叶瑾心想，那就在城中住两日，也成。

叶瑾心思活络，一想正好陆前辈在，据说功夫高得邪门，关键时刻或许还能帮自己抓一抓食金兽。于是，他敲开隔壁陆无名的房门，委婉而又充满期待地表达了一下自己的想法。

陆无名听到两人都想留下，也没有多言，很爽快地答应了下来。毕竟只要有叶瑾在，那陆追在哪里治病解毒都一样，住在这梧桐镇还要少受些颠簸之苦。

"至于食金兽。"陆无名继续道，"我本来就在搜寻其下落，没想到谷主也感兴趣。"

叶瑾问："听说满身都是毛？"

陆无名答："是。"

叶瑾眼中闪烁着期待："那就有劳前辈了。"

"谷主客气了。"陆无名道，"明玉的伤病，还得靠谷主医治。"

"我方才试过他的脉象了，之所以虚弱紊乱，是因为体内的毒物在逐渐苏醒。"叶瑾道，"先前在冥月墓时，鬼姑姑应当拿二当家试了不少药，那些毒物有的已经消失无踪，有的却蛰伏在了体内。"

陆无名问："那会如何？"

"一年多前我在王城时，曾经替二当家看过诊。"叶瑾道，"那时他也多有伤病，不过毒物倒是没查出来多少，应当是最近才开始逐渐苏醒的。"

陆无名暗自叹气，也不知儿子在那漆黑幽暗的墓穴中究竟受了多少苦。

"前辈不必焦躁，毒物醒了反而是好事。"叶瑾安慰，"醒了才会出现症状，而一旦查出来是何种毒物，解起来就要容易许多。"

陆无名道："叶谷主需要什么，尽管开口。"

"药我都有，前辈放心。"叶瑾道，"二当家已经睡了，我这就回去配药。"

陆无名点头，目送叶瑾离开后，便将阿六叫来，差他去街上买些点心与蜜饯，好给叶瑾送过去。

"好嘞。"阿六答应一声，扛着刀往外走。

他下楼时是一个人，出门后身边却多了岳大刀，两人说说笑笑，看着很是亲密。

陆无名在窗口看到，颇为头疼。这小丫头似乎已经完全将她自己当成了小媳妇，阿六走到哪里她就跟到哪里，当街你推我一把、我打你一拳，也不知道避避嫌。

街上四处有衙役巡逻，不用想也知道，八成还是为了帮凤鸣山庄找那失窃的宝贝。

"到底丢了什么啊？"岳大刀好奇道，"闹出这么大阵仗。"

"事不关己，管他作甚？"阿六在点心铺子里选点心，"平日里倒也罢了，现如今咱爹还在生病，你不准闹事。"

岳大刀踩他一脚，怒道："什么咱爹！"

"说习惯了、说习惯了。"阿六倒吸一口冷气，又觉得有些遗憾，毕竟他有那么好的爹，又斯文又好看，功夫高还会赚钱，旁人理应求都求不到——可见不管是林威还是这小丫头，都是极不识货的。

买了点心蜜饯，挑了普洱茶饼，路过瓷器行时，阿六又拐了进去，花半天选了一个茶壶，红底蓝花鎏金描彩，镶嵌各色蝴蝶，只消放在架子上，便能感觉到浓浓的年味喷薄而出。

岳大刀吃惊："你买它做什么？"

"送给咱……我爹。"阿六及时改口，"多好看。"

他爹正好生病，看到喜欢的东西还能开心点。

岳大刀嫌弃："这是你喜欢的吧？"

"你不懂，咱爹他——"阿六一句话还没说完，门外便又进来两人，一个世家公子，一个一身短打的仆人，公子正是先前接众人进城的凤鸣山庄三少爷，邱子熙。

"二位。"邱子熙笑道，"怎么在这里挑起了茶具？"

"拿来自己用的。"阿六将茶壶递给掌柜，示意他包起来。

"叶谷主没有一道前来吗？"邱子熙到处找。

阿六道："在客栈歇息，三少爷找谷主有事？"

邱子熙干笑道："既然兄台问起，我也就厚着脸皮直说了。我母亲刚刚一听叶谷主已经到了，就一直埋怨我怠慢贵客，说无论如何也该请叶谷主去山庄里住。我实在熬不住，只有再来请一回，至少一道吃顿便饭。"

"这样啊。"阿六爽快道，"那三少爷去请吧，我们可能还要再逛一阵子。"

邱子熙嘴上答应，却没有要走的意思，一直扯东扯西，捡个红釉盘子都能说上半天。

阿六实在头疼，不得不打断他的话："三少爷有话还是直说吧。"他这般拐弯抹角，一来浪费时间，二来听着想打瞌睡。

"其实也不是什么大事。"邱子熙咳嗽两声，含蓄而又充满暗示地表达出"据说叶谷主挺凶，我不敢请，不如您二位帮个忙"的意思。

岳大刀摇头："我们与叶谷主也不算熟，怕是帮不了三少爷这个忙。"

邱子熙一脸失望。岳大刀与他告辞，拉着阿六匆匆回了客栈。

陆追已经睡醒，正靠在床上看书，听完岳大刀说完方才的事情后，道："日月山庄的沈大少爷是武林盟主，其余门派想要与其攀上关系，不意外，算不得什么大事。"

"那要告诉叶谷主吗？"

"告诉我什么？"叶瑾恰好推门进来。

阿六将事情说给他听。

"吃什么饭？"叶瑾意料之中地拒绝了，"不去。"

他和那什么邱老夫人又不熟，甚至根本就不认识，凑哪门子热闹？

然而，凤鸣山庄却像是铁了心要请叶瑾过去。邱子熙灰溜溜地回去复命，没过多久，邱家的二少爷就又找上了门。

叶瑾比较暴躁，撸起袖子想打架。

"原来谷主与诸位正在用饭。"来人抱拳，"真是打扰了。"

陆追放下筷子，也抬头看了他一眼。与邱子熙的唯唯诺诺且无主见不同，这位邱家二少看着狂妄又霸道，不是好对付的主。

叶瑾耐着性子道："烦请转告邱老夫人，好意我心领，饭就不吃了。"

"我刚问过小二，他说谷主将这客栈一层都包了下来，包了整整一个月，应当是要久住的。"邱子风坚持，"不知谷主哪天有空，我也好过来相邀，还有明玉公子也一道去吧。人多些，吃饭也热闹。"

陆追道："在下与二少爷并不相熟，就不上门叨扰了。"

接连被拒绝两次，邱子风倒也没生气，反而笑道："既然二位今日都没空，我便明日再来，告辞。"

喂！叶瑾在后头胸闷，什么叫你明日再来？你往后七八百年都不用再来！

"像是来者不善啊。"陆追迟疑道，"连邱子熙都知道要懂礼数知进退，没道理这位二少爷反而咄咄逼人，不留余地。"

叶瑾问："你先前认得他？"

"不认识。"

那自己也不认得啊，叶瑾觉得莫名其妙，这邱家是吃错药了不成？

几次三番被打扰，他也没心思再吃饭了，于是丢下筷子，道："算了，我们还是回日月山庄吧。"

"不抓食金兽了？"

"这凤鸣山庄太怪异，也不知在打什么小算盘。"叶瑾道，"回日月山庄安稳些。"

陆追道："若对方只是因为客套与礼数屡次相邀，那拒绝个两三回，他们也就消停了。若对方当真是另有所图，那我们现在怕是已经走不掉了。"

叶瑾："……"——我毒药呢？

"这只是我的猜测，未必准。"陆追又道，"可若是准了，谷主与我都不曾同凤鸣山庄有过关系，他们为何想将我们留在城里？"

叶瑾推开窗户，手里端着一小簸箕药草假装挑拣，暗中观察了一阵子，发现的确有人一直在附近走动，于是他深吸一口气，告诫自己要冷静。他生来最烦三件事，一是被人盯梢跟踪，二是被人强迫威胁，三是被人打断看诊，好巧不巧，凤鸣山庄一次竟占了个齐全。

陆追推断："或许是为了找回失窃的东西？"

叶瑾惊怒："他们以为我们是贼？"

陆追赶紧解释："我的意思是，他们或许是想求援。"

求援也不行啊，认都不认识。叶瑾道："罢了，索性现在就出城。"

"现在出城，十有八九会被拦住。"陆追道，"与其懵懵懂懂被人劈头盖脸打过来，倒不如假装什么事都没发生，至少要弄清对方的目的究竟是什么。"

陆无名拎着点心回来，是叶瑾最喜欢的花茶酥。

"外头有人盯着？"陆追问。

"原来你也感觉到了。"陆无名将手里的油纸包放在桌上，"我出门时都没有，回来这附近就多了十七八号人，鬼鬼祟祟不知想做什么。还有，阿六打探到了一个消息，说那食金兽像是躲进了凤鸣山庄中。"

凤鸣山庄地处城外梧桐山脚下，阿六在茶楼喝茶时，无意中听到山庄里头的下人在聊天，说要买药回去治伤，还说少爷不知中了什么邪，居然将怪物带回了家。

"哪个少爷？"陆追问。

"这就不知道了。"阿六道，"我也不敢离太近，听得断断续续，他们只是匆匆买了些茶叶，很快就离开了。"

陆追问叶瑾："谷主怎么看？"

叶瑾有些后悔，早知如此，他们刚遇到邱家的人时就该直接出城回日月山庄。此时倒好，整件事情听着便来者不善，后头估摸不闹出一个大阵仗是决计不会收场的。

想到此处，叶瑾果断道："现在就收拾东西，我们出城。"

岳大刀问："能走吗？"下头可有一大圈人围着客栈。

"走不了也要走，我就不信，他们还敢硬拦着。"叶瑾撸起袖子。

这屋里的每个人虽说都想弄清楚食金兽的事，但与陆追的伤病比起来，自然还是后者要重要许多。

于是，他们当下便整好行李，驾着马车离开客栈。意料之中，身后一直有人跟着。

叶瑾亲自驾着马车，鞭子呼啸一甩，速度堪称奔雷闪电。

阿六与岳大刀都提心吊胆，这大夫怎么目露凶光？

一行人出城之后没多久，便在距离凤鸣山庄不远的山道上见到一名白发老妪拄着拐杖，锦衣华服地站在路中间，正是邱老夫人。而在她身后，则跟着邱子风与邱子熙，以及数十名家仆。家仆手里端着托盘，上头蒙着红布，不知里头是何物。

"陆大侠，叶谷主。"邱老夫人行礼。

叶瑾不得不勒紧马缰。

邱老夫人走上前来，脚步颤颤巍巍，邱子熙赶忙扶住她。

"听说诸位要走，老身不得不出此下策，当街拦人虽说丢了凤鸣山庄的脸面，又冒犯了陆大侠与叶谷主，可也实在没有别的办法。"邱老夫人气喘咳嗽，"只有厚着脸皮，前来请上一请。"

对方苍老憔悴，又说得可怜，叶瑾也不好发火，只好瞥陆无名一眼。

陆无名叹气道："多年前我也同邱庄主有过几分交情，按理说既然邱老夫人开口求助，本不该拒绝。可如今犬子有伤在身，要赶着去千叶城休养，我们实在腾不出时间。"

"凤鸣山庄内已备好一处幽静客房，绝对不会有人打扰到明玉公子休息，家中的仆人与丫鬟甚至是杀手护院，都任凭陆大侠差遣。"邱老夫人一抬手，身后托盘上的红布被齐齐揭开，琉璃、翡翠、红珊瑚，各色珍宝光彩夺目，另有十七八样珍稀药材，都用红绳捆扎码放着。

叶瑾心想，这是要将家底子一次搬空不成？

"想必诸位也看出来了，这回老身确实没有办法了，若能得诸位出手相助，凤鸣山庄愿将这些悉数相赠。"邱老夫人说着，也不知是要跪还是头晕，往前跟跄一步，亏得邱子熙手快将她扶住。

邱子风脸上此时也不见了玩世不恭的表情，他沉默不语，一直漠然看着前头，视线焦点不知落在何处。

陆无名还欲说话，陆追却掀开车帘一角，小声道："爹。"

陆无名与叶瑾一道回头。

叶瑾后知后觉，意识到自己这个回头似乎有些占人便宜，于是又淡定地扭了回去。

陆追道："去看看吧。"

陆无名不解，按照他的性格，理应不爱凑热闹才是，更别提他现在还有伤在身，为何突然冒出这么一句。

陆追道："邱老夫人既与爹有交情，如今有了麻烦，我们至少也该去看上一眼。"

叶瑾深吸一口气，回头看他，眼神幽幽。陆追却很坚持。

邱老夫人躬身，道："多谢明玉公子。"

陆无名有些头疼，眼看天色已经渐渐暗了下来，山风呼啸，一直站在这里也不是办法。更重要的是，他儿子似乎打定了主意，非去凤鸣山庄不可。

于是，他不得不松口："那今晚就打扰了。"

马车重新上路，拐过几个曲折山弯，便见前头出现一座灯火辉煌的大宅，门前挂着两串红灯笼，牌匾上用龙飞凤舞的鎏金大字写着山庄名号。朱红大门两侧一站一卧各塑了一只金色凤凰，栩栩如生，展翅欲飞。

天已经彻底黑了下来，邱老夫人亲自带路，将众人送到西侧客院中。这地方倒是的确挺幽静的，院中有树有池有锦鲤，是养病的好地方。

待到众人离开后，陆无名问："为何要答应他们？"

叶瑾也用极其不解的目光看着陆追。阿六泡了一杯热茶递过来。

陆追道："那十几个红托盘上的东西，有七八样都是冥月墓中的宝物。"

陆无名："冥月墓？"

陆追道："我小时候经常溜去藏宝库看那些光润华美的珍珠，也看了不少其他宝贝，不会认错。"

"可我先前从未听过凤鸣山庄与冥月墓有关。"叶瑾道，"虽说冥月墓称不上邪教，不过江湖中自诩名门正派的，应当没有几个想主动与其搭上关系，更别提明晃晃地抬着冥月墓的宝贝来求人。"

"所以我才想来看看。"陆追道，"凤鸣山庄应当已陷入绝境，否则不会如此不顾门派颜面，抬着奇珍异宝当街拦人求助。"

几人正在说话，外头已有家丁来请，说老夫人已经备好茶点，请他们前去。

陆追道："我也去。"

陆无名让阿六取了一件厚实的披风裹住他，一道出门。

春末的夜晚依旧泛着寒意，厅房里烧着火盆，邱老夫人与两位少爷都在，却不见邱家长子邱子辰。

或许是因为愁苦，又或者是因为烛火太暗，陆追总觉得邱子风的脸色有些过分苍白。

待众人落座之后，邱老夫人道："真是有劳诸位了。"

"到底出了何事？"陆无名问。

"实不相瞒，出事的是子辰。"邱老夫人道，"他像是被人摄了魂。"

对于这位邱家大少爷，陆追倒是有些印象，关于他的江湖传言也不少，不过都不是什么好事——风流浪荡，不尊礼法，武功稀松平常，嘴皮子倒是一等一的利索，哄得红颜遍天下，处处都是温柔乡。

根据邱老夫人的描述，几个月前，邱子辰从外头回来，突然性情大变，只将他自己关在住处，没日没夜地睡觉，常常连吃饭也叫不出来。开头几天，邱老夫人倒没有将这事放在心上，以为他是因为刚回来时被自己骂了几句，所以闹脾气。可谁知他一闹就是半个月，山庄里的人总算觉察出了异常。

此时再想细问，邱子辰却已经闭紧了嘴，任由外人怎么哄骗，就是一个字都不肯说，端坐在床上，如雕塑一般。

好好的大少爷变成这样，山庄里哪还有心情过年。可老夫人将跟随他的家丁问了个遍，甚至连他此番出门去过的青楼歌坊也挨个盘查过，却无一人能说出缘由。

"他初回山庄的时候，似乎是正常的。"邱老夫人道，"我说他，他还嬉皮笑脸地顶嘴，可第二天他就不再出房门了。"

"现在呢？"陆无名问，"依旧闭门不出？"

"现在……"邱老夫人摇头，"现在他整个人性情大变，如同堕入魔道一般，甚至、甚至……"

屋里烛火忽然暗了下去，将气氛染得愈发沉重，岳大刀不由得有些害怕。

阿六站在身侧，轻轻将她的手包在掌心里，依旧目不斜视地看着前头，一张糙脸略红。

岳大刀抿着嘴，用脚尖蹭了一下地，有些不好意思。

陆追问："甚至什么？"

邱老夫人未说话，身后的邱子风道："甚至吃了自己的丫鬟。"

这话一说出口，屋里众人都惊了一下，吃了丫鬟？

邱子风将事情大致说了一遍。其实也不算吃，而是活活咬死。

那是一个寒风暴雪的夜晚，大年初二，山庄内的仆役大多还没回来，太萧条总不好，于是邱老夫人强打起精神，设宴招待所有人吃了顿热闹的年饭。众人喝空了十几个酒坛子，摇摇晃晃回去后倒头就睡，也没人听到异常声响。直到第二日中午，方有一声尖叫响彻整座屋宅。

丫鬟小翠满面惊恐，连滚带爬跑出东厢房，像疯了一般，甚至连路都不看，直直叫嚷着冲进了水里。其余人听到动静赶来，也被眼前的情形骇得说不出话，一道粗重血痕从院内一直拖到院外，满身是血的人僵直地趴在地上，手指深深抠入泥地里，面上、身上的肉都掉了大半，靠着发间的桃红簪子，才有人认出她是邱子辰的贴身丫头小红。

"那大少爷呢？"陆追问。

"大哥依旧在呼呼大睡，嘴里、脸上、被褥上、房间里到处都是血迹，他却像没事人一般。"邱子风道，"后来娘亲便下令，用寒铁链将他锁在了地牢里，免得又生出事端。"

"叶谷主听过此等症状吗？"陆追问。

叶瑾道："不好说，若是因毒蛊出现了幻觉癔症，做出什么事都不意外，得看过诊才能知道。"

"实不相瞒，丫鬟刚出事那日，我便派了家丁去日月山庄请叶谷主，回来却说谷主不在家。"邱老夫人道，"正是焦头烂额之际，恰好谷主来了梧桐镇，我自然无论如何也要请您过来。"

"走吧。"叶瑾道，"早些看完，我也好早些回日月山庄。"

陆追与陆无名也跟了过去。

山庄的地牢看起来已经颇有年份了，沿着湿滑的台阶走下去，几次都险些跌倒。空气中混合着苔藓与腐败尸体的味道，叶瑾从衣袖中扯出一条帕子捂住口鼻，想了想，又扯出来一条递给陆追。

一阵狂躁的吼声隐隐传来，如同来自深渊的困兽。

邱老夫人示意众人燃起火把。

四周亮堂起来，映照着前方一道铁门，而在这扇门后，有一片幽深的地下湖，细看水中不时闪过幽幽光泽，是一条条行动缓慢的巨鳄。在最中央搭建的高台上，有一个用铁链捆着的人，想来便是凤鸣山庄的大少爷。他衣衫褴褛，面目狰狞。

江湖人提起邱子辰时，虽言辞不屑，却总归也是羡慕居多，都说他年少潇洒、一掷千金，谁能料到他居然会沦落到此等境地。

陆追迟疑地看了叶瑾一眼，看对方那狂躁的架势，这要如何看诊？

叶瑾捂着口鼻进了水牢，憋起一口气，纵身飞向高台，扬开一包药粉，撒下一片绯红色的烟雾。他速度极快，快到旁人还未看清，他就已经回身稳稳落到了地上。

陆无名心中吃惊，都说叶瑾是神医，却不料功夫也不差。

再观那邱子辰，已经瘫软倒在了高台上。

"把他抬下来吧。"叶瑾拍拍衣袖，道，"先回房再说。"

邱子风答应一声，亲自上前将大哥扛了下来，下人赶忙抬来担架，帮忙把人放上去。

邱子辰在昏迷中歪着头，露出脖颈处一片浅淡的文身。旁人没注意，陆追却猛然一惊。他认得那纹路，甚至再熟悉不过——先前在萧澜身上，他已经见过这文身许多次。

陆无名道："回去吧。"

陆追答应一声，心里拧出一个死结。

另一头，萧澜正坐在高处，看着月色与星光出神。

身后传来脚步声，萧澜并未回头，只是道："姑姑。"

鬼姑姑问："在想什么？"

"什么也没想。"萧澜笑笑，"今晚月亮很亮，明日该是大晴天。"

鬼姑姑摸了摸他的脖颈，那里曾浮现过一片文身。

萧澜站起来。

"我没骗你，关于同命蛊的事情。"鬼姑姑道，"若你不放陆明玉去日月山庄，那你的毒早就该解了。"

"日月山庄。"萧澜道，"果真什么都瞒不过姑姑。"

"你怎么这么傻呢？"鬼姑姑叹道，"这么多年，陪着你的人是谁？一手养育你的人又是谁？陆明玉与你娘一出现，不过说了几句好听的，就能让你连命都舍下？"

"可姑姑想将冥月墓交给我，也是因为我做事沉稳，不是吗？"萧澜道，"不过姑姑放心，我绝不会听谁说得好听便信谁。"

鬼姑姑看着他未说话，眼底却有些失落。

萧澜又问："姑姑打算如何处置裴鹏？"

鬼姑姑道："先带他回冥月墓。"

萧澜点头："姑姑早些休息。"

虽没再问，但他心里知道，按照鬼姑姑以往的行事风格，对待一个没什么用的废人时，能给全尸已是慈悲，一路颠簸着带回家，还当真从没有过。唯一的解释，便是裴鹏知道某个秘密，这是他保命的唯一筹码。

四周重新安静下来，只有风声飒飒。风吹在脸上并不冷，萧澜也不怕冷，怕冷的，一直是另一个人。他笑笑，手里握着那朵红玉小花，继续靠在树上看着远方。

陆追站在邱子风床边，看得仔细认真，宛若叶神医的小学徒。

大约过了小半个时辰，叶瑾才收回手指。

邱老夫人问："如何？"

"像是没什么异常，却又像是有太多异常。"叶瑾答。

屋内众人没听懂这句话是何意。

"这种脉象，我还是头回见着。"叶瑾看了一眼床上的人，道，"我怕是要仔细想一想，才好给老夫人一个答案。"

"是是是，有劳神医。"邱老夫人心中虽说失望，却也知道这是全江湖顶尖的神医，也是邱家唯一的活路，急不得。

"那还要将大哥锁回水牢吗？"邱子风问。

叶瑾说："那药够他睡足两天了，暂且将他留在卧房吧。"

邱子风下令家丁加强了这处小院的防守。

众人出门时，东方天际已经露出亮光。

邱老夫人带着歉意道："诸位快去歇着吧，这一夜真是怠慢了。"

"还有件事想问夫人。"陆追道，"我们进城时，见城门口贴着榜文，说山庄内被飞贼偷了东西，可与大少爷有关？"

"这倒没有，丢东西的人是我。"邱子风在旁道，"是个挺重要的小物件，所以就报了官。"

陆追笑笑："原来如此。"

一路回了小院，叶瑾哈欠连天，倒头就睡。

陆追却困意全无，满脑子都是邱子辰脖颈上的纹路——那本该是冥月墓中才有的东西。他再想起那些墓葬品，便几乎可以断定，这凤鸣山庄与冥月墓必然有着千丝万缕的关系。

至于他是误打误撞阴错阳差发现这一点，还是有人特地在背后指引，故意将这一切都串联在一起，就得花一番力气去查了。

陆追趴在软绵绵的被子上，继续想着，此时此刻，不知萧澜正在做什么，或许在睡觉，或许已经早起在赶路。

于是，他眼底的光逐渐温柔起来，暂且将烦心事都抛在脑后，自己也沉沉睡了过去。

（未完待续）